ullstein

Das Buch

In Le Lavandou hat die Sommersaison gerade begonnen. Die Touristen sind da. Alle Geschäfte, Bistros und Cafés haben geöffnet. Doch für die Einwohner von Lavandou gibt es nur ein Thema: die Freilassung von Paul Simon, der für den Mord an seiner Tochter Amélie im Gefängnis saß. Nun wurde das Urteil wegen unzureichender Beweise aufgehoben: Die Leiche des zehnjährigen Mädchens wurde nie gefunden. Der Fall wird neu aufgerollt, und Isabelle und Leon beginnen zu ermitteln.

Die beiden sind inzwischen ein Paar. Aber der Gerichtsmediziner mit der überbordenden Fantasie und die nüchterne Analytikerin von der Gendarmerie haben sehr unterschiedliche Vorstellungen vom Leben, was zu Problemen führt. Und auch die Ermittlungen wollen nicht richtig in Gang kommen. Bis Leons Nachforschungen ihn auf die idyllische Insel Porquerolles führen, wo die Wahrheit, aber auch eine große Gefahr auf Leon warten …

Der Autor

Remy Eyssen, geboren 1955 in Frankfurt am Main, arbeitete viele Jahre als Redakteur und freier Autor für Tageszeitungen und Magazine. Er schreibt Drehbücher für TV-Serien und Filme, unter anderem »Die Kommissarin«, »Der Ermittler«, »Tatort«, »Ein Fall für zwei«, »Soko München« und »Soko Wien«.

Von Remy Eyssen sind in unserem Hause bereits erschienen:
Tödlicher Lavendel. Leon Ritters erster Fall
Schwarzer Lavendel. Leon Ritters zweiter Fall
Gefährlicher Lavendel. Leon Ritters dritter Fall

REMY EYSSEN

DAS GRAB UNTER ZEDERN

Leon Ritters vierter Fall

Ullstein

Besuchen Sie uns im Internet:
www.ullstein-taschenbuch.de

Originalausgabe im Ullstein Taschenbuch
1. Auflage Mai 2018

Umschlaggestaltung: zero-media.net, München
Titelabbildung: © Huber Images (Landschaft mit Abtei);
© Getty Images (Bäume)
Satz: LVD GmbH, Berlin
Gesetzt aus der Kepler Std
Druck und Bindearbeiten: CPI books GmbH, Leck
ISBN 978-3-548-28907-6

PROLOG

Der kleine Junge erwachte aus einem tiefen Schlaf. Er hatte von einem Gewitter geträumt. Von Blitz und Donner. Ganz nahe hatte es eingeschlagen. Und wo er und seine Schwester auch hinliefen, überall zuckten die schrecklichen Blitze. Jetzt saß der Junge schwer atmend im Bett und starrte verwirrt in das Halbdunkel seines Kinderzimmers. Durch das Fenster schien der Mond vom wolkenlosen Nachthimmel und schickte unheimliches Licht auf die Ninja-Figuren, die im Regal neben den Büchern aufgereiht standen.

Es war totenstill im Haus. Doch in diesem Augenblick flammte wieder ein Blitz auf. Gleichzeitig krachte laut und schneidend scharf der Donner. Durch die offene Schlafzimmertür konnte der Junge für einen Augenblick den Flur sehen. War das noch immer ein Traum? Er sah sich vorsichtig um. Auf dem Nachttisch lag die kleine Tablette, die ihm sein Vater beim Zu-Bett-Gehen gegeben hatte. »Vitamine für die Kinder«, hatte er gesagt, wegen der Grippewelle. Seine Eltern gaben ihm und seiner Schwester Claudine sonst nie Tabletten. Er mochte keine Tabletten. Er hatte die Tablette nur kurz in den Mund gesteckt und sie dann heimlich wieder ausgespuckt. Sie schmeckte scheußlich, trocken und bitter.

Jetzt war es wieder ganz still im Haus. Hatten die anderen den Donner denn nicht gehört? Warum sah keiner nach ihm? Warum kam seine Mutter nicht? Dachte sie, er würde noch schlafen? Oder war sie erst zu seiner Schwester gelaufen?

»Maman …?«, rief der Junge leise. Keine Antwort. Es musste spät in der Nacht sein. Vielleicht sogar schon Mitternacht, Geisterstunde. Der Junge zog die Decke bis zum Kinn. Er hatte keine Uhr. Aber er konnte schon die Zeit lesen. Na ja, nicht so richtig. Aber Mittag war es, wenn der große und der kleine Zeiger der Küchenuhr ganz oben übereinanderstanden. Und an Silvester war es um Mitternacht mit den Zeigern genauso gewesen. Das hatte er selber gesehen.

Wo waren seine Schwester und Papa? Vielleicht stand ja das Haus in Flammen. So wie in dem Buch über die Feuerwehr, das er zu Weihnachten bekommen hatte. Da waren die Männer mit ihrem roten Leiterwagen gekommen, weil der Blitz in ein Haus eingeschlagen hatte. Und die Flammen hatten geknistert, und die Feuerwehr hatte mit dem Schlauch Wasser in das Haus gespritzt. So lange, bis die Flammen aus waren. Aber hier gab es keine Flammen, und es knisterte auch nichts. In diesem Moment glaubte der Junge, ein leises Schluchzen zu hören. Es kam von unten und es klang sehr traurig. So hatte sich seine Mutter angehört an dem Abend, als sie den schlimmen Streit mit Papa gehabt hatte. Wegen dem neuen Haus und weil alles so viel Geld kostete. Da hatten seine Schwester und er ganz oben auf der Treppe gesessen und sich eng aneinandergekuschelt und gelauscht. »Vielleicht geht Papa fort«, hatte Claudine gesagt.

»So ein Quatsch«, hatte er geantwortet. Aber Claudine hatte eine Freundin in der Schule, und da war der Papa auch fortgegangen. Einfach so.

Der Junge stand leise auf, lief barfuß zur Zimmertür und

lauschte in den Flur. Er machte das Licht nicht an. Seine Mutter würde schimpfen, wenn er so durch das Haus schleichen würde, wo er doch eigentlich schlafen sollte. Seine Mutter konnte streng sein in diesen Dingen. Aber wenn es dunkel war und niemand ihn sehen konnte, fühlte er sich sicher. Der Junge kannte jeden Winkel, jedes lose Dielenbrett und jedes Möbelstück im Haus. »Du bewegst dich wie eine Fledermaus«, hatte *Maman* einmal zu ihm gesagt.

Der Junge stieg langsam die Treppe hinunter. Seine Augen hatten sich inzwischen an die Dunkelheit gewöhnt. Er erkannte den Kleiderständer im Flur und die große Vase, in die seine Mutter Schilfrohre gesteckt hatte, deren Blüten sich wie zarte Federn anfühlten, wenn man mit den Fingerspitzen darüberstrich. In diesem Moment hörte der Junge wieder das Schluchzen. Vorsichtig schob er sich Richtung Küchentür. Da sah er seinen Vater. Er saß zusammengesunken auf einem Stuhl, hielt etwas in der rechten Hand und starrte auf den Küchenboden. Der Junge musste sich recken, bis er sehen konnte, was sein Vater da betrachtete. Auf dem Boden lag eine Frau und starrte mit leerem Blick an die Decke. In ihrer Stirn war ein rotes Loch, und um ihren Kopf herum hatte sich eine große Pfütze gebildet, die im Mondlicht schwärzlich glänzte. Der Junge fing plötzlich an zu zittern, ohne etwas dagegen tun zu können. Er starrte auf die blonden Haare. Das war *Maman*. Und sein Vater hielt seine Pistole in der Hand und weinte.

Der Junge wollte schreien und trampeln, nur um dieses Bild loszuwerden. Er war erst fünf Jahre alt, und er wusste, dass Eltern gelegentlich Dinge taten, die man nicht verstand. Aber was er hier sah, war nicht richtig. Er musste es Claudine sagen, jetzt sofort. Seine Schwester war schon sieben Jahre alt und kannte sich aus. Seine Schwester hätte eine Erklärung für das, was er da sah, und danach wäre alles wieder so, wie es zuvor gewesen war.

Der Junge hastete die Treppe zu ihrem Zimmer hinauf. Er achtete nicht auf seine Schritte, und die Stufen knarrten laut. Aber das war ihm egal. Er rannte den Flur entlang zum Zimmer seiner Schwester. Ihre Tür stand offen.

»Claudine …?«, sagte er leise.

Das Mädchen lag auf dem Bett. Der Junge konnte ihre blonden Haare sehen. Er kam näher und bemerkte dunkle Flecken an der Wand. Claudine lag davor, mit dem Gesicht auf dem Kissen, und rührte sich nicht.

»Claudine …!« Diesmal sagte er es lauter, flehentlich. Er knipste die Nachttischlampe an, die die Form eines Pinguins hatte. Jetzt sah er, dass das an der Wand Blut war. Auch auf dem Kissen und an Claudines Kopf war Blut. Überall war Blut.

»Claudine …« Das war kein Flehen mehr, sondern Fassungslosigkeit angesichts des Unbegreiflichen. In diesem Augenblick hörte der Junge Schritte. Laute Schritte. Sie waren schon ganz nahe. Dann stand sein Vater im Zimmer und hielt den Revolver in der Hand.

»Papa …!?«, sagte der Junge und sah seinen Vater an. Der schüttelte nur traurig den Kopf. Dann sah der Junge den grellen Blitz, der aus dem Revolver schoss, zusammen mit einem grässlich lauten Donnerschlag. Im nächsten Moment spürte der Junge ein Brennen im Bauch. Etwas hatte ihn zu Boden gerissen. Er sah seinen Vater näher kommen, die Waffe heben und wieder auf ihn zielen. Aber der Revolver machte nur *Klick* als der Hammer die Trommel mit der leeren Patronenhülse traf. Und dann noch einmal *Klick*. Sein Vater lief aus dem Zimmer, und der Junge hörte, wie er die Treppe hinunterpolterte.

Plötzlich war dem Jungen eiskalt. Er fasste sich an den Bauch. Dorthin, wo er das Brennen spürte. Es fühlte sich nass an. Nass und klebrig, und es roch nach rostigem Metall. Es war Blut, sein Blut. Tränen stiegen dem Jungen in die Augen. Warum hatte sein Vater ihm wehgetan? Was passierte hier? Warum konnte es nicht wieder so sein wie vorher?

Der Junge hörte von unten ein Poltern, irgendetwas stürzte um. Er wusste, dass er hier wegmusste. Er versuchte aufzustehen und wegzurennen, aber er konnte nicht mehr laufen. Da begann er auf allen vieren zu kriechen. Er musste sich verstecken, schnell. Am Treppenabsatz stand die alte Kommode. Er zwängte sich darunter und schob sich nach vorn. Gerade so weit, dass er nach unten über die Diele und in die Küche sehen konnte.

Dort stand sein Vater. Jetzt hielt er die Flinte in der Hand, mit der er im Herbst auf Kaninchenjagd ging. Der Vater setzte sich auf den Küchenstuhl und starrte auf seine Frau am Boden.

»Es tut mir leid«, murmelte er. »Es tut mir so unendlich leid.«

Dann stellte er mit einem Ruck die Flinte mit dem Schaft auf die hellen Fliesen, beugte sich nach vorn und schob die Gewehrmündung unter sein Kinn. Mit der freien Hand griff er nach unten zum Abzug, und dann tat es einen fürchterlichen Knall. Der Junge sah, wie sein Vater vom Stuhl rutschte und das Gewehr polternd auf dem Küchenboden aufschlug. Dann wurde ihm schwarz vor Augen.

1. KAPITEL

Der Sturm hatte die ganze Nacht getobt und Treibholz und bunten Plastikmüll auf den Strand geworfen. Der *Levant* kam aus dem Osten übers offene Meer und schob warmes Oberflächenwasser gegen die Küste. Das hatte zwar den Vorteil, dass die Wassertemperatur über Nacht um bis zu sieben Grad steigen konnte, aber mit dem warmen Sturmwind landete auch der Müll des Meeres in der sonst so gepflegten Vorzeigebucht von Le Lavandou.

Leon machte einen vorsichtigen Schritt über angespülte Bretter und Äste, die Meer und Sand so glatt poliert hatten, dass sie aussahen wie alte Knochen. Er blieb stehen, ließ die nächste Welle um seine nackten Füße spülen und spürte, wie unter seinen Fußsohlen der Sand nachgab, als sich die Welle wieder ins Meer zurückzog. Es war erst halb acht Uhr morgens und die Mitarbeiter des Fremdenverkehrsamtes würden alle Hände voll zu tun haben, um den Strand wieder aufzuräumen. Nächste Woche war bereits der 1. Juli und damit Beginn der Hochsaison. Da erwarteten die Touristen, dass alles genau so aussah wie in den Urlaubsprospekten.

Leon atmete tief ein und genoss die Luft, die nach feuchtem Holz und nach Salz roch. Der Himmel, der gestern noch wolkenverhangen und stürmisch grau gewesen war, strahlte jetzt im wolkenlosen Hellblau der Provence. Der Wind schien die Luft geputzt zu haben, denn der Blick war so klar, dass Leon glaubte, einzelne Bäume auf den Îles d'Or, den goldenen Inseln, zu erkennen, die draußen im Meer im strahlenden Licht der Morgensonne schwammen. Aber das war natürlich unmöglich, denn die Inseln waren knapp 18 Kilometer von der Küste entfernt.

Das Meer war jetzt ruhig wie ein Bergsee, und kleine Wellen schwappten friedlich an den Strand. Nur das Treibholz und der Müll erinnerten daran, dass noch vor wenigen Stunden draußen im Meer die Elemente getobt hatten. Leon blinzelte in die warme Sonne und genoss den ruhigen Morgen. Genau diese Momente waren es, die das Leben hier so einzigartig machten. Deswegen hatte er es auch nie bereut, seinen Job an der Uniklinik in Frankfurt aufgegeben und stattdessen die Leitung der Rechtsmedizin an einer Provinzklinik in der Provence übernommen zu haben. Obwohl ihn seine Kollegen gewarnt hatten. Er dürfe doch seine Karriere nicht so leichtfertig aufs Spiel setzen.

Die hatten alle keine Ahnung, dachte Leon. Das war damals keine leichtfertige Entscheidung gewesen. Sicher, es war ein großer Schritt, aber der Umzug nach Le Lavandou bedeutete auch die Rettung seiner Seele. Er suchte damals nicht nur einen neuen Job, er suchte vor allem einen Platz, um zu vergessen.

»Ja, ja, ich weiß: Das Meer ist großartig.« Lilou war stehen geblieben und riss Leon aus seinen Gedanken. »Und ich habe keine Ahnung, wie gut ich es habe, dass ich hier leben darf, stimmt's?«

»Rede ich wirklich so?«, Leon lächelte das 15-jährige Mädchen an, das eine abgeschnittene Jeans und ein T-Shirt mit dem Aufdruck »Save the Whales« trug. Er selber hatte keine Kinder, aber wenn er sich je eine Tochter gewünscht hätte, dann hätte sie genau wie Lilou sein müssen.

»Du solltest dich mal hören, zumindest manchmal«, Lilou sah ihn herausfordernd an. In der Hand hielt sie ein Baguette, das aus einer Papiertüte ragte.

»Es ist ein beruhigendes Gefühl, so auf das Meer hinauszusehen.« Leon schaute hinüber zu den Inseln. »Solltest du auch mal versuchen.«

»Laaaangweilig!«, Lilou tat genervt. »Es ist das gleiche Meer wie gestern und wie vorgestern und all die anderen Tage. Hier ändert sich doch nie was.«

»Stell dir vor, dass genau an dieser Stelle schon vor tausend Jahren Menschen standen und auch aufs Meer gesehen haben. Genauso wie wir.«

»Genauso hungrig wie wir, meinst du«, sie brach sich ein kleines Stück vom Brot ab und schob es sich in den Mund. »Lass uns heimgehen, frühstücken.«

»Wir laufen noch ein Stück«, sagte Leon und zeigte zum Ende der Bucht, wo die Klippen den weit geschwungenen Strand von Lavandou begrenzten. »Bis zu den Felsen.«

Eine Weile stapften die beiden stumm durch den Sand, der sich allmählich in der Junisonne erwärmte.

»Was ist, wenn er sie doch umgebracht hat?«, fragte Lilou unvermittelt.

»Was …?«, Leon blieb stehen.

»Na, Amélie«, sagte Lilou. »Kann doch sein, dass die Richter sich geirrt haben. Im ersten Prozess haben sie ihn schließlich verurteilt.«

»Aber diesmal wurde Monsieur Simon vom Berufungsgericht in Toulon freigesprochen.«

»Aber nur, weil sie keine Beweise gegen ihn haben«, sie sah Leon an. »Das bedeutet doch nicht, dass er es nicht war, oder?«

»Sagt wer …?«, fragte Leon.

»Das sagen alle … in der Schule.«

»Es ist sehr schwierig, das Oberste Gericht davon zu überzeugen, ein Urteil aufzuheben. Besonders wenn es um Mord geht. Da muss der Anwalt schon mit sehr überzeugenden Argumenten angetreten sein.«

»Und wenn dieser Simon es trotzdem war?«

»Hast du schon mal was von Unschuldsvermutung gehört?«

Lilou schien einen Moment nachzudenken und zeichnete mit ihrem nackten Zeh eine Linie in den feuchten Sand.

»Der Vater von Ingrid hat gesagt, dass er Monsieur Simon alles zutraut. Der hätte seine Tochter immer verprügelt.«

»Woher will er das denn wissen?«

»Er hat gesagt, dass die anständigen Bürger von Lavandou so einen Verbrecher hier nicht mehr haben wollen.«

»Und was sagst du?«

»Weiß nicht. Eigentlich war Amélies Papa ganz okay. Ich meine, als Biolehrer in der Schule und so. Aber wenn ich daran denke, was passiert ist …?«

»Das Urteil gegen Monsieur Simon wurde aufgehoben und damit ist er ein freier Bürger. Genauso wie der Vater von Ingrid oder ich oder alle anderen.«

Lilou schien den letzten Satz von Leon gar nicht mehr gehört zu haben. »Da vorne liegt ein Boot.« Sie deutete auf die Felsen, wo jetzt auch Leon den weißen Rumpf und das hellblaue Ruderhaus eines kleinen offenen Fischerbootes erkennen konnte.

»Wie kommt das denn dahin?« Lilou lief zu den Felsen und Leon folgte ihr.

Wellen und Wind hatten dem Boot übel zugesetzt. Der

Rumpf war knapp fünf Meter lang. An Deck gab es außer dem engen Steuerhaus keine weiteren Aufbauten. Jetzt steckte das Boot halb gekippt zwischen den Felsen, wohin es offensichtlich der Sturm geschleudert hatte. Der Bug war zersplittert, sodass man das zerfetzte Laminat des Rumpfes erkennen konnte. Im Ruderhaus lagen leere, zusammengedrückte Bierdosen. Der Außenbordmotor war zertrümmert. Das Steuerrad im Ruderhaus war mit einem Seil fixiert worden. Die Registriernummer am Schiffsrumpf begann mit den Buchstaben TU. Das bedeutete, dass das Boot jemandem aus der Gegend gehörte.

»Meinst du, da war jemand an Bord?« In Lilous Frage schwang Besorgnis, aber auch Neugierde auf eine Schauergeschichte mit.

»Glaube ich nicht«, erwiderte Leon. »Wahrscheinlich hat es sich von einer der Bojen in der Bucht losgerissen und ist dann vom Sturm hierhergetrieben worden.«

Lilou hatte bereits ihr Handy gezückt und begann zu fotografieren. »Ist ja voll gruselig.« Sie machte Bilder von allen Seiten.

»Fotografier auch die Registriernummer«, meinte Leon, »die geben wir deiner Mutter.«

»Echt? Denkst du, da ist jemand ertrunken?« Lilou legte den Kopf schief und betrachtete das Wrack. »Vielleicht hat der Skipper vergeblich gegen den Sturm gekämpft ... zusammen mit seiner schönen jungen Frau und den süßen kleinen Kindern ... schrecklich.«

Leon seufzte. »Du solltest wirklich weniger fernsehen. Komm, lass uns frühstücken gehen.«

2. KAPITEL

Isabelle stand am Fenster ihres Büros und genoss ihren ersten Schluck aus dem Cappuccino-Becher, den sie sich gerade am Automaten der Polizeistation geholt hatte. Dies würde wahrscheinlich der einzige entspannte Augenblick des Tages sein und sie wollte ihn genießen. Der Blick auf den Hinterhof der Gendarmerie Nationale war alles andere als aufregend, und ihr Büro wirkte eher schlicht. An der Wand eine Karte der Region und auf dem Tisch zwei Fotos in Holzrahmen. Eines von ihrer Tochter Lilou und ein zweites, auf dem sie zusammen mit ihrer Tochter und Leon zu sehen war. Dieser Raum war vielleicht nicht besonders repräsentativ, aber Isabelle liebte ihn, es war ihr Büro. Auf dem Messingschild an der Tür stand ihr Name, Isabelle Morell, und darunter in Großbuchstaben »Stellvertretende Polizeichefin«. Und das war wirklich etwas Besonderes. Sie war die erste Frau, die es in der einhundertjährigen Geschichte des Ortes auf diese Position geschafft hatte.

In diesem Moment hielt ein Streifenwagen im Hof der Polizeistation. Der Beamte öffnete die hintere Tür und eine Frau schob sich von der Rückbank. Isabelle erkannte die Besucherin sofort. Sie wurde nicht zum ersten Mal auf die Wache gebracht. Und heute war Markttag.

Pilar war knapp 1,55 Meter groß und recht mollig um die Hüften. Das verlieh der energischen Frau die Form eines Brummkreisels, bei dem man ständig darauf wartete, dass er jeden Moment aus dem Gleichgewicht geraten müsste. Aber Pilar bewegte sich mit geradezu tänzerischer Anmut. Sie behauptete, 45 Jahre alt zu sein, aber jeder in der Gendarmerie wusste, dass sie mindestens 15 Jahre älter war. Mit den schwarzen Haaren, den blauen Augen und der dunklen Gesichtsfarbe, die ihre Fältchen verschwinden ließ, konnte sie durchaus als Endvierzigerin durchgehen. Pilar bezeichnete sich selber als »Zigeunerin« und gab als Geburtsort Sainte-Maries-de-la-Mer an. Aber Isabelle wusste, dass sie aus einer Romafamilie in Rumänien stammte und der Vater Bürstenmacher in Bukarest war. In jedem Fall war Pilar eine anstrengende Person.

Isabelle packte schnell ihre Unterlagen zusammen. In wenigen Minuten sollte die Besprechung beginnen, bei der sie unbedingt dabei sein wollte. Sie schaltete ihr Telefon zur Zentrale um und griff nach ihrem Block, als es klopfte, die Tür aufging und ein nordafrikanisch aussehender Polizist hereinspähte.

»Was gibt's, Moma?«, fragte Isabelle.

»Pilar«, sagte der Mann und schaute mit genervtem Augenaufschlag zur Decke. »Sie sagt, sie will nur mit dir reden.«

»Ich hab jetzt wirklich keine Zeit. Frag jemand von der Bereitschaft. Ich muss in die Konferenz.«

»Ich auch«, sagte Moma und sein Gesichtsausdruck sagte: Bitte, lass mich mit der Verrückten nicht alleine!

In diesem Moment drängte sich Pilar an Moma vorbei in das Büro. Als sie Isabelle sah, hob sie wie in tiefer Verzweiflung beide Arme und setzte einen tragischen Blick auf.

»Was habe ich getan? Mutter Gottes, was habe ich getan ...?«

»Ich muss los«, unterbrach Isabelle die Frau, ohne das Theater zu beachten. Sie deutete auf Moma. »Reden Sie mit *Lieutenant* Kadir.«

»Lassen Sie mich nicht allein mit diesem Pharisäer, *Madame Commandante*«, rief Pilar, als stände die Apokalypse bevor.

»Ich bin nur *Capitaine*«, sagte Isabelle ungerührt.

»Sie hat mal wieder ihren Kram ohne Genehmigung auf dem Markt verkauft.«

»Warum Genehmigung? Brauche ich Genehmigung zum Atmen, brauche ich Genehmigung zum Leben? Sie müssen helfen!«

Isabelle sah, wie Moma unauffällig das Zimmer verließ.

»Ich habe jetzt eine Besprechung.«

»Ich habe ihn wieder gesehen!«

»Wen haben Sie gesehen?«

»Den weißen Riesen«, sagte Pilar mit in die Ferne gerichtetem Blick. »Auf der Insel. Den Erzengel Gabriel, mit seiner Fee.«

Isabelle sah Pilar in die Augen. »Ich verstehe. Und der Erzengel hat Ihnen gesagt, dass Sie heute auf den Markt gehen sollen, stimmt's?«

Pilar nickte.

»Aber er hat Ihnen keine Genehmigung mitgegeben.« Diesmal schüttelte Pilar energisch den Kopf. »Und darum müssen Sie jetzt sechzig Euro Strafe zahlen. Da kann man leider nichts machen.«

Isabelle erwartete jetzt das große Klagelied, aber ihre Besucherin schien sich gar nicht für die Strafe zu interessieren. Sie zog ein schmutziges Marmeladenglas der Marke »Bonne Maman – Abricot« aus ihrer Tasche und drückte es Isabelle in die Hand.

»Das habe ich Ihnen mitgebracht«, sagte Pilar und sah sich verschwörerisch um, als müsste sie sich überzeugen, dass sie auch wirklich allein waren.

Isabelle betrachtete das verdreckte Behältnis, in dem sich scheinbar ein etwa drei Zentimeter langes Stück Holz befand, das sich an beiden Enden verdickte. »Was soll ich damit?«

»Das ist ein Knochen«, sagte Pilar und nach kurzer dramatischer Pause: »Menschenknochen ...«

»Danke«, sagte Isabelle unbeeindruckt und stellte das Glas auf ihren Schreibtisch. »Ich gebe es später weiter. Jetzt bringe ich Sie zu den Kollegen, für die Genehmigungen.«

Wenige Minuten später lief Isabelle den Flur entlang und öffnete die Tür zum sogenannten Einsatzraum. Er war brechend voll und die Besprechung hatte bereits begonnen. Am großen Tisch quetschte sich Isabelle auf den letzten freien Platz.

»Schön, dass Sie auch noch bei uns vorbeischauen«, sagte Polizeichef Zerna, ein kleiner, drahtiger Mann, knapp 1,70 Meter groß, der mit den extrahohen Absätzen seiner Cowboystiefel versuchte, seinem Selbstwertgefühl ein paar verstärkende Zentimeter hinzuzufügen. »Entschuldigen Sie, Kommissarin Lapierre«, sagte Zerna zu der Frau, die neben ihm saß und das Abzeichen der *Police Judiciaire*, der Kriminalpolizei, trug.

Die Kommissarin räusperte sich und sah kurz auf ihren Notizblock, der akkurat an der Tischkante ausgerichtet vor ihr lag. Dabei wusste sie genau, was sie sagen wollte, und ihr war auch klar, dass sie sich damit keine Freunde machen würde.

»Also noch einmal, guten Morgen«, sagte die Kommissarin und warf einen tadelnden Blick auf Isabelle. »Wie Sie alle wissen, wurde Paul Simon vergangene Woche im Wiederaufnahmeverfahren am Berufungsgerichtshof von Toulon freigesprochen.«

»Schöne Schweinerei«, rief einer der Männer. Es gab Protestgemurmel, dabei wussten natürlich alle Anwesenden, wie das Gericht entschieden hatte, und die meisten waren mit dieser Entscheidung überhaupt nicht einverstanden.

»Ich bitte um Ruhe, ja?!«, ging Zerna dazwischen, und das Gemurmel verstummte.

»Können wir jetzt weitermachen?«, fragte Madame Lapierre spitz. »Also: Der Oberstaatsanwalt von Toulon hat gestern entschieden, dass die Ermittlungen im Mordfall Amélie Simon erneut aufgenommen werden.«

»Richtig so«, rief einer der jungen Beamten.

»Dann können wir den Kerl ja gleich wieder festnehmen!« Mit seiner Bemerkung löste *Lieutenant* Masclau zustimmendes Gelächter aus. Kommissarin Lapierre sah vorwurfsvoll zu Zerna, der neben ihr saß.

»Hören Sie bitte zu, was die Kommissarin zu sagen hat!« Zerna hob die Hände wie ein Dirigent, der seinem Orchester »Piano« gebietet, und die Zwischenrufe ebbten ab.

Madame Lapierre blätterte in ihren Unterlagen. Sie war genervt, wie immer, wenn sie von Toulon ›in die Provinz‹ fahren musste, wie sie und ihre Kollegen die Gendarmerie Nationale in Lavandou nannten. Normalerweise kümmerten sich die Beamten der Gendarmerie selber um die örtlichen Belange. Jedenfalls solange es sich um kleinere oder mittlere Vergehen wie Einbruch, Diebstahl oder auch mal eine Körperverletzung handelte. Ging es aber um Kapitalverbrechen wie Entführung oder Mord, musste die Leitung der Ermittlungen an die Kriminalpolizei von Toulon abgegeben werden. Eine Vorschrift, die *Commandant* Zerna überhaupt nicht gefiel. Er hasste es, wenn er und seine Mitarbeiter die Arbeit machen mussten und die Kommissare aus Toulon die Lorbeeren ernten durften.

»Da die Staatsanwaltschaft nach wie vor davon ausgeht, dass sich der Mord an Amélie Simon in diesem Arrondissement zugetragen hat, werden auch hier die Ermittlungen wieder aufgenommen werden.«

»Was soll das denn schon wieder heißen?«, unterbrach Masclau die Kommissarin.

Sie sah den Beamten mit strengem Blick an. »Das bedeutet, dass Sie Ihre Arbeit genau so tun werden, wie das Polizeiaufgabengesetz des Innenministeriums es vorsieht.«

»Nicht schon wieder …«, rief einer der Polizisten.

»Wir haben hier doch schon jeden Stein umgedreht«, beschwerte sich ein junger Colonel und erntete zustimmendes Gemurmel.

»Sage ich doch. Nehmen wir Simon gleich fest, und der Fall hat sich.« Das war wieder Masclau.

Diesmal sprach Madame Lapierre einfach weiter. »Dabei gilt Monsieur Simon ab sofort nur noch als Zeuge, wie jeder andere«, sagte die Kommissarin knapp.

»Wie bitte?!«, protestierte Masclau.

»Es sei denn, es tauchen neue Indizien gegen den Mann auf«, kam Zerna seinem *Lieutenant* zur Hilfe.

»Selbstverständlich, *Commandant* Zerna«, sagte die Kommissarin kühl.

»Und wie lange soll das Theater gehen?« Masclau stellte die Frage an Madame Lapierre, sah dabei aber seine Kollegen an.

»Bis Sie uns eine so dichte Beweislage vorlegen, dass der Staatsanwalt darauf eine neue Mordanklage begründen kann«, antwortete Madame Lapierre und fügte hinzu: »Gegen wen auch immer, *Lieutenant*.«

»Beim letzten Mal konnte es Staatsanwalt Orlandy gar nicht schnell genug gehen, Monsieur Simon vor Gericht zu stellen«, sagte Isabelle.

»Was wollen Sie damit andeuten?« Die Stimme der Kommissarin bekam einen schrillen Unterton.

Zerna freute sich über den Einwand seiner Stellvertreterin. Es war immer gut, wenn man diese eingebildeten Kommissare aus Toulon spüren ließ, wer bei den Ermittlungen die Hauptarbeit leistete.

»Wir hatten von Anfang an Zweifel angemeldet, ob die Beweislage ausreicht«, sprang er Isabelle bei. Er verehrte seine Stellvertreterin. Ganz besonders, seit sie sich vor fünf Jahren von ihrem Mann hatte scheiden lassen. Und er würde es niemals verstehen, warum sich Isabelle nicht für ihn, sondern für diesen Rechtsmediziner aus Deutschland entschieden hatte.

»Das zu entscheiden, liegt ja wohl ganz eindeutig außerhalb Ihrer Zuständigkeit.« Madame Lapierres Mund wurde so klein, als hätte sie in eine Zitrone gebissen. »Wollen wir diese Dinge doch lieber der Staatsanwaltschaft überlassen.«

»Ich habe gehört, dass es in Le Lavandou eine Menge Leute gibt, die mit dem Freispruch von Monsieur Simon gar nicht einverstanden sind«, meinte Isabelle.

»Was wollen Sie damit sagen?«, fragte Madame Lapierre.

»Es könnte Ärger geben.« Isabelle sah ihren Chef an. »Es wurde bereits zu einer Initiative gegen Simon aufgerufen.«

»Wundert dich das? Er hat schließlich eine Zehnjährige umgebracht!« Masclau war aufgebracht.

»Bitte, Didier«, meinte Isabelle vorwurfsvoll.

»Ist doch wahr: Vor fünf Jahren musste er in den Knast, und alle haben ›Bravo‹ gerufen.«

»Wir stecken mitten in der Sommersaison«, sagte Zerna. »Das Letzte was ich brauche, ist eine Mahnwache vor Simons Haus.«

»Wir sollten sein Haus und die Umgebung überwachen.« Isabelle sah ihren Chef an. »Zumindest bis sich die Lage beruhigt hat.«

»Guter Vorschlag«, lobte Zerna. »*Lieutenant* Masclau, das organisieren am besten Sie.«

»Ich spiele doch nicht das Kindermädchen für diesen ...«, er verschluckte den Rest des Satzes, als ihn der strafende Blick seines Chefs traf.

»*Merde, alors*«, brummte Masclau und einige Kollegen kicherten.

»Ich erwarte von Ihnen bis heute Nachmittag Vorschläge, was das Vorgehen bei den Ermittlungen angeht.« Zerna sah die Kommissarin an. »Wir werden Ihnen Listen mit den zu befragenden Personen zukommen lassen.«

»Und was ist mit all den alten Spuren und Indizien?«, wollte Isabelle wissen.

»Die werden wir natürlich alle noch einmal neu bewerten. Also, an die Arbeit.« Zerna versuchte, ein freundliches Gesicht zu machen, aber Isabelle konnte sehen, wie schwer ihm das fiel. Die Beamten standen auf und drängten zur Tür.

»Na, großartig. Also noch mal so wie beim letzten Mal?«, fragte Masclau in Richtung der Kommissarin.

»Nein, besser als letztes Mal.« Madame Lapierre setzte einen abfälligen Blick auf. »Diesmal erwarte ich, dass Sie auch die Leiche finden.«

Masclau drehte sich um und verließ ohne ein weiteres Wort den Raum. Die Beamten gingen in ihre Büros. Zerna rief Isabelle noch einmal zurück. »*Capitaine* Morell, kennen wir inzwischen den Besitzer des Fischerbootes?«

»André Martin. 39 Jahre.« Isabelle war in der Tür stehen geblieben. »Arbeitet für France Telecom. Wohnhaft in Saint Clair.«

»Und, haben Sie mit ihm gesprochen?«

»Er geht nicht an sein Handy«, sagte Isabelle. »Die Telecom wusste auch nicht, wo er sich im Augenblick aufhält.«

»Bleiben Sie dran.« Zerna gab vor Madame Lapierre gerne den besorgten Chef, der sich um jedes Detail in seiner Dienststelle kümmerte. »Noch etwas: Am besten, Sie gehen zu Madame Simon.«

Isabelle zögerte, dann wandte sie sich an Madame Lapierre. »Möchten Sie nicht mit der Mutter sprechen?«

»Nein«, die Kommissarin steckte Block und Unterlagen in ihren blauen Aktenkoffer. Dann ließ sie demonstrativ die Schlösser zuschnappen, blickte auf und sah Isabelle mit ihrem falschen Lächeln an. »Ich sagte ja schon, das ist Aufgabe der lokalen Behörde. Außerdem kennen Sie sie schließlich am besten.«

»*Bonne journée*, Madame«, zwang sich Isabelle zu sagen und ging.

3. KAPITEL

Leon bog mit seinem alten Peugeot Cabrio auf den Ärzteparkplatz der Klinik Saint Sulpice ein, der von großen Pinien überschattet wurde. Doch irgendjemand hatte das Auto auf seiner Parkbucht abgestellt. Das war dreist, denn Leons Platz war, genau wie die seiner Kollegen, mit einem Namensschild deutlich gekennzeichnet: Dr. Leon Ritter. Es galt als unausgesprochene Regel, dass man niemals den Platz eines Kollegen besetzte. Leon fuhr zu dem angrenzenden Besucherparkplatz und fand nur noch eine Lücke in der prallen Sonne.

Leon klappte das Dach seines Autos zu, damit die Sonne nicht die alten Ledersitze wie Herdplatten aufheizte. Es war zwar erst Anfang Juni, aber in der vergangenen Woche waren die Temperaturen bereits bis auf 34 Grad gestiegen und auch heute war der Himmel wieder wolkenlos. Leon griff unter den Beifahrersitz, wo er eine Tüte der Bäckerei Lou hervorzog. Er ließ die Scheiben offen, damit sich die Hitze nicht im Auto staute, und ging zum Haupteingang der Klinik.

Das Krankenhaus Saint Sulpice war ein schmuckloses Gebäude aus den 1970er-Jahren, das erst kürzlich einen modernen vierstöckigen Anbau bekommen hatte. Im Zuge dieser Renovierung war die Klinik nicht nur um ein Landedeck für Rettungshubschrauber, sondern auch um eine eigene Rechtsmedizinische Abteilung erweitert worden.

Ein ehrgeiziges Projekt von Klinikchef Dr. Hugo Bayet, der hoffte, auf diese Weise schneller den heiß ersehnten Ruf an die Universität in Marseille zu bekommen. Allerdings waren seine Pläne mehrfach von Leon durchkreuzt worden, der mit seinen unorthodoxen Untersuchungsmethoden immer wieder die Kritik von Presse und Staatsanwaltschaft auf die Klinik gelenkt hatte. Dr. Bayet hatte sich in letzter Zeit öfter gefragt, ob er sich mit der Einstellung des renommierten Dr. Ritter aus Deutschland wirklich einen Gefallen getan hatte.

Leon betrat die Eingangshalle und ging zum Empfang, wo eine etwas mollige, blonde Schwester im türkisfarbenen Klinikkittel saß.

»*Bonjour*, Schwester Monique«, sagte Leon, »die fleißigste Mitarbeiterin von Saint Sulpice.«

»Ach, *Docteur*«, kicherte Schwester Monique, richtete sich in ihrem Stuhl auf, zupfte die Bluse zurecht und strahlte Leon an.

Er stellte die Tüte vor Monique auf den Tisch. »Habe ich Ihnen mitgebracht.«

»Danke, *Docteur*«, sagte sie. »Aber Sie wissen ja, dass ich eigentlich nichts Süßes mehr esse.«

»Ich dachte, bei einem *Pain au chocolat* aus der Boulangerie Papou würden Sie vielleicht eine Ausnahme machen.«

»Also wirklich ...«, sie sah Leon mit einem Augenaufschlag an, den sie für unwiderstehlich hielt, packte die Tüte und ließ sie blitzschnell unter dem Tisch verschwinden. Schwester Monique hatte bestimmt gute Vorsätze, aber Leon wusste auch, dass das Gebäck den Tag nicht überstehen würde.

»Dr. Bayet hat nach Ihnen gefragt.«

»Hat er gesagt, was er wollte?«

»Keine Ahnung. Er kam mit einem anderen Arzt, den er Ihnen vorstellen wollte.«

»Dr. Bodin, richtig«, erinnerte sich Leon. Der Klinikleiter hatte ihn vor einigen Tagen angerufen, um ihm den Mediziner vorzustellen, der die Rechtsmedizinische Abteilung von Saint Sulpice gerne kennenlernen wollte.

»Ja, so hieß er«, sagte die Schwester und griff zum Telefon. »Ich sage dem Chef, dass Sie hier sind.«

»Warten Sie«, sagte Leon strenger, als er wollte. Die Schwester ließ ihre Hand auf dem Hörer ruhen. »Rufen Sie ihn bitte erst in einer Stunde an. Ich habe noch eine Sektion, da würde ich gerne ungestört arbeiten.«

»Natürlich, *Docteur,* ich verstehe«, sagte die Schwester und zwinkerte Leon verschwörerisch zu.

Die Rechtsmedizin war im Keller des Anbaus untergebracht. Hier unten brannte den ganzen Tag Kunstlicht und die Raumtemperatur wurde auf konstanten 20 Grad gehalten. Heute waren es allerdings mindestens 25 Grad in der Abteilung.

Als Leon die Pathologie betrat, stand Olivier Rybaud neben dem Obduktionstisch. Leons Assistent war 38 Jahre alt, dünn und hochgewachsen. Er trug eine lange Gummischürze. Die Leiche auf dem Sektionstisch war mit einem grünen Tuch bedeckt. Rybaud befestigte gerade den kleinen Plastikstreifen mit dem Barcode, den sie hier ›Le Ticket‹ nannten, am Fußgelenk des Opfers. Leon wusste nur, dass es sich bei dem Opfer um eine Frau handelte. Die Polizei hatte eine dringende Obduktion angeordnet.

»Was ist mit der Klimaanlage los?«, fragte Leon seinen Assistenten.

»Keine Ahnung. Irgendeine Störung in der zentralen Steuerung, ich hab schon den Hausmeister informiert. Er hat zugesagt, länger als *›une petite heure‹* wird es angeblich nicht dauern.«

Leon wusste, was es bedeutete, wenn ein Südfranzose »eine kleine Stunde« sagte. Es konnte ohne Weiteres Abend werden.

»Was ist mit dem Kühlraum?«, fragte Leon besorgt. Die ausfahrbaren Schubladen, in denen die Toten aufbewahrt wurden, mussten auf exakt vier Grad Celsius gehalten werden und verfügten über eine separate Klimaanlage.

»Alles in Ordnung«, sagte Rybaud. »Ich habe die Kontrollanzeige gerade noch einmal überprüft.«

Leon hatte sich umgezogen. Er trug jetzt ein grünes, kurzärmeliges Kittelhemd über einer grünen Hose. Darüber hatte er die obligatorische Einmalschürze aus durchsichtiger Plastikfolie gebunden. Seine Hände steckten in hauchdünnen Gummihandschuhen der Stärke »0«. Im Gegensatz zu seinen Kollegen, die meist schwere Stulpenhandschuhe trugen, verließ er sich während der Arbeit gerne auf sein Fingerspitzengefühl. Leon nahm das Klemmbrett vom Seziertisch, warf einen kurzen Blick darauf und schlug das grüne Tuch zurück.

Die Tote war verblutet, das war offensichtlich. Es gab Schnitte über der Wange, an der linken Schulter und am Oberarm. Aber die entscheidende Verletzung war der Schnitt in die rechte Arteria carotis, die große Halsschlagader. Das Opfer musste innerhalb weniger Minuten verblutet sein. Leon sah seinen Assistenten an.

»Laut Polizeibericht ist sie in die Glastür zur Terrasse gestürzt«, erklärte Rybaud.

Leon nickte nur. Verbluten war eine hässliche Art zu sterben. Sieben Liter Blut flossen durch den menschlichen Körper. Die Halsschlagader war eines der größten Blutgefäße. Wurde sie auf diese Weise verletzt, spritzte das Blut meterweit. Es konnte entsetzliche Minuten lang dauern, bis der Blutdruck zusammenbrach und das Herz noch einige letzte leere, sinnlose Schläge machte. Ohne den nötigen Druck konnten auch keine roten Blutkörperchen mehr ins Gehirn gepumpt werden, der lebensnotwendige Sauerstoff blieb aus. Schließlich versagte das Hirn, die Atmung setzte aus, und alle übrigen Organe wurden vom Körper regelrecht abgeschaltet. All das hat diese Frau in den letzten Augenblicken ihres Lebens miterleben müssen, dachte Leon.

Leon schätzte die Tote auf Anfang sechzig. Sie war athletisch schlank für ihr Alter. Leon ging langsam um die Leiche herum und betrachtete sie sorgfältig. Er wollte die Tote ›kennenlernen‹, wie er das nannte. Er wollte begreifen, wer das Opfer war, das da vor ihm lag. Wie hatte die Person gelebt? Wie hatte sie gearbeitet? War sie glücklich oder verzweifelt gewesen? Erst wenn er das wusste, würde er auch die wichtigste aller Fragen beantworten können. Die Frage nach dem Warum. Warum hatte dieser Mensch sterben müssen?

Die Haut der Frau war gepflegt. Die Nägel an Händen und Füßen geschnitten und gefeilt. Sie hatte Wert auf ihre äußere Erscheinung gelegt. Mund, Nase, Augen und die anderen Körperöffnungen waren frei von Fliegen oder Maden. Ein sicheres Zeichen, dass die Frau keine drei Stunden nach ihrem Tod entdeckt worden sein musste und zügig in die Rechtsmedizin gebracht worden war. Leon sah seinen Assistenten an.

»Madame Landru, 65 Jahre«, sagte Rybaud.

»Die Naturheilerin?«

»Richtig.«

Leon nickte. »Ich habe kürzlich ein Interview mit ihr im *Var-Matin* gelesen. Sie hat behauptet, dass sie nie im Leben bei einem Arzt gewesen ist. Hatte sie nicht ein Geschäft in Hyères?«

»Und noch drei weitere in Toulon und Marseille«, sagte Rybaud. »Echte Goldgruben. Die Leute stehen auf Naturmedizin.«

»Was sagt das Polizeiprotokoll?«

»Nur dass sie in ihrem Haus in die Scheibe gestürzt ist. Ihr Enkel hat sie tot am Boden gefunden, angeblich.«

»Angeblich?«, fragte Leon, während er den Hals genauer untersuchte.

»Er ist der Alleinerbe«, meinte Rybaud. »Und er ist knapp bei Kasse. In Marseille wollten sie schon vor zwei Wochen sein Restaurant dichtmachen.«

Leon fragte erst gar nicht, woher sein Assistent das wusste. Wenn es um Klatschgeschichten aus der Gegend ging, war Rybaud der absolute Experte.

»Wird gegen den Enkel ermittelt?« fragte Leon. Obwohl er natürlich genau wusste, dass das Rechtsmediziner nicht zu interessieren hatte. Aber für ihn waren die Toten nicht einfach nur Beweisstücke, die es zu untersuchen galt. Auch wenn vielleicht die meisten seiner Kollegen so dachten. Für Leon waren die Toten »Patienten«, und genauso sorgfältig und respektvoll untersuchte er sie auch. Wie ein Arzt, der sich nach den Lebensumständen des Patienten erkundigte, »fragte« Leon auch seine Patienten nach den Umständen, die zu ihrem Tod geführt hatten.

Eine aktive Frau, die mitten im Leben stand. Würde eine solche Person in ihrem Wohnzimmer zu Tode stürzen?

»Die Polizei hat keinen Anhaltspunkt. Noch nicht. Sie

wollen unseren Bericht abwarten«, sagte Rybaud, der seinen Chef genau beobachtete.

Leon griff nach dem Handgelenk der Toten und hob es leicht an. Jetzt konnte er sehen, dass die Finger sich wie die Klaue eines Vogels verkrampft hatten. Leon richtete sich auf und griff zu der großen Lupe, die an einem Gelenkarm über dem Sektionstisch hing. Er schaltete das LED-Licht ein und hielt die Lupe über die Augen der Toten. Zwischendurch diktierte er seine Beobachtungen in das digitale Aufnahmegerät, das er in der Brusttasche trug.

»Pupillen beidseitig weit gestellt ...«, sagte Leon und schwenkte die Lupe wieder nach oben. Dann machte er einen Schritt zur Seite und beugte sich über den Kopf der Frau. Vorsichtig schob er die blonden Haare des Opfers nach hinten über das Ohr. Er drückte die Ohrmuschel leicht nach vorne, dann sah er die kleinen Einblutungen.

»Erstickungsanfall«, sagte Leon.

Rybaud beugte sich jetzt ebenfalls über das Opfer. »Ich kann keine Würgemale erkennen.«

»Nein, keine Fremdeinwirkung«, sagte Leon. »Haben wir schon den Kreatininwert?«

Rybaud reichte seinem Chef einen Computerausdruck. Leon brauchte nur einen kurzen Blick.

»Haben Sie das gesehen?«

»Über zwei Milligramm«, nickte Rybaud.

»Nierenversagen«, konstatierte Leon nachdenklich.

»Dafür kann es jede Menge Gründe geben« sagte Rybaud.

»Ein Krampf in der Hand, Einblutungen hinter dem Ohr. Geweitete Pupillen, Nierenversagen und der Sturz in die Scheibe ...«, Leon sah seinen Mitarbeiter an. »Hatten Sie schon mal mit einer Vergiftung durch Tollkirsche zu tun?«

»Nein, aber für solche Symptome kann es doch hundert verschiedene Auslöser geben.«

»Nicht für eine Naturheilerin, die sich das Leben nehmen will«, sagte Leon.

»Sie glauben, die Frau hat sich umgebracht? Warum?«

»Lassen Sie es uns herausfinden.«

Eine halbe Stunde später zeigte sich, dass Leon mit seiner Überlegung richtiggelegen hatte. Im Magen fanden sich die halb verdauten Reste von etwa zwanzig Tollkirschen, den berüchtigten »Atropa Belladonna«. Jeder Mediziner, auch wenn er nur Naturheilkunde betrieb, wusste um die Gefahr, die von den schwarzen Beeren ausging. Sie produzierten die hochgiftigen Tropan-Alkaloide, die das zentrale Nervensystem angriffen. Die tödliche Menge der süßen Beeren lag für Kinder bei etwa vier Stück, bei einem durchschnittlichen Erwachsenen galten zwölf Beeren als letale Dosis. Leon stellte sich vor, wie die Frau die Beeren gegessen hatte. Wie schon nach wenigen Minuten ihr Puls hochschoss, wie die Pupillen ihrer Augen sich weiteten und sie die Trockenheit im Mund spürte. Dann begannen die Krämpfe, dazu Schwindel und schließlich die völlige Verwirrtheit. In diesem Moment musste sie orientierungslos durch den Raum gestolpert und in die Scheibe gelaufen sein. Den Schnitt in die Halsschlagader konnte sie nur wenige Minuten überlebt haben. Diese Frau hatte genau gewusst, was sie tat, als sie die Beeren aß. Sie hatte gewusst, dass es für sie keinen Weg mehr zurück gab.

Es dauerte noch weitere zwanzig Minuten, dann konnte Leon auch die Frage nach dem Warum beantworten. Die Tote hatte Nierenkrebs, der bereits mit seinen Metastasen ihre Wirbelsäule befallen hatte. Nach Leons Erfahrung hätte sie keine vier Monate mehr zu leben gehabt. Offensichtlich hatte sich Madame Landru, die nie zu einem Arzt gegangen war, in ihren letzten Lebenswochen doch einem Mediziner anvertraut, der ihr die schreckliche Wahrheit gesagt hatte: Krebs im Endstadium.

Leon betrachtete die Tote, während sein Assistent die letzten Gewebeproben nahm. Er konnte nur die medizinischen Fragen beantworten, der Rest war Polizeiarbeit. Aber Leon war sich sicher, dass der Enkel mit dem Tod seiner Großmutter nichts zu tun hatte. Selbstmord war eine der häufigsten Todesarten, wenn man mal von tödlichen Krankheiten und Verkehrsunfällen absah. Und in keinem europäischen Land brachten sich so viele Menschen um wie in Frankreich.

4. KAPITEL

Leon betrat das Vorzimmer von Klinikleiter Bayet. Hier hatte dessen Sekretärin, Madame Koenig, das Kommando und verbreitete wie immer schlechte Laune. Die blonde, humorlose Frau mit den streng zurückgekämmten Haaren, die sie mit einer Samtschleife zusammengebunden hatte, erinnerte Leon jedes Mal an seine Lateinlehrerin aus dem Gymnasium.

»Doktor Bayet erwartet Sie«, sagte sie mit einem angedeuteten arroganten Kopfnicken in Richtung Tür, die sie wie ein Kettenhund bewachte. »Schon seit fünfzehn Minuten. Er hat bereits drei Mal nach Ihnen gefragt.«

»Drei Mal, meine Güte!«, sagte Leon in gespielter Überraschung. »Da sollten Sie ihn aber auf gar keinen Fall noch länger warten lassen, Madame Koenig.«

»Wieso? Das ist doch nicht mein Versäumnis«, Madame König war sich nicht sicher, wie ihr Besucher die Bemerkung gemeint hatte.

Leon lächelte sie freundlich an und ging zur Tür. Die Sekretärin hatte ihn in der Pathologie angerufen, und er hatte ihr versichert, dass er zu Dr. Bayet käme, sobald er die Obduktion abgeschlossen habe. Als Leon das Büro des Klinikleiters betrat, erhob sich Dr. Bayet zu Leons Erstaunen hinter seinem Schreibtisch. Das hatte er noch nie getan. Der Klinikleiter wies mit höflicher Geste auf den Besucher, einen etwa vierzigjährigen Mann mit glatt rasiertem Gesicht und hoher Stirn, der sich ebenfalls erhob. Er trug eine blaue Hose und ein hellblau-weiß gestreiftes Hemd, einen dünnen Baumwollpullover hatte er sich über die Schultern gelegt. Ein Arzt im Sommerurlaub, dachte Leon. Wahrscheinlich hatte er das in einer der Ärzteserien im Fernsehen gesehen.

»Dr. Ritter, darf ich Ihnen Dr. Alexandre Bodin vom Rechtsmedizinischen Labor in Avignon vorstellen?«

Die Männer schüttelten sich die Hand und tauschten ein paar Höflichkeiten aus. Bayet wies auf die Stühle, und man setzte sich.

»Nun ja«, sagte Dr. Bayet und suchte nach den passenden Worten. Es entstand eine kurze peinliche Pause.

»Ich habe schon viel von Ihrer ... speziellen Arbeitsweise gehört«, sagte Bodin zu Leon, und es war offensichtlich, dass das nicht als Lob gemeint war.

»Die Rechtsmedizinische Abteilung von Saint Sulpice konnte in letzter Zeit zur Aufklärung einiger ungewöhnlicher Verbrechen beitragen«, sagte Leon bescheiden.

»Genau, und deshalb haben wir Dr. Bodin zu Gast«, nahm Bayet den Faden auf. »Ich hatte ja sein Kommen bereits avisiert.« Der Klinikleiter benutzte gerne Fremdwörter, um seinen Sätzen mehr Bedeutung zu verleihen. »Dr. Bodin wollte sich gerne eine Zeitlang in einer modernen klinisch-rechtsmedizinischen Abteilung umsehen. Und welcher Platz wäre da besser geeignet als Saint Sulpice.«

»Ich bin Dr. Bayet, wirklich sehr dankbar für das Angebot.« Bodin rutschte unruhig auf seinem Stuhl hin und her. »Wie schon gesagt, nach fast vier Jahren Laborarbeit möchte ich dringend mal wieder im Obduktionssaal stehen.« Dabei ballte er die Hände zu Fäusten, als könnte er seinen Tatendrang kaum bändigen.

»Schade, dass Sie nicht heute Morgen bei uns vorbeigesehen haben«, sagte Leon. »Wir hatten einen sehr interessanten Fall einer Tropan-Alkaloid-Vergiftung.«

»Einer ... aha ...«, der Gast warf einen schnellen, Hilfe suchenden Blick in Richtung Klinikleiter.

»Belladonna, Tollkirsche«, half Leon dem Besucher auf die Sprünge, wie einem Schüler, dem die richtige Vokabel nicht einfallen wollte.

»Vergiftung durch Tollkirsche. Nicht so ungewöhnlich hier bei Ihnen im Süden, oder?«, versuchte Dr. Bodin seine Unkenntnis zu überspielen.

»Das Opfer hatte sich vergiftet und war dann in eine Scheibe gestürzt. Wobei es sich die Halsschlagader aufgeschnitten hatte und verblutete«, ergänzte Leon. »Also ich fand es ziemlich ungewöhnlich.«

»Na, bestens meine Herren, da sind wir ja schon mittendrin im Fachgespräch.« Der Klinikleiter hob die Hände. »Also dann sagen wir doch einfach, Sie kommen morgen um neun zu Doktor Ritter in die Forensik. Das ist Ihnen doch recht, Doktor Ritter?« Er sah Leon mit einem Blick an, der jeden Widerspruch unterbinden sollte.

»Morgen machen wir nur ein paar Standarduntersuchungen in der Autopsie. Nichts Besonderes«, antwortete Leon ausweichend und wandte sich an den Gast. »Ich fürchte, das würde Sie nur langweilen. Aber wenn Sie etwas sehen wollen, dann empfehle ich Ihnen die Altstadt von Hyères. Morgen ist Wochenmarkt.«

»Sehr liebenswürdig. Danke.« Bodin zwang sich zu einem Lächeln.

»Dr. Bodin hat in den letzten Jahren geholfen, das neue Rechtsmedizinische Labor von Avignon aufzubauen«, versuchte Bayet die Situation zu retten. »Ich bin überzeugt, er brennt geradezu darauf, mit Ihnen im Obduktionsraum stehen zu dürfen.«

»Na gut. Wir beginnen mit den Untersuchungen gegen acht Uhr.« Leon erhob sich. »Ich müsste jetzt noch einmal kurz nach unten, um meinem Assistenten ein paar Anweisungen für morgen geben.«

»Aber natürlich«, sagte der Klinikchef.

Auch der Gast hatte sich erhoben. »Ich freue mich auf morgen«, sagte er.

Leon schüttelte ihm kurz die Hand. »Nur eines noch«, sagte er. »Stellen Sie doch bitte Ihren Wagen morgen auf dem Besucherparkplatz ab. *Bonne soirée, messieurs.*«

Einige Minuten später stand Leon auf dem Parkplatz und öffnete das Verdeck seines Cabrios. Er musste gar nicht mehr in die Rechtsmedizin zurückkehren, er wollte nur raus aus dem Büro des Klinikleiters. Schon Dr. Bayet war schwer zu ertragen, aber dieser Doktor Bodin aus Avignon war eine echte Zumutung. Leon war ein Einzelkämpfer, der nichts dringender brauchte als seine Ruhe. Er wollte allein sein bei seiner Arbeit. Konzentriert auf eine Aufgabe. Er musste hineinhorchen in die Seelen der Verstorbenen, sich inspirieren lassen, auf sein Bauchgefühl achten, Spuren und Zeichen erahnen. Das war der Weg, der ihn zu seinen Erfolgen führte. Die Vorstellung, dass ihm ab morgen ununterbrochen ein ahnungsloser Rechtsmediziner über die Schulter sehen würde, war grauenhaft. Die Zusammenarbeit mit Rybaud war das Äußerste an Teamwork, das Leon in seinen geheiligten Hallen der Rechtsmedizin ertragen konnte.

»Ich habe gehört, Sie haben Unterstützung bekommen.« Neben Leon war Dr. Théo Menez aufgetaucht.

Menez war von erfrischender Offenheit. Leon hatte sich

seit dem ersten Tag in der Klinik mit dem Unfallchirurgen verstanden. Inzwischen war eine Art Freundschaft zwischen ihm und dem engagierten Arzt entstanden.

»Das Schicksal will mich strafen.«

»Ist es so schlimm?«

»Schlimmer. Es ist die Heimsuchung.«

Menez lachte und klopfte Leon auf die Schulter. »Keine Sorge. Bodin ist nur ein Wichtigtuer.« Leon sah ihn an. »Ich habe mit ihm zusammen in Aix-en-Provence Medizin studiert.«

»Und warum rollt Bayet für ihn den roten Teppich aus?«

Dr. Menez sah sich kurz um, als müsste er sich versichern, dass ihnen niemand zuhörte. »Im Haus geht das Gerücht, dass Bayet Sie gerne ablösen würde.«

Leon verschlug es für einen Moment die Sprache. Ihm war klar, dass er sich mit seinem letzten Fall massiven Ärger eingehandelt hatte. Die Exhumierung eines Priesters war ein öffentlicher Skandal gewesen. Aber schließlich hatte er den Fall gelöst, und über seine mögliche Ablösung hatte Bayet nie ein Wort verloren. Allerdings hatte er auch nie davon gesprochen, seinen laufenden Vertrag zu verlängern.

»Wenn Bayet wirklich einen Nachfolger für mich sucht, wieso holt er dann jemand wie Doktor Bodin? Einen Mann ohne jede Erfahrung?«

»Man merkt, dass Sie noch nicht lange in der Provence sind, mein Freund. Sein Vater ist Professor Vincent Bodin vom *Ordre des Médecins*.«

»Der Vorsitzende der Ärztekammer?«

»Genau der. Der Mann mit den perfekten Verbindungen.«

»Zum Beispiel, wenn man von einer Professur in Marseille träumt?«, fragte Leon.

»Ganz speziell, wenn man von einer Professur in Marseille träumt.« Dr. Menez lachte. »Ich wette, unser guter Dr. Bayet schreibt bereits an seiner Antrittsvorlesung.«

»Danke für die schlechten Nachrichten.« Leons Humor klang etwas angestrengt.

»Die gute Nachricht lautet: Bodin ist ein Blender. Er kann nichts. Wenn Bayet ihm die Abteilung übergibt, fährt er sie in kürzester Zeit gegen die Wand.«

»Ich bin nicht sicher, ob ich mich über diese Information freuen soll«, sagte Leon, verabschiedete sich, stieg ein und fuhr davon. Er schaltete das Radio an. Die ewige Edith Piaf sang: »Non, je 'ne regrette rien.«

5. KAPITEL

Die Villa lag versteckt zwischen dichten Palmen, Oleanderbüschen und Pinien. Wo die Vegetation ein wenig durchlässiger war, konnte man das Meer in der Mittagssonne glitzern sehen. Isabelle kniff die Augen zusammen und blinzelte in die Sonne. Das Wasser konnte keine fünfzig Meter entfernt sein. Eine fantastische Lage. Isabelle hatte extra hundert Meter weiter geparkt, um ein Stückchen zu Fuß zu gehen und sich einen Eindruck von der Gegend zu machen. Es war heiß und der Boden war trocken und staubig. Dagegen wirkten die gepflegten Gärten rechts und links der kleinen Straße geradezu tropisch. Von irgendwoher wehte die Nachmittagsbrise den feuchten Hauch einer Sprinkleranlage heran. Es roch nach kühlem Schatten und frischen Blättern. Die Sonne hatte die schmale Straße, die am Rand von Le Lavandou direkt an der Bucht entlangführte, den ganzen Tag aufgeheizt. Isabelle konnte die Hitze noch durch die Sohlen ihrer Schuhe spüren. Schmetterlinge flatterten in den Sonnenstrahlen, die durch die Kronen der mächtigen *Pines Parasols* fielen, und über allem lag der unvergleichliche Gesang der Zikaden.

Isabelle blieb vor dem Haus mit der Nummer 13 stehen. Zur Straße war das Gebäude durch eine weiße Mauer abgeschirmt, in der ein schwarzes Eisentor eingelassen war. Es war schon über fünf Jahre her, dass Isabelle mit der Mutter der toten Amélie gesprochen hatte. Damals wohnte

Delphine Simon noch in einem Einfamilienhaus an einer der Corniches über Saint Claire. Madame Simon hatte sich eindeutig verbessert, dachte Isabelle, als sie die Klingel drückte, an der kein Name stand.

»Hallo …?«, fragte eine zögernde Frauenstimme.

»*Capitaine* Morell, wir haben telefoniert«, antwortete Isabelle.

»Kommen Sie bitte herein«, sagte die Stimme.

Ein Summen war zu hören, und im gleichen Moment wurde das Tor elektrisch geöffnet. Das Haus war, was man in einem Maklerprospekt als »Architektentraum« bezeichnet hätte. Es bestand aus zwei weißen Würfeln, die durch ein gläsernes Atrium verbunden waren. In der Tür stand eine schmale, schüchterne Frau mit dunklen kurzen Haaren, die sich in dieser prächtigen Villa nicht zu Hause zu fühlen schien. Sie trug ein helles Sommerkleid mit einem schwarzen Gürtel. Dazu hatte sie Tennisschuhe an. Sie war 38, aber die Falten um die Augen und die schmalen Lippen ließen sie älter erscheinen.

Madame Simon begrüßte ihre Besucherin freundlich, aber reserviert, fast etwas verstört. Sie führte Isabelle durch die strahlend helle Eingangshalle, an der offenen Küche vorbei, hinaus auf die Terrasse. Der Boden der Veranda war aus Teakholz, wie auf einem Segelboot, als Balustrade waren hüfthohe Glasscheiben montiert worden, sodass man den freien Blick auf die Bucht und das Meer hatte. Man konnte sich einbilden, man befände sich an Deck einer Yacht und hielt auf die offene See zu.

»Das ist ein fantastisches Haus.« Isabelle sah sich beeindruckt um. Sie hatte, bedingt durch ihre Arbeit, schon einige Villen gesehen, aber diese hier war etwas Besonderes.

»Denis, also Monsieur Legrand, hat es gefunden.«

»Da hatte er aber Glück. Das ist wirklich ein wunderschöner Platz.«

»Mein Mann hat lange nach etwas Passendem für uns gesucht.« Bei der Gastgeberin klang es wie eine Entschuldigung. »Er ist Makler.«

»Ich wusste gar nicht, dass Sie wieder geheiratet haben, Madame …?«

»Legrand«, ergänzte sie. »Das war im vergangenen Herbst. Wir kennen uns schon ein paar Jahre, Denis und ich.«

»Kennen Sie sich aus Lavandou?«, fragte Isabelle.

»Nein, aus Hyères«, sagte Madame Legrand. »Ich habe bei Moreau, dem Optiker, gearbeitet, nachdem Amélie … nachdem das alles passiert ist. Denis kam eines Tages in den Laden und hat eine Sonnenbrille gekauft.«

Isabelle konnte sich nicht erinnern, dass der Name Denis Legrand während der Untersuchung des Mordes an der kleinen Amélie jemals aufgetaucht wäre. Sie würde dem nachgehen.

»Wir wollten nicht, dass geredet wird«, fügte die Frau schnell hinzu.

»Das kann ich gut verstehen. Es ist sicher schwer, nach allem, was passiert ist, ein normales Leben zu führen.« Isabelle sah ihre Gastgeberin an.

»Ich führe kein ›normales Leben‹ mehr.« Die Gastgeberin wandte sich ab und atmete tief die frische Luft ein, die über das Meer heranwehte. »Vielleicht irgendwann einmal.«

»Was ist aus Ihrem alten Haus geworden?«

»Ich konnte dort nicht länger bleiben. Können Sie das verstehen …?«

»Natürlich«, erwiderte Isabelle. »Sie haben das Haus verkauft?«

»Denis hat sich um alles gekümmert«, erklärte Madame Legrand. »Ich hätte das nicht gekonnt, nachdem Amélie ...«, sie unterbrach sich, schüttelte den Kopf und drückte sich mit der rechten Faust gegen die Oberlippe, als könnte sie so die Tränen zurückhalten. »Ich hatte dort immer das Gefühl, sie wäre noch ... noch bei mir.«

Es entstand eine kleine Pause, und Isabelle wartete, bis sich Madame Legrand wieder gefangen hatte.

»Ich hatte es Ihnen ja bereits am Telefon gesagt.« Isabelle sah die Frau an, die ihrem Blick auswich. »Die Staatsanwaltschaft wird den Fall noch einmal aufrollen.«

»Ich wünschte, ich könnte das alles vergessen.« Madame Legrand schüttelte den Kopf. »Damals hat der Staatsanwalt gesagt, dass Paul für immer hinter Gitter käme für das, was er getan hat ... und jetzt? Ich verstehe es nicht. Ich verstehe es wirklich nicht.«

»Das Revisionsgericht war von seiner Unschuld überzeugt«, erwiderte Isabelle.

»Aber er ist doch immer noch der einzig Verdächtige?« Madame Legrand sah Isabelle an. »Oder etwa nicht?«

»Wir ermitteln nicht mehr gegen ihn«, sagte Isabelle.

»Ich halte das nicht aus.« Madame Legrand drehte sich um, sah aufs Meer und begann zu weinen. »Nicht noch einmal. Bitte, ich ... ich stehe das nicht noch einmal durch.«

Isabelle legte der verzweifelten Frau die Hand auf den Arm.

»Wir wollen den Menschen finden, der das getan hat«, sagte Isabelle. »Ich weiß, das ist schlimm für Sie. Aber ich bitte Sie trotzdem, uns zu helfen.«

Die Gastgeberin zog ein zerknülltes Papiertaschentuch

aus der Tasche ihres Kleides und tupfte sich die Tränen aus dem Gesicht.

»Darf ich Sie fragen, ob Ihr Ex-Mann sich bei Ihnen gemeldet hat?« Isabelle klang besorgt, als würde sie mit einer Freundin sprechen.

»Nein, das dürfen Sie nicht!«, rief eine energische Stimme von der Terrassentür her.

Isabelle drehte sich um. Am Eingang zur Veranda stand ein blonder Mann, Mitte vierzig, der sein üppiges Haar zu einer dekorativen Mähne aufgekämmt hatte. Vielleicht weil er hoffte, auf diese Weise jünger zu wirken. Er trug Marken-Jeans und ein Poloshirt. Seine nackten Füße steckten in Dockers aus weichem blauem Leder. Isabelle wusste gleich, wer der Mann war: Denis Legrand.

»Du brauchst nicht zu antworten, Liebes«, sagte der Mann. »Die Polizei hat kein Recht, dir Angst zu machen.« Die letzte Bemerkung richtete er an Isabelle.

»Sie hat mich nur gefragt, ob sich Paul bei uns gemeldet hat, seit er ...«, Madame Legrand verschluckte den letzten Teil ihres Satzes.

»Ich möchte Ihrer Frau keineswegs Angst machen. Ich habe sie nur gebeten, uns bei den Ermittlungen zu unterstützen.«

»Sie sehen doch, wie Sie sie mit Ihren Fragen quälen«, sagte Legrand vorwurfsvoll. »Warum kommen Sie überhaupt zu uns? Sie hatten den Mörder doch schon ins Gefängnis gesteckt. Wenn Sie diesen Verbrecher wieder laufen lassen, bitte. Das ist nicht unsere Sache. Aber erwarten Sie nicht von meiner Frau, dass sie Ihnen noch einmal hilft.«

Isabelle zog ihre Visitenkarte aus der Tasche und reichte sie Madame Legrand.

»Wenn Monsieur Simon hier auftauchen sollte oder sich bei Ihnen meldet, geben Sie mir Bescheid. Sie können mich jederzeit unter dieser Nummer erreichen.«

»Na klar, großartig, machen Sie meiner Frau nur richtig Angst.« Monsieur Legrand sah Isabelle wütend an.

»Er hat mich schon angerufen«, sagte Madame Legrand leise.

»Aber Liebes? Das hast du ja gar nicht erzählt.« Legrand ging zu seiner Frau und wollte ihr den Arm um die Schulter legen, aber sie drehte sich von ihm weg.

»Was hat er gesagt?«, wollte Isabelle wissen.

»Nichts«, antwortete Madame Legrand. »Er hat nichts gesagt …«

»Wie, gar nichts gesagt? Was meinst du damit, Chérie?« Legrand klang irritiert.

»Er hat nur geatmet«, sagte Madame Legrand. »Aber ich weiß, dass er es war …« Sie konnte nicht weiterreden.

»Sehen Sie, was Sie anrichten!« Legrand sah Isabelle verärgert an. »Ich bitte Sie zu gehen, meine Frau muss sich jetzt ausruhen.«

Legrand gab die Tür frei und machte eine unmissverständliche Handbewegung in Richtung Ausgang.

»*Au revoir*, Madame«, sagte Isabelle und folgte dem Hausherrn, während Madame Legrand auf der Terrasse zurückblieb. Vor dem Haus am offenen Tor blieb Isabelle noch einmal stehen.

»Das ehemalige Haus Ihrer Frau hatte die kleine Amélie doch von ihren Großeltern väterlicherseits überschrieben bekommen?«, fragte Isabelle.

»Ja, und? Ich verstehe nicht, warum Sie das interessieren sollte.« Hier draußen hatte die Stimme des Maklers plötzlich einen aggressiveren Ton angenommen.

»Nur so eine Frage«, sagte Isabelle wie nebenbei. »Es gab da doch noch dieses große Stück Land, soweit ich mich erinnere. Wie viel Baugrund war das? Drei Hektar?«

»Warum fragen Sie, wenn Sie doch sowieso alles wissen?«

Isabelle beobachtete den blonden Mann genau. Das Thema war ihm ganz offensichtlich unangenehm. »Nur damit ich das richtig verstehe, Monsieur Legrand: Mit dem Tod der kleinen Amélie fiel alles an Ihre neue Frau, und Sie haben es dann verkauft.«

»Na und?«

»Das Grundstück muss eine Menge Geld gebracht haben.«

»*Au revoir*, Madame.« Legrand wies die Besucherin vor die Tür.

»Ich bin keine Juristin«, sagte Isabelle betont ahnungslos. »Aber wenn Monsieur Simon unschuldig ist, steht ihm dann nicht dieses Geld zu?«

»Verschwinden Sie!« Legrand sah die Besucherin an, als wollte er sie schlagen, wenn sie noch eine weitere Bemerkung machte.

»Ich denke, wir sollten uns darüber noch einmal in aller Ruhe unterhalten, Monsieur Legrand.«

»Es gibt nichts zwischen uns zu besprechen.«

»Ich würde Sie gerne als Zeugen befragen. Sagen wir, morgen um elf Uhr.« Ohne auf Legrands Protest einzugehen ließ Isabelle den Makler stehen und verließ das Grundstück.

6. KAPITEL

Leon hatte sich in sein Cabrio gesetzt und das getan, was er immer tat, wenn er seine Ruhe haben und nachdenken wollte. Er war über Lavandou hinauf in die Hügel des Massif des Maures gefahren, auf einer kleinen Straße, auf die sich nur selten Touristen verirrten. Dort hatte er den Wagen unter einer großen Korkeiche abgestellt und war ein Stück über den Höhenweg gewandert. Hier war er alleine mit seinen Gedanken. Ab und zu blieb er stehen und sah hinunter aufs Meer. Der Blick war atemberaubend, und Leon hatte das Gefühl, als könnte er von diesen Höhen bis nach Nordafrika sehen, wenn ihm der feine Dunst, den die Hitze über dem Meer aufsteigen ließ, nicht die Sicht nehmen würde. Das war natürlich Unsinn, aber es gab Leute, die behaupteten, dass man von den Höhen bei klarer Sicht die Berge von Korsika sehen könnte. Leon hielt auch das für Gerede und er gab sich mit dem Blick auf die Inseln zufrieden, die jetzt wie ferne Schiffe im warmen Orange der Nachmittagssonne schwammen.

Leon war immer noch verärgert. Was dachte sich dieser Bayet eigentlich? Der Mann sollte ihm dankbar sein für die erfolgreiche Arbeit, die Leon mit der Rechtsmedizinischen Abteilung leistete. Wer hatte denn immer wieder dafür gesorgt, dass sich die Medien für Saint Sulpice interessierten? Sicher, es hatte auch kritische Stimmen gegeben, und es war zu Spannungen gekommen. Mit der Staatsanwaltschaft und zuletzt sogar mit dem Innenministerium in Paris. Natürlich hatte das Dr. Bayet nicht gefallen. Aber so war das nun einmal, wenn man ungewöhnliche Wege einschlug, dachte Leon. Dann konnte der Pfad auch mal schmal und gefährlich werden. Der Ruhm kostete seinen Preis. Aber was ihn heute am meisten gekränkt hatte, war die Tatsache, dass Bayet ihm einen Dilettanten wie diesen Bodin an die Seite stellen wollte, der offenbar sogar schon als sein Nachfolger gehandelt wurde.

Eines stand für Leon fest. Er würde sich von Bayet nicht vorführen lassen. Wenn der Klinikleiter seinen Vertrag nicht verlängern wollte, dann war das eben so. Es gab schließlich noch andere forensische Institute in Frankreich. Und die würden ihn auf der Stelle übernehmen.

Der Gedanke, dass er Lavandou verlassen müsste, machte Leon traurig. Er liebte die kleine provenzalische Stadt am Meer und er liebte vor allem Isabelle, die Frau, die ihn gerettet hatte, damals, als seine Welt zu zerbrechen drohte. Das war nach dem schrecklichen Unfall in Thailand gewesen, als ihm bewusst wurde, dass Sarah nie wieder zurückkommen würde. Nach Sarahs Tod hätte er nie damit gerechnet, jemals wieder einer Frau zu begegnen, die er lieben könnte, fast so, wie er Sarah geliebt hatte. Dann war Isabelle in seinem Leben aufgetaucht. Isabelle, die Polizistin, und ihre Tochter Lilou. Inzwischen waren sie beinahe eine richtige Familie.

Leon war zurück zu seinem Auto gegangen. Zurück auf dem Wanderweg, der an Rosmarin- und Ginsterbüschen vorbeiführte, an Sträuchern von Zistrosen und wildem Wacholder. Die heiße Luft war gesättigt vom Duft nach Thymian und Salbei. Gelegentlich huschte der Schatten einer Möwe über den Pfad, die im Aufwind über der Felskante segelte. Es hatte wirklich etwas von einem Garten Eden hier oben.

Leon war auf dem Heimweg, als er noch bei einem Lebensmittelgeschäft Halt machte. Ihm fiel der merkwürdige Mann gleich beim Betreten des keinen Supermarktes auf. Er schob einen Einkaufswagen vor sich her und schaute konzentriert zu Boden, als wollte er vermeiden, dass irgendeiner der Kunden sein Gesicht sehen konnte. Der Mann war Anfang vierzig und trug khakifarbene Bermudas, dazu ein kurzärmeliges Hemd, über das er eine Weste gezogen hatte, die aus lauter verschiedenen Taschen zu bestehen schien. Seine Füße steckten in weißen Tennissocken und Sandalen. Das Geschäft war fast leer, und als der Mann Leon bemerkte, verschwand er schnell hinter einem Regal.

»Sie sollen verschwinden, habe ich gesagt!« Die Stimme kam aus dem nächsten Gang und klang gefährlich.

»Lassen Sie mich in Ruhe«, antwortete ein anderer Mann. Leon hörte, dass die Stimme zitterte. »Was wollen Sie von mir?«

»Das wissen Sie doch ganz genau«, sagte der erste Mann mit drohendem Unterton.

Leon umrundete das Regal. Zum einen weil er neugierig war, aber mehr noch weil er das Gefühl hatte, dass da jemand in Schwierigkeiten steckte. Die beiden Männer standen sich in dem engen Gang zwischen Weinflaschen und Konservendosen gegenüber. Der Kunde in den Bermudas, der Leon schon beim Betreten des Geschäfts aufgefallen war, wurde von einem Mann aufgehalten, der ebenfalls um die vierzig und etwas dicklich war. Er hatte einen glattrasierten Schädel und am Hals eine Tätowierung, die einen Knochenmann auf einem Motorrad zeigte. Der Mann trug Jeans, seine Füße steckten in ausgetretenen Espadrilles und sein Muskelshirt spannte sich um seine kräftigen behaarten Oberarme. Der Mann in den Bermudas kam nicht weiter, denn der andere hatte ihm den Weg versperrt und seinen Einkaufswagen gepackt. Vergeblich versuchte der Kunde, seinen Wagen loszureißen. Doch sein Gegner war ihm körperlich überlegen und hatte einen eisernen Griff.

»Was soll das? Lassen Sie das ...«, sagte der Mann mit den Bermudas. Dabei versuchte er seine Stimme zu dämpfen, als wollte er verhindern, dass andere Kunden aufmerksam würden.

»Warum lassen Sie den Mann nicht in Ruhe?«, ging Leon dazwischen und versuchte, möglichst gelassen zu wirken.

»Sie halten sich besser da raus«, meinte der Mann mit den Tattoos. »Sie haben doch keine Ahnung, was los ist.«

»Lassen Sie einfach den Wagen los, dann kann der Mann zur Kasse gehen, und alle sind zufrieden.« Leon spürte, dass seine Anwesenheit den aggressiven Besucher aus dem Konzept brachte.

»Sie wissen nicht, wer das ist, oder?« Der Mann im Muskelshirt zerrte jetzt einige Male heftig an dem fremden Einkaufswagen, sodass der Kunde in den Bermudashorts zu ihm aufsah. Sein Gesicht war blass, er sah verängstigt aus. Er trug eine Brille mit dunklem Gestell, die seine Augen unnatürlich vergrößerte und dem hageren Gesicht etwas Verletzliches gab. Leon erkannte ihn sofort. Alle Medien hatten über ihn berichtet. Es war der Mann, der nach fünf Jahren Gefängnis vor einer Woche freigesprochen worden war.

»Das ist Paul Simon.« Der Tätowierte nickte in Richtung seines Opfers, dann sah er zu Leon, als müsste er abwarten, bis bei dem endlich der Groschen gefallen war. »Na, der Kindermörder.« Die letzten Worte hatte der Mann im Muskelshirt so laut und überdeutlich ausgesprochen, dass sich jetzt auch noch der letzte Kunde nach der kleinen Gruppe umsah.

»Monsieur Simon wurde freigesprochen, soweit mir bekannt ist«, sagte Leon betont sachlich.

»Ach ja, jetzt ist er wohl noch Ihr Freund, der feine Monsieur, was?«

»Sie sollten auf der Stelle den Wagen dieses Monsieurs loslassen«, sagte Leon provozierend höflich.

Der Mann mit den Tattoos zog den Wagen näher zu sich heran. Dann beugte er sich zu Monsieur Simon, und seine Stimme war nur noch ein scharfes Flüstern. »Es wäre besser für Sie, wenn Sie sich in diesem Ort nie wieder blicken lassen.« Damit versetzte er dem Wagen einen solchen Stoß, dass er Simon aus den Händen gerissen wurde und gegen das Regal schepperte. Triumphierend sah er sich zu den anderen Kunden um.

Leon griff nach dem Wagen und schob ihn wieder zu seinem Besitzer. »Bitte ...«, sagte er höflich.

»*Merci, Monsieur*«, sagte Simon und schob seinen Wagen in Richtung Kasse. Leon folgte ihm, eine Flasche Balsamico in der Hand.

»So machen Sie sich in dieser Stadt aber keine Freunde«, rief der Mann mit dem Tattoo Leon hinterher.

»*Bonne soirée*«, sagte Leon, ohne sich umzudrehen, und legte seinen Einkauf auf das Kassenband.

7. KAPITEL

Chez Miou, das Bistro am Quai Gabriel Péri war Leons Stammcafé. Nicht weil es besonders gemütlich gewesen wäre oder weil hier die schicken Leute von den Yachten verkehrten, sondern weil es das französischste unter allen Cafés im Ort war. Der *Patron* stand hinter dem Tresen, bediente die Espressomaschine und polierte die Gläser, während seine Frau sich um die Bestellungen der Gäste kümmerte. Die Korbstühle waren durchgesessen und an den Lehnen hatte sich die Rattan-Umwicklung gelöst. Hinter dem Tresen hingen Postkarten, die Stammgäste aus Réunion, Miami oder Venedig geschickt hatten. Die Toilettentür ließ sich schon seit Monaten nicht mehr richtig schließen. Kurz gesagt: Das *Miou* war alles andere als ein Drei-Sterne-Bistro, aber für Leon war es genau das Richtige. Ein Ort mit einer französischen Seele.

Im *Miou* herrschte klare Klassentrennung. In der Sonne vor dem Bistro schwitzten die Touristen unter bunten Schirmen und verspeisten dabei die neuesten Eiskreationen von Jérémy, dem Besitzer des Cafés. Im Inneren des Lokals, im Schatten, saßen die Stammkunden. Für frische Luft sorgten hier die großen Glastüren, die im Sommer wie eine Ziehharmonika zur Seite geschoben wurden und weit offen standen. Und sollte das noch nicht reichen, gab es in der Ecke einen klappernden Ventilator – Jérémys äußerstes Zugeständnis an moderne Klimatechnik. Eine richtige Air Condition wäre ihm niemals ins Lokal gekommen.

Aber es gab noch einen Grund, warum Leon das *Miou* zu seinem Lieblingsbistro erklärt hatte. Es lag direkt am Boule-Platz. Und Boule war eine von Leons Leidenschaften. Eine andere bestand darin, sich zweimal die Woche die *FAZ* im *Maison de la presse* zu kaufen und in aller Ruhe bei einem Café crème zu studieren. Dabei las er den Wetterbericht immer zuerst. Zu seiner Freude wurden für diese Woche ein Kälteeinbruch und Regenfälle in der gesamten Bundesrepublik vorausgesagt. Leon sah von der Zeitung auf und blickte zufrieden aufs Meer, das dunkelblau und ruhig wie ein Bergsee in der Abendsonne lag.

»*Bonsoir, docteur.*« Yolande, die Ehefrau von Jérémy, brachte ihrem Lieblingsgast seinen Café au Lait. Yolande war etwas üppig, was sie nicht daran hinderte, Blusen und Röcke anzuziehen, die mindestens eine Nummer zu klein waren. Für seine Gäste war das *Chez Miou* so etwas wie die inoffizielle Informationsbörse des Ortes, und Yolande war die ungekrönte Königin des Klatsches. Sie beugte sich weit über den Tisch, als sie bei Leon den Kaffee abstellte, und achtete darauf, dass sich ihre Bluse über ihre üppige Oberweite spannte.

»Haben Sie gehört? Simon soll wieder hier sein. Hier in Lavandou«, sagte sie zu Leon. »Dass der sich das traut.«

»Ich bin ihm gerade im Supermarkt begegnet«, erwiderte Leon.

»Wirklich? Unser *Docteur* hat den Mörder von Amélie getroffen«, rief Yolande in Richtung Bar, wo ihr Mann die Gläser aus der Spülmaschine nachpolierte.

»Was hatten Sie denn mit diesem Mistkerl zu besprechen?«, fragte Charles, ein stämmiger, unangenehmer Kerl im grauen T-Shirt und khakifarbenen Bermudas, der sein Geld mit Reparaturarbeiten im Yachthafen verdiente.

»Wir haben über die Preise für Zucchini und Artischocken gesprochen«, rief Leon und lächelte Yolande an.

»Wenn wieder was passiert, lachen Sie nicht mehr«, brummelte Charles in sein Glas. »Warten Sie es nur ab.«

»*Bonsoir, docteur.*« Jean-Claude rollte auf seinem Rollstuhl ins Café und kam an Leons Tisch. Auf dem Schoß hielt der ehemalige Fremdenlegionär seinen Yorkshire-Terrier Henry. »Sind Sie mal wieder dabei, sich Freunde zu machen?«, fragte er mit einem spöttischen Blick auf Charles.

»Ich dachte, ich könnte vielleicht mit ein paar Vorurteilen aufräumen«, meinte Leon.

»Die Deutschen ... immer die Oberlehrer von Europa.« Jean-Claude war erzkonservativ, 65 Jahre alt, und wenn jedes Jahr am 15. August die Landung der Alliierten an der Côte d'Azur gefeiert wurde, legte er Uniform und Orden an. Er konnte die Deutschen nicht leiden, nur mit dem *Docteur* hatte er sich vom ersten Moment an verstanden. Jean-Claudes scharfe Beobachtungsgabe und seine guten Ratschläge hatten Leon schon öfter bei der Lösung eines Falls geholfen. Dafür sah er dem Ex-Soldat auch seine Vorurteile nach.

»Dieser Killer gehört in den Knast«, rief Charles von der Bar herüber. Dann hob er sein Pastis-Glas. »Noch einen, Jérémy.«

»Yolande, das Eis muss nach draußen.« Jérémy deutete auf die beiden gewaltigen Becher, die er auf die Theke gestellt hatte. »Einmal Capri und einmal Love at the beach. Geht alles an Tisch drei.«

Yolande ging betont langsam zurück zur Bar und drehte

sich dabei noch einmal um, damit Leon und die anderen Gäste ihren Hüftschwung bewundern konnten.

»Ich begreif nicht, dass so einer hier frei rumlaufen darf.« Das war Michel, der Kioskbesitzer.

»Was willst du? Das Gericht hat ihn freigesprochen.« Véronique kam von draußen rein, in der Hand den ledernen Tragebeutel mit ihren Boule-Kugeln. Zwischen den Lippen die Gitanes, die sie auch im Lokal nicht aus dem Mund nahm.

»Ich mag nicht, dass hier einer rumläuft, der eine Zehnjährige aufgeschlitzt hat«, sagte Michel abschätzig.

»Weißt du überhaupt, was ›freigesprochen‹ heißt, Michel?« Véronique nahm das kleine Glas Rosé von der Theke, das ihr Jérémy ungefragt hingestellt hatte. »In diesem Land bedeutet das: Er kann gehen, wohin er will. In den Supermarkt, an die Tankstelle oder an den Strand, ganz genau wie du.«

Véronique war 83 und hatte noch bis zu ihrem 75. Geburtstag mit ihrem Fischkutter Doraden gefangen. Irgendwann hatte sie die Fischerei eingestellt und verbrachte seitdem ihre Zeit am liebsten auf dem Boule-Platz. Für Leon war sie die beste Spielerin im Ort.

»Ist mir egal«, sagte Jérémy. »In mein Bistro kommt der Kerl jedenfalls nicht.«

»Aber wenn er's doch nicht getan hat, *mon cher*?« Yolande kam mit einem Tablett leerer Gläser und Tassen herein.

»Habt ihr denn nie in seine Augen geschaut?« Charles sah in die Runde und deutete mit Zeige- und Mittelfinger in sein Gesicht. »Seine Augen, die sagen alles.«

»Deine Augen sagen, dass du schon einen zu viel in der Lampe hast«, sagte Véronique.

Charles drehte sich zu Leon um. »*Docteur*, was sagen Sie? Kann man einen Mörder an seinen Augen erkennen?«

»Aber selbstverständlich, das ist sogar wissenschaftlich erwiesen«, erklärte Leon mit gespieltem Ernst und fügte mit einem Lächeln hinzu: »Funktioniert aber leider nur bei Vampiren und Werwölfen.«

»*Santé*, Leon!«, kicherte Véronique und hob ihr Glas in Leons Richtung. Der erwiderte den Gruß mit seiner Kaffeetasse.

»Sehr lustig.« Charles nahm noch einen Schluck Pastis. »Die Kleine war bei ihm im Auto und dann war sie plötzlich verschwunden, einfach so. Wer glaubt denn so was?«

»Sie war seine Tochter«, gab Véronique zu bedenken.

»Ja, aber sehen durfte er sie nur am Wochenende.« Yolande war bei Charles stehen geblieben. »Warum wohl ...?«

»Wir wollen mal nicht vergessen, dass ihr Blut in seinem Auto war«, meinte Charles.

»Und dann noch der Spaten«, sagte Jérémy. »Ein blutiger Spaten, wer hat denn so was in seiner Garage.«

»Und der Dreckskerl hat nie verraten, wo er die Kleine damit verscharrt hat.« Charles war immer schwerer zu verstehen.

»Weil er es nicht getan hat«, insistierte Véronique.

»*Ta geule*«, murmelte Charles und erntete einen tadelnden Blick von Jérémy. »Die Alte geht mir so was von auf den Sack.«

»Jetzt ist es aber gut«, sagte Leon. »Ich denke, es ist allerhöchste Zeit, nach Hause zu gehen.«

»Sie wollen mir also erklären, wann ich nach Hause ...«, antwortete Charles mit schwerer Zunge, dann sah er zu Jérémy. »Mach mir noch einen.«

»Du hast es doch gehört, geh heim«, sagte Jérémy.

Wütend warf Charles einen Zwanzig-Euro-Schein auf die Theke.

»Ich kann euer liberales Gelaber nicht mehr hören«, sagte er in Richtung der Gäste. »Aber es gibt in dieser Stadt immer noch aufrechte Franzosen mit dem Herzen am rechten Fleck.«

»Ja, ja. Und zwar ganz rechts außen …«, meinte Véronique.

»Du nervst, Charles. Geh heim, *allez hop*«, rief Jean-Claude aus seinem Rollstuhl, und Henry tat einen kurzen hellen Kläffer, der mehr nach einem luftlosen Japsen klang.

»Wir werden nicht zulassen, dass dieser Simon noch mehr Kinder aufschlitzt. *Vive la France!*« Beim Aufstehen riss Charles seinen Barhocker um. Dann stolperte er nach draußen in die Dämmerung und verschwand in der Menge der Touristen, die auf der Suche nach den letzten freien Plätzen in den Restaurants waren.

»Von welchen Leuten hat er gesprochen?«, fragte Leon.

»Aufrechte Bürger, die Selbstjustiz für ein Kavaliersdelikt halten«, antwortete Jean-Claude.

»Du meinst so eine Art Bürgerwehr, hier in Le Lavandou?« Leon sah ihn ungläubig an.

»Willkommen in der Provence«, meinte Jean-Claude.

8. KAPITEL

Der Mann war zu Fuß unterwegs, obwohl es dunkel war und es hier draußen keine Straßenbeleuchtung gab. Aber er mochte die Dunkelheit, ganz besonders im Sommer. Dann fühlte er sich geschützt, ja geradezu umarmt wie von einer Geliebten. Die Dunkelheit gab ihm Mut und Zuversicht und sie vertrieb das Gefühl von Einsamkeit: dieses Gefühl das ihn gelegentlich aus dem Nichts anfiel wie ein tollwütiger Hund. Und mit dem er dann alleine blieb, bis das Tageslicht die schrecklichen Gedanken auslöschte und er erschöpft einschlief.

Aber jetzt waren solche dunklen Gefühle weit weg. Er war unterwegs, um nach seiner Schwester zu sehen. Er liebte seine Schwester, und ihr Glück lag ihm am Herzen. Da konnte ihm wirklich niemand etwas vorwerfen. Ja, er fühlte sich in ihrer Schuld, tief in ihrer Schuld. Er wollte alles besser machen, sie beschützen. Damit sie die Vergangenheit vergaß. Er wollte ihr die Sorgen vor der Zukunft nehmen. Nur deshalb hatte er ihr die Wohnung gebaut, in dieser herrlichen Gegend. Ein Platz, von dem aus man das Meer sehen und den Wind in den Pinien rauschen hören konnte.

Man konnte hier stundenlang spazieren gehen. Der Platz war leicht zu erreichen. Bis zur nächsten Stadt war es nur ein Katzensprung. Und trotzdem hatte sie mal wieder rumgejammert. Das tat sie in letzter Zeit immer öfter. Manchmal konnte ihn das richtig wütend machen. Sehr wütend sogar. Da überschüttete sie ihn mit Vorwürfen, oder schlimmer noch, sie weinte nur still vor sich hin. Das waren die Augenblicke, in denen er sich fragte, ob er seine Bemühungen nicht besser einstellen sollte.

Ihre Lage war schließlich nicht seine Schuld. Wer hatte ihr denn geholfen, als sie in Schwierigkeiten steckte? Wer hatte ihr die guten Ratschläge gegeben? Hatte verhindert, dass man ihr wehtat? Hatte sie aus der Scheiße gezogen, ja, aus der Scheiße. Und wer hatte ihr einen kleinen Palast gebaut, als sie mit nichts bei ihm auftauchte?

Er musste endlich mit ihr reden. Sie musste begreifen, dass alles, was er für sie tat, keineswegs selbstverständlich war. Es stand ihr nicht zu, Ansprüche zu stellen. Er konnte dieses bequeme Dasein jederzeit beenden. Sie verdankte es ausschließlich seiner grenzenlosen Großzügigkeit, dass sie so ein privilegiertes Leben führen konnte. Gewiss, er hatte eine Schuld abzutragen. Eine schreckliche Schuld. Aber jede Buße hatte auch ihre Grenzen.

Der Mond war noch nicht aufgegangen. Nur die Sterne erhellten den Weg. Irgendwo in einer feuchten Senke quakten Frösche, und manchmal konnte man Fledermäuse durch die Nacht huschen sehen, die in den Zypressen hausten.

Der Mann öffnete leise das Gartentor. Hinter einer Hecke aus Oleanderbüschen schimmerte ein Gebäude im Sternenlicht. Der Mann ging vorsichtig näher heran, ohne das geringste Geräusch zu machen. Das hier war kein Haus, das war besser als ein Haus. Eine solide Konstruktion, die allen Stürmen standhielt.

Er griff in die Tasche und holte eine Fernsteuerung heraus. Dann drückte er einen Knopf. Das rote Licht würde zu blinken anfangen und seine Schwester wüsste, dass er kam. Heute Abend würde er mit ihr sprechen.

9. KAPITEL

Das Abendessen war köstlich gewesen. Isabelle hatte ihre berühmte Ratatouille gemacht. Hinterher gab es frische Brombeeren mit Schlagsahne, die Leon vom Markt mitgebracht hatte. Jetzt saßen sie auf der Terrasse auf dem alten Rattansofa und lehnten mit dem Rücken gegen die Wand, die noch warm von der Abendsonne war.

Leon hatte eine Flasche Rosé vom Château de Brégancon aufgemacht und sah über die nächtlichen Dächer von Lavandou aufs Meer, wo man die grünen und roten Positionslichter der Fischerboote erkennen konnte. Isabelle lehnte sich an ihn und hob auffordernd ihr Glas, aber Leon reagierte nicht. Er war mit seinen Gedanken woanders.

»Warum sagst du nicht, was dich beschäftigt?«

»Wie kommst du darauf, dass mich etwas beschäftigt?« Leon fühlte sich wie ein Schüler, den man beim Abschreiben erwischt hatte.

»Weil ich dich kenne«, sagte Isabelle. »Und weil du den ganzen Abend schon dein Lass-mich-bloß-in-Ruhe-Gesicht aufgesetzt hast.«

Leon sah Isabelle an. »Das passiert, wenn man sich mit einem Capitain der Gendarmerie Nationale einlässt.«

»Ich hatte dich gewarnt, aber du wolltest ja nicht auf mich hören.«

»Deine Ratatouille hat mich blind gemacht.«

»Höre ich da so etwas wie Reue?«, fragte sie mit einem Lächeln.

Isabelle stieß mit ihm an, und er nahm einen großen Schluck. »Ich habe mich gefragt, ob ich noch weiter in Saint Sulpice arbeiten soll.«

Einen Moment lang sagte Isabelle gar nichts. Sie sah hinauf zum Nachthimmel, wo die Milchstraße eine glitzernde Spur wie fernen Rauch zwischen den Sternen zog.

»Du willst dich verdrücken?«, fragte Isabelle nach einer Weile, aber es klang nicht amüsiert.

»Quatsch, das hab ich nicht gemeint …«

»Was hast du denn gemeint? Wohin willst du gehen? Aix, Marseille oder gleich nach Paris?« Sie sah Leon an, aber der schwieg. »Na toll. Dann können wir uns ja gelegentlich mal am Wochenende sehen … und irgendwann können wir's dann auch ganz bleiben lassen.«

»Wieso sagst du so was?«, fragte Leon.

Isabelle rückte ein Stück von ihm weg und sah ihn an. »Wovor hast du Angst, Leon?«, fragte sie.

»Ich habe keine Angst«, erwiderte Leon.

Isabelle sah ihn schweigend an.

»Bayet hat einen Nachfolger für mich ausgesucht«, erklärte Leon nach einer Weile.

»Sagt wer?« fragte sie. »Bayet kann gar nicht auf dich verzichten.«

»Natürlich kann er«, entgegnete Leon. »Der letzte Fall hat für Riesenwirbel gesorgt. Bayet hatte sogar den Staatsanwalt in der Klinik und den Staatsekretär vom Innenministerium.«

»Und soll ich dir was verraten?«, unterbrach ihn Isabelle. »Ich wette, Bayet hat die Show genossen. Zum ersten Mal stand sein Name sogar in *Le Monde*.«

»Ich werde ihm nicht in den Arsch kriechen. So viel steht fest. Wenn er denkt, es würde besser mit einem anderen Abteilungsleiter laufen – bitte sehr, ich steh ihm nicht im Weg.«

»Wem willst du nicht in den Arsch kriechen?« Plötzlich war Lilou auf der Terrasse aufgetaucht. Leon hatte sie gar nicht kommen gehört. Ihr Nachthemd war ein T-Shirt in XL, auf dem »Johann-Wolfgang-Goethe-Universität« stand. Ein Geschenk von Leon, das ihr bis zu den Knien reichte. In der Hand hielt sie ihr Smartphone.

»Mademoiselle ...!«, tadelte Isabelle.

»Willst du wirklich weg aus Lavandou?«, fragte Lilou.

»Das hast du falsch verstanden«, versuchte Leon, die Situation zu entspannen.

»Ich bin nicht doof, okay ...«, sagte Lilou.

Leon sah sich Hilfe suchend nach Isabelle um. Doch die zuckte nur mit den Schultern.

»Es gab ein bisschen Ärger in der Klinik«, sagte Leon. »Es ist überhaupt noch nichts entschieden.«

»Ich weiß schon, wie so was läuft.« Lilou klang bitter. »Mein Vater hat auch gesagt, er würde ›vorübergehend‹ ausziehen.« Dabei malte sie mit den Händen imaginäre Anführungszeichen in die Luft. »Und dann ist er nie wieder zurückgekommen.«

»Ich habe gar nicht von Ausziehen gesprochen ...«, versuchte sich Leon zu verteidigen.

»Leon bleibt hier«, sagte Isabelle bestimmt. »Er weiß es nur noch nicht.«

»Du musst es ja wissen.« Das war Leon patziger rausgerutscht, als es seine Absicht war.

»Oh, oh«, meinte Lilou und hob vielsagend die Hände. »Ich glaub, ich geh jetzt mal lieber in mein Zimmer.«

»Ich werde dir das mal in Ruhe erklären«, sagte Leon unbeholfen.

»Schon gut«, Lilou drehte sich um und verschwand in der Küche. »Ich will es gar nicht wissen.«

»Jetzt ist sie sauer auf mich«, sagte Leon vorwurfsvoll zu Isabelle.

»Sieh mich nicht so an«, entgegnete Isabelle. »Du willst weg von hier, nicht ich.«

»Ich hab nur gesagt, dass Bayet ...« Er unterbrach sich. »Ach, vergiss es einfach.«

»Leon.« Isabelle legte ihm ihre Hand auf den Arm. »Tatsache ist doch, dass dich Bayet dringend braucht. Du hast dafür gesorgt, dass in allen Medien über die Klinik berichtet wurde, nicht er. Und Staatsanwalt Orlandy braucht dich genauso. Du hast ihm doch die Beweise für seine Anklage auf dem Silbertablett serviert. Er brauchte nur noch die Lorbeeren zu kassieren. Und Zerna, Zerna braucht dich sowieso.«

Leon sah Isabelle einen Moment dankbar an und sein Gesichtsausdruck entspannte sich.

»Du denkst, ich mache mir zu viele Gedanken«, meinte er.

»Ja«, antwortete sie knapp, in einem Ton, als wüsste das sowieso jeder.

Ein paar Augenblicke lang herrschte Schweigen. Leon wusste, dass Isabelle recht hatte. Und er fragte sich, ob er es tatsächlich fertigbrächte sie zu verlassen.

»Ich habe Paul Simon getroffen«, sagte Leon plötzlich und hatte damit sofort Isabelles Neugier geweckt.

»Wirklich? Wo?«

»In dem kleinen Supermarkt am Anfang der Avenue Charles de Gaulle«, antwortete Leon. »Er hatte Ärger mit einem Kunden. Ich glaube, er hat nicht viele Freunde im Ort.«

»Du warst noch nicht hier, als das alles passiert ist«, erklärte Isabelle. »Der Fall hat die Menschen damals sehr aufgewühlt. Und mich auch – ehrlich gesagt.«

»Ich habe nur darüber gelesen. Hat er seine Frau wirklich geschlagen?«

»Sie sagte Ja, er sagte Nein. Bei der Trennung hatte das Jugendamt Amélies Mutter das Sorgerecht zugesprochen, aber er durfte seine Tochter jedes zweite Wochenende sehen.« Isabelle nahm einen Schluck Wein.

»Ohne Aufsicht?«

»Dafür gab es keinen Grund: Bis dahin war er nie gewalttätig gegen seine Tochter geworden.«

»Manche Menschen können sich gut verstellen«, sagte Leon bedächtig.

»Ich weiß. Ich hätte es merken müssen«, sagte Isabelle und sah aufs Meer.

»Aber das war doch die Entscheidung des Jugendamtes und nicht deine.«

»Aber mich haben sie gefragt, und ich hielt es für unbedenklich. Ich kannte Paul Simon. Er war Lehrer an Lilous Schule. Er kam gut klar mit den Kindern. Aber dann kam die Trennung und er musste raus aus dem gemeinsamen Haus.«

»So etwas geschieht jeden Tag Hunderte Male in Frankreich, ohne dass was passiert.«

»Paul Simon hatte sich verändert nach der Trennung. Vergrub sich in seinem kleinen Haus in der Siedlung bei La Verrerie. Zog sich völlig zurück. Später hat er seine Frau mit nächtlichen Anrufen terrorisiert, Luft aus ihren Reifen gelassen, solche Sachen.«

»Er hatte die Tochter nur am Wochenende?«, fragte Leon.

Isabelle nickte. »Er hat sie abgeholt wie immer und angeblich auch wieder zurückgebracht. Aber zu Hause ist sie niemals angekommen.«

»Dafür hätte es tausend Gründe geben können.«

»Paul Simon hatte an diesem Abend eine Nachricht auf dem Anrufbeantworter seiner Frau hinterlassen. Darin hat er gedroht, dass er sich und Amélie etwas antun würde. Nein, wir hatten keinen anderen Verdächtigen. Warum auch?«

»Wegen der Blutspuren?«, fragte Leon skeptisch.

»Es gab jede Menge Hinweise und Indizien. Da war das Blut in Paul Simons Auto. Ein blutiger Spaten in seiner Garage. Nachbarn hatten beobachtet, wie Simon an dem fraglichen Abend einen Müllsack in seinen Wagen geworfen hat.«

»Keine anderen Verdächtigen?«, fragte Leon

»Nicht wirklich. Ein paar Männer mit polizeibekannter Vorgeschichte hatten Alibis. Und dann war da noch Denis Caumer.«

»War das dieser Häftling?«

»Er saß mit Simon zusammen in U-Haft. Ihm hat Simon alles gestanden. In allen Einzelheiten, hat er jedenfalls behauptet.«

»Aber er hat gelogen.«

»Das hat zumindest Simon immer behauptet. Aber Staatsanwalt Orlandy war überzeugt, dass der Mann die Wahrheit sagte. Und das Gericht teilte seine Meinung: schuldig!«

»Der Mörder bekam lebenslänglich und alle waren zufrieden. Aber jetzt ist er wieder da.«

»Dafür hassen sie ihn«, sagte Isabelle. »Und dafür, dass er nie verraten hat, wo er die Leiche versteckt hat.«

»Vielleicht liegt es ja auch einfach nur daran, dass er keine Ahnung hat, wo sie ist«, meinte Leon sachlich.

10. KAPITEL

Paul Simon hatte Angst. Immer wieder war er durch das zweistöckige Haus geschlichen und hatte an Türen und Fenstern gerüttelt. Die Schlösser waren verriegelt, die Schlüssel steckten, und die Jalousien waren heruntergelassen. Er hatte alle Lampen im Haus gelöscht. Nur ein paar Nachtlichter brannten zur Orientierung im Flur und im Wohnzimmer. Jetzt saß Paul Simon im Halbdunkel in einem alten Ledersessel mit dem Rücken zur Wand. Neben ihm lehnte ein Spaten, eine bessere Waffe hatte er nicht. Auf dem Tisch stand eine Flasche Armagnac. Paul Simon zitterte. Dabei war die Luft in dem Zimmer heiß und stickig und ihm lief der Schweiß herunter.

Sie würden kommen, da war sich Paul Simon sicher. Der Mann vom sozialen Dienst aus dem Gefängnis hatte ihn gewarnt, genau wie sein Anwalt. Er solle nicht nach Le Lavandou zurückkehren. Es wäre besser, er würde vorerst woanders wohnen. Bis die Narben verheilt seien, hatte der Sozialhelfer gesagt. Er könne ja nach Lyon oder an die Atlantikküste ziehen. Irgendwohin, wo man ihn nicht kannte. Was für ein Schwachsinn! Das Ministère d'Education, die oberste Schulbehörde, würde ihn sogar bei der Suche nach einer Anstellung unterstützen. »Unterstützen«, was für ein Witz. In Wahrheit hatte niemand einen Job für ihn. Im Augenblick war er beurlaubt. Freigestellt bei reduzierten Bezügen, hieß das offiziell.

Was sollte er in einem Kaff am Atlantik? Er war hier zu Hause. Er würde sich nicht einfach verdrücken wie ein Dieb in der Nacht. Das hier war seine Heimat, hier war er groß geworden. Er hatte das verdammte Recht, hier zu sein. Das Gericht hatte ihn freigesprochen, frei. Das Urteil war aufgehoben. Er musste sich nicht verstecken vor diesen selbstgerechten Idioten da draußen, die glaubten, alles besser zu wissen. Sollen sie doch kommen. Paul Simon nahm noch einen Schluck Armagnac, damit endlich das Zittern aufhörte.

Lieutenant Masclau hatte seinen Einsatzwagen unter den Ästen eines großen Feigenbaumes geparkt, die aus einem Garten bis über die Straße ragten. Er hielt sein Smartphone in der Hand und betrachtete Videoclips, auf denen zu sehen war, wie amerikanische Streifenwagen flüchtige Autodiebe über den Highway jagten. Polizist in Lavandou zu sein, war bestimmt kein übler Job. Aber gelegentlich träumte Masclau von einem Leben als Sheriff bei der Highway Patrol von Montana.

Didier Masclau hatte seinen Beobachtungsposten bei Sonnenuntergang eingenommen. Von hier konnte er schräg gegenüber das kleine Haus mit dem verwilderten Garten im Blick behalten. Er hatte beobachtet, wie dieser Simon die Türen geschlossen hatte. Eine halbe Stunde später war im Haus das Licht ausgegangen. Seitdem hatte sich rein gar nichts mehr getan. Ein Mann mit Hund war vorbeigekommen und eine Frau, die einen zweirädrigen Einkaufswagen zog und ein quengelndes Kind an der Hand hatte, das war's. Was für ein Scheißjob, dachte Masclau. Warum musste ausgerechnet er das Kindermädchen für diesen Simon machen? Mal ehrlich, dieser Kerl war nicht unschuldig, nicht bei dieser Beweislage. Schließlich hatte ihn das Gericht dafür schon mal verurteilt – zu lebenslänglich. Und wenn er nicht so einen oberschlauen Anwalt gehabt hätte, wäre Simon immer noch da, wo er hingehörte, im Knast *Les Baumettes*. Und wenn sie ihn jeden Tag in den Arsch fickten. Ihm doch egal. So erging es eben nun mal Kindermördern, wenn sie im Knast landeten.

In diesem Moment bemerkte Masclau, dass etwa hundert Meter hinter ihm ein schwarzer Dodge Pick-up am Straßenrand gestoppt hatte. Als der Fahrer das Licht ausschaltete, war das Auto in der schlecht beleuchteten Gasse kaum noch zu erkennen, aber niemand stieg aus. Nur wenige Minuten später kam eine Gruppe die Straße herauf. Es waren fünf Männer und zwei Frauen, soweit Masclau das in seinem Rückspiegel erkennen konnte. Sie blieben kurz neben dem Dodge stehen und schienen sich mit dem Fahrer zu unterhalten, dann zogen sie weiter.

Einige der Demonstranten trugen Schilder, und als sie näher kamen, konnte Masclau lesen, was daraufstand: »Simon verschwinde!« und »Mörder raus aus Le Lavandou!« oder »Paul Simon = Kindermörder«.

Einen Mann aus der Gruppe kannte Masclau. Charles Dubois, der im Hafen arbeitete. War ja klar, dass der dabei sein musste, dachte Masclau. Charles schwang immer große Reden. Hatte sich sogar mal in Lavandou als Kandidat für die Front National aufstellen lassen. Aber bei der Wahl war er sang- und klanglos abgesoffen. Seitdem engagierte er sich als »besorgter« Bürger. Wenn man irgendwo Krawall machen konnte, war er dabei.

Masclau stieg aus, als die Gruppe den Streifenwagen passieren wollte. Er konnte diese Leute nur zu gut verstehen, aber das hier war ein Urlaubsort. Hier wollten die Menschen ausspannen und ihre Sommerferien genießen.

Eine Bürgerwehr, die einen Kindermörder vertreiben wollte, passte da nicht ins Bild. So einfach war das, und genau so einfach hatte das Zerna heute auch bei der Einsatzbesprechung erklärt. Und darum stand er jetzt hier, statt sich gemütlich auf dem Sofa auszustrecken.

»Abend, Charles«, sagte Masclau.

»*Bonsoir, Lieutenant*«, begrüßte ihn der Mann förmlich. »Ich freu mich, dass sich die Polizei endlich auch mal Sorgen um die Sicherheit der Bürger macht.«

»Hör zu, Charles«, sagte Masclau ruhig, aber seine Stimme klang genervt, »du schnappst dir jetzt deine Leute, und ihr geht alle wieder zurück ins Bistro.«

»Kommt nicht infrage ...«, entgegnete Charles mit belegter Stimme.

»Hier gibt es nichts zu sehen, Leute«, sagte Masclau laut und mit erhobenen Händen zu den Demonstranten. »Alle gehen jetzt wieder schön nach Hause.«

»Es ist unser verdammtes Recht, hier zu sein«, schimpfte Charles, und Masclau merkte, dass er nicht mehr ganz fest auf den Füßen stand.

»Wir leben in einer Demokratie«, erklärte einer der Männer und hob ein Schild hoch. »Wir haben das Recht, unsere Meinung zu sagen.«

»Wenn ihr eure Meinung loswerden wollt, dann schreibt gefälligst einen Brief an den Bürgermeister oder meinetwegen an den *Var-Matin*.« Masclau verlor langsam die Geduld.

»Wir wollen keinen Kindermörder in unserer Stadt!«, rief eine der Frauen.

»Jawohl! Wenn die Polizei nichts macht, dann kümmern wir uns eben ... *Marchons, citoyens!*«, rief Charles voller Pathos und mit einem Alkoholnebel über der Stimme.

»Hör auf mit dem Quatsch, Charles, und verschwindet!«, rief Masclau.

»Niemand wird uns davon abhalten, unsere Kinder zu beschützen. Schon gar nicht die *Flics*«, sagte die Frau und drängte sich an Masclau vorbei. »Was ist, wollen Sie jetzt einer Mutter in den Rücken schießen?«

»Also, bitte …« Masclau tat einen Schritt zur Seite, während die kleine Gruppe über die Straße zu Simons Haus marschierte. »Aber keiner betritt den Garten. Dass das klar ist.«

Die Demonstranten hatten am Gartenzaun vor dem Haus Aufstellung genommen und hielten jetzt ihre Schilder hoch.

»Simon, verschwinde!«, rief plötzlich eine der Frauen laut. »Lass unsere Kinder in Ruhe!«, fielen die anderen ein.

Und dann skandierten alle gemeinsam und aus vollem Hals. »Mörder, Mörder, Mörder!«

Masclau stand unentschlossen daneben. So hatte er sich seinen Einsatz nicht vorgestellt. Wieso konnten diese Leute nicht einfach ihre Schilder zeigen und dann zurück ins nächste Bistro marschieren und sich einen hinter die Binde kippen? So wie man das von anständigen Bürgern erwarten durfte.

In diesem Moment flog der erste Farbbeutel. Mit lautem Knall klatschte er gegen die Jalousie und hinterließ einen großen roten Flecken, aus dem Tropfen wie Blut an den Lamellen hinunterliefen.

»Aufhören, *merde alors*!«, rief Masclau und löste damit nur einen neuen Hagel von Wurfgeschossen aus. Auf dem Vordach, an der Wand und auf der Haustür zerplatzten die Farbbeutel. Der *Lieutenant* griff zum Handy und alarmierte seine Kollegen.

Wenige Minuten später hörte man schon die Sirenen von Polizeiautos, und im nächsten Moment waren die zuckenden Blaulichter zu sehen. Dann stoppten zwei Einsatzfahrzeuge der Gendarmerie vor dem Haus und vier Polizeibeamte stiegen aus. Der Protest verstummte schlagartig und die Plakate wurden eingerollt. Eilig machte sich die Bürgerwehr auf den Heimweg.

»Jetzt wartet doch mal«, rief Charles seinen Mitkämpfern hinterher.

»Und du verschwindest auch.« Masclau war sauer auf Charles. Dieser Mist war schon viel zu weit gegangen. »Was ist? Ich kann dich auch mitnehmen und wir fahren zusammen auf die Wache.«

Während Charles hinter den anderen herlief, ging Masclau zur Haustür und klopfte. Fast im gleichen Auenblick öffnete Simon die Tür. Seine dunklen Haare waren verschwitzt und klebten an seiner Stirn. Erschrocken sah er den Polizisten an.

»Sind sie weg?«, fragte Simon misstrauisch und sah die Straße hinunter.

»Ich bin sicher, die kommen nicht so schnell zurück«, antwortete Masclau.

»Und wer zahlt den Schaden? Das Haus ist nur gemietet.« Paul Simon war zwei Schritte vor die Tür getreten und blickte fassungslos auf die Farbspritzer.

»Schätze, das müssen Sie schon selber tun«, meinte der Polizist. »Seien Sie froh, dass nichts Schlimmeres passiert ist.«

»Für heute Nacht lasse ich einen Streifenwagen vor Ihrer Tür«, meinte Masclau abfällig. »Aber glauben Sie mir, wir haben auch noch was anderes zu tun.«

Damit drehte er sich um. Hinter ihm sagte Simon

»Merci« und Masclau konnte hören, wie die Tür abgeschlossen und innen ein Riegel vorgeschoben wurde. Masclau sah die Straße hinunter. Der dunkle Pick-up war verschwunden.

11. KAPITEL

Das Mädchen fror, aber es ließ sich nichts anmerken. Ein Profi lässt sich nichts anmerken, dachte es und biss die Zähne zusammen. Auch nicht um halb acht Uhr morgens, am Strand von Lavandou, im Bikini, mit den Füßen im kühlen Meer. Das gehört alles dazu, hatte Lenny gesagt. Und Lenny musste es wissen, er war schließlich der Fotograf.

»Geh noch ein paar Schritte weiter ins Wasser, Baby!«, rief Lenny vom Strand aus. »Und lächeln. Du hast so ein wunderschönes Lächeln.«

Das blonde Mädchen warf den Kopf in den Nacken, sah über die Schulter und schickte Lenny ihr verführerischstes Lächeln.

»Jaaaa, gut! Genau so! Das ist es ...«, rief Lenny.

Das Mädchen hörte das *Schlack-schlack-schlack*, das der Verschluss der Kamera machte. Dieses Geräusch war das absolut Geilste an ihrem Job. Nicht die mickrigen Spesen, die sie für dieses Shooting bekam, und auch nicht das Hotelzimmer, das Lenny für sie gebucht hatte. Nein, es war das Klicken der Kamera, das sich für sie anhörte wie ... ja, wie Applaus. Der Applaus, von dem man träumte, wenn man gerade erst sechzehn Jahre alt geworden war und hoffte, dass ganz schnell der große Durchbruch kommen würde. Catwalk, roter Teppich. Paris, London, New York.

»Weißt du, dass du genauso aussiehst wie die Heidi«,

hatte Lenny beim Casting gesagt. »Ich meine die Klum. Natürlich vor fünfzehn Jahren, als sie noch jung war.«

Jetzt blinzelte das Mädchen in die Sonne, die erst vor einer halben Stunde über dem Meer aufgegangen war. Mit dem absolut besten Licht des Tages, wie Lenny gesagt hatte. Zuerst war es noch verdammt kühl gewesen, aber jetzt brachten die Sonnenstrahlen etwas Wärme und ließen die Gänsehaut auf den Armen des Mädchens verschwinden. Auch das Bibbern hörte auf. Das Mädchen war bereit, alles zu ertragen. Sogar die schmierigen Annäherungsversuche von Lenny. Die Fummeleien an der Bar und der schnelle Sex in ihrem Hotelzimmer. Denn das Mädchen wollte etwas erreichen im Leben. Etwas richtig Tolles, Supergeiles. Jemand sein, den man kannte, jemand mit Hunderttausenden von Followern auf ihrem Facebook-Account. So wie Kim Kardashian oder Paris Hilton. Gut aussehen, fotografiert werden und shoppen. Auf gar keinen Fall wollte sie werden wie ihre Mutter, die in Nizza ein Nagelstudio betrieb, Hand- und Fußpflege – um Himmels willen, nur das nicht.

Das Mädchen hatte seiner Mutter nichts von diesem Fotojob erzählt. Ihre Mutter hätte tausend Einwände gehabt. Spießige Auflagen, wer wen wann auf dem Handy anrufen müsste und so einen Quatsch. Stattdessen hatte sie erzählt, sie würde ihre Freundin in Le Lavandou besuchen. Was ja auch nicht ganz gelogen war. Die Freundin gab es wirklich, allerdings war sie zurzeit mit ihren Eltern in Spanien. Ihre Mutter musste wirklich nicht alles wissen.

»Hallo, träumst du …?«, rief Lenny.

Das Mädchen reckte sich und schüttelte die blonde Mähne im Gegenlicht. *Schlack, schlack, schlack* machte die Kamera.

»Und jetzt lauf zu den Felsen«, rief Larry und wechselte das Objektiv. »Setz dich auf die Steine, und ich mach ein paar Schüsse mit dem Tele. Nur dein Gesicht, mit der aufgehenden Sonne in deinen Augen. Das Foto wird der Hammer.«

Sicher, Larry war ein aufdringlicher Typ, aber vom Fotografieren hatte er echt eine Superahnung. Und er kannte die richtigen Leute. Verbindungen waren alles in diesem Geschäft, das wusste sie. Darum gab es auch kein Geld für dieses Shooting. Nur die Spesen wurden vom Kunden bezahlt, hatte Lenny gesagt. Und er hatte auch gesagt, dass das eine Riesenchance für sie wäre.

Das Mädchen lief zu den Felsen, die den Sandstrand unterbrachen und flach ins Meer führten. Auf dem Sand vertrockneten ein paar Quallen in der Sonne und sahen aus wie ausgekippte Götterspeise. Das Meer hatte eine Menge Seegras zwischen die Felsen gespült, das sich unter den Fußsohlen weich anfühlte, fast wie ein Teppich. Das Mädchen wollte gerade auf die Felsen klettern, als sie im Seegras auf etwas trat, dass sich irgendwie anders anfühlte, mehr wie Gummi. Sie schob mit dem Fuß das Seegras zur Seite und sah etwas Grauweißes durch den Tang schimmern. Vorsichtig tastete sie das Ding mit dem Fuß ab. Vielleicht das Schwimmtier von einem Kind, das hier angespült worden und halb von Seegras und Sand begraben war, oder ein großer Fisch. Neugierig zog sie den Fuß zurück und sah sich um.

»Ist was?«, rief Lenny, der sich in Position gebracht hatte und schon durch die Kamera sah.

»Da liegt was«, rief das Mädchen zurück. »Ein großer Fisch oder so was. Ist echt gruselig.«

»Lass es liegen und klettere weiter hinten auf die Felsen.«

Aber dafür war es zu spät. Das Mädchen hatte sich gebückt und ein Stück Schwemmholz gepackt, das halb unter dem grauen Ding lag, und es mit einem Ruck hochgezogen. Mit einem schmatzenden Geräusch rutschten Tang und Sand zur Seite. Wie versteinert sah das Mädchen auf das, was sie da freigelegt hatte. Es war der nackte Oberkörper eines Toten. Die graugrüne Haut aufgebläht wie ein Ballon. Das Holz hatte den Körper aufgerissen. Mit einem Zischen entwichen jetzt die Fäulnisgase aus der Leiche. Ein Stück des Gesichts war weggerissen, man konnte den Schädelknochen sehen, und eine Krabbe kletterte aus der Augenhöhle. Es dauerte einige Sekunden, bis das Mädchen begriff, was da vor ihr lag. Dann roch sie den unerträglichen Gestank.

Sie drehte sich um und taumelte auf den Fotografen zu. Aus ihrem Gesicht war alle Farbe gewichen.

»Was ist los?«, fragte Lenny. »Hast du irgendwas, Baby?«

In diesem Moment fiel das Mädchen auf die Knie, stützte sich in den Sand und erbrach sich.

12. KAPITEL

Eine Stunde später wimmelte es am Strand von Leuten. Inzwischen war das Gebiet rund um die Felsen mit Markierungsband abgesperrt. Die Nachricht von dem Toten am Strand hatte sich trotz der frühen Stunde schnell herumgesprochen. Jetzt war der Strand voller Menschen wie sonst höchstens bei der Bootssegnung zum Fest von Saint Pierre, dem Schutzheiligen der Fischer. Die Gendarmerie versuchte, mit Absperrband die Neugierigen auf Abstand zu halten.

Leon hockte neben dem Toten, den er vorsichtig mit einer kleinen Schaufel von Sand und Seetang befreit hatte, und betrachtete ihn. Der Mann trug noch eine zerfetzte hellblaue Trainingshose, die überraschenderweise von dem eingenähten Gummizug über den Hüften gehalten worden war. Außerdem trug das Opfer eine billige Uhr mit Metallarmband und einen Ring. Hals und Kopf waren angeschwollen, wie aufgepumpt. Ein Zeichen für Fäulnisgase, die sich unter der Haut gebildet hatten und bei der im Wasser treibenden Leiche in den Kopf und den Hals aufgestiegen waren. Die Haut an Händen und Füßen war im Wasser ganz schrumplig geworden. Der Körper war übersät von großen und kleinen Verletzungen, wo das Meer ihn auf die scharfen Felsen geworfen hatte. Und dann gab es noch die Spuren der Krebse und der Möwen, die sich bereits ihren Teil der Beute geholt hatten. Die See hätte den

Körper für Monate in ihren kühlen Tiefen behalten können, dachte Leon. Aber aus irgendeinem Grund hatte das Meer diesen Mann an den Strand gespült. Doch diesen Gedanken behielt er für sich.

Hinter Leon standen Isabelle und Masclau in respektvollem Abstand. Der Geruch, der von dem Toten ausging, war immer noch heftig.

»Kannst du schon sagen, wie lange er tot ist?«, fragte Isabelle.

»Nicht präzise«, antwortete Leon. »Dafür muss ich ihn mir in der Rechtsmedizin genauer ansehen.« Er erhob sich. »Aber ich schätze, mindestens drei Tage, maximal vielleicht eine Woche.«

»Scheiße, sieht ja echt übel aus«, sagte Masclau, der sich neugierig nach vorne gebeugt hatte.

Leon sah Zerna von der Absperrung zu ihnen herüberkommen. Im weichen Sand sanken die Absätze seiner Cowboystiefel ein und er wirkte noch kleiner als sonst. Beim Näherkommen wedelte der Polizeichef ärgerlich mit den Armen.

»Was ist das für ein verdammter Zirkus?«, bellte Zerna aufgebracht. »Diese Touristen führen sich auf, als wären wir in einer Fernsehshow.« Zerna drehte sich noch einmal um. »Die Leute sollen hinter der Absperrung bleiben, verdammt noch mal!«, rief er laut Moma zu, der ein paar besonders Neugierige wieder hinter die Plastikbänder scheuchte.

»*Bonjour, docteur*«, sagte Zerna, »was wissen wir?«

Leon stand auf. »*Bonjour.* Eine Wasserleiche, männlich, Ende dreißig bis Anfang vierzig.«

»Schwimmt vielleicht schon seit 'ner Woche hier rum«, sagte Masclau und kassierte einen scharfen Blick seines Chefs. »Hat der *Docteur* gesagt ...«

»Irgendwas, das auf die Identität des Opfers schließen lässt?«, wollte Zerna wissen.

»Er hatte keinerlei Papiere«, meinte Isabelle. »Aber wir werden sicherheitshalber noch den Strand absuchen.«

»Kannst du dir sparen«, unterbrach Masclau seine Kollegin. »Das ist André Martin.«

»Wer?«, fragte Zerna.

»Der Besitzer von dem gestrandeten Boot, das wir vor ein paar Tagen gefunden haben«, klärte Isabelle ihren Chef auf.

Zerna sah noch einmal zu der Leiche. »Sind Sie sicher?«, fragte er.

»Klar bin ich mir sicher, *Patron*«, antwortete Masclau. »Ich hab ein paarmal mit ihm Boule gespielt. Er war ein beschissener Spieler. Ist ja auch kein Wunder, wenn man auf einem Auge blind ist.«

»Geben wir den Fall an Toulon ab?«, fragte Isabelle ihren Chef.

»Ich bitte Sie«, empörte sich Zerna. »Sieht das vielleicht nach einem Gewaltverbrechen aus?«

»Ich schätze, er hatte einfach zu viel gesoffen.« Masclau hielt seinen Kopf schief, als könnte er so den Alkoholpegel des Opfers besser einschätzen. »Er war hacke, dann ein bisschen Wellengang und *au revoir*.«

»Du warst wohl dabei?«, fragte Isabelle, die Masclaus gefühllose Art nervte.

»Hast du sein Boot nicht gesehen?«, fragte Masclau. »Da lagen mindestens zwanzig leere Bierdosen drin.«

»Schreiben Sie den Bericht.« Zerna sah Isabelle an. »Und schicken Sie eine Kopie nach Toulon.«

»Das Obduktionsergebnis können Sie heute Abend haben«, sagte Leon.

»Das eilt nicht«, erwiderte Zerna. »Es ist schließlich nur ein Bootsunfall. Ihren Obduktionsbericht können Sie auch nachliefern. Falls Toulon ihn überhaupt sehen will.«

Den letzten Satz hatte Zerna mit bewusst abfälligem Ton gesagt. Es nutzte jede Gelegenheit, um Leon vor Isabelle klein zu machen. Leon ignorierte die Bemerkung und deckte eine Folie über das Opfer.

Moma kam auf die Gruppe an den Felsen zu. Neben ihm stapfte ein großer Mann durch den Sand. Leon schätzte ihn auf Anfang vierzig. Er trug eine graue Arbeitshose mit aufgesetzten Taschen, wie sie Mechaniker haben. Dazu ein dunkelblaues Hemd mit dem quadratischen Logo des Telekomanbieters »Orange« auf der Brusttasche. Der Mann war übergewichtig, was seinen Kopf ein wenig zu klein erscheinen ließ. Der kurze Marsch über die Düne hatte ihm den Schweiß auf die Stirn getrieben. Leon fiel gleich auf, dass der Mann sich schief hielt und die rechte Hand leicht gegen seinen Bauch drückte, als hätte er dort Schmerzen.

»Das ist Monsieur Sarraut«, stellte Moma seinen Begleiter vor. »Er ist ein Arbeitskollege von André Martin. Vielleicht kann er uns ja sagen, ob ...«

»Das haben wir doch schon geklärt«, unterbrach ihn Masclau.

»Moment.« Zerna hob die Hand und stellte sich vor: »Zerna, Gendarmerie Nationale.«

»Sarraut. André und ich, also, wir legen Kabel und schließen die Verteilerkästen an«, sagte der Mann. »Für die Telefongesellschaft.« Er deute auf das Abzeichen am Hemd.

»Wieso glauben Sie, dass das Ihr Arbeitskollege sein könnte?«, fragte Isabelle misstrauisch.

»Die Polizei hat doch sein Boot gefunden.« Der schwitzende Mann nickte in Richtung des Toten. »Ist er das ...?«

Zerna bückte sich und zog die Folie ein Stück zurück, sodass nur der Kopf zu sehen war. Das Gesicht lag halb im Sand.«

»*Mon dieu* ...« Sarraut hielt sich die Hand vors Gesicht und wandte den Kopf zur Seite.

»Erkennen Sie ihn?«, fragte Isabelle.

Sarraut nickte. »Ja, das ist André.«

»Hab ich doch gesagt«, meinte Masclau.

»Ganz sicher?«, fragte Zerna und zog die Folie wieder über die Leiche.

»André und ich, wir kennen ... wir kannten uns seit über zwanzig Jahren.« Es fiel Monsieur Sarraut offensichtlich schwer zu sprechen. Seine Stimme klang für einen Moment wie die eines Kindes.

»Kommen Sie, gehen wir ein Stück zur Seite«, sagte Leon, der merkte, wie sehr der Anblick seines toten Freundes den Mann bewegte. »Dann kann das Beerdigungsinstitut ihn jetzt mitnehmen.« Leon nickte Isabelle zu. Sie winkte in Richtung der Männer, die bei einem Geländewagen mit einer Bahre und einem Leichensack warteten.

»Wohin werden Sie ihn jetzt bringen?«, fragte Sarraut.

»Er kommt erst mal in die Rechtsmedizin.« Zerna sah den Mann an.

»Er hatte ein paar Tage freigenommen«, erklärte Sarraut. »Danach hat er sich nicht mehr bei mir gemeldet. Wir arbeiten sonst immer zusammen.«

Sarraut blieb stehen und sah zu Boden. Er schüttelte den Kopf, und Leon war sich nicht sicher, ob die schluchzenden Geräusche von seiner Kurzatmigkeit herrührten oder ob der Mann weinte.

»Warum gehen wir nicht einen Kaffee trinken?« Leon tat der Mann leid. »Ich lade Sie ein.«

Leon sah zu Zerna hinüber, der nickte.

»Kommen Sie«, sagte Leon und ging mit dem Mann zur Treppe, die auf die Strandpromenade führte.

13. KAPITEL

Zehn Minuten später saßen Leon und Pascal Sarraut an einem der kleinen runden Tische im *Chez Miou*. Um diese Zeit war das Bistro fast leer. Yolande brachte das Tablett mit der Bestellung.

»Einen Crème für den *Docteur* und einen Café au Lait für Monsieur?« Sie sah Leon fragend an.

Er sollte ihr seinen Gast vorstellen. Dann könnte sie ihm ein paar peinliche Fragen stellen, um dann den ganzen Tag den Gästen zu erzählen, dass der Freund des ertrunkenen André Martin heute im Bistro gewesen war und ihr, Yolande, alles über Martins Tod erzählt hatte.

»Danke, Yolande«, sagte Leon. »Wir melden uns, wenn wir noch etwas brauchen.«

»Na gut, verstehe«, schmollte Yolande und zog sich an die Bar zurück.

»Geht's wieder?«, fragte Leon. Sarraut nickte und zerrte mit dem Zeigefinger an seinem Hemdkragen.

»Danke, ich musste da echt weg vom Strand.« Er sah Leon an. »Macht Ihnen so was denn gar nichts aus?«

»Doch, tut es. Jedes Mal aufs Neue«, erwiderte Leon.

Der Anblick von Toten machte ihm zwar keine Angst, aber jeder Fall beschäftigte ihn. Nicht nur für die Dauer der Obduktion, sondern auch danach. Leon hatte gelernt, dass hinter jedem Tod ein Geheimnis steckte. Meist war es ganz banal, aber gelegentlich war es auch dunkel und verstörend. Und irgendetwas hatte ihn beim Anblick des Toten vom Strand alarmiert.

»Hatte Ihr Freund Familie?«, fragte Leon.

»André?« Sarraut schüttelte den Kopf. »Seine Frau ist schon vor Jahren gestorben, Krebs. Sonst gab es niemand. Niemand, über den er je gesprochen hätte. Warum interessiert Sie das?«

»Könnten Sie sich vorstellen, dass er freiwillig über Bord gegangen ist?«

»Sie meinen Selbstmord?« Er schüttelte den Kopf. »Aber wie kann man wissen, was jemand denkt.«

»Kommen Sie auch hier aus der Gegend?«

»Kann man so sagen.« Sarraut kratzte sich in seiner Armbeuge. »Ich bin drüben groß geworden«, er nickte mit dem Kopf in Richtung Meer. »Auf Porquerolles, auf der Insel. Meine Mutter lebt noch immer dort. Sie ist vierundachtzig.«

»Aufgewachsen auf einer Insel? Das muss eine schöne Kindheit gewesen sein.«

»Glauben Sie?« Sarrauts Ton war jetzt bitter. »Das Inselleben ist nicht so, wie sich das die Leute aus der Stadt immer vorstellen.«

»Wie schade«, meinte Leon und nahm noch einen Schluck Kaffee. »Eine Illusion weniger.«

Sarraut reagierte nicht. Leon sah, wie sein Gast sich mit der rechten Hand in die Seite drückte.

»Haben Sie Schmerzen?«, fragte er.

»Es zieht nur noch ein bisschen«, erklärte Sarraut. »Blinddarm-Operation, letzte Woche.«

»Seien Sie bloß vorsichtig.« Leon sah wieder Schweiß auf der Stirn seines Gesprächspartners. »Nichts heben, nicht anstrengen. Aber das hat Ihnen Ihr Arzt bestimmt auch schon gesagt.«

»Ich bin noch eine Woche krankgeschrieben. Ich fahre nach Porquerolles zu meiner Mutter.«

»Gute Idee«, sagte Leon.

»Was wird jetzt mit André?«, fragte Sarraut. »Ich meine, die Beerdigung und all das.«

»Wenn er hier gewohnt hat, wird er wahrscheinlich auch hier beerdigt. Am besten, Sie reden mit der Gendarmerie.«

Sie sprachen noch ein paar Minuten darüber, wie sich Lavandou mit den Jahren verändert hatte und dass alle einen warmen, trockenen Juli erwarteten. Dann stand Leon auf.

»Ich muss in die Klinik. Der Kaffee geht auf mich.«

Sarraut murmelte etwas zum Abschied, das Leon nicht verstand. Es schien dem Mann schwerzufallen, »Dankeschön« zu sagen.

14. KAPITEL

Der verbeulte Twingo wich vorsichtig den Schlaglöchern aus, die die schmale Straße in den Hügeln oberhalb von Le Lavandou fast unpassierbar machten. Die Piste endete an einem Bauzaun vor einem Tor, das mit einer Eisenkette gesichert war. Paul Simon stieg aus. Er ging um den Wagen herum, öffnete die Heckklappe und griff nach einem Werkzeugkasten. Durch den Drahtzaun konnte er auf das verlassene Baugelände sehen. Auf einem großen Schild war der Name der Anlage zu lesen: »Refuge de Palmiers – Appartements de luxe«, darunter stand in goldenen Buchstaben »Un project d'Entreprise – Denis Legrand«.

Im Augenblick war von Luxus nur wenig zu sehen. Die Baustelle zwischen den verstaubten Pinien und Korkeichen war über das Fundament kaum hinausgekommen. Der erste Stock stand im Rohbau, rostige Armiereisen ragten aus den Mauern, ein Hinweis, dass urprünglich weitere Etagen geplant waren. Aber mehr als ein paar Betonwände, die zum Teil noch mit Holz verschalt waren, gab es nicht. Ein rechteckiger Aushub vor der Bauruine sollte offenbar mal ein Swimmingpool werden.

Eine Betonmischmaschine lag umgestürzt zwischen Oleanderbüschen. Auch sonst gab es keinerlei Anzeichen, die auf irgendeine Bauaktivität hinwiesen. Von Luxus und Palmen konnte keine Rede sein. Gras und Rosmarinbüsche hatten längst damit begonnen, das Gelände zurückzuerobern. Auf dieser Baustelle war schon seit Jahren nicht mehr gearbeitet worden.

Simon nahm einen Bolzenschneider aus der Werkzeugkiste und setzte ihn an der Kette an. Mit einem leisen Klicken gab das eiserne Kettenglied nach.

»Ihr glaubt, wir wären schon fertig miteinander«, dachte Paul Simon, als er auf den Rohbau zuging. »Aber da irrt ihr euch. Ich werde nicht aufgeben. Nicht, bevor ich Gewissheit habe. Egal, was es kostet.«

Der Eindringling war stehen geblieben und sah sich um. An dieser Stelle gab es keinen »*vue mer*«, auch wenn das in dem bunten Prospekt so angepriesen wurde. Statt »Meerblick« sah man nur auf staubige Hügel, und in der Ferne konnte man die Dächer von Bormes mit dem Turm der Kirche Saint Trophyme erkennen.

Paul Simon ging an dem Schild »Accès interdit« vorbei und betrat die Bauruine. Hier konnte jeder sehen, was Legrand für ein Blender war, dachte Simon. Große Sprüche, aber wenn es ernst wurde, ein Vollversager. Diesen Baugrund hätte jeder andere in eine Goldgrube verwandelt, aber nicht Legrand. Der nicht. Der konnte nur das Geld ausgeben, das ihm nicht gehörte. Das Geld, das eigentlich für Amélie bestimmt gewesen wäre.

Bildete sich dieser Legrand etwa ein, Paul Simon wüsste nicht, was gespielt wurde? Vielleicht konnte Legrand ja die Schwachköpfe von *Flics* hinters Licht führen, und Delphine sowieso, aber doch nicht ihn. Simon klopfte mit der Faust die Wand ab. An einer Stelle klang es hohl. Simon stellte seine Werkzeugkiste ab und griff nach dem schweren Hammer. Dann setzte er sich eine Plastikbrille gegen die Splitter auf und machte den ersten Schlag. Dumpf hallte es durch den Rohbau. Hier gab es niemanden, der sich an dem

Krach störte. Mit jedem Schlag arbeitete sich Simon tiefer in die Wand. Er würde hier finden, was er suchte, und dann würde er Legrand fertigmachen.

15. KAPITEL

Leon bog mit seinem Peugeot auf den Ärzteparkplatz der Klinik ein. Diesmal hatte niemand seinen Stellplatz besetzt. In der Eingangshalle kam ihm Dr. Bayet entgegen. Der Klinikleiter war von ausgesuchter Höflichkeit, die Leon sofort misstrauisch machte.

»*Bonjour, docteur*«, begrüßte er Leon und reichte ihm die Hand, was er sonst nie tat.

»*Docteur* Bayet ...?«

»Wie gut, dass ich Sie gerade treffe, *Docteur*«, sagte der Klinikleiter und rieb seine Hände, als müsste er sie nach der Begrüßung desinfizieren.

»Ja ...?«, fragte Leon.

»Ich habe Sie doch *Docteur* Bodin vorgestellt. Sie erinnern sich.«

Selbstverständlich erinnerte sich Leon an diesen blasierten Idioten, und das wusste Bayet ganz genau. Er hatte irgendeine schlechte Nachricht und hoffte, ihn mit seinen Schmeicheleien milde zu stimmen.

»Was gibt es, *Docteur* Bayet?«, fragte Leon.

»Ich habe da eine Idee, die ist ... genial.« Bayet hob die Hand und bildete mit Daumen und Zeigefinger einen Ring, wie ein Chefkoch, der sein Essen anpreist. »Sie werden die Abteilung zusammen leiten. Eine Doppelspitze, wenn Sie verstehen.«

Leon starrte Bayet einen Moment sprachlos an.

»Ich arbeite lieber alleine«, erwiderte Leon schließlich ohne Begeisterung.

»Sie werden sehen, da entstehen ganz neue Synergien. Das wird die ganze Abteilung nach vorne bringen, *Docteur* Ritter.«

»Verstehe. Aber jetzt muss ich runter. Ich habe eine Obduktion.«

»Ich möchte Sie natürlich auf keinen Fall aufhalten, *Docteur*«, sagte Dr. Bayet. »Ich wünsche Ihnen beiden viel Erfolg.« Dabei ballte der Klinikleiter begeistert die Faust, als würde er eine Fußballmannschaft aufs Feld schicken.

»Wir werden sehen«, meinte Leon skeptisch und nahm die Treppe in den Keller.

Rybaud hatte alles für die Obduktion vorbereitet. Der Tote vom Strand lag bereits auf dem Obduktionstisch und war mit einem grünen Tuch bedeckt. Nur am Fußgelenk war das Band mit dem Barcode zu sehen, der Namen und Einlieferungszeitpunkt vermerkte. Leon zog sich das kurzärmelige grüne Hemd und die grüne Hose an. Darüber knotete er die Wegwerfschürze aus Plastikfolie, als er das schmutzige Marmeladenglas auf seinem Schreibtisch entdeckte.

»Rybaud!?«, rief er. »Können Sie mir sagen, was das Marmeladenglas auf meinem Schreibtisch zu suchen hat?«

Rybaud tauchte in der Tür auf.

»Hat ein *Flic* von der Gendarmerie vorbeigebracht«, erklärte der Assistent. »Mit einem Gruß von *Capitaine* Morell. Wir sollten den Inhalt bestimmen, wenn wir Zeit hätten.«

»Ist doch eine interessante Aufgabe für Sie, Monsieur Rybaud«, schlug Leon vor. »Ist meine Verstärkung schon eingetroffen?«

»Damit meinen Sie ja bestimmt nicht *Docteur* Bodin«, sagte der Assistent in gespielt ahnungslosem Ton.

»Hör ich da so etwas wie Ironie?«, fragte Leon, und Rybaud warf einen unschuldigen Blick zur Decke. »Sie wollen doch nicht die Entscheidung unseres hochgeschätzten Klinikchefs in Zweifel ziehen …?«

»*Docteur* Bodin lässt sich entschuldigen, es könnte heute etwas später werden, hat er gesagt.«

»Das bedaure ich aber sehr, dann müssen wir jetzt leider ohne ihn anfangen.«

Rybaud schaltete die große Beleuchtung aus, als Leon das Tuch von der Leiche zog. Jetzt lag der Körper wie auf einer Bühne im Licht der LED-Spots, die genau über dem Sektionstisch angebracht waren. Die Leiche verströmte noch immer einen intensiven Fäulnisgeruch, sodass Leon die Absauganlage anstellte, die in den Sektionstisch integriert war. Dann umrundete er das Opfer und blieb beim Kopf stehen. Der Hals des Toten war jetzt fast wieder auf Normalmaß geschrumpft, nachdem die Gase, die sich im Gewebe abgelagert hatten, durch den Transport entwichen waren. Er zog die Lupe von der Decke herunter und betrachtete die Haut des Opfers. Dann drückte er auf den Startknopf des Diktiergeräts.

»Opfer männlich, 39 Jahre, ca. 180 Zentimeter groß, Gewicht …« Er sah zu Rybaud.

»77«, sagte der Assistent.

»Gewicht 77 Kilo«, fuhr Leon fort und besah sich die Haut an den Händen. »An den Händen Waschhaut mit Quellungen und Runzelungen der Oberhaut …« Dann drehte er sich um und zupfte vorsichtig an den Haaren, die sich leicht lösten. »Kopfhaare lösen sich. Leichte Grünfärbung der Haut durch Algenwuchs. Daher werden als Aufenthaltszeit im Wasser mindestens drei, aber eher vier bis sechs Tage angenommen.«

Leon inspizierte den Körper sorgfältig. Dabei begleitete ihn Rybaud wie ein Schatten. Der Assistent schien jeden seiner Arbeitsschritte vorauszuahnen und hielt immer die richtigen Instrumente bereit. Am linken Arm befand sich eine Tätowierung, ein Segelschiff und darunter zwei verschlungene Buchstaben. Ein O und ein M, das Logo des Fußballvereins *Olympique Marseille*. Der Körper des Opfers wies unzählige Verletzungen auf. Aber es war so, wie Leon vermutet hatte, die Wunden waren post mortem entstanden. Das galt wahrscheinlich auch für die unzähligen Knochenbrüche. Die rechte Seite war regelrecht zertrümmert. Bein- und Hüftknochen waren gebrochen und zum Teil verschoben. Das Gleiche galt für die Rippen, den Arm und das Schlüsselbein. Auch in der Wirbelsäule gab es Frakturen. Solche Verletzungen hatte Leon bisher nur bei Selbstmördern gesehen, die von Häusern oder Brücken gesprungen waren. Aber wenn bei Sturm die Wellen einen Körper gegen die Klippen schleuderten, waren solche Verletzungen ebenfalls denkbar. Große Wellen hatten eine gigantische Kraft und manche Felskanten waren scharf wie Messer. Aber es gab eine Verletzung, die anders war. Über dem rechten Ohr war die Kopfhaut dunkelblau verfärbt. Als Leon mit dem Finger auf die Stelle drückte, gab der Schädelknochen nach. Für diese Verletzung waren ganz offensichtlich nicht Sturm und Felsen verantwortlich. Sie war definitiv entstanden, als das Opfer noch gelebt hatte.

»Schweres Trauma am Scheitelbein links«, diktierte Leon in das Aufnahmegerät. »Verursacht durch einen schweren Gegenstand mit abgerundeten Kanten. Breite etwa sieben Zentimeter. Ovale Fraktur, massive Quetschung des Gehirns.«

Leon war das Hämatom unter dem Haaransatz schon am Strand aufgefallen. Aber er hatte die Obduktion abwarten wollen, bevor er über seinen Verdacht sprach. Dieser Mann war keineswegs vom Sturm über Bord gespült, sondern niedergeschlagen worden. Leon richtete sich auf und betrachtete den Toten. Was mochte diesem Mann in den letzten Augenblicken seines Lebens zugestoßen sein?

Die weitere Untersuchung des Opfers schien Leons Theorie zu bestätigen. In den Lungen befand sich kaum Wasser, woraus Leon schloss, dass das Opfer bereits tot gewesen war, als es ins Meer fiel. Als Todesursache trug er Herzversagen ein, nach einem schweren Schädel-Hirn-Trauma. Leon war überzeugt, dass sie es mit einem Mord zu tun hatten. Allerdings ließen sich die Beweise auch anders interpretieren. Theoretisch konnte die Schädelverletzung auch die Folge eines Unfalls an Bord gewesen sein.

»Haben Sie schon die Blutwerte bestimmt?«, fragte Leon seinen Assistenten.

»Beim Alkohol zeigt der Computer keinen Wert mehr an, aber das GGT ist eindeutig erhöht«, erklärte Rybaud.

Wenn ein Körper vier Tage oder länger durch das Meer getrieben war, konnte man den Blutalkohol nicht mehr bestimmen. Aber man konnte den Wert des GGT-Enzyms messen und feststellen, ob das Opfer über einen längeren Zeitraum regelmäßig größere Mengen Alkohol getrunken hatte. Was in diesem Fall auch zutraf. Kein Wunder, bei der Menge an leeren Bierdosen, die sich an Bord befunden hatten, dachte Leon.

Masclau hatte behauptet, dass André Martin auf einem Auge blind gewesen war. Als Leon den Toten genauer untersuchte, stellte er fest, dass das nur die halbe Wahrheit war. Die rechte Augenhöhle war leer. Der Verlust des Augapfels musste schon Jahre zurückliegen, denn das Gewebe wies alte Narben und Druckstellen im vorderen Bereich auf. Für Leon ein Hinweis, dass der Mann eine Augenprothese getragen haben musste. Als Leon mit der Lupe die Augenhöhle betrachtete, nahm er plötzlich eine Bewegung wahr. Ein etwa drei Zentimeter langer, heller Wurm, der an seinen Enden kleine dunkle Verzweigungen hatte, kroch an der Innenwand der Augenhöhle entlang.

»Die kleine Klemme, bitte«, sagte Leon und streckte die Hand aus, ohne den Blick von dem Tier abzuwenden. »Schnell!«

Rybaud reichte seinem Chef das Instrument. Leon schob es in die Augenhöhle, packte vorsichtig das Tier und zog es ans Licht. Unter der Lupe erkannte er eine grauweiße Nacktschnecke, die im grellen Licht hin und her zuckte und offensichtlich aus dem Meer stammte.

»Was ist das, *Docteur*?«, fragte Rybaud, der seinem Chef über die Schulter gesehen hatte.

»Keine Ahnung. Machen Sie bitte ein Foto. Dann legen wir es in Formalin und lassen es von einem Biologen bestimmen.«

Der Rest der Obduktion verlief ohne Überraschungen. Leon entnahm die Organe und Rybaud archivierte die einzelnen Schnitte. Wie sich herausstellte, war das Opfer organisch gesund gewesen, bis auf die Leber, die bereits deutlich vergrößert war und typische Symptome eines Gewohnheitstrinkers aufwies. Trotzdem hätte auch dieses Organ bei einem ansonsten gesunden 39-jährigen Mann noch gut einige Jahre durchhalten können.

Leon und sein Assistent räumten den Sektionsraum auf.

Doktor Bodin war nicht aufgetaucht. Der Kollege schien nicht viel von Pünktlichkeit zu halten, dachte Leon. Er konnte es nicht leiden, wenn Kollegen sich nicht an den Zeitplan hielten. Und obwohl er wusste, dass hier im Süden die Uhren langsamer gingen, duldete er, was die Pünktlichkeit anging, keine Ausnahmen.

Aus dem Labor war das helle *Ping* des Trockners zu hören. Im nächsten Moment tauchte Rybaud auf und hielt ein orangefarbenes Papier in der Hand, das er in eine durchsichtige Plastikfolie gesteckt hatte. Er reichte es Leon.

»Das habe ich in der rechten Hosentasche des Opfers gefunden«, erklärte Rybaud. »Es ist zwar vom Salzwasser völlig aufgeweicht worden. Aber nach dem Trocknen kann man etwas erkennen.«

Leon drehte das Papier, das die Größe einer Heftseite hatte, in der Hand.

»Ein Rezept«, sagte Leon. »Ausgestellt von einem Doktor Louis Fournier, in ... kann man leider nicht mehr lesen.«

»*Docteur* Fournier hat seine Praxis auf Porquerolles«, sagte Rybaud.

Leon reichte das Blatt zurück. »Legen Sie es zu den Unterlagen. Vielleicht lässt sich ja feststellen, was der Doktor da verordnet hat.«

Eine Viertelstunde später wollte Leon gerade in seinen Peugeot einsteigen, als ein großer silbergrauer Audi SUV neben ihm hielt. Hinter dem Steuer saß Doktor Bodin.

»Ich hoffe, ich bin nicht zu spät, *Docteur.*« Bodin ließ mit einem Summen die Scheibe hinabgleiten.

»Kommt darauf an, was Sie vorhaben«, antwortete Leon.

»Ich dachte, wir wären zu einer Autopsie verabredet«, erwiderte Bodin mit leichtem Vorwurf in der Stimme.

»Die war auf 11.30 Uhr angesetzt. Jetzt ist es 14 Uhr.«

»Ich hätte nicht gedacht, dass Sie so strikt nach Vorschrift arbeiten würden«, meinte Bodin. »Nach allem, was man so gehört hat.«

»Sie sollten nicht alles glauben, was die Leute erzählen«, erwiderte Leon in leutseligem Ton, obgleich er sich über die arrogante Art des Kollegen ärgerte. »Mit der Obduktion sind wir durch. Aber wenn Sie die Labortests übernehmen könnten. Ist doch Ihr Fachgebiet?«

»Gerne, wenn Sie mich einweisen würden.«

»Das übernimmt Monsieur Rybaud. Er wartet schon auf Sie«, sagte Leon. »Ein ausgesprochen erfahrener Assistent, der sich hervorragend auskennt.« Leon stieg ein und ließ den Motor an.

»Interessantes Auto, das Sie da fahren«, meinte Bodin in etwas abfälligem Ton.

»Und sehr zuverlässig«, sagte Leon. »Kein überflüssiger Schnickschnack. Hat mich noch nie hängen lassen. *Bonne journée.*«

Leon konnte nicht mehr hören, was Bodin ihm zurief. Er gab Gas und fuhr davon.

16. KAPITEL

Isabelle hatte sich die alten Ermittlungsakten aus dem Archiv kommen lassen und, nach Datum geordnet, auf den Schreibtisch gelegt. Es war ein Albtraum, den Fall Amélie noch einmal von vorne beginnen zu müssen. Der Tod des Mädchens, oder besser gesagt sein Verschwinden, lag jetzt über fünf Jahre zurück. Damals hatte der Fall für große Aufregung gesorgt. Zu dieser Zeit war Isabelle noch *Lieutenant* und nicht stellvertretende Polizeichefin von Le Lavandou gewesen. Sie und ihre Kollegen waren wochenlang damit beschäftigt gewesen, Zeugen zu vernehmen. Fast zweihundert Personen hatten sie befragt und unzählige Suchaktionen durchgeführt. Grundstücke waren umgegraben, Müllhalden durchsucht worden. Sogar das Süßwasserreservoir bei La Môle hatten Taucher inspiziert. Aber die blutige Spur, die vom Tod des kleinen Mädchens kündete, endete im Auto des Vaters. Daran war nicht zu rütteln. Auch der Leichenhund des Spezialkommandos aus Marseille hatte im Auto angeschlagen. Niemand hatte Paul Simon die Story von der toten Katze geglaubt, die er angeblich am Tag zuvor überfahren und weggeschafft hatte.

»Ich werde unser Kind töten und mich auch«, hatte Paul Simon auf dem Anrufbeantworter seiner Ex-Frau damals angekündigt. Nach dem späteren Zeitvergleich des Staatsanwalts musste der Vater zu diesem Zeitpunkt seine Tochter bereits ermordet gehabt haben. Als Isabelle damals zu Paul Simon gefahren war, um ihn zu befragen, hatte er allein auf den Stufen seines Hauses gesessen, das Foto seiner Tochter betrachtet und geweint. Dieses Bild würde sie nie vergessen. Trotzdem hatte sich Isabelle später oft gefragt, ob das Gericht wirklich einen Mörder verurteilt hatte. Paul Simon erschien ihr nicht wie ein Mann, der seine Tochter tötet, um seine Frau zu strafen. Trotz aller Spuren und trotz der cholerischen Anfälle, unter denen der Lehrer gelegentlich litt. Aber galt nicht für die meisten Mörder, dass man ihnen die blutige Tat nicht zutraute?

In diesem Moment klopfte es an die Tür. Bevor Isabelle »Herein« gesagt hatte, stand Moma im Zimmer.

»Eric ist hier«, sagte er entschuldigend. »Der *Patron* meint, du solltest mit ihm reden.«

»Bitte nicht«, sagte Isabelle gequälter Stimme. »Ich habe im Augenblick wirklich genug zu tun. Was will er denn?«

»Das sagt er dir am besten selber.«

»Warum muss immer ich mit den Verrückten reden?«

»Weil die Verrückten nicht mit Kanaken reden wollen«, entgegnete Moma grinsend und deutete mit beiden Händen auf sich. Er war als Sohn algerischer Eltern in Nizza geboren worden und fühlte sich französischer als die meisten Franzosen. »Da hat meine Religion doch auch mal was Gutes.«

Er drehte sich um, sah in den Gang und winkte. Im nächsten Moment betrat eine merkwürdige Person Isabelles Büro. Eric war Mitte vierzig und gehörte zu Le Lavandou wie die Brunnen und die Platanen. Die Einwohner nannten ihn ›Eric le fou‹, und das war keineswegs abwertend gemeint. Im Gegenteil, Eric wurde freundlich behandelt und gelegentlich auch mal auf eine Cola oder einen

Espresso eingeladen. Eric nähte sich seine Kleidung selber. Heute trug er weinrote Pluderhosen, dazu ein weites Leinenhemd. Über die Schulter hatte er seine Gitarre gehängt. Gelegentlich spielte er darauf, aber mehr als ein paar scheppernde Akkorde konnte er dem Instrument nicht entlocken. Musik konnte man es eigentlich nicht nennen, trotzdem warfen die Leute ihm hin und wieder ein paar Euro in seine Teedose. Erics Haare waren schulterlang und dünn. An vielen Stellen waren sie bereits ausgefallen. Isabelle erinnerte er immer an eine alte Puppe, die sie als kleines Mädchen besessen hatte.

»*Bonjour*, Eric«, sagte Isabelle mit einem Seufzen.

»Eric hat es getan. Eric hat die kleine Amélie totgemacht«, antwortete Eric in seiner merkwürdigen Art, die einzelnen Worte so abgehackt zu betonen, als müsste der Satz langsam die Stufen einer Treppe hinaufsteigen. »Ja, jetzt ist sie ganz kalt, die arme kleine Amélie.«

»Du hast Amélie nicht umgebracht«, sagte Isabelle. »Das weißt du doch.«

Tatsächlich war vor fünf Jahren auch Eric befragt worden. Ein Zeuge hatte die zehnjährige Amélie und Eric zusammen auf dem Spielplatz beobachtet. Aber das war drei Tage vor der schrecklichen Tat gewesen. Eric litt unter einer leichten Schizophrenie, die in Schüben auftrat. Aber er galt als harmlos, zumindest solange er seine Medizin nahm. Vor einigen Jahren hatte man ihn zur Beobachtung in einer Nervenklinik untergebracht, aber schon nach vier Wochen wieder als unbedenklichen Fall entlassen. Eric erschien regelmäßig auf der Wache, und immer behauptete er, irgendeinen Prominenten getötet zu haben. Sein letztes Opfer war angeblich François Hollande. Der Mann im Fernsehen, so behauptete Eric, sei nur ein Schauspieler.

»Eric hat die kleine Amélie totgemacht«, wiederholte der Mann.

»Na gut, Eric. Und was hast du danach mit dem Mädchen gemacht?« fragte Isabelle geduldig.

»In das tiefe, tiefe Loch gesteckt. Ganz nach unten.«

»Jetzt musst du mir nur noch sagen, wo das tiefe Loch ist«, fuhr Isabelle geduldig fort.

»Eric muss nachdenken. Ist so lange her«, sagte er.

»Das ist eine gute Idee.« Isabelle stand auf, ging zu Eric und legte ihm die Hand auf den Arm. »Wenn es dir wieder einfällt, dann kommst du und sagst es mir.«

Mit sanftem Druck führte sie ihren Besucher zur Tür.

»Eric kann was spielen«, sagte der Mann und griff nach seiner Gitarre. Aber bevor er sie von der Schulter nehmen konnte, hatte Isabelle die Tür geöffnet und ihn hinausgeschoben.

»Das zeigst du mir auch beim nächsten Mal. Einverstanden?«

Eric nickte und ging brav den Gang hinunter. »Jetzt ist sie ganz kalt, die kleine Amélie«, sagte er dabei. »Die Prinzessin mit ihren roten Schuhen.«

Isabelle sah dem Mann in den Pluderhosen für einen Augenblick irritiert nach. Amélie hatte an jenem letzten Tag tatsächlich rote Sneakers getragen. Soweit Isabelle informiert war, hatte die Polizei dieses Detail aber nie veröffentlicht. Oder doch? Sie sollte diesen Punkt zur Sicherheit überprüfen.

17. KAPITEL

Die Besprechung im Einsatzraum hatte pünktlich um 15 Uhr begonnen. Alle Plätze rund um den Tisch waren besetzt, und jeder kramte wichtigtuerisch in seinen Unterlagen. Was hätten die Frauen und Männer der Gendarmerie auch sonst tun sollen? Alle hatten alte Akten gewälzt und Zeugen, die ihnen schon beim ersten Mal nichts zum Fall Amélie sagen konnten, sinnloserweise erneut befragt. Das war eine äußerst frustrierende Arbeit. Da war es besser, hier am Tisch zu sitzen und wenigstens den Anschein zu erwecken, als wäre man mit irgendetwas Sinnvollem beschäftigt.

Der kurze Vortrag von Zerna war in wenigen Worten zusammenzufassen: Es gab nichts Neues. Kommissarin Lapierre verzog den Mund, als hätte sie auf einen Stein gebissen.

»Sie wollen also sagen, dass keine der Befragungen einen neuen Aspekt gebracht hat.«

»So ist es«, entgegnete Zerna. »Und ich wette, auch die anderen Zeugen werden nichts bringen.«

»Dann müssen Sie eben anfangen, Zeugen zu befragen, mit denen Sie bisher noch nicht gesprochen haben.« Madame Lapierre klang wie eine Lehrerin, die ihren renitenten Schüler zurechtweist.

»Es ist über fünf Jahre her, kein Schwein erinnert sich noch, was vor fünf Jahren war«, unterstützte Masclau seinen Chef. »Augenzeugen erinnern sich schon nach fünf Stunden nicht mehr genau daran, was sie gesehen haben.«

»Dann müssen Sie ihnen eben bessere Fragen stellen«, antwortete Lapierre spitz. »Wie bereits gesagt: Wir gehen so vor, als hätte es die erste Ermittlung nie gegeben.«

Isabelle sah, wie bei Zerna die kleine Ader über der linken Schläfe zu pochen anfing. Ein sicherer Indikator für einen heraufziehenden Wutanfall.

»Es gibt da einen Hinweis, dem ich im Augenblick weiter nachgehe«, begann Isabelle.

»Ach ja, und der wäre?«, fragte Madame Lapierre mit unüberhörbar abfälligem Unterton.

»Es ist möglich, dass die Mutter von Amélie bereits zum Zeitpunkt der Tat eine Beziehung mit einem gewissen Denis Legrand hatte«, sagte Isabelle. »Das hat sie uns bisher verschwiegen.«

»Und wer ist dieser Denis Legrand?«, fragte die Kommissarin.

»Nennt sich Immobilienhändler, ist aber nur ein Angeber«, erklärte Masclau. »Hat vor ein, zwei Jahren ein Neubauprojekt in den Hügeln über Cavalaire gegen die Wand gefahren.«

»Das Geld für das Projekt stammte wahrscheinlich von Amélies Mutter«, sagte Isabelle.

»Von Madame Simon?«, erkundigte sich Zerna.

»Madame Legrand«, verbesserte Isabelle. »Sie hat ihn vor einem Jahr geheiratet. Die Großeltern väterlicherseits hatten Amélie ein Grundstück und Geld überlassen. Nach dem Tod des Mädchens und dem Mordurteil gegen den Vater ging das Erbe automatisch an die Mutter über.«

»Wo der Immobilien-Fuzzi es abfischen konnte. Nicht schlecht«, meinte Masclau.

»Wie sicher ist diese Spur?«, fragte Lapierre misstrauisch.

»Ich bin dabei, noch weitere Erkundigungen einzuholen.« Isabelle sah auf ihren Notizblock. »Dieser Legrand scheint eine Vorgeschichte zu haben. Betrügerischer Konkurs in Brest.«

»Sehr gut«, lobte Zerna seine Stellvertreterin, dann blickte er zur Kommissarin hinüber. »Wie Sie sehen, sind wir dran an der Sache.«

»Können wir auf die alten Beweismittel zurückgreifen, die in der Asservatenkammer Ihrer Dienststelle in Toulon liegen?«, fragte Isabelle die Kommissarin. »Ich meine die Beweismittel von dem Fall, den es natürlich nie gegeben hat.«

Unter den anwesenden Beamten brach unterdrücktes Gekicher aus, das vom strengen Blick der Kommissarin beendet wurde.

»Sie können einzelne Beweismittel über unsere Abteilung anfordern, wenn sie in unmittelbarem Zusammenhang zu Ihren Ermittlungen stehen«, entschied Lapierre. »Ich weiß allerdings nicht, was Sie sich davon versprechen.«

»Ich würde verschiedene Gegenstände gerne dem *Médecin Légiste* zur Untersuchung vorlegen«, sagte Isabelle mit einem Blick zu Leon, der ihr gegenübersaß und bisher geschwiegen hatte.

»Ich muss Sie ja nicht daran erinnern, dass all diese Gegenstände bereits seinerzeit überprüft wurden.«

»Ich weiß, aber wie Sie schon sagten. Das hat uns ja nicht zu interessieren«, bohrte Isabelle nach. Wieder Gekicher.

»Die Rechtsmedizin ist natürlich jederzeit bereit, die

Ermittlungen in diesem Fall zu unterstützen«, mischte sich Leon ein.

»Im Moment warten wir erst noch auf Ihren Bericht über den Bootsunfall«, sagte Zerna.

»Den habe ich Ihnen schon mitgebracht.« Leon schob der Kommissarin und Zerna jeweils einen Aktenumschlag mit ein paar fotokopierten Seiten zu. »Ich bin allerdings der Meinung, dass es sich nicht um einen Unfall handelt. Ich glaube, dass äußere Gewalteinwirkung zum Tod des Opfers geführt hat.«

Die letzte Bemerkung hatte Leon wie nebenbei fallen lassen, schlagartig verstummten die Gespräche und alle sahen ihn an. Leon genoss für einen Moment seinen kleinen Zaubertrick und tat so, als würde er gar nicht bemerken, dass alle nur darauf warteten, mehr zu erfahren.

»Würden Sie uns bitte erklären, wie Sie auf diese interessante Theorie kommen«, bat Zerna, während Madame Lapierre hektisch in den vor ihr liegenden Seiten blätterte.

»Warum weiß ich gar nichts von diesem Vorfall?«, fragte sie vorwurfsvoll.

»Weil es sich um einen Bootsunfall handelt, bei dem der Bootsführer ertrunken ist«, antwortete Zerna.

»Da muss ich widersprechen«, unterbrach Leon. »Das Opfer ist nicht ertrunken. Es starb durch einen Schlag gegen den Hinterkopf.«

»Einen Schlag mitten auf dem Meer, womit denn?«, fragte Zerna.

»Es steht keineswegs fest, dass der Vorfall sich an Bord ereignet hat.« Leon sah in die Runde.

»Der Mann war Alkoholiker, und wir hatten einen Sturm«, ging Masclau dazwischen.

»Wo hat der Vorfall sich denn Ihrer Meinung nach sonst ereignet, *Docteur*?«

»Für eine Antwort reicht die Spurenlage nicht aus«, antwortete Leon.

»Aha, er könnte also genauso gut an Deck gestürzt sein und sich dabei diese Kopfverletzung zugezogen haben. Sie sagten, er sei nicht ertrunken ...?«

»Es befand sich kaum Wasser in seiner Lunge.«

»Kaum Wasser oder gar kein Wasser?« Zerna warf einen triumphierenden Blick in die Runde.

Leon wusste, dass Zerna seine Untersuchungen gerne infrage stellte. Ganz besonders, wenn er das in großer Runde und vor Isabelle tun konnte. Und er wusste auch, dass es das Beste war, auf diese Provokationen nicht einzugehen.

»Es ist durchaus möglich, dass das Opfer bereits tot war, als es ins Meer stürzte«, antwortete Leon geduldig. »Dabei können trotzdem noch geringe Mengen Wasser in die Lunge eindringen.«

»Wir wissen, *Docteur*, dass Sie in Ihren Berichten gerne etwas dramatisieren«, versuchte Zerna mit falschem Lächeln abzuwiegeln. »Und ich denke, dass Sie sich auch in diesem Fall mal wieder weit aus dem Fenster lehnen.« Dabei nickte er Kommissarin Lapierre zu.

»Die Ergebnisse von rechtsmedizinischen Untersuchungen lassen immer einen gewissen Interpretationsspielraum zu«, sagte Leon höflich, aber bestimmt. »Ich versuche, in diesem Rahmen immer der glaubwürdigsten Erklärung zu folgen. Und im vorliegenden Fall lautet sie: Das Opfer wurde umgebracht.«

»Ich denke, wir bleiben erst mal bei der Unfalltheorie«, entschied Zerna aufgekratzt und fügte hinzu: »Sofern Ihre strengen wissenschaftlichen Maßstäbe das zulassen.« Er sah mit triumphierendem Blick in die Runde. »Und wir widmen uns mit ganzer Energie dem Fall Amélie. *Messieurs, dames, au travail.*«

18. KAPITEL

Das Haus lag in einem Randbezirk von Le Lavandou, der sich ›La Verrerie‹ nannte. Nach einer Glaserei, die es hier einmal vor Jahrzehnten gegeben hatte. Die Gegend war öde und bestand hauptsächlich aus Parkplätzen, Werkstätten und Lagerhäusern. Ein kleines Industriegebiet entlang der Hauptstraße mit einem billigen Containerhotel, einer Tankstelle und einem staubigen, eingezäunten Feld, auf dem man Wohnwagen und Boote über den Winter abstellen konnte. Von der Hauptstraße zweigte eine Straße ab, die auf den ersten Metern von halb vertrockneten Zypressen gesäumt wurde. Daneben kündigte ein großes Schild an: »Les Cyprès – Habitation Familiale«.

Leon wunderte sich, welche Familien wohl daran interessiert waren, sich in dieser Gegend anzusiedeln. Es war ein Platz für Menschen, die gern alleine waren, dachte er. Dort in den Hügeln hatte eine Baugesellschaft vor einigen Jahren ein Stück Land erschlossen und mit Einfamilienhäusern bebaut. Doch die Menschen mochten die Gegend nicht besonders. Auf den Stichstraßen, die zu den Häusern führten, waren kaum Leute unterwegs. Eine alte Frau schob ihren Rollator den Weg entlang, aus einem Schulbus stiegen ein paar Kinder aus, dann fuhr der Bus mit einem Zischen weiter.

Leon parkte seinen Peugeot neben einem Abfallcontainer voller schmutziger Matratzen und ging zu dem Haus, das etwas außerhalb der Anlage hinter einem rostigen Zaun lag. Die Gegend war farblos und abweisend. Ein Refugium für die Verlierer der Gesellschaft. Als Leon das Grundstück betrat, wurde es bereits dämmrig. An dem Briefkasten hatte jemand einen Namen mit selbstklebenden Buchstaben befestigt: André Martin.

Bei der Polizei schien sich niemand sonderlich für den Toten vom Strand zu interessieren. Für die Gendarmerie war es ein tragischer Unfall. Der Polizeichef hatte keine weiteren Überprüfungen angeordnet. Es gab Wichtigeres zu tun. Die Wiederaufnahme der Untersuchungen im Fall Amélie nahm jetzt die ganze Kraft der Polizei von Le Lavandou in Anspruch.

Aber Leon spürte, nein, er war sich ganz sicher, dass hinter dem Tod von André Martin mehr steckte. Es war diese besondere Unruhe, die er bei der Autopsie gespürt hatte und die ihn dazu brachte, sich immer wieder das tragische Ende dieses Mannes vorzustellen. Leon wusste, er würde erst Ruhe finden, wenn er sich ein genaueres Bild von den Lebensumständen dieses Menschen gemacht hatte. Darum war er hierhergefahren.

Natürlich wusste er auch, dass seine Zuständigkeit für diesen Fall an den Türen des Autopsiesaales endete. Aber Vorschriften hatten ihn noch nie aufhalten können. Er fühlte sich den Opfern verpflichtet. Er musste einfach das Rätsel ihres Todes lüften, das war er ihnen schuldig.

Zunächst hatte er Isabelle gebeten, sich mit ihm das Haus von André Martin anzusehen. Aber die stellvertretende Polizeichefin war mit anderen Dingen beschäftigt.

»Ich muss dir nicht sagen, dass Zerna stocksauer wird, wenn du allein dorthin gehst«, hatte sie gesagt.

»Muss er ja nicht erfahren«, hatte Leon geantwortet. »Ich möchte nur mal einen Blick auf das Haus werfen. Das ist alles.«

»Warum klingt das für mich nach Ärger?« Isabelle sah ihn skeptisch an. »Außerdem haben die Kollegen das Haus längst angeschaut. Da ist nichts.«

»Nur mal ansehen«, meinte Leon. »Alles streng nach Vorschrift. Versprochen.«

Jetzt lag das Haus im Dämmerlicht vor ihm. Leon hatte es einmal umrundet. Von der Veranda aus fiel der Blick auf den Parkplatz mit den Wohnwagen. In seinen besten Zeiten war das Haus einmal terrakottafarben gewesen. Aber Regen und Sonne hatten die Farbe über die Jahre ausgebleicht. Auf dem vertrockneten Rasen stand ein verrosteter Gartengrill.

Leon versuchte durch die Verandatür ins Innere des Hauses zu sehen. Aber im flachen Licht der untergehenden Sonne konnte er kaum etwas erkennen. Er drückte auf die Klinke, die Tür war nicht verschlossen. Er zögerte einen Augenblick, dann betrat er das Wohnzimmer. Leon drückte auf den Lichtschalter, aber nichts geschah. In dem Raum standen ein durchgesessenes Sofa, ein Fernsehsessel und ein Schreibtisch. Jemand hatte die Schubladen herausgezogen, durchwühlt und nicht wieder richtig geschlossen. Die Gendarmerie hätte bestimmt nicht eine solche Unordnung hinterlassen. In diesem Moment glaubte Leon, Klappern im ersten Stock zu hören. Vielleicht hatte André Martin ja doch nicht allein in diesem Haus gewohnt. Vielleicht gab es eine Freundin oder einen Bekannten. Die wären sicher nicht erfreut, in ihrem Wohnzimmer einem Fremden zu begegnen.

»*Bonsoir!*«, rief Leon laut. Er versuchte, seine Stimme

ungezwungen klingen zu lassen. Als wäre er der nette Nachbar, der nur schnell etwas vorbeibringen wollte.

»Ist denn keiner zu Hause …?«, rief er in Richtung Treppe.

Totenstille. Vielleicht hatte er sich ja auch geirrt. Leon hatte ein schlechtes Gewissen. Schließlich befand er sich in einem fremden Haus. Auch wenn der Besitzer tot war, so mischte er sich doch in die Arbeit der Gendarmerie Nationale ein. Und was noch schlimmer war, er benahm sich dabei wie ein ganz gewöhnlicher Einbrecher.

Leon betrat die Küche, auch hier funktionierte das Licht nicht. Alles lag im Halbdunkel. Im Spülbecken befand sich der Abwasch von Tagen. Auf dem Herd stand ein offener Topf mit halb vertrockneten Nudeln, auf dem sich Fliegen niedergelassen hatten. Das Essen war noch keine Woche alt, schätzte Leon. Er öffnete den Kühlschrank. Bis auf ein paar Dosen Bier, eine Flasche Rosé und eine Plastikschale mit verschimmelten Oliven waren die Fächer leer. Offenbar war André Martin kein Mann gewesen, der Vorräte anlegte.

Im Flur lagen ein Sweatshirt und ein paar Hemden auf dem Boden. Daneben standen zwei Paar ausgetretene Schuhe. An der Wand hing ein Kalender mit Tiermotiven. Leon ging zurück ins Wohnzimmer. An dem übergroßen Flachbildschirm glimmte das rote Standby-Lämpchen. Neben der Tür hing die Vergrößerung einer historischen Postkarte als Poster. Die Ansicht eines südfranzösischen Fischerdorfes am Meer. Vor dem Fernsehsessel gab es ein Tischchen mit Glasplatte. Darauf stand ein Glas und daneben lag ein linierter Zettel, den offensichtlich jemand aus einem Schulheft gerissen hatte. Darauf stand, mit ordentlicher Frauenhandschrift geschrieben: »*Je veux voler avec toi dans les nuages ...«* – Ich möchte mit dir in den Wolken fliegen. Und darunter war ein kleines Herz gemalt.

Leon betrachtete den Zettel, als er ein Geräusch hörte. Es schien von der Treppe zu kommen. Leon wollte sich gerade umdrehen, als er eine Bewegung hinter sich wahrnahm, und dann spürte er einen hellen Schmerz, der in seinem Kopf explodierte.

Als Leon wieder zu sich kam, lag er auf dem Sofa, und Isabelle beugte sich über ihn. Er wollte sich aufrichten, als ihn ein heftiger Kopfschmerz wieder zurückfallen ließ.

»Du wartest besser noch einen Moment«, sagte Isabelle.

Nach einem Augenblick öffnete Leon erneut die Augen. Es war dunkel in dem Raum, das einzige Licht kam von der Taschenlampe, die Isabelle in der Hand hielt. Hinter ihr tauchte Moma auf.

»Sie haben ordentlich was abbekommen«, meinte der *Lieutenant.*

»Hatte ich einen Schlaganfall?« Leon tastete vorsichtig seinen Kopf ab. Seit er erlebt hatte, dass einer seiner Freunde nach einem Schlaganfall halbseitig gelähmt war und nicht mehr sprechen konnte, war er ständig in Sorge, dass es auch ihn erwischen könnte.

»Ich denke nicht«, beruhigte ihn Isabelle.

»Spreche ich normal ...?« Leon richtete sich vorsichtig auf.

»Du lagst am Boden. Moma hat dich aufs Sofa gelegt.«

»Danke«, sagte Leon.

»Gern geschehen, *Docteur*«, erwiderte Moma. »Zerna wird gleich hier sein.«

»Was ist jetzt mit dem Licht?«, fragte Isabelle.

»Da brauchen wir den Elektriker. Jemand hat die Hauptsicherung rausgezogen.«

Draußen sah man Blaulicht aufblitzen, das schnell näher kam. Dann waren Türenschlagen und ein paar kurze Kommandos zu hören.

»Ich habe versucht, dich auf dem Handy zu erreichen«, erklärte Isabelle. »Aber du bist nicht rangegangen. Da sind wir hier vorbeigefahren und haben deinen Wagen gesehen.«

»Haben Sie 'ne Ahnung, wer Ihnen da eine verpasst hat?«, fragte Moma.

»Nein, keine Ahnung«, antwortete Leon und tastete wieder vorsichtig seinen Kopf ab. Hinter dem Ohr am linken Scheitelbein spürte er ein ordentliches Hämatom. Schlag mit einem schmalen Gegenstand, keine Fraktur, dachte er erleichtert.

In diesem Moment erschien Zerna in der Terrassentür. Er wurde von Masclau begleitet, der eine starke Handleuchte hielt.

»*Bonsoir, docteur*«, grüßte Zerna mit einem spöttischen Unterton in der Stimme. »Haben Sie einen Freund besucht?«

»Sie wissen, wer hier gewohnt hat«, antwortete Leon, der keine Lust verspürte, auf diese Spielchen einzugehen.

»Richtig, und deshalb frage ich mich auch, was Sie hier tun?«

»Eine Recherche«, erwiderte Leon betont sachlich. »Zur Abklärung des gewaltsamen Todes von André Martin. Die Tür war übrigens offen.«

»Da bin ich aber beruhigt«, meinte Zerna. »Darf ich Sie darauf hinweisen, *Docteur*, dass es sich trotzdem um Einbruch handelt?«

»Wollen Sie mich jetzt verhaften?«, fragte Leon und stand auf.

»Wäre vielleicht gar keine so schlechte Idee«, sagte Masclau und leuchtete Leon genau ins Gesicht.

»Lassen Sie das bitte, ja«, fuhr ihn Leon scharf an, sodass Masclau seine Lampe sofort gegen die Decke richtete.

»Mich würde allerdings auch interessieren, wer Sie niedergeschlagen hat.« Zerna musste ein Stück nach oben schauen, um Leon in die Augen zu sehen.

»Jemand, der nicht erkannt werden wollte«, antwortete Leon.

»Bestimmt einer von den Métèques«, sagte Masclau abfällig und erntete einen kritischen Blick von Leon. »Entschuldigung, aber die Afrikaner brechen doch ständig in die Häuser ein. Haben Sie nicht selber gesagt, die Tür stand offen? Na, also.«

Leon reichte Isabelle den Zettel. »Der lag auf dem Tisch. Vielleicht war Monsieur Martin doch nicht so einsam, wie wir dachten.«

Isabelle reichte den Zettel an Zerna weiter, der nur einen schnellen Blick darauf warf. »Sehr romantisch«, meinte er. »Aber es ändert nichts an der Tatsache, dass Monsieur Martin durch einen Unfall ums Leben gekommen ist.«

»Man wird sehen«, erwiderte Leon.

»Nein, *Docteur*. Ihr Arbeitsplatz befindet sich noch immer in den Räumen der Rechtsmedizin.« Zernas Ton wurde eine Spur schärfer. »Ermittlungen sind Sache der Polizei. Und zwar ausschließlich der Polizei.«

»Ich wünsche Ihnen auch noch einen schönen Abend«, sagte Leon unbeeindruckt.

Einige Minuten später fuhr Leon mit seinem Peugeot nach Hause. Isabelle saß neben ihm und sah schweigend aus dem Fenster.

»Ich sehe dir doch an, dass du mir etwas sagen willst.« Leon sah zu Isabelle hinüber.

»Zerna hat recht, und das weißt du auch.«

»Zerna ist ein frustrierter Mensch. Ein Beamter, der nicht über den Tellerrand hinaussehen will.«

»Zerna kann dich nicht leiden.«

»Zerna kann niemanden leiden«, entgegnete Leon und fügte hinzu: »Außer dir natürlich.«

Isabelle lächelte. »Er kann dir wirklich Schwierigkeiten machen, Leon.«

»Er ist auf dem Holzweg, verdammt noch mal.« Leon klang ärgerlicher, als er wollte. »Er wirft sich auf diesen Amélie-Fall, bei dem die Ermittlungen wahrscheinlich Jahre dauern werden. Aber direkt vor seinen Füßen geschieht ein Mord, von dem er nichts wissen will.«

»Und was, wenn du falschliegst?«

»Ich weiß, dass ich richtigliege.«

»Weißt du nicht!«, sagte Isabelle. »Du hast nur mal wieder eine von deinen Ahnungen, richtig?«

»Und wenn es so wäre?«

»Irgendwann wirst du dir eine blutige Nase holen.«

»Ich weiß, Isabelle. Aber die Dinge beschäftigen mich einfach. Ich kann nicht anders.«

»Versprichst du mir etwas?« Isabelle sah ihn an. »Sei vorsichtig.«

Leon griff nach Isabelles Hand. »Danke, dass du mich heute gerettet hast«, sagte er mit einem Lächeln. »Zur Belohnung habe ich uns einen Château Léoube besorgt.«

19. KAPITEL

Es war dunkel. Die schmale Straße wurde nur von den hellen Strahlern in den Einfahrten der Villen beleuchtet. Paul Simon bewegte sich geschickt im Schatten der Bäume, die die Straße säumten. In der Hand hielt er einen Vorschlaghammer. An einer Stelle wurde der Grundstückszaun von einer Korkeiche niedergedrückt. Simon sah sich kurz um, dann kletterte er über den Zaun und lief quer durch den Garten zur Auffahrt, in der ein schwarzer Dodge Pick-up im Mondlicht glänzte. Als er das Auto erreichte, schaltete der Bewegungsmelder die Außenbeleuchtung der Villa an. Paul Simon ließ sich davon nicht aufhalten. Er holte mit dem Werkzeug aus und schmetterte den fünf Kilogramm schweren Hammerkopf in die frisch polierte Kühlerhaube des Pick-ups. Es knallte, als die Haube nachgab. Simon schlug erneut zu. In diesem Moment wurde die Haustür aufgerissen und ein fassungsloser Denis Legrand, barfuß und in Bermudas, stürzte auf den Eindringling zu. In der Hand hielt er einen Golfschläger.

»Aufhören!«, schrie er. »Sofort aufhören!«

Paul Simon sah ihn mit wütendem Blick an und holte erneut aus. Mit lautem Knirschen bohrte sich der Hammer in den verchromten Kühler.

»Aufhören!«, schrie Legrand erneut und hielt den Schläger mit beiden Händen, als wäre es eine Keule. Aber mit dem Schläger zu drohen und wirklich damit zuzuschlagen waren zwei verschiedene Dinge. »Ich mach dich fertig, du verdammtes Arschloch. Ich schwör's dir!«, schrie Legrand, hielt aber respektvollen Abstand von seinem entschlossenen Gegner.

Inzwischen war auch Delphine Simon in der Tür der Villa erschienen. Doch die beiden Kontrahenten nahmen sie gar nicht wahr.

»Wo hast du sie hingebracht? Wohin?«, schrie Simon den Immobilienmakler an. Der brauchte einen Moment, bis er begriff, was der Eindringling von ihm wollte.

»Hast du den Verstand verloren?«, rief er.

»Ich finde Amélie, ich schwör's dir.« Diesmal traf der Hammer eine der Seitentüren des Wagens, die mit einem lauten Knirschen nachgab. Auch in den angrenzenden Häusern waren jetzt Lichter angegangen. Nachbarn erschienen auf den Balkons. Keiner wollte etwas von dem Spektakel verpassen.

»Hör auf, Paul, ich bitte dich!« Delphine stand jetzt bei ihrem Mann, doch niemand schien sie zu beachten. »Warum tust du das? Warum tust du uns das an?«

»Und was ist mit mir? Was habt ihr mir angetan? Fünf Jahre hab ich im Gefängnis gesessen – fünf Jahre! Du hast ja keine Ahnung, was das bedeutet.«

»Ich halte das nicht aus«, schluchzte Delphine. »Ich ruf jetzt die Polizei.«

»Verlass mein Grundstück, und zwar sofort ...«, drohte Legrand.

»Oder was?« Paul Simon hob den Hammer, den er jetzt wie ein Kreuzritter sein Schwert mit ausgestreckten Armen über dem ramponierten Pick-up schweben ließ. »Was hast du ihr angetan, Legrand? Was hast du meiner keinen Amélie angetan?«

»Du bist ja völlig durchgeknallt …«, setzte Legrand an.

»Falsche Antwort«, unterbrach ihn Paul Simon und ließ den Hammer niedersausen. Mit einem Knall landete das Werkzeug erneut auf der Motorhaube.

»Hör auf, du Idiot! Du weißt ja nicht, was du tust.«

»Dieses Auto ist mit Blutgeld bezahlt!«, brüllte Simon und schlug erneut zu. »Das hast du Amélie gestohlen!«

»Geh rein!«, rief Legrand seiner Frau zu. »Geh rein, sonst tut er dir auch noch was an!«

Inzwischen hatten die Nachbarn angefangen, das Spektakel mit ihren Smartphones zu filmen. Die Videoclips würden der Hit auf den nächsten Partys werden. Legrand wich zurück. Golfschläger gegen Vorschlaghammer wäre auch ein ungleicher Kampf gewesen, zumal es Legrand an Entschlossenheit fehlte. Ganz im Gegensatz zu Simon, der sich offenbar vorgenommen hatte, den Dodge reif für die Schrottpresse zu machen.

»Das hast du dir so gedacht …« *Rums!*, machte der Vorschlaghammer. »Wenn Amélie erst mal tot wäre, dann hätte Delphine das ganze Geld«, *Rums!*, »und dann könntest du davon leben …«

»Du gehörst doch ins Irrenhaus, du verdammtes Arschloch!«

»Sag mir, wo du sie verscharrt hast. Oder bist du auch dafür zu feige?« Der nächste Schlag bohrte sich knapp neben Legrand in den Dodge. Der Makler machte unwillkürlich einen Sprung zur Seite.

In diesem Moment hörte man die Sirene eines Polizeiautos, und nur Sekunden später stoppte ein Wagen der Gendarmerie Nationale in der Straße. Dann stürmten Masclau und Moma durch das Tor und stürzten sich auf den Randalierer. Paul Simon leistete keinerlei Widerstand. Auch nicht, als die Beamten ihn auf den Bauch drehten, mit dem Gesicht in den Rasen drückten und ihm Handschellen anlegten.

Damit war das Spektakel zu Ende. Die Beamten schafften Simon in die Polizeistation. Dort wurde er kurz vernommen, aber er weigerte sich, zu den Vorfällen irgendwelche Angaben zu machen. Zerna war hin- und hergerissen. Auf der einen Seite missgönnte er diesem aufgeblasenen Legrand den teuren Dodge Pick-up, auf der anderen Seite ging es natürlich nicht, dass ein ehemaliger Lehrer in fremde Gärten einstieg und dort Luxusautos zerlegte.

Wenn es nach Masclau gegangen wäre, hätte die Gendarmerie Nationale diesen Paul Simon einfach dabehalten und in den Knast nach Toulon geschafft. Schließlich war Masclau nicht der Einzige in der Polizei, der den Lehrer nach wie vor für den Mörder der kleinen Amélie hielt. Aber gut, ging man eben streng nach Vorschrift vor. Auch wenn es einem noch so sinnlos vorkam.

Um zwei Uhr morgens durfte Monsieur Simon die Wache wieder verlassen. Irgendwie tat er Moma leid, gleichgültig, wie viel Unsinn der Mann in dieser Nacht angestellt hatte. Also nahm sich Moma einen der Streifenwagen und fuhr Simon zu seinem Haus. Irgendwer hatte »Simon = Cochon«, Schwein, auf die geschlossene Jalousie gesprüht. Wortlos und ohne sich zu bedanken, verschwand Simon in seinem Haus. Moma wartete noch zwei Minuten. Egal, wie die Wahrheit aussah, dachte der *Lieutenant*, er wollte auf keinen Fall in der Haut von Simon stecken.

20. KAPITEL

Die Fähre brauchte fünfzig quälend lange Minuten für die Überfahrt zur Insel Porquerolles. Im Hafen von Lavandou ging nur eine leichte Brise. Aber kaum hatte das Boot den Schutz der Bucht verlassen, wurde es von den Wellen, die sich zwischen Festland und Insel aufgebaut hatten, auf und ab gehoben. Jetzt bedauerte Leon seine Entscheidung, in Lavandou an Bord gegangen zu sein. Wäre er von der Halbinsel Giens gestartet, hätte er die Überfahrt auf 25 Minuten verkürzen können. Leon hatte großen Respekt vor dem Meer. Genau gesagt war ihm alles Maritime suspekt, obwohl es ihn gleichzeitig auch faszinierte. Leon bewunderte zum Beispiel Segelboote. Bei ihrem Anblick überkam ihn immer ein Gefühl von Wehmut nach Aufbruch und Abenteuer. Allerdings nur so lange, bis er sich vorstellte, wie er seekrank mitten auf dem Ozean den Stürmen ausgeliefert war. Ein paarmal hatten ihn Bekannte auf ihre Boote eingeladen, und er hatte immer darauf geachtet, die Besuche so einzurichten, dass sie den Hafen nur kurz oder am besten gar nicht verließen. Einen Wein im Hafenbistro zu sich zu nehmen reichte ihm völlig.

Nun saß Leon mit den anderen Passagieren auf den blauweiß lackierten Holzbänken im Heck der Fähre. Es war Vorsaison, und noch wollten nur wenige Besucher zu den Îles d'Or. Das würde sich schon in einer Woche gründlich ändern. Dann würde Fähre auf Fähre bleiche Tagestouristen auf der Insel ausspucken, nur um sie am späten Nachmittag sonnenverbrannt wieder einzusammeln.

Gegenüber von Leon saß ein Mann von Mitte sechzig, der ihn auffordernd ansah, wie jemand, der ein Gespräch beginnen wollte. Aber Leon war im Augenblick nicht nach Reden zumute. Er konzentrierte sich auf den Blick zum Horizont. Wenn man den Horizont im Auge behielt, hatte ihm einmal ein Segler geraten, könne einem nicht schlecht werden. Leon wusste, dass der Trick bei ihm nicht wirkte, aber er versuchte es trotzdem.

»Seekrank?«, rief der alte Mann gegen den Lärm des Schiffsdiesels an.

Leon wollte dieses Wort nicht einmal denken müssen. Der Mann holte eine Thermoskanne aus seiner abgegriffenen Aktentasche und goss einen Schluck Tee in die Verschlusskappe.

»Kenne ich«, sagte der Mann. Er hatte eine sympathische Stimme. Leon sah, dass der Mann schwitzte, trotz des kühlen Fahrtwindes, der über das Deck wehte. Leon schüttelte den Kopf. Er wollte im Moment mit niemandem reden.

»Ingwertee, kein Zucker«, der Mann hielt Leon den Becher hin, »haben schon die Chinesen benutzt, vor zweitausend Jahren. Seit ich das Zeug trinke, habe ich keine Probleme mehr. Nehmen Sie einen Schluck. Nur Mut.«

Der Fremde hatte so eine fürsorgliche Art, dass Leon wie automatisch nach dem Becher griff. Ein Schluck Tee konnte seine Lage auch nicht mehr verschlechtern. Er trank vorsichtig. Sofort breitete sich eine wohlige Wärme in seinem Magen aus, und im Mund verursachte der scharfe Ingwergeschmack gleichzeitig ein exotisches Frischegefühl. Es war großartig.

»Vielen Dank.« Leon gab den Becher zurück.

»Zum ersten Mal auf der Insel?«, fragte der Mann.

»Nicht wirklich«, erwiderte Leon. »Ich war schon mal hier. Aber das ist über dreißig Jahre her.«

»Hat sich nicht viel verändert seitdem.« Der Mann lächelte. Ein kleiner Hustenanfall verhinderte, dass er weitersprechen konnte.

In diesem Moment umrundete die Fähre das Ende der Mole, der Kapitän schaltete die Maschine auf »langsame Fahrt«, und das Schiff schob sich auf den Anleger zu.

Der alte Mann hat recht, dachte Leon, hier hat sich wirklich nichts verändert. Obgleich in seiner Erinnerung die Insel größer gewesen war. Porquerolles lag verträumt in der Junisonne wie eine schlafende Schönheit am Strand. Als sie auf den Anleger zutrieben, kam es ihm so vor, als würde er eine Reise in die Vergangenheit machen. Das Leben, das auch in Lavandou schon sehr gemächlich verlief, war hier auf geradezu karibische Lässigkeit verlangsamt. Es gab so gut wie keine Autos. Man ging zu Fuß oder, besser gesagt, schlenderte gemessenen Schrittes über den trockenen Boden. Dabei wirbelten die zahllosen Touristenfüße ockerfarbenen Staub auf, der in der Sonne glitzerte.

Menschen grüßten Leon freundlich, obwohl er sie noch nie gesehen hatte. Leon hatte das Gefühl, als würde er mit Volldampf in eine Welt aus Watte hineinlaufen, und mit jedem Schritt, den er auf der Insel tat, verlangsamte sich sein inneres Tempo. Am Ende des Peers blieb er stehen und atmete den Geruch von Jasmin ein, der aus einem der Gärten herüberwehte. Der Ärger der letzten Tage schien mit einem Mal von ihm abzufallen. Er fühlte sich plötzlich befreit und optimistisch.

Auf Porquerolles gab es das Institut für Meeresbotanik, das *Conservatoire Botanique National Méditerrané*. Am

Telefon hatte man ihm gesagt, er solle sich an Louise wenden, die Biologin, sie sei für alles zuständig, was die Meeresfauna betraf. Leon sah einen Mann, der gerade die Briefkästen im Hafen leerte, in die die Touristen kurz vor dem Ablegen der Fähre ihre Urlaubskarten warfen. Er fragte ihn nach dem Botanischen Institut.

»Am besten Sie fragen Louise. Die da vorne auf dem Boot.« Der Mann deutete in Richtung Steg.

Leon sah einen hellblauen Kutter, auf dem eine Frau in Bermudashorts und Khakihemd dabei war, die Leinen loszuwerfen.

»He, Louise!«, rief der Postbote. »Warte, hier ist einer, der will was von dir.«

Die junge Frau auf dem Boot sah auf, und für einen Moment hielt Leon die Luft an. Die sportliche Frau mit den roten Haaren, die da vor ihm stand, erinnerte ihn so sehr an Sarah, dass es ihm wehtat. Er wusste zwei lange Sekunden nicht, was er sagen sollte. Die Frau sah ihn irritiert an.

Leon versuchte, sich zu konzentrieren, zwang sich regelrecht zurück in die Wirklichkeit. Sarah war nicht mehr da und sie würde auch nie wieder bei ihm sein, sagte er sich und konnte den Blick nicht von der fremden Frau abwenden. Himmel, er glotzte sie an wie ein dämlicher Spanner.

»Ja?«, fragte Louise und sah Leon an.

»Wir ...« Leon räusperte sich. »Dr. Ritter, ich habe Sie angerufen aus der Rechtsmedizin von Saint Sulpice.«

»Ah, der Monsieur mit der Schnecke«, erinnerte sich Louise. »Kommen Sie an Bord, da können wir reden.«

Leon machte einen großen Schritt und stand auf dem schwankenden Deck des Kutters. Obwohl seine Beine und vor allem sein Magen eigentlich Nein sagten.

»Ich habe mir das Foto angesehen, das Sie mir gemailt haben, *Docteur.*« Sie sah ihn skeptisch an.

»Ich weiß«, entschuldigte sich Leon. »Ich bin kein großer Fotograf mit dem Handy.«

»Sie haben Glück«, sagte die Biologin. »Es ist eine *Piseinotecus gabinierei*. Aus der Familie der Glaucidae.«

»Und was könnte mich so glücklich an dieser Schnecke machen?« Leons Stimme hatte ihren ironischen Unterton wiedergefunden.

»Sie ist außerordentlich selten. Und sie kommt eigentlich nur in den geschützten Gewässern rund um diese Insel vor. Vor allem an der Gros Mur du Sud.«

»Wo ist das?«

»Nicht weit, ich zeige es Ihnen«, sagte Louise und warf die Leine auf den Pier. Dann ging sie zum Ruderhaus und drehte den Zündschlüssel. Mit einem runden Blubbern sprang der Außenborder an, und das Boot fuhr Richtung Hafeneinfahrt.

»Was tun Sie da?« Leon sah mit Schrecken, wie sich die Piermauer entfernte.

»Ich bringe uns zur Gros Mur«, beruhigte ihn Louise mit einem Lächeln.

»Aber ich wollte ...« Leon unterbrach sich. Es war einfach nicht der richtige Augenblick, dieser hilfsbereiten und auch noch äußerst attraktiven Frau zu erklären, dass er leicht seekrank wurde.

So landete Leon, dem das Meer unheimlich war und der sich auf Booten so wenig zu Hause fühlte wie auf einer Raumstation, zum zweiten Mal an diesem Tag an Bord eines schwankenden Schiffes.

Die Fahrt dauerte keine zwanzig Minuten. Dann umrundete das Boot einen Felsvorsprung und da lag sie vor ihnen, die Gros Mur du Sud. Eine dreißig Meter hohe Felswand, die senkrecht ins Meer abstürzte, das hier, nur ein Dutzend Meter vom Ufer entfernt, dunkelblau und unergründlich tief schimmerte. Die Klippen, die die Steilwand vom offenen Meer abschnitten, machten das Ganze zu einer Art natürlichem Hafen. An einem der Felsen war sogar noch ein verrosteter Eisenpoller zu erkennen.

»Hier geht es noch einmal gut vierzig Meter nach unten«, sagte Louise und sah über die Bordwand.

»Und da sind die Seeschnecken?«

»Sie finden hier ideale Bedingungen. Es gibt so gut wie keine Schwimmer, die sie stören könnten.«

Leon sah die Felswand hinauf. Nur ein Verrückter würde von dort oben ins Wasser springen.

»Was ist, wenn jemand mit dem Boot hierherkommt?«

»Das ist verboten. Nur wir von der Nationalparkverwaltung dürfen das. Aber es gibt natürlich immer Leute, die auf Vorschriften pfeifen.«

In diesem Moment entdeckte Leon den hellen Fetzen zwischen den Felsen. Was war das? Louise ließ das Boot bis zu der Klippe treiben, die hier steil wie eine Kaimauer aus dem Wasser ragte. Leon stieg auf das Vorderdeck und lehnte sich über die Reling, bis er das zerrissene Stück Stoff greifen konnte. Es bestand aus einer hellblauen Kunstfaser und schien aus einer Jacke gerissen worden zu sein. Am Rand des Fetzens konnte Leon noch zwei aufgestickte Buchstaben erkennen, ein »o« und ein »m«. Das hatte er schon mal gesehen. Es gab eigentlich keinen vernünftigen Grund, das Stück mitzunehmen, aber Leon konnte nicht widerstehen. Und wenn er es nur deswegen tat, um den Fremdkörper aus diesem unberührten und wildromantischen Naturidyll zu entfernen.

»Was ist das?«, frage Louise.

»Ehrlich gesagt, ich habe keine Ahnung.« Leon stopfte das Stück vorsichtig in eine der kleinen Plastiktüten, von denen er immer eine in seiner Tasche hatte.

»Und warum nehmen Sie es dann mit?«

»Ich vermute, das ist eine Berufskrankheit.«

»Oh, oh, ein pathologischer Sammler.« Louise sah Leon herausfordernd an. »Ich kenne bisher nur Leute, die Treibholz oder Muscheln am Strand suchen. Aber Stofffetzen, das ist mir neu.«

»Wir Stofffetzensammler sind eine kleine verschworene Gemeinschaft«, sagte Leon mit einem Lächeln. »Aber erzählen Sie es bitte nicht weiter.«

»Ich gebe Ihnen mein heiliges Ehrenwort.« Louise hob die Hand wie zum Schwur.

Keine Viertelstunde später hatte Leon wieder festen Boden unter den Füßen. Louise hatte ihn an einer der Klippen gleich neben der Felswand abgesetzt und war zur Nachbarinsel weitergefahren. Dort würde sie einige Fallen überprüfen, mit deren Hilfe die Biologin das Wanderverhalten von Langusten studierte. Leon, der sich ausschließlich für gekochte Langusten auf seinem Teller interessierte, war froh, wieder an Land zu sein. Von den Klippen führte ein kaum erkennbarer Pfad über achtzig in den Stein geschlagene Stufen steil nach oben. Ein abenteuerlicher Balanceakt mit einem atemberaubenden Blick aufs Meer. Der Pfad endete an einem Höhenweg, auf dem Leon zufrieden zurück in den Ort wanderte. Er wollte noch mit Dr. Fournier sprechen, der André Martin das Rezept ausgestellt hatte. Wenn sich schon keiner bei der Polizei für die Sache interessierte, dann tat er das eben.

Der Höhenweg führte ihn quer über die Insel. Von dort

oben hatte man einen atemberaubenden Ausblick auf die Nachbarinsel Port-Cros, die Küstenlinie und die offene See. Leon kam an Erdbeerbäumen vorbei und an Strandkiefern, die flach über den steinigen Boden wuchsen und sich gegen den stetigen Wind zu stemmen schienen. Auf den heißen Steinen sonnten sich Geckos und Smaragdeidechsen, die sich zwischen Oleandersträuchern und Plumbago verkrochen, wenn Leon ihnen zu nahe kam. Es roch nach warmer Sommerluft, gewürzt mit einem Hauch von Jasmin und Rosmarin. In den schattigen Senken war die Vegetation zu beiden Seiten des Weges dicht und grün. Leon hatte das Gefühl, durch einen Tunnel zu gehen. Zwischen die Zweige des Ginsters hatten Spinnen ihre Netze gespannt, die im grellen Mittagslicht silbrig glänzten. Auf Porquerolles schien ewiger Frühling zu herrschen. Durch die Feuchtigkeit, die vom Meer aufstieg, blühte die Flora das ganze Jahr über. Selbst wenn auf dem nur zwanzig Kilometer entfernten Festland gelegentlich Wasserknappheit herrschte, auf den Inseln fühlte man sich immer ein wenig wie in den Tropen.

Porquerolles hatte sich bis in die 1970er-Jahre in Privatbesitz befunden. Eine internationale Hotelkette hatte bereits ihre gierigen Finger nach dem idyllischen Eiland ausgestreckt. In dieser Situation überredete Madame Pompidou ihren Mann, den damaligen Präsidenten, die Insel Porquerolles für Frankreich zu kaufen. Was der auch tat, um die Insel gleichzeitig der Nationalparkverwaltung zu übergeben. Seitdem war Porquerolles für den Tourismus geöffnet, allerdings unter den strengen Regeln der französischen Naturschutzbehörde. Autos waren, bis auf wenige offizielle Fahrzeuge, verboten. Daher blühte das Geschäft der Fahrradverleiher. In der Hochsaison kamen an manchen Tagen bis zu viertausend Besucher, um sich an idyllischen Strände zu sonnen, in einsamen Buchten zu schnorcheln oder zu den historischen Ruinen der Befestigungsanlagen zu wandern, die Kardinal Richelieu bereits im 17. Jahrhundert errichten ließ.

21. KAPITEL

»Du weißt, dass Eric ein Spinner ist.« Masclau steuerte den dunkelblauen Einsatzwagen der Gendarmerie über eine schmale Straße. Hier draußen auf dem Weg nach La Londe gab es kaum noch Häuser. Hier wurde auf jedem Quadratmeter Wein angebaut. Hektar um Hektar standen die Stöcke in endlosen Reihen.

»Ich weiß, was du denkst.« Isabelle hatte ihr Fenster heruntergelassen, und die warme Luft trug den Geruch von Erde und Pflanzen ins Auto. »Ich hätte es Zerna nicht erzählen sollen.«

»Du hättest diesen Spinner gar nicht erst in dein Büro lassen sollen. Das denke ich.«

»Und was, wenn Zerna recht hat? Wenn doch was dran ist an dem, was Eric gesagt hat?«

»Du meinst, er hat das Mädchen getötet, echt …?«, Masclau sah kurz zu seiner Kollegin hinüber. »Ist nicht dein Ernst, oder?«

»Er muss es ja nicht selbst getan haben«, sagte Isabelle. »Aber vielleicht weiß er ja etwas.«

Masclau hatte den Fuß vom Gas genommen und ließ den Wagen ausrollen. Vor und hinter ihnen war die Straße leer, so weit man sehen konnte.

»Verflucht, hier gibt's kein Haus mehr«, sagte der *Lieutenant* und griff zum Mikrofon des Funkgeräts. »Alles nur Wein. Ich check noch mal die Adresse.«

»Wir sind gerade vorbeigefahren.« Isabelle deutete, ohne sich umzudrehen, mit dem Daumen über ihre Schulter. »Hinter uns, das rote Tor.«

Masclau trat auf die Bremse, dass die Reifen den Kies am Straßenrand aufwühlten.

»Da war kein Haus. Das ist nur eine Zufahrt zu den Weinfeldern.«

»Ich hab nicht gesagt, dass er in einem Haus wohnt.«

Masclau legte den Rückwärtsgang ein und fuhr mit durchdrehenden Reifen zurück, als gelte es, einen fliehenden Bankräuber zu jagen. Vor dem Tor blieb er stehen. Jetzt konnte auch Masclau den Wohnwagen sehen, der unter einer dicken Korkeiche stand. Ursprünglich war der Wagen einmal weiß gewesen, aber sein Besitzer hatte ihn irgendwann olivgrün gestrichen. Inzwischen hatte sich die Farbe an vielen Stellen gelöst. Der Wohnwagen sah aus, als hätte er sich unter der intensiven Sonne des Südens einen Sonnenbrand geholt, und wahrscheinlich hatte er das auch.

Isabelle und Masclau parkten den Einsatzwagen am Straßenrand und gingen den Weg zum Wohnwagen hinauf, der von einem merkwürdigen Sammelsurium verrosteter Metallteile gesäumt war. Da gab es ein eisernes Bettgestell neben einem verrotteten Windrad. Dazwischen lagen jede Menge rostige Teile aus alten landwirtschaftlichen Geräten. Neben dem Wohnwagen stand ein grauer Renault aus den 1950er-Jahren, ohne Türen und ohne Räder. Über der Tür des Wohnwagens war eine Markise gespannt, unter der eine Sitzgruppe aus maroden Klappstühlen und einem wackeligen Campingtisch standen. Außerdem gab es ein offenbar fahrtüchtiges Mofa.

»Sieht so aus, als ob unser Zeuge zu Hause ist«, meinte Masclau mit Blick auf das Mofa.

»Eric?«, rief Isabelle und klopfte an die Tür, aber nichts rührte sich. »Du hast Besuch.«

»Lass mich mal«, sagte Masclau und schlug ein paarmal fest gegen die Tür. »Eric, mach auf! Bist du zu Hause?«

»Offenbar nicht«, sagte Isabelle.

»Ich wette, er sitzt da drinnen und lacht uns aus«, meinte Masclau.

Der Polizist wollte gerade mit der Faust gegen die Wand des Wohnwagens schlagen, als sich die Tür öffnete.

»Was wollt ihr denn von Eric?« Zögernd kam der Mann aus dem Wagen. In seiner roten Pluderhose und der blauen Seidenweste, die er über dem nackten Oberkörper trug, hatte er etwas von einem orientalischen Krieger. In der Hand hielt er einen eisernen Schürhaken.

»Wir möchten mit dir reden«, sagte Isabelle betont freundlich.

»Eric weggeschickt. Polizei nicht gut mit Eric.« Er klang gekränkt.

»Das war beim letzten Mal«, erklärte Masclau. »Aber dieses Mal ist diesmal. Und dieses Mal möchten wir mit dir reden, klar?«

Eric schüttelte den Kopf.

»Ich sage dir, was wir tun.« Isabelle versuchte Eric in die Augen zu sehen, doch der wich ihrem Blick aus. »Wir beide setzen uns in mein Büro und trinken einen Kaffee zusammen. Du nimmst deine Gitarre mit und spielst was. Wie findest du das?«

Eric bewegte sich keinen Millimeter. »Eric geht nicht weg, geht nicht aus seinem Haus«, sagte er in seinem stolpernden Singsang und packte den Schürhaken ein wenig fester.

»Red keinen Quatsch«, befahl Masclau. »Und leg das Scheißding da weg.«

»Eric lässt die kleine Amélie nicht alleine. Nein, das macht er nicht.«

Isabelle merkte, dass ihr Kollege die Geduld verlor. Warum hatte sie auch nicht auf Moma gewartet?

»Jetzt mach schon, was der *Lieutenant* sagt ...« Isabelle klang drängend. Aber Eric hob den Schürhaken auf Schulterhöhe wie einen Baseballschläger, fertig zum Schlag.

»Du legst sofort das verdammte Ding weg!« Masclau war einen Schritt zurückgewichen, als er Erics wütenden Blick sah.

»Jetzt mal ganz ruhig«, versuchte Isabelle zu schlichten. »Du legst das jetzt auf den Boden, Eric, und wir gehen zum Wagen ...«

In diesem Moment schlug Eric zu. Masclau, der den Schlag hatte kommen sehen, sprang zur Seite. Doch das Schüreisen traf seinen linken Arm und riss sein Hemd auf.

»Vorsicht, Isabelle«, rief Masclau und versetzte dem Mann mit voller Wucht einen Tritt in die Kniekehle.

Eric taumelte gegen den Wohnwagen. Im gleichen Moment packte Isabelle ihn von hinten und beide stürzten zu Boden. Nur eine Sekunde später war Masclau da, presste Eric das Knie in den Rücken und zwängte dessen Hände in die Handschellen. Vor Schmerz schrie Eric laut auf.

»Nicht so fest, Didier, du brichst ihm ja die Hand.« Isabelle hatte jetzt Eric am Arm gepackt und zog ihn auf die Füße.

»Ach ja, und was hat dieser Arsch mit mir gemacht?« Masclau hielt der Kollegin vorwurfsvoll seinen Arm hin, wo sich das Hemd rund um den Riss blutrot gefärbt hatte.

Das Innere des Wohnwagens war ein einziges Chaos. Es

gab Stapel alter Zeitungen und Berge von Drahtkleiderbügeln. Eine Nähmaschine, die über eine Fußwippe angetrieben wurde. Einen Kanonenofen, dessen Abzugsrohr in der Rückwand des Wohnmobils verschwand. Ein Messingbett mit einem Baldachin aus rotem Samtstoff. Einen Ständer mit einer verbeulten Trompete und eine Ziehharmonika, bei der der Blasebalg aufgerissen war. Nur die Küchenecke mit dem Gasherd und dem Spülbecken war penibel aufgeräumt. Jede Tasse und jeder Topf schienen an dem ihnen zugedachten Platz zu stehen. Auf dem Tisch lag ein aufgeschlagener Zeichenblock. Darauf war das Gesicht eines Mädchens zu sehen. Auf jeder Seite das gleiche Motiv, ein zehnjähriges Mädchen. Isabelle und Masclau erkannten sofort, wen Eric da gezeichnet hatte: Amélie Simon. Und da gab es noch etwas. Auf dem Tisch stand ein einzelner Kinderschuh. Ein roter Sportschuh. Genau solche Schuhe hatte die kleine Amélie an dem Tag getragen, an dem sie ermordet worden war.

Isabelle griff zu ihrem Handy und alarmierte die Zentrale.

22. KAPITEL

Das Haus von Dr. Fournier lag am Hang in der Rue de la Ferme. Zunächst war Leon an dem Gebäude vorbeigelaufen, so gut war es versteckt zwischen Feigenbäumen und Oleanderbüschen. Am gemauerten Eingang hing ein Schild »Cabinet Médical«. Leon zog an einer kurzen Kette, die eine Glocke in Bewegung setzte. Aber niemand reagierte. Offensichtlich diente die Glocke nur dem Zweck, einen Patienten anzukündigen. Da es hier keine verschlossenen Türen gab, waren auch elektrische Türöffner überflüssig.

Leon ging durch den üppigen Garten und bewunderte den Blick über die Dächer von Porquerolles zum Meer. Der Ausflug auf die Insel entwickelte sich mehr und mehr zu einer Reise in die Vergangenheit. Leon kam es so vor, als entfernte ihn jeder Schritt ein Stück weiter von seinem Alltag.

Die Treppe endete an der Veranda des Hauses, die jetzt im Sommer zum Warteraum *au plein air* umfunktioniert worden war. Man saß in bequemen Korbstühlen im Schatten einer schilfgedeckten Pergola und hatte das Gefühl, sich auf einer Hotelterrasse zu befinden und nicht im Wartezimmer eines Arztes. Leon gab der Sprechstundenhilfe seine Karte und wartete. Eine Viertelstunde später, in der Leon ausgiebig die Pflanzen bewundert hatte, erschien die Sprechstundenhilfe, die ein kleines Namensschild mit dem Namen Marguerite an ihrem Kittel trug. Marguerite stammte offensichtlich aus France d'Outre-Mer, der ehemaligen französischen Kolonie in der Karibik. Sie war etwas stämmig und auf eine freundliche Art energisch.

»Der *Docteur* erwartet Sie jetzt«, sagte Marguerite streng. Sie mochte es offenbar gar nicht, wenn Leute in der Sprechstunde auftauchten, denen eigentlich nichts fehlte.

»Vielen Dank«, sagte Leon höflich und erhob sich.

»Aber viel Zeit hat er nicht, das muss ich Ihnen gleich sagen.«

Leon warf einen demonstrativen Blick in das Wartezimmer, in dem er noch immer der einzige Besucher war.

Dr. Fournier saß vor einem breiten Schreibtisch mit altertümlichen Rollschränkchen. In der Ecke standen eine Liege und daneben ein Ultraschallgerät, das bestimmt schon seit 25 Jahren in diesem Behandlungszimmer seinen Dienst tat. Leon war erfreut, dass er den Mann kannte, der da für ihn aufstand. Es war der freundliche Passagier von der Fähre.

»Fournier«, stellte er sich vor. »Schön, einen Kollegen aus Deutschland kennenzulernen, Dr. Ritter.«

»Nochmals vielen Dank für den Ingwertee«, sagte Leon. »Sie haben mir das Leben gerettet.«

»Wenn das doch nur immer so leicht wäre.« Der Inselarzt lächelte vergnügt. »Kommen Sie als Patient zu mir?«

»Nein, Sie haben mich ja schon geheilt. Aber ich würde mich gerne kurz mit Ihnen unterhalten. Wenn Sie die Zeit entbehren können.«

»Mit Vergnügen.« Der Arzt kam hinter seinem Schreibtisch hervor, ergriff die Hand seines Gastes und schob ihn in Richtung Tür. »Einen Rechtsmediziner hatte ich noch nie zu Besuch. Warum setzen wir uns nicht in den Garten?

Vielleicht kann ich Marguerite überreden, uns einen Kaffee zu machen. Sie trinken doch einen Café au Lait, *Docteur*?«

»Danke, sehr gerne.«

Ein paar Minuten später saß Leon mit seinem Gastgeber im kühlen Schatten eines großen *Faux Poivrier*, eines falschen Pfefferbaumes. Leon hatte vom Tod André Martins berichtet. Die Arzthelferin hatte Fournier eine Kopie des Rezepts gebracht, das Leon bei dem Toten gefunden hatte. Außerdem hatte Marguerite eine Ausnahme gemacht und den beiden Ärzten einen Kaffee zubereitet. Aber sollte ein Patient kommen, würde sie diese kleine Gesprächsrunde unterbrechen müssen, hatte sie gleich gewarnt.

Dr. Fournier erinnerte sich gut an Monsieur Martin. Er war vor ungefähr einer Woche bei ihm in der Praxis aufgetaucht und hatte dringend dieses Antibiotikum gebraucht. Angeblich war seiner Freundin ein Zahn gezogen worden und sie hatte auf dem Wochenend-Ausflug nach Porquerolles ihre Arznei vergessen. Was Dr. Fournier nicht überraschte. Bei ihm tauchten ständig Touristen auf, die das eine oder andere Medikament zu Hause vergessen hatten und dringend Ersatz brauchten. Wenn sie eine glaubwürdige Geschichte präsentierten und es sich nicht gerade um Betäubungsmittel handelte, dann half er gerne. So auch in diesem Fall. Obwohl ihm dieser Monsieur Martin wegen seiner Nervosität aufgefallen war. Er musste sogar noch einmal wiederkommen, weil ihm zunächst der Name der Arznei nicht mehr eingefallen war. Normalerweise hätte Dr. Fournier in einem solchen Fall darum gebeten, die Patientin zu sehen. Aber erstens kannte er sich in Zahnheilkunde nicht aus und zweitens war dieser Monsieur Martin ein Freund von Pascal Sarraut. Dr. Fournier hatte die beiden ein paarmal im Bistro am Place d'Armes getroffen.

»Sie kennen Monsieur Sarraut?«, fragte Leon.

»Jeder kennt jeden auf einer Insel mit zweihundert Einwohnern«, erklärte Fournier. »Sarraut ist der Mann, der alles reparieren kann. Wenn er nicht gerade für die Telekom arbeitet, finden Sie ihn garantiert in seiner Werkstatt.«

Leon war aufgefallen, dass der Doktor blass aussah, schwitzte und ein paarmal gehustet hatte.

»Fühlen Sie sich nicht wohl, *Docteur*?«, fragte Leon freundlich.

»Fragen Sie nie einen Kollegen nach seinem Wohlbefinden.« Fournier lächelte. »Ein kleiner Sommerhusten. Ich bin auf irgendeine Blüte allergisch. Nicht der Rede wert.«

»Sie haben gerade gesagt, dass Monsieur Sarraut eine Werkstatt betreibt.«

»Na ja, nicht offiziell. Er arbeitet ja für die Telekom. Es ist mehr eine Art Hobby von ihm.«

»Hier auf der Insel?«

»Natürlich, seine Mutter hat den kleinen Lebensmittelladen unten, gleich hinter dem Place d'Armes. Sie wohnen in einem Haus am Ende der Rue de la Douane. Hat schon ihr Großvater gebaut. Ein riesiger Garten, da hat Sarraut auch seine Werkstatt. Also falls Ihr Außenbordmotor mal nicht mehr anspringt oder die Aircondition Probleme macht …«

»Danke für den Tipp.« Leon lehnte sich in seinem Stuhl zurück und rührte noch etwas Zucker in seinen Kaffee. »Ein echtes Idyll haben Sie hier. Und ich dachte schon, Le Lavandou wäre ruhig und gemütlich.«

»Ich weiß.« Fournier lachte. »Bei dem Wort ›Inselpraxis‹ denken alle Leute an Strand, Palmen und schöne Frauen.«

»Sagen Sie bloß, das stimmt nicht«, unterbrach ihn Leon in gespielter Überraschung. »Jetzt enttäuschen Sie mich aber. Ich wollte gerade Ihre Praxis übernehmen.«

»Außerhalb der Saison kann es hier verdammt ruhig sein.«

In diesem Moment tauchte Marguerite auf.

»Ein Patient ist da«, sagte sie schnippisch.

»Sie könnten uns ja wenigstens unseren Kaffee austrinken lassen.« Dr. Fournier hob seine Tasse.

»Es ist dringend«, sagte die Helferin spitz. »Der Mann hat sich einen Angelhaken in den Daumen gerammt.«

»Dafür gibt es hier Fälle, die bekommen Sie in der Stadt nie zu sehen.« Fournier stand auf. »Ich wünsche Ihnen noch einen schönen Tag. Das nächste Mal gehen wir lieber gleich ins Bistro.« Den letzten Satz hatte er in Richtung seiner Sprechstundenhilfe gesagt.

»Gute Idee«, sagte Leon. »Ich wünsche Ihnen ›Petri Heil‹.«

»Der Mann hat Schmerzen«, sagte Marguerite vorwurfsvoll. Der Arzt hob in einer Geste der Unterwerfung seine Hände und folgte seiner Angestellten. Dann blieb er noch einmal kurz stehen und hustete, was in Leons Ohren beunruhigend klang.

Bis zum Ablegen der Fähre nach Lavandou waren noch über zwei Stunden Zeit, und so beschloss Leon, noch ein wenig über die Insel zu wandern und nachzudenken. Eine Frage ging ihm nicht mehr aus dem Kopf. Wenn André Martin tatsächlich seiner Freundin ein Medikament besorgt hatte, warum hatte diese Freundin sich nicht nach seinem Tod gemeldet? Vermisste sie ihn denn nicht? Leon lief die Straße zum Place d'Armes hinunter.

23. KAPITEL

Eric hatte geweint. Der 42-jährige Mann saß zusammengesunken auf dem harten Plastikstuhl. Eines seiner Handgelenke hatte Masclau mit der Handschelle an dem Rohrgestell fixiert. Auf Befehl von Zerna und gegen Isabelles Protest.

Jetzt saß sie allein im Befragungsraum der Polizeistation mit diesem eigenartigen Mann. Isabelle kannte Eric seit Jahren. Seit er mit seiner Mutter nach Lavandou gezogen war. Die Mutter arbeitete beim Supermarkt Carrefour an der Kasse. Ihr Sohn besuchte zweimal die Woche eine Sonderschule in Hyères. Wie lange war das her? Zwanzig Jahre? Isabelle erinnerte sich an die Witze, die die Leute über den »Spinner mit der Gitarre« gemacht hatten. Aber ganz schnell hatten sie sich an ihn gewöhnt. Und das lag nicht an den Einwohnern von Lavandou, sondern ausschließlich an Eric. Dem sanftmütigen, immer freundlichen Eric, der noch nie Probleme gemacht hatte. Der am liebsten auf einer der Bänke an der Promenade saß und in den Tag träumte und seine verstimmte Gitarre zupfte. Eric war es gelungen, trotz seines Handicaps anerkannt und ein Teil dieser kleinen Stadt am Meer zu werden. Seine Mutter war vor sieben Jahren gestorben, Krebs. Seitdem hatte Eric sich verändert. Er war schweigsamer geworden, und er hatte aufgehört, auf der Gitarre zu spielen. Trotzdem schleppte er sie immer noch mit sich herum.

»Eric will nach Hause.« Er sprach mit leiser Stimme. Isabelle musste sich nach vorne beugen, um ihn richtig zu verstehen.

»Du musst mir nur sagen, woher du den Schuh hast, dann bringe ich dich gleich nach Hause.« Isabelle goss noch etwas Sodawasser in den Plastikbecher, der vor Eric stand. Es war heiß und stickig in dem fensterlosen Raum.

»Eric hat sie kaltgemacht, die kleine Amélie«, sagte er.

Isabelle sah, wie Eric sich mit dem Handrücken eine Träne aus dem Auge wischte und dabei den Kajalstift verschmierte, mit dem er sich den Lidstrich gezogen hatte.

Sie vernahmen ihn schon seit drei Stunden. Zerna und Masclau hatten ihm heftig zugesetzt, aber nichts erfahren. Schließlich überließen sie Isabelle das Verhör. Die stellvertretende Polizeichefin hätte die Befragung schon längst abgebrochen, aber Zerna hatte sich in den Kopf gesetzt, dass ›der Spinner‹, wie er Eric nannte, irgendetwas wusste. Irgendetwas über den Tod der kleinen Amélie. Irgendetwas, das sie in diesem Fall endlich ein kleines Stückchen weiterbringen würde.

»Du bist ein netter Kerl, Eric«, sagte Isabelle ganz ruhig. »Wirklich, ich kann dich gut leiden.«

»Eric kann dich auch gut leiden«, erwiderte er.

»Siehst du, und darum möchte ich dir auch helfen.«

»Eric hat der kleinen Puppe auch geholfen.«

»Welcher Puppe?«, fragte Isabelle. »Meinst du Amélie?«

»Hat ihr nicht wehgetan. Nein«, sagte Eric. »Eric hat den Schuh gefunden, ja, gefunden.«

»Gefunden? Wo?« Isabelle war plötzlich alarmiert. »Wo hast du den Schuh gefunden, Eric?«

»Eric hat ihr aber nicht wehgetan.« Der Gefangene

schüttelte heftig den Kopf, als müsse er Isabelle demonstrieren, was er meinte.

»Natürlich nicht. Das weiß ich doch ...«

Isabelle spürte, dass sie kurz davor war, ein Geheimnis zu lüften. Sie hatte Erics Vertrauen. Noch ein paar Minuten, und er würde ihr sagen, was er wusste. Sie musste jetzt behutsam vorgehen. Lass ihn reden, dachte sie, einfach nur reden. In diesem Augenblick wurde hinter Isabelle die Tür aufgerissen. Wütend drehte sie sich um.

»Sag mal, was soll denn ...?« Isabell unterbrach sich, als sie sah, wer da in der Tür stand. Delphine Legrand, die Mutter von Amélie.

Für einen Moment starrte die Frau Eric an.

»Ist er das?« Die Stimme der Mutter klang tonlos, als würde Erics Anblick sie ersticken.

»Bitte verlassen Sie sofort den Raum.« Isabelle war aufgesprungen und hatte sich zu Madame Legrand umgedreht.

In diesem Moment tauchte Moma hinter der Frau auf. »Sie ist einfach losgerannt«, sagte er entschuldigend, »kommen Sie, Madame Legrand.« Er griff nach ihrem Arm, aber sie riss sich los.

»Du Vieh, du verdammtes Vieh«, schrie Madame Legrand. Verzweifelt schlug sie auf Eric ein. Der Mann war aufgesprungen und hatte den Stuhl mitgerissen, der jetzt an seinem Handgelenk hing.

»Nein, nein, nein«, schrie Eric wie ein Kind und duckte sich vor den Schlägen der verzweifelten Frau.

Isabelle drängte die Frau ab und stellte sich schützend mit ausgebreiteten Armen vor Eric.

»Schaff sie raus, Moma«, sagte Isabelle scharf. »Gehen Sie!«

Moma drängte die verzweifelte Mutter aus dem Zimmer. Isabelle stieß hinter den beiden die Tür zu. Eric hatte sich in eine Ecke des Raums zurückgezogen. Er stand nur stumm da, und seine Blicke zuckten ängstlich hin und her zwischen Isabelle und der Tür, als fürchtete er, dass diese jeden Moment wieder auffliegen könnte, um neues Unheil hereinzulassen.

»Gib mir deine Hand.« Isabelle versuchte, ihrer Stimme einen beruhigenden Tonfall zu geben, als sie nach der Handschelle an Erics Arm griff. Eric zuckte zurück und drängte sich in die Ecke.

»Ich will dir das nur abnehmen«, sagte sie und löste mit ihrem Schlüssel die Handschellen. Sie setzte sich und schob einen Stuhl neben sich. »Komm, setz dich zu mir, Eric. Alles ist gut.«

Misstrauisch kam Eric aus der Ecke. Er schob den Stuhl ein bisschen weiter von der Tür weg, als er sich schließlich neben Isabelle setzte. Isabelle legte dem zitternden Mann die Hand auf den Arm.

»Eric hat nichts Böses gemacht.« Eric starrte mit hochgezogenen Schultern in Richtung Tür.

»Die Frau kommt bestimmt nicht wieder«, sagte Isabelle. Sie wusste, dass sie Erics Vertrauen verloren hatte.

24. KAPITEL

Leon genoss jede Minute seiner Wanderung über die Insel. Von der Arztpraxis war er zum zentralen Place d'Armes gelaufen, hatte eine Weile dem Treiben der Touristen zugesehen, die mit Kinderwagen und Fahrrädern unterwegs waren und vor den Eisständen Schlange standen. Anschließend bog er in die Rue de la Douane ein. Ein Stück die Straße hoch gab es ein kleines Geschäft, das Lebensmittel verkaufte, aber auch Eis am Stiel und gekühlte Getränke anbot. Das musste der Laden sein, von dem Fournier gesprochen hatte. Außer Leon war nur eine Kundin in dem Geschäft und sprach mit der Frau, die auf einer Klappleiter stand und in dem oberen Regal etwas suchte. Die Frau trug einen langen schwarzen Rock und eine dünne Strickjacke über der Bluse, obwohl es mindestens 27 Grad in dem Geschäft hatte. Ihre grauen Haare hatte sie zu einem Knoten zusammengebunden.

»Ich weiß genau, dass wir noch Erdnussöl haben«, sagte die Frau und griff tief in das Regal.

»Ist nicht so wichtig, Madame Sarraut.« Die Kundin stellte ihren kleinen Drahtkorb mit den Einkäufen neben die Kasse. »Lassen Sie nur.«

»Ah, da ist es ja.« Madame Sarraut stieg triumphierend die Klappleiter herunter, in der Hand eine Flasche mit Öl. »Sehen Sie, man darf nie aufgeben.«

Leon war überrascht, er hätte die Frau für jünger gehalten, jetzt sah er, dass sie schon achtzig Jahre oder noch älter war.

»*Bonjour*, Madame«, sagte Leon höflich. »Mein Name ist Ritter, ich würde gerne mit Pascal Sarraut sprechen.«

»Mein Sohn ist nicht da«, antwortete die Frau kurz angebunden.

»Schade«, sagte Leon. »Wissen Sie, wo ich ihn finde? Er hat mir gesagt, er sei auf der Insel.«

»Ich sage Ihnen doch, dass er keine Zeit hat.« Der Ton der alten Dame klang jetzt mürrischer.

In diesem Moment tauchte Pascal Sarraut in der Hintertür des Geschäfts auf. Er trug einen Karton mit grünen Bohnen in Dosen.

»*Maman*, was redest du da?«, sagte er mit mildem Vorwurf. »Ich war doch nur im Keller.«

»Stimmt doch, dass du keine Zeit hast«, sagte Madame Sarraut starrsinnig, während sie die einzelnen Lebensmittel aus dem Korb der Kundin nahm, den Preis ablas und in die Tastatur der Kasse eintippte. »Du wolltest noch die Konserven einräumen.«

»Das ist der *Docteur*, von dem ich dir erzählt habe«, erklärte Sarraut. »Der *Médecin Légiste*.«

»Das ist ein gottloser Beruf«, sagte Madame Sarraut mit kurzem Blick auf den Besucher.

»Sie meint es nicht so.« Pascal Sarraut schob die Büchsen ins Regal. »Sind Sie beruflich hier?«

»Ich hatte ein Gespräch mit einem Kollegen, Dr. Fournier«, antwortete Leon. »Hätten Sie einen Moment Zeit für mich?«

»Na klar, gehen wir zum Haus.«

»Aber nimm die beiden Kisten da mit.« Madame Sarraut deutete auf einen Karton, der auf der Kühltruhe stand, und durch deren verkratzte Schiebe-Abdeckung man verschiedene Eissorten erkennen konnte. »Das muss alles in den Kühlschrank.«

»Mach ich, *Maman*«, sagte Sarraut ergeben. »Und benutze nicht die Klappleiter, da muss ich erst noch die Schrauben nachziehen.«

»Das sagst du schon seit Wochen. Und was passiert? Nichts.«

Sarraut sah Leon mit einem gequälten Lächeln an, nahm die beiden Kartons und gab Leon mit einem Kopfnicken zu verstehen, dass er ihm folgen solle. Leon sah, wie Sarraut sich anstrengen musste, die Kartons anzuheben, und sich sein Gesicht wie im Schmerz verzog.

»Lassen Sie mich lieber einen tragen«, sagte Leon.

»Danke, sehr freundlich.« Sarraut überließ Leon die größere Kiste.

Zehn Minuten später saß Leon mit Sarraut vor dessen Werkstatt. Die Tür stand offen, und Leon konnte die penible Ordnung erkennen, die in dem Raum herrschte. Jedes Werkzeug an der Wand hatte seinen festen Platz. Es gab Regale mit Kästen voller elektrischer Bauteile und endlose Mengen von Schubladenfächern. Überall standen Messgeräte und halb zerlegte Maschinen, Ventilatoren, Klimaanlagen und ein uralter Staubsauger. Vor einem Tisch stand ein alter Kühler, davor lag ein Handlötgerät. Und es gab einen großen alten Kühlschrank, aus dem Sarraut eine Flasche Rosé geholt hatte.

»Courtade.« Sarraut schenkte seinem Gast ein Glas ein. »Wächst nur hier auf der Insel.«

»Und ich dachte schon, hier gäbe es nur Schrauben und Kondensatoren.«

Leon probierte, der Wein schmeckte frisch und aromatisch, genau das richtige Getränk für einen warmen Spätsommernachmittag auf einer Insel.

Das Haus der Familie Sarraut stand auf einem Grundstück, das an einen Hügel grenzte, auf dem noch die steinernen Reste einer alten Befestigungsanlage zu erkennen waren. Von dem Platz vor der Garage konnte man das Wohnhaus sehen, das versteckt zwischen Strandkiefern lag und sich auf dem prächtigen Grundstück erstaunlich klein ausnahm.

»Und das alles hier gehört Ihrer Familie?«, fragte Leon.

»Es sieht gut aus, macht aber nur Probleme«, sagte Sarraut. »Ich versuche meine Mutter seit Jahren zu überreden, es der Gemeinde zu schenken.«

»Das ist aber großzügig von Ihnen.«

»Es ist kein Bauland.« Sarraut winkte ab. »Ein Hektar Büsche und Bäume. Und die müssen jedes Jahr gestutzt werden. Vorschrift der Feuerwehr.«

»Was sagt Ihre Mutter?«

»Sie haben sie doch kennengelernt.«

Leon und Sarraut nippten an ihren Gläsern.

»Wissen Sie irgendetwas Neues von André?«, fragte Sarraut.

»Was meinen Sie?«

»Sie haben doch gesagt, dass Sie ihn untersuchen. Haben Sie was gefunden?«

»An was denken Sie da?« Leon wurde immer hellhörig, wenn sich jemand für seine Untersuchungsergebnisse interessierte.

»Ich versteh's nur nicht«, antwortete Sarraut. »Jemand wie André fährt allein mit dem Boot aufs Meer – bei dem Sturm. Wussten Sie, dass er nicht mal schwimmen konnte?« Sarraut schüttelte den Kopf.

»Kann es sein, dass Monsieur Martin eine Freundin hatte?«

»André?« Sarraut schüttelte den Kopf. »Nein, ganz bestimmt nicht.«

»Wie können Sie so sicher sein?«

»Weil ... na ja, wenn man beinahe jeden Tag zusammenarbeitet. So was würde man doch mitkriegen. Wie kommen Sie darauf?«

»Die Polizei hat Hinweise.«

»Was für Hinweise?«

»Kann ich nicht sagen. Da müssen Sie die Polizei fragen.«

»André hatte keine Freundin. Der war ein Einzelgänger«, sagte Sarraut. »Bei ihm wusste man nie so genau, woran man war. Die meisten haben ihn für einen komischen Kauz gehalten, aber wir kamen gut miteinander aus.«

Leon saß noch eine Weile mit Sarraut vor der Werkstatt. Was ihm am stärksten auffiel, war die Stille, die auf der Insel herrschte. Ab und zu hörte man Gelächter und die Gespräche von Touristen, die an dem Grundstück der Sarrauts vorbeigingen. Danach versank die Insel wieder in eine sommerliche Ruhe, die nur vom ewigen Gesang der Zikaden oder dem Krächzen eines Eichelhähers in einem Pinienzweig hoch oben über Leons Kopf unterbrochen wurde.

Gegen 16 Uhr verabschiedete sich Leon, um seine Fähre nicht zu verpassen. Die Überfahrt nach Lavandou verlief ruhig. An Deck war nur der warme Fahrtwind zu spüren. Der Himmel war bedeckt und das Meer lag schwer und grau vor ihnen.

25. KAPITEL

Isabelle hatte für ihre Tochter und Leon Couscous gemacht. Dazu hatte es gebratene Lammfilets gegeben und zum Nachtisch eine Crème brûlée, köstlich.

»Räumst du bitte das Geschirr in die Maschine«, bat Isabelle und sah, wie Lilou das Gesicht verzog.

»Immer ich«, motzte Lilou. »Leon macht nie was.«

»Das ist das Privileg der alten, unemanzipierten Männer«, sagte Leon mit einem Lächeln.

Lilou griff missmutig nach dem Tellerstapel, den ihr Leon hinhielt.

»Hoffentlich hat euch das ermordete Lamm-Baby geschmeckt«, sagte sie.

»Es war ganz köstlich.« Leon wusste, dass Lilou zurzeit ihre vegetarische Phase hatte. Das war immerhin schon eine Verbesserung gegenüber der veganen Phase, mit der sie Isabelle und ihn noch bis vor zwei Wochen genervt hatte.

»Da hast du was verpasst«, meinte Isabelle.

»Die schreienden Baby-Lämmer bekommen von Männern in Gummikitteln mit großen Messern den Hals durchgeschnitten«, sagte Lilou trotzig, während sie laut mit dem Geschirr klapperte.

»Jetzt hör aber auf«, sagte Leon.

»Dann schmeckt's gleich nur noch halb so gut«, meinte Lilou. »Hab ich recht?«

»Nie wieder Lamm.« Leon hob demonstrativ seine Hände zum Schwur.

»Wusstest du, dass Amélie damals aus ›Les Cyprès‹ verschwunden ist?« Isabelle versuchte, das Thema zu wechseln.

»Die Siedlung, in der Monsieur Martin gewohnt hat?«

»Richtig, aber das Haus der Familie Simon lag ein Stück weiter die Straße hinunter. Nach der Trennung von ihrem Mann wohnte nur noch die Mutter mit Amélie dort.«

»Ruhige Gegend«, sagte Leon.

»Ruhig? Da möchte ich nicht mal tot überm Zaun hängen.« Lilou spülte klappernd einen Topf ab.

»Lilou, bitte …«, sagte Isabelle.

»Und da hat der Vater sie abgeholt?«, fragte Leon. »Ich meine, als sie verschwand.«

»Es gab einen Zeugen«, erklärte Isabelle. »Der hat bestätigt, dass der Volvo von Simon an diesem Nachmittag nicht mehr zurückgekommen ist. Er hätte es sehen müssen, er hat den ganzen Nachmittag im Garten gearbeitet.«

»Und wie hat Simon das erklärt?«, fragte Leon. »Ich meine, dass er seine Tochter nicht bis zu ihrem Haus gefahren hat?«

»Simon hat immer behauptet, er habe keine Lust gehabt, seiner Frau zu begegnen«, erklärte Isabelle. »Deshalb habe er Amélie unten an der Abzweigung rausgelassen und sie sei allein die Straße den Hügel hinauf zum Haus gelaufen.«

»Ich glaube trotzdem, dass es ihr Vater war.« Lilou stellte den letzten Teller in die Spülmaschine und knallte die Klappe zu.

»Die Tür geht kaputt, wenn du sie so zuschlägst«, sagte

Isabelle. »Das Revisionsgericht hat ihn freigesprochen. Also ist er unschuldig.«

»Simon ist doch voll der Psycho.« Lilou startete die Spülmaschine.

»Wie kannst du das sagen?«, fragte Leon.

»Er war schließlich unser Biolehrer. Er hat einen immer so komisch angesehen.«

»Wie komisch angesehen?« Isabelle sah zu ihrer Tochter hinüber.

»Er hat halt immer so hingeglotzt.« Sie riss die Augen auf, um die gierigen Blicke des Biologielehrers zu demonstrieren. »Ich geh in mein Zimmer.« Damit verschwand Lilou.

Leon saß noch eine Weile mit Isabelle in der Küche. Er mochte die Abende, an denen sie zusammen beim Essen saßen und über Gott und die Welt redeten. Das fühlte sich gut an, wie eine richtige Familie. Genauso hatte er sich das immer vorgestellt. Aber heute schien eine dunkle Wolke die Stimmung zu trüben.

Isabelle hatte gewartet, bis Lilou auf ihr Zimmer gegangen war. Dann hatte sie ihn doch noch gefragt, wie es um seinen Job in der Klinik stand. Und er hatte ihr geantwortet, dass er ein paar Tage freigenommen hatte, um über alles nachzudenken. Er wollte nach »Le Lézard« fahren und würde sich freuen, wenn Isabelle ihn begleiten könnte. Das Haus mit dem Weinberg war ein Geschenk seiner Tante und lag nur zwanzig Kilometer von Lavandou entfernt. Leon wusste, wie sehr Isabelle diesen Platz mochte. Aber sie hatte abgelehnt. Der Fall Amélie nahm im Moment ihre ganze Zeit in Anspruch. Enttäuscht hatte Leon neben Isabelle im Bett gelegen, und es verging mindestens eine Stunde, in der er sich hin und her drehte, bevor er endlich einschlafen konnte.

Mitten in der Nacht riss ihn das Brummen eines Telefons aus seinen Träumen. Neben ihm lag Isabelle und rieb sich die Augen. Auf dem Nachttisch brummte ihr Handy unermüdlich weiter, das Display blinkte.

»Wer ist das?«, murmelte Leon im Halbschlaf.

»Das Büro ...?« Isabelle sah ungläubig auf das Display. »Ich muss rangehen.«

Sie hielt das Handy an ihr Ohr. Es war Zerna. Sie brauchten Isabelle. Den *Médecin Légiste* solle sie gleich mitbringen. Eric hatte endlich verraten, wo sie Amélie finden konnten.

26. KAPITEL

Der Einsatzwagen der Gendarmerie fuhr schnell die schmale Straße in die Hügel hinauf. Leon beobachtete, wie das Blaulicht gespenstische Blitze auf die verschlafenen Häuser rechts und links der Straße warf. Er saß auf der Rückbank und musste sich festhalten, als Moma eine enge Kurve mit quietschenden Reifen nahm.

»Kannst du bitte langsamer fahren?«, bat Isabelle, die auf dem Beifahrersitz saß.

Gehorsam nahm Moma den Fuß vom Gas. Wie alle seine Kollegen liebte er es, auf den Corniches, den engen Straßen, die sich durch die Hügel schlängelten, entlangzubrettern. Am liebsten mit Blaulicht und Sirene. Was Isabelle jetzt von ihm verlangte, war der Job für einen Chauffeur.

»Aber wo genau das Versteck ist, hat er immer noch nicht gesagt?« Isabelle sah zu ihrem Kollegen hinüber.

»Nur, dass Amélie in einer Höhle wäre und dass er die nur dir zeigen würde.« Moma konzentrierte sich auf die enge Landstraße. »Ich schätze, er hat die Kleine in eine von den *Caves* geworfen?«

»Was sind das für *Caves*?«, fragte Leon.

»Die *Caves Sarrasins*, die Sarrazenen-Höhlen. Angeblich haben sich die Dorfbewohner in den Höhlen versteckt, als die Sarazenen kamen«, erklärte Isabelle. »Das war irgendwann im achten Jahrhundert.«

Wenige Minuten später bremste Moma scharf ab und

bog mit einer großen Staubfahne auf einen Parkplatz ein, auf dem bereits zwei weitere Einsatzwagen und ein Krankenwagen warteten. Kaum war Isabelle ausgestiegen, stand Masclau neben ihr.

»Wir haben sie«, verkündete er stolz.

»Wen habt ihr?«, fragte Isabelle.

»Na, die Höhle«, meinte Masclau. »Der Spinner hat uns hierhergelotst …«

»Er hat einen Namen«, tadelte Isabelle.

»Also dieser verrückte Eric hat uns hierhergelotst. Er wollte aber unbedingt warten, bis du da bist«, sagte Masclau. »Da ist mir eingefallen, dass es hier so eins von diesen versifften Löchern gibt.«

»Du meinst die *Caves*«, Isabelle schlug die Autotür zu.

»Was denn sonst?«, sagte Masclau. »Hat gedacht, er könnte uns verarschen, dein Schützling.«

»Also, wo ist es?«, fragte Leon.

»Gleich da, den Pfad zwischen den Felsen hinauf.« Masclau deutete mit dem Lichtstrahl seiner starken Stablampe auf einen schmalen Weg, der zwischen Felsen verschwand. Er lief voraus, Isabelle und Leon folgten ihm.

»Was ist in der Höhle?« Isabelle musste sich beeilen, um nicht hinter Masclau zurückzufallen, der aufgeregt vorwärtsstürmte.

»Wir wissen es noch nicht. Zerna hat gesagt, wir sollten auf dich und den *Docteur* warten.«

Leon folgte der Gruppe, ließ sich aber etwas zurückfallen. Es war eine warme Juninacht und wahrscheinlich hätte alleine der Schein des Vollmondes genügt, um sich zu orientieren. Die hohen Ginsterbüsche sahen im silbrigen Licht grau aus. Genau wie die Rosmarinsträucher und der Salbei, die Leon nur an ihrem Geruch erkennen konnte.

Irgendwo aus der Dunkelheit war das Quaken der Kröten in ihren feuchten Erdhöhlen zu hören. Es hatte etwas von einem Zauberwald, dachte Leon.

»Kommen Sie, *Docteur*«, rief Masclau in diesem Moment und schwenkte seine Lampe. »Wir sind gleich da.«

Die Männer der Gendarmerie Nationale hatten sich ungefähr zwanzig Meter vom Pfad entfernt an einem Felsen versammelt, der knapp zwei Meter hoch aus dem Gestrüpp ragte. Etwas abseits, bewacht von zwei Polizeibeamten, stand ein verschüchterter Eric, dem man seine Erleichterung ansah, als Isabelle auftauchte.

»Guten Abend, Eric«, sagte Isabelle und gab den Bewachern ein Zeichen, dass sie ein wenig zurücktreten sollten.

»*Bonsoir*, Madame ...«, antwortete Eric ängstlich.

»Da hast du dir ja ein tolles Versteck ausgesucht. Allein hätten wir das nie gefunden.« Isabelle deutete in Richtung Höhle.

»Amélie ist kalt. Ja, ganz kalt«, sagte Eric.

»Warum ist sie kalt, Eric?«

»Eric hat der kleinen Puppe nichts getan.« Er schüttelte den Kopf.

»Hast du Amélie in diese Höhle gebracht?«, fragte Isabelle.

»Die kleine blonde Puppe hat gefroren«, sagte Eric. »Eric hat für sie gesorgt, ja. Aber die Puppe ist nicht mehr warm geworden, nie mehr.«

Am Fuß des Felsens war eine halbrunde Öffnung von gut siebzig Zentimetern Durchmesser. Ein Polizeibeamter hatte eine daumennagelgroße Video-Linse, die an einem elastischen Fiberglaskabel befestigt war, in den Eingang geschoben. Das TV-Signal wurde außerhalb der Höhle auf einen Tablet-Computer übertragen, den Zerna in der Hand hielt.

Ein Scheinwerfer erhellte die Szenerie. Als Leon die Gruppe sah, musste er an Schatzsucher denken, die dabei waren, eine unbekannte ägyptische Grabkammer zu öffnen.

»*Bonsoir*«, sagte Leon, als er Zerna erreichte.

»*Bonjour, docteur.*« Zerna drehte das Display so, dass Leon das Bild sehen konnte. Es war nicht viel zu erkennen, außer dass sich offenbar eine Menge Krempel und Klamotten in diesem Loch befanden.

»Leider kommen wir nicht weiter rein. Das Kabel ist zu kurz. Aber achten Sie mal auf den Hintergrund.« Zerna deutete auf den Rand des Bildes, den die Optik wegen der knappen Lichtverhältnisse und der Entfernung nur grau verpixelt übertrug.

»Sitzt da ein Kind?«, fragte Isabelle, die jetzt auch auf den Bildschirm sah.

»Genau, das glauben wir auch«, meinte Zerna. »Deshalb haben wir auch auf den *Docteur* gewartet.«

»Eric behauptet, dass er Amélie dort hineingebracht hat«, meinte Isabelle. »Aber da sei sie angeblich schon ›kalt‹ gewesen. So hat er es ausgedrückt.«

»Ich frage mich, warum er dir das erzählt und nicht uns.« Masclau klang etwas beleidigt.

»Vielleicht, weil er dir nicht vertraut«, provozierte Isabelle ihren Kollegen.

»Weißt du was? Dein Spinner ist 'ne verdammt hinterfotzige Ratte«, sagte Masclau.

»Der Körper sieht aus, als wäre er gegen die Wand gekippt.« Leon starrte so konzentriert auf das Display, als könnte er auf diese Weise die Pixel zwingen, sich zu einem scharfen Bild zu ordnen. »War schon jemand drinnen?«

»Sie sagen doch immer, dass wir keine Spuren zerstören sollen«, sagte Masclau.

»Wir dachten uns, dass Sie der Erste sein sollten, der sich die Sache aus der Nähe ansieht«, schloss sich Zerna dem *Lieutenant* an. Leon konnte eine gewisse Schadenfreude aus seiner Stimme heraushören.

Polizisten waren von Berufs wegen neugierig. Dass noch keiner in der Höhle gewesen war, hatte also nichts mit Respekt vor Leons Arbeit, sondern einzig und allein damit zu tun, dass sie keine Lust hatten, auf allen vieren durch den Dreck zu kriechen.

Leon hatte Probleme mit engen Räumen, darum fuhr er auch ungerne Aufzug, versuchte möglichst selten zu fliegen und mied Partys und andere Versammlungen, bei denen die Menschen dicht gedrängt standen. Er sprach nicht gerne darüber, aber er hatte das, was Psychologen als »latente Klaustrophobie« bezeichnen würden. Die Vorstellung, in dieses Loch robben zu müssen, machte ihm Angst. Auf der anderen Seite standen hier die Männer der Gendarmerie Nationale und beobachteten ihn. Er wollte sich vor ihnen keine Blöße geben.

»Der Eingang ist knapp zwei Meter lang«, erklärte Zerna. »Danach kann man aufrecht stehen.«

»Wenn ich da hineinkrieche, sollten Sie mir folgen«, sagte Leon. »Es wäre sicher wichtig, dass sich der Polizeichef persönlich ein Bild vom Tatort macht.«

Der Polizeichef sah vom Display auf und blickte in die erwartungsvollen Gesichter seiner Beamten, die sich schon darauf freuten, ihren Chef in seiner sauberen Dienstkleidung durch den Staub kriechen zu sehen.

»Ich kann es gar nicht erwarten«, sagte Zerna.

Leon ließ sich auf die Knie fallen. Er kroch langsam vorwärts und schob dabei die Tasche mit seiner Ausrüstung vor sich her. Der Zugang zur Höhle war schmaler, als er es erwartet hatte. Wenn er versuchte, die Arme durchzustrecken, stieß er mit dem Rücken gegen die Decke. Leon spürte, wie sich schlagartig seine Muskeln verkrampften. Er begann zu zittern, Schweiß lief ihm übers Gesicht. Er kannte den Beginn einer Panikattacke nur zu gut. Er durfte jetzt nicht darüber nachdenken, wo er sich gerade befand. Er durfte nur an die Aufgabe denken, die vor ihm lag.

Leon zwang sich, weiterzukriechen. Eine Hand vor die andere setzen, ein Knie nachziehen, dann das andere – immer nur nach vorn sehen. Der Boden war mit zentimeterdickem Staub bedeckt und in der Luft lag der schwere, süßliche Geruch von Verwesung. Leon versuchte, nicht durch die Nase zu atmen, und freute sich im Stillen darüber, dass Zerna der Gestank sicher stärker zusetzen würde als ihm. Leon bewegte sich vorsichtig, man konnte nie wissen, welche Art Getier sich in diesen Höhlen aufhielt. Schließlich gab es jede Menge Ungeziefer und Schlangen in der Provence – auch giftige. Der Gestank wurde stärker, aber er schien jetzt von der Seite zu kommen. Vorsichtig, ohne die Wände zu berühren, leuchtete Leon in diese Richtung. Gleich rechts neben ihm, in einer Felsmulde, lag ein kleines totes Tier. Vielleicht ein Kaninchen oder ein Marder. Das war im Augenblick nicht zu erkennen, da die Maden sich über den Körper hergemacht hatten. Leons wissenschaftliche Neugier an dem Kadaver ließ ihn die Panik vergessen. Vorsichtig schob er sich an dem toten Tier vorbei.

»Soll ich kommen?«, rief Zerna in den Gang.

»Noch nicht.« Leon Stimme klang, als säße er in einem Sarg. »Ich rufe Sie. Passen Sie auf, hier liegt ein totes Tier.«

Nach zwei, drei weiteren Vorwärtsbewegungen spürte Leon plötzlich einen Luftzug, und dann befand er sich in der Höhle. Vorsichtig erhob er sich vom Boden. Trotz der warmen Juninacht herrschten in der Höhle angenehm kühle Temperaturen. Irgendwo an der Decke musste es einen Spalt geben, denn durch den Raum ging ein stetiger Luftzug. Leon richtete den Lichtstrahl nach oben, was sofort eine Gruppe Fledermäuse aufscheuchte, die für einen Moment aufgeregt hin und her flatterten, um sich dann wieder in den Felsspalten zu verkriechen.

Leon leuchtete mit der Taschenlampe durch die Höhle. Da lagen Zeitschriften, Verpackungen von Süßigkeiten und eine leere Weinflasche. Es gab einen zerschlissenen Hocker und am Boden lag eine Isomatte mit einem fleckigen Schlafsack. Auf einem Felsvorsprung daneben standen heruntergebrannte Kerzen. Am Boden lagen Kindersocken und über einem Stein hingen eine bunte Bluse und ein rosa Kinderkleid.

Leon nahm all diese Dinge wahr wie in einem surrealen Film. Dann blieb der Lichtkegel auf dem Körper vor der Wand stehen. Er hatte Form und Größe eines sitzenden Kindes. Offenbar war es ein Mädchen. Von dem abgewandten Kopf waren nur die langen blonden Haare zu sehen. Die Kleine trug eine langärmelige Bluse und einen Rock. Leon tat einen Schritt nach vorne, jetzt konnte er die Gestalt im Ganzen sehen. Sofort entspannte er sich. Das war nicht Amélie, das war eine Schaufensterpuppe für Kindermode.

So schnell er konnte, kroch Leon aus dem *Cave* zurück nach draußen. Sofort strahlte ihm die Lampe von Zerna ins Gesicht.

»Was ist los?«, fragte der Polizeichef spöttisch. »Nicht gemütlich da drinnen?«

»Ich bin fertig.« Leon stand auf und klopfte sich den Staub von Jeans und Händen. Er atmete tief durch. Hier draußen war die Luft warm und sauber, und man konnte sehen, wo sich im Osten der Himmel bereits blassrosa färbte, um den Sonnenaufgang anzukündigen.

»Sie können Ihre Leute reinschicken«, sagte Leon zu Zerna, der ihn genau wie die anderen gespannt ansah.

»Und was ist mit der Leiche?«, fragte Masclau.

»Es gibt keine Leiche«, sagte Leon. »Es ist genau so, wie Eric gesagt hat, diese Amélie ist kalt.«

»Verstehe ich nicht«, beschwerte sich Masclau. »Wir sehen sie doch auf dem Bildschirm.«

»Sie ist aus Plastik«, sagte Leon ganz ruhig. »Eine Schaufensterpuppe.«

»Gibt's doch nicht!« Zerna sah zwischen dem Bildschirm und Leon hin und her. »Und ich hätte schwören können …«

»Lassen Sie doch bitte alle Kleidungsstücke einsammeln.« Leon griff nach seiner Tasche. »Ich möchte alles auf DNA überprüfen. Nur um sicherzugehen.«

27. KAPITEL

Der Mann war zeitig aufgestanden. Was er vorhatte, musste gut geplant sein, denn er durfte keine Spuren hinterlassen. Schließlich wollte er nur helfen, aber das würden die Eltern nicht verstehen. Weil sie abgestumpft waren. Zermürbt vom Leben, erschöpft von der täglichen Hetze im Job. Von der Angst vor dem sozialen Abstieg. Da waren Kinder nur noch kostspielige Anhängsel, Investitionen, die man hüten musste, damit sie nicht an Wert verloren. Probleme wurden ausgeblendet. Dabei war diese Familie längst aus der Spur geraten. Sie wusste es nur noch nicht. Aber der Mann hatte ein feines Gespür für Störungen, und darum fühlte er, dass sich diese Familie dem Abgrund näherte. Dort, wo etwas Böses herauskletterte, um sich auf diese Menschen zu werfen.

Das kleine blonde Mädchen war etwa neun Jahre alt. Über ihren Badeanzug hatte sie ein weites T-Shirt angezogen, an den Füßen trug sie Flip-Flops. Sie hatte sich einen kleinen pinkfarbenen Rucksack über die rechte Schulter gehängt, aus dem ein Plüschbär herausschaute. Ihr Vater hatte sie an der Hand genommen. Er marschierte mit großen, rücksichtslosen Schritten vorwärts, sodass das Mädchen immer wieder ein kleines Stück rennen musste, um Schritt zu halten. Der Vater sah stur geradeaus. Die hellblauen Bermudashorts wirkten lächerlich bei einem Mann von knapp vierzig Jahren, dachte der Beobachter. Die rote

Kappe mit dem Logo des Fußballvereins *Paris Saint-Germain* machte ihn auch nicht männlicher. Die Mutter ging lustlos neben den beiden her und checkte dabei Botschaften auf ihrem Smartphone. Am Stand mit den Süßigkeiten blieben die drei stehen. Der Vater kaufte eine kleine Tüte mit gebrannten Mandeln und steckte sie ein. Eine glückliche Familie, die zum Strand ging, sah anders aus, dachte der Mann, der die Szene von einer Bank aus beobachtete.

»Ich habe die Sonnenmilch im Appartement vergessen.« Die Mutter war stehen geblieben. »Geht doch schon vor, ich komme gleich nach.«

»Du vergisst ständig irgendwas.« Der Mann klang genervt. »Die paar Sachen für den Strand. Das kann doch nicht so schwer sein.«

»Fängst du schon wieder damit an?«, stöhnte die Mutter.

»Nicht streiten, bitte«, sagte das Mädchen, was dem Beobachter einen Stich ins Herz versetzte.

»Ich seh dich ja gleich, mein Schatz.« Die Mutter strich dem Mädchen über die blonden Haare. »Dann bringe ich dir auch dein Buch mit.«

»Hab ich doch schon längst dabei«, erwiderte die Kleine.

»Also, bis gleich am Strand, Emma«, sagte die Mutter. »Hab dich lieb.«

»Wir sind aber ganz vorne am Wasser.« Jetzt zog das Mädchen den Vater, der sich noch mal kurz zu seiner Frau umsah, aber die lief schon zurück in Richtung der Appartementhäuser.

Der Mann stand von der Bank auf und folgte der Frau. Er wusste, dass sie nicht in das Appartement zurückkehren würde. Er hatte eine feine Beobachtungsgabe, und seine Lebenserfahrung hatte aus ihm einen guten Psychologen gemacht. Die Frau öffnete im Gehen die Knöpfe ihrer Bluse und knotete den Stoff über ihrem sonnengebräunten Bauch zusammen. Jetzt konnte man den Ansatz ihrer Brüste sehen, die vom knappen Oberteil eines roten Bikinis nach oben gedrückt wurden. Die Frau schien jetzt aufrechter zu gehen, mit mehr Körperspannung, so als wollte sie für ein Foto posieren. Einen Block vor dem Appartementhaus lief sie in eine Stichstraße, die auf einem Parkplatz zwischen den Häusern endete. Der Beobachter blieb am Anfang der Straße stehen und setzte sich auf eine kleine Mauer. Er wusste, was kommen würde.

Die Frau lief auf einen Mann zu, der aus einem offenen Land Rover stieg. Auf dem Rücksitz lag ein Surfboard. Der Mann war Anfang dreißig und damit etwas jünger als die Frau. Er sah gut aus in seinem T-Shirt, den zerfransten Jeans und den Espadrilles. Er war dunkelhaarig und hatte ein breites, gewinnendes Lächeln. Er nahm die Frau in den Arm und beide küssten sich auf eine Art, wie sich nur Paare küssen, die ein leidenschaftliches Verhältnis verband. Als die Frau sich von ihrem Liebhaber löste, sah sie sich verunsichert um, aber den Mann auf der Mauer bemerkte sie nicht. Die beiden gaben sich noch ein paar zärtliche Küsse. Schließlich drehte sich die Frau aus der Umarmung, was ihr sichtlich schwerfiel. Dann lief sie zurück zum Strand. Der Beobachter folgte ihr und ließ sie nicht aus den Augen. Er wusste, dass die Ehe dieser Frau auf eine Katastrophe zusteuerte und dass das kleine Mädchen das unschuldige Opfer werden würde. Aber dazu würde er es nicht kommen lassen. Davor würde er die Kleine bewahren, genau wie die anderen.

Die Familie hatte sich nur wenige Schritte vor dem Wasser niedergelassen. Das Mädchen war ganz verträumt in den Bau einer Burg vertieft, die sie aus flüssigem Sand auf den Strand tropfte. Der Vater war ein Stück am Ufer entlanggegangen und hatte ein paar verklemmte Blicke zu einer Gruppe junger Frauen geworfen, die sich gegenseitig den Rücken mit Sonnencreme einrieben. Die Mutter lag auf einer Badematte, hatte sich ein hauchdünnes Tuch gegen die Sonne über das Gesicht gezogen und träumte von einer Zukunft, die es nie geben würde.

Später kam das Mädchen zurück und legte sich neben seine Mutter. Es griff nach seinem Rucksack und erkannte in diesem Moment, dass ihr Plüschbär verschwunden war. Eine kurze verzweifelte Suche begann, aber das Spielzeug war nirgends zu finden.

Die Tränen des Kindes rührten den Mann, der von den Stufen der Promenade aus die kleine Tragödie beobachtete.

»Du bekommst deinen Bär zurück, kleine Emma«, dachte der Mann. »Versprochen.«

28. KAPITEL

Leon ließ den Tag langsam angehen. Er hatte sich im *Maison de la presse* die *FAZ* gekauft, die auch um diese Jahreszeit noch immer mit eintägiger Verzögerung eintraf. Aber das war ihm ganz recht, dann musste er sich nicht mehr über die aktuelle Lage aufregen, sondern konnte sich in Ruhe dem Leitartikel und dem Feuilleton widmen. Er genoss seinen Café au Lait und aß dazu ein Stück Baguette, zu dem ihm Yolande ein Schälchen mit Aprikosenmarmelade auf den Tisch gestellt hatte. Leon zog es nicht zurück in das Pathologische Institut, sollte sich doch Rybaud mit dem Sohn des Vorsitzenden der Ärztekammer herumärgern. Im Moment gab es sowieso keine drängenden Termine. Es war Vorsaison und noch relativ ruhig in Lavandou. Mit dem Ferienbeginn in der zweiten Juniwoche würde sich das schlagartig ändern. Aber noch war es nicht so weit. Also lehnte sich Leon in seinem Korbstuhl zurück und sah auf das Meer, das im Sonnenlicht funkelte wie ein gewaltiger Spiegel.

»Ich habe gehört, dass die Polizei letzte Nacht Eric verhaftet hat?« Yolande beugte sich vor und sah Leon fragend an, während sie mit einem Lappen den Tisch sauber wischte.

»Da muss Sie jemand falsch informiert haben, Yolande.«

»So? Es heißt sogar ...«, Yolande sah sich um und sprach dann mit auffällig gedämpfter Stimme weiter, »er soll die

Leiche der kleinen Amélie in einer Höhle versteckt haben – das ist ja so grauenhaft.«

Sie riss die Augen weit auf, um ihm zu zeigen, wie entsetzt sie über diese Geschichte war. Gleichzeitig hoffte sie, dass Leon noch ein paar gruselige Einzelheiten beisteuern würde.

»Sie wissen doch, dass ich über laufende Fälle nicht sprechen darf«, sagte Leon.

»*Mais, docteur …*« Yolande sah ihrem Lieblingsgast tief in die Augen.

»Aber ich versichere Ihnen, dass es keine Höhle mit einer Leiche gibt«, fuhr Leon fort. »Zumindest keine, von der ich weiß. Und verhaftet wurde Eric auch nicht.«

»Ach, bei Ihnen klingt das immer alles so nüchtern.« Enttäuscht erhob sich Yolande und nahm den leeren Brotkorb mit. »Ich bringe Ihnen noch ein Stück Baguette, *Docteur.*«

Während sie zurück zur Bar stolzierte, wo Jérémy die Espressomaschine mit frischen Kaffeebohnen auffüllte, kam Jean-Claude zu Leon an den Tisch gerollt. Auf seinem Schoß saß Henry, der neugierig in Richtung Leon schnupperte.

»Hat die Polizei jetzt die Leute von der Telecom im Visier?«, fragte der Ex-Legionär.

»Wie kommst du darauf?«

»Ich hab dich mit diesem Sarraut gesehen«, meinte Jean-Claude.

»Kennst du Sarraut?«

»Jeder kennt Sarraut. Ist einer von den üblichen Verdächtigen. Wen wundert's bei der Vergangenheit.«

»Was ist mit seiner Vergangenheit?«, wollte Leon wissen.

»Ich sage nur: Knast«, meinte Jean-Claude vieldeutig.

»Erzähl mir, was du weißt, oder trink deinen Kaffee.« Leon griff wieder zu seiner Zeitung und lehnte sich zurück.

»Er saß als Jugendlicher in Draguignan im Gefängnis«, sagte Jean-Claude. »Körperverletzung und noch ein paar andere Kleinigkeiten. Da hat er auch diesen André Martin kennengelernt.«

»Martin und Sarraut kannten sich aus dem Gefängnis?«

»Sag ich doch«, nörgelte Jean-Claude.

»Da hat er auch sein Auge verloren, der Verbrecher.« Michel, der sich schon mittags den ersten Wein genehmigte, mischte sich vom Tresen aus in das Gespräch ein. »Erzähl's ihm, Jean-Claude.«

»Halt die Klappe, Michel.« Jean Claude winkte ab. Dann wandte er sich wieder Leon zu. »Das war im Jugendknast, 'ne schmutzige Geschichte. Martin hat nur überlebt, weil Sarraut ihm geholfen hat. Aber das Auge war futsch. Es hieß immer, dass Sarraut von da an auf Martin aufgepasst hat. Ohne Sarraut hätte der nie die Kurve gekriegt.«

»Martin war ein Säufer«, rief Michel vom Tresen.

»Sarraut ist in Ordnung«, sagte Jean-Claude, ohne auf die Bemerkung von Michel einzugehen. »Der arbeitet seit über zwanzig Jahren für die Telecom. Er hat immer dafür gesorgt, dass Martin auch was verdienen konnte.«

In diesem Moment fing Henry an zu kläffen, weil sich ein herrenloser Hund dem Eingang des *Chez Miou* genähert hatte.

»Kannst du nicht mal deinen Köter zu Hause lassen?«, rief Michel vom Tresen.

»Pass bloß auf, sonst hetz ich dir Henry auf den Hals«, drohte der Legionär, dann sagte er zu Leon wie nebenbei: »Also ich ... Ich hätte da noch eine Frage. Ist was Medizinisches.«

Leon, der es nicht mochte, wenn Leute seinen medizinischen Rat einholen wollten, tat erst einmal so, als hätte er nichts gehört, und blätterte in der Zeitung.

»Ist mir ein bisschen peinlich«, hakte Jean Claude nach. »Ist was Intimes. Du verstehst schon ...«

»Nein, ich verstehe nicht.« Leon sah von der Zeitung auf. »Wenn es etwas Medizinisches ist, solltest du deinen Arzt fragen.«

»Genau das ist ja das Problem.«

In diesem Moment summte Leons Handy. Ein Blick auf das Display verriet ihm, dass der Anruf von seinem Assistenten Rybaud kam. Er schaltete das Telefon ein.

»Ja?«, meldete sich Leon.

Rybaud teilte seinem Chef mit, dass die Bestimmung der DNA an dem Schuh, den die Polizei im Wohnwagen dieses Spinners gefunden hatte, abgeschlossen sei. Das Ergebnis sei positiv. Die in dem Schuh gesicherte DNA stamme definitiv von Amélie Simon. Die Genauigkeit der Analyse betrage mehr als 99 Prozent. Rybaud fand, es sei besser, wenn Leon das Ergebnis der Polizei mitteile. Er habe es ihm als PDF auf seine Mail-Adresse geschickt. Leon bedankte sich.

29. KAPITEL

Zwanzig Minuten später betrat der *Médecin Légiste* die Station der Gendarmerie Nationale in Le Lavandou. Zerna hatte seine Mitarbeiter im Besprechungsraum versammelt. Die Männer und Frauen drängten sich um den großen Tisch, auf dem die Kleidungsstücke ausgebreitet waren, die die Polizei in der Höhle gefunden hatte. Unter den Anwesenden befand sich auch Kriminalkommissarin Lapierre. Die Beamtin der Mordkommission Toulon versprach sich nicht viel von diesem Treffen, aber immerhin war es die erste neue Spur, die Zerna aufgetan hatte. Auch Madame Lapierre stand mächtig unter Druck. Die Revisionskammer hatte das Urteil gegen Paul Simon gekippt und ihnen vor die Füße geworfen. Staatsanwalt Julien Orlandy betrachtete die jüngste Gerichtsentscheidung als einen direkten Angriff auf seine Person. Für ihn gab es nur zwei Möglichkeiten, sein Gesicht zu wahren. Entweder sie fanden einen anderen Täter, woran er nicht glaubte, oder die Mordkommission schaffte es dieses Mal, so wasserdichte Beweise gegen Paul Simon vorzulegen, dass der Kerl bis zum Ende seiner Tage im Knast schmoren würde. Und so lag die Beschaffung dieser Beweise und damit auch die Karriere von Staatsanwalt Julien Orlandy vorübergehend in den Händen von Kommissarin Lapierre.

Leon tauchte auf, als die Besprechung bereits begonnen hatte. Es war ein kleiner Trick, mit dem er gelegentlich den

Polizeichef und die Kommissarin aus Toulon daran erinnerte, dass er unabhängig arbeitete und weder der Polizei noch der Staatsanwaltschaft verpflichtet war.

»*Bonjour, docteur.* Schön, dass Sie vorbeischauen«, die Ironie in Madame Lapierres Stimme war nicht zu überhören.

»*Bonjour Madame la Commissaire*«, sagte Leon höflich.

»Können wir jetzt vielleicht fortfahren?«, unterbrach Zerna und richtete sich auf, als wäre er besorgt, dass ihn jemand übersehen könnte. »Madame Simon hat uns bestätigt, dass alle diese Kleidungsstücke, die Sie hier sehen, von ihrer Tochter stammen.«

»Wie kann sie da so sicher sein?«, bohrte Madame Lapierre sofort nach. »Vielleicht hat dieser Eric die Sachen ja irgendwo gekauft. Oder wurde das alles schon untersucht?«

»Die DNA-Tests laufen noch«, bemerkte Leon sachlich.

»Na gut.« Zerna klang genervt. »Die Mutter hat jedenfalls bestätigt, dass ihre Tochter solche Kleidungsstücke besaß, sie aber bereits Wochen vor der Tat vermisst hatte.«

»Amélie trug diese Kleidungsstücke also nicht am Tag ihres Verschwindens?«, konstatierte Isabelle.

»Was soll die Frage? Wir wissen doch alle genau, was das Mädchen an dem Tag anhatte, als es getötet wurde.« Madame Lapierres Stimme wurde ungeduldig.

»Ich dachte, wir sollten den Fall ganz neu aufrollen«, unterstützte Masclau seine Kollegin.

»Wie es aussieht, hat sich Eric diese Sachen irgendwie von Amélie beschafft.« Leon stand jetzt vor den Kleidungsstücken, die in verschlossenen durchsichtigen Plastiktüten steckten. »Alles, bis auf das hier ...«

Leon griff nach der Tüte mit dem einzelnen Schuh.

»Diesen Schuh hat das Mädchen definitiv am Tag ihres Verschwindens getragen. Die DNA-Probe bestätigt das. Es besteht eine Übereinstimmung von über 99,9 Prozent.«

»Hat er sie sich also doch geschnappt …«, sagte Masclau laut. »Diese perverse Mistsau hat Amélie umgebracht.«

»Masclau, bitte, ja!«, fuhr ihn Zerna an.

»Ist doch offensichtlich. Erst hat er sie ermordet, dann hat er sich als Ersatz diese Puppe in die Höhle gesetzt.«

Leon legte den Schuh wieder auf den Tisch. Jetzt griff die Kommissarin nach dem Beweisstück und drehte es in der Hand, als könnte es sie zur Wahrheit führen.

»Wo will der Verdächtige ihn gefunden haben?«, fragte die Kommissarin.

»Bei ›Les Cyprès‹«, meldete sich Moma. »Das ist die Siedlung, in der die Simons damals gewohnt haben. An der Abzweigung, wo Paul Simon seine Tochter angeblich hatte aussteigen lassen.«

»Das könnte jeder erzählen«, mischte sich Masclau ein. »Stand doch in der Zeitung.«

»Ich hatte jedenfalls von Anfang an Zweifel an der Geschichte von diesem Eric.« Es war an der Zeit, dass Zerna der Besucherin aus Toulon klarmachte, wer hier Polizeichef war. »Darum vernehmen wir ihn auch weiter.«

»Danke, *Commandant*«, sagte die Kommissarin. »Gibt es außer diesem Eric noch eine andere Spur, der Sie nachgehen?«

»Wir befragen die Zeugen von damals«, erwiderte Masclau. »Ist aber nicht so einfach. Viele können sich nicht mehr erinnern.«

»Einige sind auch weggezogen«, ergänzte Moma. »Da müssen wir erst die Hilfe von den Kollegen in den anderen Départements anfordern.«

»Haben Sie beim Verhör des Zeugen Eric einen Psychologen hinzugezogen?«, wollte die Kommissarin wissen.

»Wofür denn das schon wieder?« Masclau klang genervt. »Wir passen schon auf, dass dem Kerl nur ja nichts passiert.«

Masclau lächelte falsch und die Kommissarin machte sich eine Notiz. In diesem Moment wurde die Tür aufgerissen und ein Polizeibeamter stürmte in den Raum.

»Vorsicht, er ist bewaffnet …!«, rief der Mann und sah ängstlich zurück in den Gang. Dann schloss er leise die Tür hinter sich und alle im Raum starrten ihn an.

»Wer ist bewaffnet? Was ist los?«, fuhr Zerna den Polizeibeamten an.

»Ich kann nichts dafür, echt nicht.« Der Polizist hob entschuldigend die Hände. »Der Spinner hatte plötzlich 'ne Waffe in der Hand …«

»Soll das etwa heißen, dieser Eric hat eine Schusswaffe? Woher?« Zerna konnte es nicht glauben.

»Ich weiß ja auch nicht, wie er drangekommen ist«, sagte der Polizist. »Irgendjemand hatte sein Holster abgenommen und über die Stuhllehne gehängt.«

»Eine Polizeiwaffe …?« Zerna war fassungslos.

»Ist echt heiß im Vernehmungsraum. Wie in der Sauna«, mühte sich der Beamte um eine Erklärung.

»Halten Sie den Mund!«, unterbrach Zerna ihn wütend. »Wo ist der Scheißkerl?!«

»In der Cafeteria. Er sitzt da und hält sich die Knarre an den Kopf.«

»Er droht mit Selbstmord?« Isabelle verstand als Erste, was der Polizist meinte.

Sofort griffen einige Polizisten im Raum zu ihren Dienstwaffen, um in den Gang hinauszustürzen.

»Alle bleiben hier!«, rief Zerna. »Keiner geht da raus.«

»Wir brauchen einen Psychologen, der mit ihm redet«, sagte Moma.

Zerna sah Leon an. »Sie sind doch für so was ausgebildet, oder?«

»Ich habe während meiner Ausbildung mit einem Interventions-Team gearbeitet. Wenn Sie das meinen?«

»Na also. Sag ich doch. Trauen Sie sich das zu?«

»Wir haben eine Polizeipsychologin in Toulon. Die hat Erfahrung als Unterhändler bei Geiselnahmen«, unterbrach Madame Lapierre. Sie sah auf die Uhr. »Die könnte in einer Stunde hier sein.«

»Das hier ist aber kein Banküberfall«, sagte Isabelle. »Wir brauchen jemanden, der einen mental gestörten Mann vom Selbstmord abhält.«

In diesem Augenblick waren im Gang Rufe zu hören. Irgendetwas wurde polternd umgestoßen.

»Ich fürchte, so viel Zeit bleibt uns nicht mehr«, sagte der Polizist, der die schlechte Nachricht überbracht hatte. »Er hat gesagt, er schießt auf jeden, der ihm zu nahe kommt.«

Leon spürte, wie Zerna ihn musterte.

»Ich würde Ihnen empfehlen, auf die Spezialistin aus Toulon zu warten«, sagte Leon. Wenn er in seinem Berufsleben eines gelernt hatte, dann war es, vorsichtig zu sein und sich bei komplizierten Aufgaben auf keinen Fall vorzudrängen.

Vor der Tür hörte man wieder lautes Rufen, dann rannten Menschen den Gang hinunter.

»Trauen Sie sich das zu, *Docteur*?«, fragte Zerna. »Ja oder nein?«

»Ich kann es versuchen. Aber ich werde abbrechen, falls die Lage zu eskalieren droht.«

»Keine Sorge wegen der Waffe, *Docteur*«, sagte Masclau kämpferisch. »Wir stehen feuerbereit hinter Ihnen.«

»Genau deswegen bin ich ja besorgt«, sagte Leon. »Wenn ich da reingehe, möchte ich alleine mit dem Mann sprechen. Kein anderer hat sich in dieser Zeit im Raum aufzuhalten, das ist meine Bedingung.«

»Es ist Ihre Show, *Docteur*«, sagte Zerna, und dann zu Masclau: »Bring ihn zur Kantine. Aber nur bis an die Tür.«

Ein paar Minuten später kam Leon den leeren Gang hinunter. Zerna hatte darauf bestanden, dass er eine schusssichere Weste trug. Die Weste war eng, und Leon begann schon jetzt zu schwitzen. Vor ihm ging Masclau, in Kampfausrüstung, eine MP5-Maschinenpistole im Anschlag. Nach hinten sicherte Moma die kleine Gruppe. Die Polizeistation der Gendarmerie National wirkte wie ausgestorben.

Vor der letzten Tür am Kopfende des Gangs blieb Masclau stehen. Er nickte Moma zu, und die Männer gingen rechts und links neben dem Türrahmen in Deckung. Leon nahm einen tiefen Atemzug, dann griff er zur Türklinke. In diesem Moment sah er sein Spiegelbild in einer der Scheiben. Die olivgrüne gepanzerte Weste wirkte martialisch, wie eine Ritterrüstung. Nicht gerade die geeignete Kleidung, um einem verzweifelten Mann Vertrauen zu vermitteln.

Leon löste die Klettverschlüsse, die die Weste zusammenhielten. Dann ließ er die Schutzweste zu Boden gleiten. Er ignorierte das Kopfschütteln von Moma und die mahnende Handbewegung von Masclau, mit der er ihm klarmachen wollte, dass es Wahnsinn wäre, sich ohne Schutz in die Höhle des Löwen zu begeben. Aber das war Leon egal, er vertraute seinem Gefühl. Und das sagte ihm, dass sie es hier nicht mit einem zu allem entschlossenen Killer, sondern mit einem verzweifelten Menschen zu tun hatten. Leon drückte die Türklinke herunter, die beiden Polizisten hoben ihre Waffen.

Im ersten Moment dachte Leon, dass Eric vielleicht inzwischen die Cafeteria verlassen hätte, aber dann entdeckte er ihn. Eric hockte gleich neben dem Bord mit der Espressomaschine auf dem Boden. Dieser große, ungelenke Mann hatte den linken Arm um seine Beine gelegt, als wollte er sich schützen, sich so klein wie möglich machen. In der rechten Hand hielt Eric die Pistole. Er hatte seinen Blick auf die Fensterfront gerichtet, durch die man die sanften Hügel der Provence sehen konnte. Er schien im ersten Moment gar nicht zu bemerken, dass Leon die Tür geöffnet hatte. Doch als Leon einen Schritt in den Raum machte, richtete Eric blitzschnell die Waffe auf ihn.

»Hallo, Eric«, sagte Leon freundlich. »Ich bin Leon, ich wollte nur sehen, ob du irgendetwas brauchst.«

»Eric will gehen«, sagte der Mann und seine Augen sahen traurig aus. »Eric will nach Hause gehen.«

»Das kann ich sehr gut verstehen. Ich will auch, dass du nach Hause gehst.« Leon sprach mit freundlicher Stimme. »Aber vorher musst du mir die Waffe geben.«

»Nein«, sagte Eric und schüttelte den Kopf wie ein trotziges Kind. »Die Männer sind nicht gut zu Eric.«

Leon machte ein paar ruhige Schritte auf Eric zu und sofort richtete der wieder die Pistole auf ihn. Leon blieb stehen und hob entschuldigend die Hände. Erst jetzt bemerkte er, wie heiß und stickig es in dem Raum war, der von der prallen Nachmittagssonne aufgeheizt wurde. Eric leckte sich die trockenen Lippen. Er hatte Durst.

»Eric schießt«, sagte der Mann am Boden in seiner seltsam abgehackten Betonung. »Tot schießen, alle, die Eric wehtun.«

»Niemand will dir wehtun«, sagte Leon. »Und es wird auch niemand tot geschossen.« Die Verzweiflung dieses Mannes war für ihn körperlich spürbar. Es war die Verzweiflung eines Menschen, der sich von niemandem ernst genommen fühlte. Der sein Leben lang vergeblich um Anerkennung gekämpft hatte, aber von den anderen immer nur als »der Verrückte« wahrgenommen wurde. Ein Mensch, der immer freundlich war, immer lächelte, weil er wusste, dass das sein bester Schutz war vor den Menschen, die ihn verachteten und erniedrigen wollten. Eric hatte im Leben bittere Erfahrungen gemacht. Seine Taktik lautete: Lieber den verrückten Clown spielen und sich dem Spott ausliefern, als Widerstand zu leisten und Prügel zu beziehen.

Aber jetzt war Eric mit seiner Kraft am Ende. Wie immer er auch an diese Polizeiwaffe gekommen war, damit hatte sich auf einen Schlag alles für ihn verändert. In den Augen der Polizei war aus dem harmlosen Spinner ein Verbrecher geworden, der eine tödliche Waffe in der Hand hielt. Eric hatte sich in eine lebensgefährliche Sackgasse manövriert, und er wusste nicht, wie er dort wieder herauskommen sollte. Eine weitere Kränkung, eine weitere Drohung, eine Enttäuschung, die kleinste Erschütterung seiner Seele, und Eric würde abdrücken.

»Mir ist heiß«, sagte Leon. »Ich hole mir eine Cola aus dem Kühlschrank. Möchtest du auch eine? Geht auf mich.«

Eric nickte zaghaft. Leon ging zum Kühlschrank, der gleich neben der Espressomaschine stand, und nahm zwei Flaschen heraus. Mit einem leisen Knacken öffnete er die Drehverschlüsse und hielt eine der Flaschen in Erics Richtung.

»Nicht näher kommen«, befahl Eric.

»Ich dachte, du wolltest eine Cola.«

»Du bist nett zu Eric, damit er dir vertraut«, sagte Eric.

»Ja, das wäre schön.« Leon bückte sich und stellte die Cola mit ausgestrecktem Arm vor Eric auf den Boden. »Es ist doch gut, wenn man jemandem vertrauen kann.«

»Keine guten Leute, keine.« Eric schüttelte den Kopf.

»Manche Menschen sind ganz in Ordnung«, sagte Leon. Jetzt stand er nur noch zwei Meter von Eric entfernt, der noch immer am Boden hockte.

Eric lehnte sich nach vorne und griff nach der Flasche. Dann nahm er ein paar gierige Schlucke. Die Pistole in seiner rechten Hand ließ er keinen Moment los.

»Weißt du, was ich mir jetzt wünsche?«, fragte Leon. Eric sah ihn abwartend an. »Ich wünsche mir, dass wir beide hier zusammen rausgehen. Du brauchst nur die Pistole auf den Boden zu legen, und dann gehen wir. Einfach so. Vielleicht machen wir einen kleinen Spaziergang am Strand entlang. Was denkst du?«

»Die Männer wollen Eric tot schießen.« Eric sagte das so, als wäre es eine traurige, aber unumstößliche Tatsache.

»Niemand will dich tot schießen. Und weißt du warum? Weil ich bei dir bin.«

»Eric ist ganz alleine«, sagte er und es klang müde. »*Maman* hat Eric zurückgelassen.« Den letzten Satz sagte er so leise, dass Leon ihn fast nicht verstand.

»Aber es gibt doch auch Freunde.« Leon öffnete die Hände. »Ich bin dein Freund.« Leon streckte die Hand vor. »Du gibst mir die Pistole, ich lege sie auf den Tisch, und wir gehen raus. Einfach so. Wo ist deine Gitarre?«

»Die haben die Männer weggenommen.«

»Du bekommst sie wieder, versprochen.« Leon sah, dass

Eric die Waffe senkte. Er spürte, dass der Mann kurz davor war, aufzugeben.

»Bist du wirklich Erics Freund?«, fragte Eric, als Leon ein metallisches Klicken von der anderen Seite des Raumes hörte.

Leon ahnte, was das Geräusch bedeutete. Eine Gruppe von *Flics* war offenbar gerade dabei, die Befehle ihres Kommandanten zu ignorieren, in der Hoffnung, sich einen Orden zu verdienen. Die Cafeteria hatte noch einen Notausgang an der gegenüberliegenden Raumseite, der in den Hof hinausführte. Und dort machte sich wahrscheinlich in diesem Augenblick eine Gruppe bereit, den Raum zu stürmen.

In diesem Moment flog die Tür auf und drei *Flics* in voller Kampfausrüstung, schusssicheren Westen und vorgehaltenen Maschinenpistolen stürmten in die Cafeteria.

»Auf den Boden, alle, sofort!« schrie der Anführer, während er quer durch den Raum spurtete.

»Nicht schießen!«, rief Leon im gleichen Moment. »Es ist alles okay. Waffen runter!«

Doch keiner hörte auf den *Médecin Légiste*. Die Männer wollten schießen, sie wollten Blut sehen. Das begriff Leon sofort. Er sah, wie Eric sich die Waffe mit der Mündung unters Kinn drückte. Er sah Erics Blick, der auf die Hügel der Provence gerichtet war, und Leon wusste, dass er den Mann verloren hatte. Eric würde abdrücken, würde Schluss machen mit dieser unverständlichen Welt, die ihm über vierzig Jahre nur Probleme bereitet hatte. Er wollte Schluss machen mit all den Kränkungen, die er hatte erleiden müssen. Schluss damit, immer noch wie ein kleines Kind behandelt zu werden. Schluss damit, ein Ausgestoßener dieser Gesellschaft zu sein. Eric hatte das Leben satt und wollte es beenden, hier und jetzt. Er war nur noch einen Wimpernschlag vom Tod entfernt, als er die Augen schloss.

In diesem Moment sprang Leon nach vorn und schlug Eric die Pistole unter dem Kinn weg. Aber dessen gekrümmter Finger löste trotzdem den Schuss aus. Die Kugel trat mit Schallgeschwindigkeit aus der Mündung der Beretta und bohrte sich in die neue Espressomaschine. Ein Weihnachtsgeschenk des Fremdenverkehrsamtes für die »tüchtigen Frauen und Männer der Gendarmerie Nationale«, wie in der Karte gestanden hatte. Das Hohlmantelgeschoss durchschlug die Plastikabdeckung, riss den Milchcontainer aus seiner Halterung und zerfetzte das Drucksystem. Laut pfeifend verröchelte die Maschine ihr Leben wie eine sterbende Dampflok und spritzte heißes Wasser und schäumende Milch meterweit über den Kantinenboden.

Zum Glück blieb die Espressomaschine das einzige Opfer dieses Nachmittags. Eric war die Pistole bei dem Schuss aus der Hand geflogen und Leon hatte kurz entschlossen seinen Fuß daraufgestellt. Dann hatte er die Arme ausgebreitet und sich mit dem Rücken gegen die anstürmenden *Flics* vor Eric gestellt. Jeden Moment erwartete Leon, von einer Kugel getroffen zu werden, und er verfluchte sich dafür, die schusssichere Weste ausgezogen zu haben. Aber es geschah nichts. Die drei *Flics* stürzten sich auf Eric und legten ihm Handschellen an. Leon wurde in das Büro des Polizeichefs gerufen.

»Haben Sie überhaupt die geringste Vorstellung davon, was Sie da eben riskiert haben?« Zernas Gesicht war tiefrot, die kleine Ader auf seiner Stirn pochte heftig. Er stand so dicht vor Leon, dass der das aufdringliche Aftershave des Polizeichefs riechen konnte. An der Tür stand Masclau. Offenbar brauchte Zerna moralische Unterstützung für das, was er Leon sagen wollte. Kein Wunder, schließlich hatte die Polizeiführung mit ihrem Überraschungsangriff einen lebensgefährlichen Fehler gemacht. Das wusste Zerna natürlich, aber er würde es nie zugeben.

»Ich habe gerade miterlebt, wie drei Polizeibeamte in einer dilettantischen Aktion versucht haben, einen potenziellen Selbstmörder zu erschießen«, sagte Leon mit provozierender Gelassenheit. »Dabei haben sie sogar den Tod des Vermittlers in Kauf genommen.«

»Ach was, das haben die zigmal trainiert«, behauptete Masclau dreist.

»Einen Einsatz mit Schusswaffen, ohne Sicherung, ohne Kommunikation und ohne den Vermittler zu informieren?«, fragte Leon.

»Das war präzise Polizeiarbeit!« Zerna wäre Leon am liebsten an die Gurgel gegangen.

»Ich bin ganz sicher, dass eine interne Untersuchung die Umstände dieses Einsatzes aufklären wird.« Leon sprach provozierend ruhig.

Natürlich wusste Leon, dass niemand in der Wache gesteigerten Wert auf eine interne Untersuchung legte. Schließlich hätte das Revier eine Menge erklären müssen. Zum Beispiel, wie eine scharfe Polizeiwaffe in die Hand eines Gefangenen geraten konnte. Und sollte Zerna wirklich den dilettantischen Sturmangriff in der Kantine befohlen haben, könnte das Folgen für seine Karriere haben. Schließlich war das Leben aller Beteiligten akut gefährdet gewesen.

»Was denn für 'ne Untersuchung?«, mischte sich Masclau ein. »Die Kollegen hatten das Ding voll im Griff.«

»Es gibt keine Untersuchung.« Zerna sah Leon an. »In

jedem Fall hätten Sie niemals die Sicherheitsweste ausziehen dürfen. Das geschah gegen meine strikte Anordnung.«

»Da kann ich ja wirklich froh sein, dass Ihre Männer mir nicht in den Rücken geschossen haben.«

»Sie haben zur Eskalation beigetragen, das ist Ihnen doch klar?«, versuchte Zerna sich zu verteidigen.

»Natürlich, ich wollte einen Selbstmord verhindern. Ihre Leute wollten lieber schießen.«

»Vielleicht hätten wir doch auf den Psychologen warten sollen.« Zernas zynischer Unterton war nicht zu überhören.

»Vielleicht haben Sie ja recht, *Commandant*«, sagte Leon. »Vielleicht sollte das wirklich die interne Ermittlung klären. *Messieurs, bonne journée.*«

Damit verließ Leon den Raum. Natürlich hatte er nicht die geringste Lust, sich in die internen Angelegenheiten des Polizeireviers einzumischen. Aber es erfüllte ihn mit gewisser Befriedigung, Zerna einen Schrecken eingejagt zu haben.

30. KAPITEL

Paul Simon war froh, dass er die Arbeit bei Carrefour bekommen hatte. Niemand sonst in Le Lavandou hatte ihm einen Job angeboten. Wenn er irgendwo auftauchte, gingen alle Türen zu. Deshalb arbeitete er gerne freiwillig länger in dem großen Supermarkt an der Avenue du Maréchal Juin. Simon überprüfte die Anlieferungen. Das war immer noch besser, als mit dem Gabelstapler Lastwagen abzuladen. Der Job hatte noch einen Vorteil, Simon saß in einem eigenen Büro. Wobei der Begriff Büro etwas hochtrabend war. Es handelte sich um einen schmalen Raum mit Blick in das Lager. Ein Regalbrett an der Wand diente als Schreibtisch für den Computer und das Ablagesystem mit den Lieferscheinen. Mit den Mitarbeitern war Simon per Funk verbunden. Natürlich konnte jeder im Lager auch direkt Kontakt mit ihm aufnehmen, indem er einfach an die Tür klopfte. Aber das tat niemand.

Die Menschen hatten ihn als Kindermörder abgestempelt. Egal, wie das Wiederaufnahmeverfahren ausgegangen war. Natürlich gab das niemand offen zu, aber die Menschen hatten ihm nicht vergeben, und das würden sie auch in Zukunft nicht tun. Er würde sich nicht unterkriegen lassen, dachte Simon entschlossen. Er würde es seiner Ex, dieser verlogenen Heuchlerin, und ihrem schmierigen Liebhaber zeigen. Simon brauchte nur noch ein wenig Zeit.

Simon hatte die Rolltore an der Laderampe kontrolliert,

den Computer abgeschaltet und das Büro abgeschlossen. Wobei er sich fragte, warum das eigentlich nötig war. Wer wollte schon Lieferscheine für Putzmittel oder Gurkengläser stehlen?

Es war kurz nach 22 Uhr, als Simon über den menschenleeren Parkplatz lief. Darum achtete er im ersten Moment nicht auf den Mann, der aus dem Schatten der Bäume trat, die den Parkplatz begrenzten. Es war Charles. Simon kannte den Mann nicht persönlich, aber er wusste, dass er als Alkoholiker und als aggressiv bekannt war. Simon versuchte auszuweichen, aber Charles stellte sich ihm in den Weg und packte den verängstigten Mann am Hemd.

»Du bist ja immer noch hier, Arschloch«, sagte Charles und zog Simon dicht an sich heran.

»Lassen Sie mich los.« Simons Stimme klang ängstlich. Er war alleine und er hatte nicht die geringste Chance gegen den Mann.

»Wir haben dir doch gesagt, dass du verschwinden sollst«, sagte Charles und schlug Paul mit der Rückseite seiner Hand ins Gesicht. Der Schlag war nicht besonders schmerzhaft, noch nicht. Aber er war erniedrigend. »Hast du nicht verstanden, was wir gesagt haben? Wir wollen dich hier nicht haben.«

»Wie komme ich denn dazu ...«, wollte Simon sagen, da traf ihn ein Schlag in die Magengrube, und er knickte ein.

Charles zog den Mann an seinem Hemd hoch. Taumelnd kam Simon auf die Beine. Er musste schlucken, um sich nicht zu übergeben. Er war kreidebleich. Der nächste Schlag traf ihn ins Gesicht. Irgendwo links unter dem Auge. Der Hieb war wie eine Explosion und Simon sah für einen Augenblick nichts als weiße Blitze. Als er wieder zu sich kam, lag er mit dem Rücken auf dem Asphalt des

Parkplatzes. Charles stand neben ihm und sah auf ihn hinunter. Er betrachtete Simon wie einen Hasen, der ihm bedauerlicherweise vors Auto gelaufen war. Dann trat er zu und Simon blieb die Luft weg.

»Bitte, hören Sie ...« Simon musste husten. Er hatte Schmerzen, und er hatte Angst, dass Charles morgen wiederkäme und übermorgen und dass die Schmerzen niemals aufhören würden. Doch in diesem Moment verschwand Charles aus seinem Blick und ein neues Gesicht sah zu ihm herunter. Es war Legrand. Der Mann in dem zitronengelben Hemd und mit der teuren Rolex am Handgelenk beugte sich zu ihm hinunter und packte ihn unter dem Arm.

»Na kommen Sie, er ist weg«, sagte Legrand freundlich und half Simon auf, sodass er wenigstens am Boden sitzen konnte. »Gewalt war noch nie ein gutes Mittel, um Menschen von irgendetwas zu überzeugen.«

»Es war dieser Charles, er hat mich ...« Simon musste sich abstützen, weil es ihm einen Moment schwarz vor den Augen wurde.

»Wundert Sie das, so wie Sie sich aufführen«, sagte Legrand. »Sie gehören nicht mehr hierher, und das wissen Sie auch. Wir wollen Sie nicht.«

»Ich habe nichts ...« Es fiel ihm schwer zu sprechen. »Das Gericht hat mich frei ...«

»Ja, ja, das Gericht ... ich weiß«, sagte Legrand. »Tatsache ist doch: Wir werden nicht dulden, dass Sie in Le Lavandou bleiben. Und ich versichere Ihnen, Monsieur Simon, die meisten Bürger von Le Lavandou denken genauso wie ich.«

»Sie werden mich nicht aus diesem Ort ...« Simon musste husten und spuckte ein wenig Blut. »Ich habe Rechte.«

»Aber natürlich haben Sie die«, meinte Legrand. »Aber nicht in dieser Stadt. Ich kann Ihnen nicht immer helfen. Das nächste Mal sind Sie vielleicht ganz alleine. Denken Sie daran.«

Von weit her hörte man die Sirene eines Polizeiautos. Simon versuchte, auf die Beine zu kommen. Er wandte den Kopf und sah, dass Legrand und Charles zwischen den Bäumen verschwanden. Dann hörte er einen Wagen wegfahren. Mühsam kam Simon auf die Beine. Er machte ein paar ungeschickte Schritte zu seinem Wagen, als ein Einsatzfahrzeug der Gendarmerie Nationale mit Blaulicht auf den Parkplatz einbog und neben ihm anhielt. *Lieutenant* Kadir stieg aus.

»Alles in Ordnung mit Ihnen?« Moma musterte Simon skeptisch.

»Ja, alles in Ordnung.« Simon klopfte seine Hose sauber.

»Das sieht aber gar nicht gut aus.« Moma deutete auf Simons Auge, das inzwischen zugeschwollen und bläulich angelaufen war. »Wir haben einen Anruf bekommen, dass hier auf dem Parkplatz ein Mann überfallen wird.«

»Nein. Da war nichts.« Simon sah Momas skeptischen Blick. »Ein kleiner Streit mit einem Kollegen.«

»Verstehe. Sieht mir aber eher nach einem größeren Streit aus.« Moma legte den Kopf schief. »Wollen Sie Anzeige erstatten?«

»Nein, auf keinen Fall.« Simon öffnete die Fahrertür seines Autos. »Ist wirklich alles in Ordnung. Sie hätten nicht kommen müssen.«

Simon stieg ein und startete den Motor.

»Na gut«, sagte Moma. »Müssen Sie wissen. Aber ich würde das Auge mal einem Arzt zeigen.«

»Ja, mach ich. Danke.« Damit schlug Simon die Tür zu und fuhr davon.

»*Bonne nuit*«, sagte Moma mehr zu sich selbst. Dann meldete er an die Zentrale, dass der Zwischenfall auf dem Parkplatz des Supermarktes sich erledigt hatte.

31. KAPITEL

»Du hast Zerna heute einen ordentlichen Schrecken eingejagt.« Isabelle hob ihr Glas Rosé und sah Leon an. »Und mir übrigens auch.«

»Rechtsmediziner sind schwer zu ersetzen, die erschießt man nicht einfach so, *santé* ...«, sagte Leon, hob sein Glas und trank einen Schluck. »Der Château du Brégançon wird von Jahr zu Jahr besser.«

»Das macht unsere Sonne«, sagte Isabelle.

»Liegt am Klimawandel«, meinte Leon. »Im Pazifik versinken die Korallenriffe und hier gibt's besseren Rosé.«

»Zyniker.«

Leon hatte Isabelle ins La Favouille eingeladen. Das gemütliche Restaurant lag an der Rue Patron Ravello. Direkt an dem romantischen Platz mit dem Brunnen. In den Sommernächten saß man draußen unter den Markisen und der efeuberankten Pergola. Das La Favouille war ein traditionelles provenzalisches Restaurant, von denen es immer weniger in dieser Gegend gab. Die meisten Leute nahmen sich nicht mehr viel Zeit zum Essen und setzten sich lieber in die Frittenbuden am Strand oder in die Hamburger-Bratereien am Hafen. Hier im La Favouille war von diesem kulinarischen Untergang nichts zu spüren. Leon und Isabelle genossen ihren gegrillten Loup de Mer mit provenzalischem Gemüse, gedünstet in Olivenöl.

»Was habt ihr mit Eric gemacht?«, fragte Leon.

»Der ist in der Psychiatrie in Toulon«, antwortete Isabelle. »Wir lassen ihn befragen.«

»Ich glaube nicht, dass er etwas mit der Sache zu tun hat.«

»Wie kannst du da so sicher sein?« Isabelle sah von ihrem Teller auf. »Er hatte immerhin den Schuh des Opfers.«

»Vielleicht hat er ihn ja wirklich in Les Pines gefunden.«

»Du hast eine Theorie, habe ich recht?«

»Das war doch kurz vor dem Haus von Monsieur Martin. Richtig?«

»Du willst mir aber jetzt nicht erzählen, dass Martin etwas mit dem Tod der kleinen Amélie zu tun hatte.«

»André Martin ist tot.«

»Das weiß ich.«

»Ich glaube einfach nicht an Zufälle.«

»Aber die Blutspuren wurden bei Paul Simon gefunden. Sie stammten von Amélie. Und die Leichenspürhunde haben in seinem Auto angeschlagen. Er hatte die Tat angekündigt und er hatte ein Motiv.«

»Hast du nicht kürzlich noch deiner Tochter erklärt, dass man niemanden verdächtigen darf, den das Gericht freigesprochen hat?«

»Ich weiß, aber es fällt mir wirklich nicht leicht, all diese Dinge zu ignorieren.«

Leon schenkte beiden Wein nach, dann stellte er die Flasche zurück in den Kühler mit den Eiswürfeln.

»Ich habe in der Zeitung gelesen, dass Simon damals mit seiner Tochter den Park in Rayol besucht hat und anschließend zum Eisessen an der Uferpromenade war«, sagte Leon.

»Was schließt du daraus?«

»Nicht gerade typische Aktivitäten für jemanden, der sein Kind umbringen will.«

»Was wären denn typische Aktivitäten?«

»Ich weiß es ja auch nicht. Ich kann nur sagen, dass es mich nachdenklich macht.«

»Wir haben damals alle Leute befragt. Auch Monsieur Martin, falls es dich beruhigt.« Isabelle strich Leon sanft über den Arm. »Er war an diesem Tag aus beruflichen Gründen in Toulon. Ich habe mir das Protokoll extra noch einmal angesehen.«

»Es war ja nur so eine Idee«, wiegelte Leon ab.

»Es lässt dir keine Ruhe«, erklärte sie. »Ich sehe es an deinem Blick. Du bist ganz weit weg.«

Leon griff nach ihrer Hand. »Du kennst mich einfach zu gut.«

»Warum gehen wir nicht nach Hause, setzen uns auf die Terrasse, betrachten die Sterne und sehen, was passiert«, schlug Isabelle vor.

»Ich würde niemals wagen, der stellvertretenden Polizeichefin von Lavandou zu widersprechen.«

»Das möchte ich dir aber auch geraten haben.«

32. KAPITEL

Der Mann hatte zum ersten Mal Angst. Angst, dass sein Geheimnis ans Licht kommen könnte. Er hatte seit Jahren die Gefahr verdrängt und seine Schuld immer tiefer in seinem Herzen vergraben. Wer hätte auch ahnen können, dass dieser Simon freikommt, dass alles noch einmal von vorne losgehen würde. Neue Ermittlungen, neue Befragungen, neue Unruhe. Irgendetwas entdeckte man immer, wenn man nur lange genug im Sumpf herumrührte. Die ganze Sache begann aus dem Ruder zu laufen.

Dabei hatte er alles ganz genau durchdacht. Er war ein Perfektionist, der sich keinerlei Fehler erlaubte. So viele Jahre war alles gut gegangen. Aber jetzt fing die ganze wunderbare Konstruktion an zu wackeln. Dabei war er nur seinen Gefühlen gefolgt, hatte immer nur das Richtige tun wollen. Hätte ihn jemand gefragt, dann hätte er aus voller Überzeugung gesagt, dass er sich für einen guten Menschen hielt. Ein weißer Ritter mit dem Flammenschwert, der den Unschuldigen und Verfolgten hilft. Dafür erwartete er kein Lob. Er war ein Held, der im Verborgenen arbeitete. Nicht aufzufallen war der Schlüssel seines Erfolges. Einen wie ihn nahm man nicht wahr, einer wie er verschwand in der Menge.

In der Schule hatte er die Kunst der Verstellung gelernt. Wenn andere über ihre Eltern und Geschwister sprachen, schwieg er. »Geheimniskrämer« hatten sie ihn genannt oder »das Klassengespenst«. Ständig hatten sie sich über ihn lustig gemacht. Hatten ihm böse Streiche gespielt. Klebstoff auf die Schulbank geschmiert, sodass er seine einzige gute Hose ruinierte, die Luft aus den Reifen seines Fahrrads gelassen, Hundescheiße in seine Schultasche gestopft, solche Sachen eben. Mit sechzehn hatte er sich zum ersten Mal mit einem Mädchen verabredet, sie hieß Françoise. Als er sie abholen wollte, hatte er sich extra sein bestes Hemd angezogen und das Sakko, das ihm zu klein war. Aber statt Françoise warteten seine Klassenkameraden auf ihn und lachten ihn aus. Hatte er wirklich geglaubt, Françoise würde sich mit einem wie ihm zu einem Rendezvous verabreden? Danach hatte er sich noch mehr zurückgezogen.

Die Menschen hatten keine Ahnung gehabt, wie schwer sein Leben war. Aber er hatte nie aufgegeben. Er hatte sein Schicksal selber in die Hand genommen, wie man so schön sagt. Er hatte die Wirklichkeit für sich passend gemacht und er war gut damit gefahren, bis jetzt. Er wusste, dass er etwas unternehmen musste, einen endgültigen Schnitt machen musste, damit alle zufrieden waren und er endlich wieder in Ruhe leben konnte. Alles würde bei seiner kleinen Schwester beginnen. Deshalb war er hier. Sie schien allmählich zu vergessen, wem sie ihr großartiges Leben verdankte. Wenn sie das nicht begriff, musste er sich ihr auch nicht mehr verpflichtet fühlen.

Der Mann öffnete sein Hemd, ihm war heiß. Der Weg stieg jetzt leicht bergan. Über dem Meer war der Vollmond aufgegangen und seine silberne Lichtspur auf dem Wasser schien dem Mann durch die Dunkelheit zu folgen.

33. KAPITEL

Das Gefängnistor war vor Jahren grün gestrichen worden. Grün war die Farbe der Hoffnung. Was für ein Hohn, dachte Staatsanwalt Julien Orlandy, als hinter ihm die schwere Eisentür ins Schloss fiel. Wenn die Richter jemanden hinter die Mauern von Les Baumettes schickten, dann wollten sie ihn für viele Jahre wegschließen, oder am besten für immer. Orlandy ging den Gang hinunter. Wände und Decken sahen aus, als wären sie seit dem Bau des Gefängnisses vor knapp neunzig Jahren nicht mehr verputzt worden. Schwarzer Schimmel hatte sich breitgemacht. Es roch nach warmer, abgestandener Luft und Fäkalien. Die schlechte Beleuchtung in diesem düsteren Bau ersparte es dem Besucher, Details zu erkennen. Dieses Gefängnis, das mitten in Marseille lag, hatte eine düstere Geschichte. Die bösartigsten Mörder und Gewalttäter Frankreichs wurden hinter diese Mauern geschickt. Hier war 1977 der letzte Mensch in Europa hingerichtet worden, auf der Guillotine. Hinter den Mauern hatte es Aufstände und Morde gegeben. Wenn es um Menschenrechtsverletzungen ging, stand Les Baumettes seit Jahrzehnten ganz oben auf der Liste von Amnesty International. Um ihr Gewissen und die Bürgerinitiativen zu beruhigen, hatte die Stadtverwaltung in den 1990er-Jahren einen neuen Trakt errichten lassen. Dessen runde Fenster erinnerten von der Straße aus eher an ein Motel als an eine Haftanstalt. Trotz dieser architektonischen Kosmetik blieben die wirklich schweren Fälle dort, wo sie schon immer gesessen hatten, im Block C. Hier sah es weniger nach Resozialisierung aus als nach dem berühmten Gefängnisturm in *Der Graf von Monte Christo*, dachte Staatsanwalt Orlandy.

Nach dreißig Metern stieß der Gang auf eine Gitterschleuse, die von der Pforte aus, einem Überwachungsraum mit Panzerglasscheiben, kontrolliert wurde. Die Wachmannschaft hatte den Staatsanwalt bereits per Videoüberwachung erfasst. Natürlich war sein Erscheinen von seinem Büro angekündigt worden. Mit einem Summen öffneten und schlossen sich nacheinander die beiden Schleusentore. Orlandy wurde von zwei Gefängnisaufsehern erwartet. Sie trugen die üblichen schwarzen Hosen und Hemden, dazu Springerstiefel und an der Seite den obligatorischen Schlagstock.

»*Bonjour, monsieur*«, sagte der Wachmann. »Bitte folgen Sie uns, wir müssen in die zweite Etage.«

Orlandy, dem jegliche Form von Unordnung und Schmutz zuwider war, erfüllte ein Grausen, als sie an den Zellen vorbeigingen. Die Räume mit den vergitterten Fenstern waren feucht, die Farbe schälte sich von den Wänden. Es stank, sodass sich Orlandy sein weißes Taschentuch vor die Nase hielt. Es musste schon ein gravierender Grund vorliegen, dass sich ein Mann wie Julien Orlandy freiwillig hinter die Mauern des verrufensten Gefängnisses Europas begab. Dieser Grund hieß Denis Caumer. Der Staatsanwalt verachtete diesen Sträfling zutiefst. Schließlich hatte Caumer mit dem Widerruf seiner Aussage den Staatsanwalt zum Gespött seiner Kollegen gemacht. Das würde Orlandy dem Mann niemals verzeihen. Aber jetzt hatte er sich mithilfe des Gefängnispfarrers an den Staatsanwalt gewandt. Monsieur Caumer wollte eine Aussage machen, hatte der Priester gesagt, die im Fall Amélie alles verändern würde.

»Es ist die letzte Tür.« Der Wachmann deutete auf eine dicke Holztür mit eisernen Riegeln und Schlössern, die jetzt offen stand. Dahinter befand sich ein Raum, der nur über ein schmales vergittertes Fenster verfügte. An der Decke brannte eine Neonleuchte. Es gab einen Klappstuhl und einen Metalltisch, der mit einem Blechhocker verschraubt war. Darauf saß ein etwa vierzigjähriger Mann in Häftlingskleidung. Denis Caumer hatte sich die langen Haare zu einem Pferdeschwanz zusammengebunden. Sein khakifarbenes Hemd war aufgeknöpft, sodass man die Tätowierungen auf seiner Brust sehen konnte. Caumer war klein und drahtig. Seine Augen wanderten unruhig hin und her, als müsste er ständig mit einem Angreifer rechnen. Was Orlandy besonders störte, war der Geruch des Gefangenen. Caumer stank nach Schweiß und hatte sich vermutlich seit Tagen nicht gewaschen.

»Gut, dass Sie gekommen sind, *Monsieur le Procureur*«, sagte Caumer übertrieben höflich.

»Sie wollen mir etwas erzählen.« Orlandy hatte keine Lust, auch nur eine Minute länger als nötig in diesem Drecksloch zu verbringen.

»Ich dachte, wir sitzen erst mal nett zusammen und plaudern ein wenig.« Caumer machte eine Handbewegung in Richtung des Klappstuhls, als würde er dem Besucher einen Platz auf der Couch anbieten.

Orlandy wischte mit seinem Taschentuch über den Stuhl, bevor er sich setzte. Dann gab er den beiden Sicherheitsleuten ein Zeichen, dass er mit dem Gefangenen allein sprechen wollte. Die Männer verließen den Raum. Sie würden im Gang warten, aber die Tür müsse offen bleiben, Anweisung der Gefängnisleitung.

»Also …?« Orlandy versuchte seine Neugierde zu verbergen.

»Ich dachte, Sie würden gerne wissen, wie Sie Simon doch noch an den Eiern kriegen.«

Orlandy rutschte auf seinem Stuhl unwillkürlich ein Stück nach vorne. War das ein Bluff?

»Sie haben doch selbst dazu beigetragen, dass Monsieur Simon freigelassen wurde«, versuchte Orlandy sein Gegenüber aus der Deckung zu locken.

»Simon ist ein Wichser. Da sind wir uns doch einig?«, sagte Caumer.

»Sie kennen ihn besser als ich.« Orlandy wurde unruhig. Wollte der Gefangene sich nur wichtigmachen? Typen wie Caumer spielten gerne Katz und Maus mit der Staatsanwaltschaft. Teils aus Langeweile, teils weil sie bessere Haftbedingungen für sich herausschlagen wollten. Immer hatten sie irgendetwas gehört oder jemand hatte ihnen etwas gestanden beziehungsweise von einer bevorstehenden Straftat erzählt. In den allermeisten Fällen waren solche Anschuldigungen nichts weiter als heiße Luft. Aber hier lag der Fall anders. Caumer hatte zwei Monate mit Simon die Zelle geteilt. Es kam häufig vor, dass Gefangene sich ihren Zellengenossen anvertrauten. Dieser stinkende Kerl, der da vor ihm saß, konnte also durchaus etwas wissen. Orlandy flehte innerlich, dass Caumer ihm tatsächlich etwas geben konnte, was seinen angeschlagenen Ruf wiederherstellen würde. Ja, er brannte geradezu darauf.

»Ist echt Scheiße hier drinnen, Mann.« Caumer hob die Hände in einer übertriebenen Geste der Verzweiflung. Die Handschellen, die mit einem Ring am Tisch verbunden waren, rasselten laut. »Wenn ich Ihnen helfen soll, möchte ich verlegt werden. In einen von den neuen Blöcken.«

»Wie viele Jahre hast du noch mal bekommen?«, fragte Orlandy, als könnte er sich gerade nicht erinnern.

»Das wissen Sie doch genau. War doch Ihr Prozess.« Caumer betrachtete seine Handschellen. »Dreizehn beschissene Jahre, für 'ne Vergewaltigung.«

»Mehrfache Vergewaltigung.« Orlandy rieb sich mit dem Taschentuch die Hände sauber, als wäre dieser Ort verseucht. »Dann weißt du doch auch, wie es läuft. Du sagst mir, worum es geht, und ich sehe zu, was ich für dich tun kann.«

»Klingt scheiße für mich.« Zum ersten Mal sah Caumer dem Besucher in die Augen. »Kann ich Ihnen trauen?«

»Bleibt dir wohl nichts anderes übrig, würde ich sagen.«

Der Gefangene beugte sich nach vorne und redete leise.

»Ich habe Ihnen nicht die Wahrheit gesagt über Simon.« Caumer wusste, dass er jetzt die volle Aufmerksamkeit seines Besuchers hatte. »Natürlich hat er mir erzählt, was damals passiert ist.«

»Moment mal, Caumer, du hast vor dem Berufungsgericht unter Eid ausgesagt, dass die Geschichte von Simons Geständnis frei erfunden war.«

»Na und? Was wollen Sie jetzt machen? Mich wegen Meineid einsperren?« Er streckte sich auf seinem Blechhocker. »Ich helfe Ihnen und Sie helfen mir. Einverstanden?«

»Sie wollen also sagen, dass Simon den Mord an seiner Tochter doch gestanden hat ...?«

»Haben wir einen Deal?«, fragte Caumer, obwohl er wusste, dass der Staatsanwalt sich längst entschieden hatte, ihm zu glauben. »Simon hat gesagt, dass er was zahlt, wenn ich sage, dass ich alles nur erfunden habe.«

»Wie viel?«

»50 000 Euro. Wenn das Gericht ihn freispricht, wollte er das Geld meinem Bruder bringen.«

»Was er aber nicht getan hat ...?«

»Scheiße, nein«, fluchte Caumer. »Sagt, er kommt nicht an die Kohle ran. Deal geplatzt. Jetzt sind Sie dran ...«

Orlandy lehnte sich entspannt auf seinem Klappstuhl zurück und atmete tief ein. Das war die beste Nachricht, die er seit diesem verdammten Freispruch erhalten hatte.

»Und wenn wir zum Oberstaatsanwalt gehen, würdest du das auch aussagen?«

»Na, klar. Sie sind der Boss.«

Eine Viertelstunde später fiel hinter Staatsanwalt Orlandy die eiserne Tür von Les Baumettes wieder ins Schloss. Nur dass Orlandy diesmal nicht im feuchten Gefängnisgang stand, sondern im warmen Schein der Junisonne. Natürlich war das, was er gehört hatte, mit Vorsicht zu genießen. Vielleicht wollte Caumer sich tatsächlich nur wichtig machen. Aber die Aussage über das Geld würde Simon belasten. Irgendwann, da war sich Orlandy ganz sicher, würde er den Vater der kleinen Amélie wieder hinter Gitter bringen. Und dann würde man ihn in der Staatsanwaltschaft mit anderen Augen betrachten.

Eine Stunde später bekam ein Reporter des lokalen Radiosenders *France Bleu Provence* einen interessanten Anruf von einem Informanten in der Staatsanwaltschaft. In den Mittagsnachrichten meldete der Sender, dass eine Wende bei der Aufklärung des Mordes der kleinen Amélie bevorstand. Der Staatsanwaltschaft läge eine neue, entscheidende Zeugenaussage vor. Noch ahnte niemand, wie schnell sich die Dinge ändern würden.

34. KAPITEL

Isabelle und Masclau standen im Stau. Seit Jahren fragte sich Isabelle, wieso es in einer so kleinen Stadt wie Le Lavandou dazu kommen konnte, dass der Verkehr zusammenbrach. Schließlich hatten die großen Schulferien noch gar nicht begonnen, in denen es Hunderttausende von französischen Familien in den Süden zog. Aber es gab ein anderes Phänomen, das für volle Straßen sorgte. Immer mehr Rentner und Pensionäre verbrachten das ganze Jahr an der Côte d'Azur. Sie rollten im Schritttempo mit ihren blankpolierten SUVs und Vans durch den Ort auf der Suche nach Parkplätzen, die es nicht gab, vor allem wenn dann noch die Wochenend-Touristen hinzukamen. Isabelle lehnte sich in ihrem Sitz zurück und fügte sich ihrem Schicksal, während Masclau hinter dem Steuer fluchte.

Um 13 Uhr hatte der Polizeichef Isabelle und *Lieutenant* Masclau in sein Büro gerufen. Er stellte die Frage, die seit den Radionachrichten allen durch den Kopf ging: War Paul Simon vielleicht doch der Mörder seiner Tochter?

»Wir haben bereits versucht, Monsieur Simon zu erreichen«, hatte Isabelle den Polizeichef informiert. »Aber es hat sich nur der Anrufbeantworter gemeldet.«

»Dann fahren Sie zu ihm und bringen ihn hierher.« Zerna klang genervt.

»Geht klar, *Patron*«, sagte Masclau sofort.

»Ich dachte, wir ermitteln nicht mehr gegen Paul Simon«, meinte Isabelle. »Hat die Kommissarin nicht gesagt, wir sollten nach neuen Spuren suchen?«

»Das ist eine neue Spur, verdammt noch mal«, polterte Zerna.

Masclau sah seine Kollegin an. »Bist du jetzt die Anwältin von dem Kerl, oder was?«

»Was werfen wir ihm denn vor?«, fragte Isabelle. »Dass er nicht auf die Erpressung eines Mitgefangenen eingegangen ist?«

»Das werden wir sehen, wenn wir ihn befragen«, hatte Zerna gesagt.

»Für eine Festnahme reicht das auf keinen Fall«, gab Isabelle zu bedenken.

»Dann laden Sie ihn eben zu Kaffee und Kuchen ein, ist mir egal. Hauptsache, Sie finden diesen Simon und schaffen ihn her.«

Der erste Versuch, Simon aufzuspüren, war ein Fehlschlag. Der Geschäftsführer des Carrefour-Supermarktes war selbst auf der Suche nach seinem Mitarbeiter. Zwei Stunden lang hatten an diesem Morgen keine Lieferfahrzeuge abgefertigt werden können, weil Monsieur Simon unentschuldigt fehlte. Dabei galt er als Vorbild an Pünktlichkeit. Der Filialleiter hatte bereits herumtelefoniert, aber Simon war nicht zu finden. Deswegen musste sich der Chef persönlich um die Anlieferungen kümmern.

Vom Supermarkt bis zu Simons Haus dauerte es bei normalem Verkehr mit dem Auto keine Viertelstunde. Aber jetzt saßen sie bereits seit 15 Minuten im großen Kreisverkehr vor Lavandou fest und kamen nicht von der Stelle. Dabei hatten weder Isabelle noch Masclau große Hoffnung, den Gesuchten in seinem Haus zu finden. Viel wahrscheinlicher war es, dass Simon mitbekommen hatte, was sich über ihm zusammenbraute, und sich aus dem Staub gemacht hatte. Nach zwanzig Minuten verlor Masclau die Geduld und gab Gas. Er schaltete das Blaulicht und die Sirene ein, zog den Einsatzwagen scharf nach links und bretterte mitten über das große Rondell einer Grünanlage mit Blumen, Bäumen und einem gepflegten Rasen.

»Spinnst du …?« Isabelle sah ihren Kollegen an, der verkrampft nach vorne sah und versuchte, das wütende Hupen der anderen Autofahrer zu ignorieren.

»Du hast den *Patron* gehört.« Masclau schrammte haarscharf zwischen zwei Palmen hindurch, wich einem Oleanderbusch aus und hinterließ tiefe Spuren im Tulpenbeet. Der Einsatzwagen schlingerte auf dem frisch gewässerten Rasen ein paarmal hin und her. Dann sprang er über den Bürgersteig und landete schließlich auf der Gegenfahrbahn.

»Wir sollen Simon holen, hat der *Patron* gesagt.« Masclau sah zufrieden aus. »Und zwar so schnell wie möglich.«

»Kannst du wenigstens die Sirene abschalten?« Isabelle schüttelte resigniert den Kopf.

»Ist ja schon gut. Das ist ein Fall von ›Gefahr in Verzug‹.«

»Blödsinn, das war ein Fall von Zerstörung einer öffentlichen Grünanlage. Großartig! Den Bericht für Zerna kannst du alleine schreiben.«

Kurz darauf bog Masclau in die Hügel ab. Die schmale Straße kletterte in Serpentinen den Hang hinauf und erreichte einen Teil der Stadt, wo keine Villen mit Meerblick standen. Die Häuser stammten zum Teil noch aus den 1930er-Jahren. Würfelförmige Bauten mit einem oder zwei Geschossen und schmalen Fenstern. Die Gebäude sahen heruntergekommen aus.

Masclau hielt vor dem Haus, das Simon bewohnte. Fenster und Jalousien waren geschlossen. Dort, wo die Demonstranten ihre Farbbeutel hingeschleudert hatten, waren hässliche Flecken zurückgeblieben. Vor dem Gartentor stand der Renault Clio von Paul Simon. Jemand hatte mit roter Neonfarbe das Wort SALAUD, Drecksau, auf den Wagen gesprüht.

Vielleicht hat er sein Auto deshalb hier stehen lassen, dachte Isabelle. Sie drückte den Klingelknopf, im Inneren des Hauses war ein entferntes Läuten zu hören. Danach war es wieder still. Hinter dem Fenster eines Nachbarhauses sah Isabelle, wie sich eine Gardine bewegte, aber zu sehen war niemand.

»Vielleicht hat er sich ja abgesetzt.« Masclau nickte in Richtung des Hauses.

»Oder er hat sich versteckt«, sagte Isabelle. »Würde mich nicht wundern, bei dieser Nachbarschaft.«

Masclau drückte gegen das Gartentor, das nicht abgeschlossen war. Isabelle folgte ihm zur Haustür.

»*Bonjour,* Monsieur Simon ...?« Masclau klopfte energisch an die Tür und drückte noch ein paarmal den Klingelknopf. Nichts geschah. Auch in der Nachbarschaft rührte sich nichts.

Masclau versuchte durch eine schmale Scheibe aus mattem Glas, die in die Tür eingelassen war, ins Innere des Hauses zu sehen. Er musste sein Gesicht gegen die blendende Nachmittagssonne abschirmen.

»Verflucht«, murmelte Masclau.

»Was ist? Kannst du was erkennen ...?« Isabelle stand neben ihm.

»Ich glaube, ich sehe die Beine von einem Mann ...«, murmelte Masclau.

»Wo?«, Isabelle versuchte auf Zehenspitzen über die Schulter von Masclau zu sehen.

»Da hängt einer«, sagte Masclau. Dann bückte er sich und hob einen faustgroßen Stein vom Boden auf. »Geh mal zur Seite.«

Masclau schlug mit dem Stein gegen das Türglas und die Splitter flogen in den Hausflur. Vorsichtig griff der Polizist durch die Öffnung, drückte die Klinke nach unten und die Tür schwang auf. Es war düster im Flur des Hauses. Nur durch den Eingang fiel ein heller Lichtstrahl, dann sahen sie den Mann.

Paul Simon hing am Treppengeländer. Das Seil hatte sich eng um seinen Hals geschlungen und den Kopf grotesk zur Seite gedrückt. Die Haut war bleich und wirkte fast durchsichtig. Die Pupillen des Mannes waren so stark nach oben verdreht, dass man nur noch das Weiß der Augäpfel sehen konnte. Aus der Nase war Blut ausgetreten und auf der Haut verkrustet. Auf der Jeans des Toten waren Flecken von Kot und Urin sehen. Unter dem Mann lag eine Klappleiter mit drei Stufen. Der Luftzug der geöffneten Tür ließ den Körper leicht hin- und herschwingen. Wie das Pendel einer Standuhr, dachte Isabelle. Die Luft im Flur roch säuerlich nach Schweiß und Exkrementen. Der Anblick des toten Monsieur Simon, der offensichtlich seinem Leben ein Ende gesetzt hatte, beunruhigte Isabelle nicht so sehr wie das, was sie auf der Kommode im Flur sah.

Dort brannte ein ewiges Licht, wie man es von den Gräbern auf Friedhöfen kannte. Im Schein der roten Kerze waren Fotos zu sehen. Aufnahmen der kleinen Amélie, aufgestellt wie auf einem Altar. In der Mitte zwischen den Fotos lag ein silbernes Kettchen mit einem Namens-

Anhänger. »Amélie« stand auf dem Anhänger. Isabelle erkannte den Schmuck sofort wieder. Es war das Kettchen, das die kleine Amélie am Tag ihres Verschwindens getragen hatte.

35. KAPITEL

Auf der Straße vor Simons Haus ging es zu wie auf dem Wochenmarkt. Autos parkten in zweiter Reihe. An ein Durchkommen in der kleinen Straße war nicht mehr zu denken. Die Gendarmerie Nationale hatte kurzerhand mit rot-weißem Flatterband die Straße gesperrt und den Tatort weiträumig gesichert. Leon musste seinen Wagen einen Block entfernt parken und sich zu Fuß auf den Weg zu dem Haus machen. Vorbei an den Neugierigen, die sich am Zaun von Simons Grundstück drängten, in der Hoffnung, wenigstens einen kurzen Blick auf die Bestie werfen zu können, über die alle sprachen.

Menschen fühlten sich seit jeher vom Tod angezogen, dachte Leon, während einer der Polizisten ihn erkannte und das Absperrband hochhielt, um ihn durchzulassen. Es war der unheimliche Blick in die eigene Zukunft, der die Menschen so neugierig darauf machte, Tote zu betrachten. Und es war die Neugierde auf das, was von einem Menschen blieb, den seine Seele verlassen hatte. Ich weiß, was bleibt, dachte Leon, ein gewaltiger, raffiniert angeordneter Haufen Zellen.

Vor dem Eingang drängten sich die Beamten der Gendarmerie Nationale. Immerhin war auf Anordnung Zernas dafür gesorgt worden, dass niemand den Tatort betrat. Genau, wie Leon es verlangt hatte. Jetzt wartete Zerna ungeduldig, dass Leon sich den Toten ansah. Er wollte endliche in den Medien verkünden, was sowieso sonnenklar war: Die Bestie, die ein unschuldiges neunjähriges Mädchen ermordet hatte, war tot. Gerichtet von eigener Hand. Leon betrat das Haus. Im Eingang warteten Zerna und Masclau.

»Gut, dass Sie da sind, *Docteur*«, empfing Zerna den *Médecin Légiste.* »Lassen Sie uns das hier so schnell wie möglich abhaken.«

»Ist alles so, wie Sie es vorgefunden haben?«

»Alles frisch und im Originalzustand, genau wie Sie wollten«, witzelte Masclau. »Wir haben den Todesengel extra für Sie noch ein bisschen schweben lassen.«

Der *Lieutenant* machte eine einladende Handbewegung. Leon hatte nicht bemerkt, dass hinter ihm der Bestattungsunternehmer aufgetaucht war.

»Können wir den Toten jetzt holen?«, fragte er.

»Nein, noch nicht.« Leon klang ärgerlich und sah zu Zerna.

»Warten Sie bitte draußen«, sagte der Polizeichef. »Wir rufen Sie, wenn der *Docteur* so weit ist.«

Masclau schloss die Tür hinter Leon. Sofort wurde es still im Hausflur. Von dem Menschenauflauf vor der Tür war nur noch ein leises Gemurmel zu hören. Leon hatte sich einen Einweg-Overall übergezogen. Er ging langsam auf den Erhängten zu und musterte ihn sorgfältig. Das Opfer wies schon bei oberflächlicher Betrachtung die typischen Merkmale eines Erstickungstodes auf: Blutaustritt aus Nase und Ohren, dazu punktförmige Einblutungen am Kopf und im Halsbereich. Was Leon sofort auffiel, war der schwache Abdruck, den das Seil am Hals hinterlassen hatte. Aber das würde er sich in der Pathologie noch genauer ansehen. Leon griff nach dem Arm des Toten, der steif an den Körper gepresst war und sich nicht bewegen ließ.

»Totenstarre«, kommentierte Masclau. »Haben wir auch schon gecheckt.«

»Wie lange ist er tot?«, wollte Zerna wissen.

»Volle Ausprägung der Totenstarre ...« Leon legte den Kopf etwas schief und betrachtete den Toten. »Bei der Temperatur hier im Haus würde ich sagen: mindestens sechs, vielleicht sogar acht Stunden.«

Simon trug ein gebügeltes Hemd und eine blaue Hose. Die Schuhe hatte er anbehalten, als er den Stuhl betreten und den tödlichen Schritt aus diesem Leben gemacht hatte. Ungewöhnlich, dachte Leon. Die wenigsten Selbstmörder, die sich erhängen, tun das in korrekter Geschäftskleidung. Ebenso merkwürdig war, dass die kurze Aluminiumleiter jetzt ordentlich zusammengeklappt am Boden lag. Und wieso hatte sich der graue Läufer vor der Wand zusammengeschoben? Und woher stammten die schwarzen Streifen auf dem dunkelgrünen PVC-Boden? Warum stand eine Tüte mit Lebensmitteln unausgepackt in der Garderobe? So vieles passte hier nicht ins Bild vom einsamen, verzweifelten Selbstmörder.

»Wie sieht es aus, Doc?«, fragte Zerna. »Ich muss da raus und dem Fernsehen ein paar Worte sagen.«

Leon sah ihn skeptisch an. »Ich bin mir nicht sicher.«

»Was heißt ›nicht sicher‹? Was wollen Sie damit andeuten?«, fragte Zerna in genervtem Ton. »Der Kerl ist tot und baumelt an einem Seil am Treppengeländer. Da sind wir uns doch hoffentlich einig, oder?«

Leon wusste genau, was Zerna von ihm erwartete. Nichts Geringeres als die Absolution. Er wollte vor die Tür treten und erklären können, dass Paul Simon Selbstmord begangen und damit das Verbrechen an seiner Tochter gewissermaßen gestanden hatte. Die Polizei könnte endgültig die Akten zu diesem lästigen Fall schließen und Lavandou könnte sich wieder seinen Sommergästen widmen. Aber diesen Gefallen konnte Leon dem Polizeichef leider nicht tun.

»*Docteur*, Sie können den Mann doch später bei der Obduktion in aller Ruhe untersuchen ...« Zernas Stimme hatte fast etwas Flehendes. »Alles, was Sie tun sollen, ist, den Selbstmord dieses Kerls zu bestätigen, damit wir hier weitermachen können.«

»Aber genau in diesem Punkt habe ich meine Zweifel.«

»Was soll das, verdammt?« Langsam wurde Zerna sauer. »Wir haben einen Mörder, der keinen Ausweg mehr wusste, und jetzt ist er tot.«

»Es gibt einige Hinweise, die aus medizinischer Sicht dagegensprechen, dass er sich das Leben genommen hat«, sagte Leon ganz ruhig.

»Und welche wären das, *Monsieur le Médecin Légiste*?« Das war Masclau, der sich wie immer auf die Seite seines Chefs stellte.

»Wie es aussieht, ist das Opfer erstickt, aber nicht, indem es mit dem Seil um den Hals von einer Klappleiter gesprungen ist.«

»Sondern ...?« Die Frage des Polizeichefs hatte etwas von einer Drohung.

»Jemand hat ihn getötet und den Selbstmord inszeniert.«

»Ich glaube es ja nicht!« Zerna schlug sich mit der flachen Hand an die Stirn. »Ist das mal wieder eine Ihrer Vermutungen?«

»Etwas Genaueres kann ich erst nach der Obduktion sagen.«

»Also eine Vermutung. Und was erkläre ich jetzt den Leuten da draußen?«

»Wie wäre es mal mit der Wahrheit?«, fragte Leon zurück. »Meinen Obduktionsbefund können Sie morgen früh haben.«

36. KAPITEL

Delphine Simon hatte sich ein weiteres Glas Wein eingeschenkt und starrte vom Sofa ihres Wohnzimmers hinaus aufs Meer, das in der späten Sonne eine tiefblaue Farbe angenommen hatte. Die Flasche Rosé auf dem Acryltisch neben ihr war fast leer. Außerdem hatte Delphine geraucht, zum ersten Mal seit Jahren.

Es waren die TV-Nachrichten gewesen, die sie so aus der Fassung gebracht hatten. Der Polizeichef hatte entspannt auf den Stufen eines heruntergekommenen Hauses gestanden und in die Kameras gelächelt.

»Paul Simon ist tot«, hatte der Chef der Gendarmerie zufrieden verkündet. »Und alles deutet darauf hin, dass er Selbstmord begangen hat.«

»Gibt es einen Abschiedsbrief?«, hatte die blonde Reporterin gefragt.

»Die Spuren sind noch nicht alle gesichert«, erwiderte der Polizeichef. »Aber es gibt deutliche Hinweise, dass Simon nicht länger mit seiner Schuld leben konnte.«

»Heißt das, Paul Simon war doch der Mörder der kleinen Amélie?«, fragte die Reporterin aufgeregt.

»Diese Frage lässt sich noch nicht endgültig beantworten«, jetzt sah Zerna so zufrieden aus, als hätte er im Lotto gewonnen, »aber ja: alles deutet darauf hin.«

In diesem Moment entstand ein regelrechter Tumult vor dem Haus. Reporter riefen ihre Fragen und drängten nach vorn. Doch der Polizeipräsident lächelte nur und schwieg, während ihm zwei seiner Leute eine Gasse zu seinem Einsatzwagen bahnten.

Als der Polizeichef erklärte, dass Paul tot war, brach für seine Ex-Frau zum zweiten Mal in ihrem Leben eine Welt zusammen. Sie hatte schon einmal erleben müssen, dass man ihr den Boden unter den Füßen weggezogen hatte. Das war vor fünf Jahren gewesen, als die Richter Paul wegen Mordes zu 25 Jahren Haft verurteilt hatten. Damals war sie fassungslos gewesen: Der Mann, mit dem sie 15 Jahre lang verheiratet gewesen war, den sie so gut zu kennen glaubte wie sich selber, sollte ihre gemeinsame Tochter getötet haben? Als Paul fünf Jahre später freigesprochen wurde, war ihr ein Stein vom Herzen gefallen. Auch wenn Denis von Anfang an ihrem Ex-Mann die Schuld gegeben hatte.

Mit der Nachricht von Pauls Tod waren die Ängste der Vergangenheit mit einem Schlag wieder zurückgekehrt. Ihr Gespür für Richtig und Falsch, für Gut und Böse war aus dem Lot geraten. Woran konnte sie überhaupt noch glauben? Sagte ihr Denis wirklich die Wahrheit? Delphine hatte die Beine angezogen und ihre Knie mit den Armen umschlungen. Sie weinte jetzt hemmungslos. All die düsteren Fragen und Gedanken, die sie in den letzten Jahren verdrängt hatte, schienen mit einem Mal aus ihr herauszuströmen. Sie hatte das Gefühl, zum ersten Mal wieder frei atmen zu können.

»Ich glaube, ich habe einen Abschluss.« Denis war in den Raum gekommen und warf seine Gucci-Aktentasche auf einen Sessel. »Dieser Bertrand will die Strandvilla bei Cavalaire kaufen. Er hat so gut wie zugesagt.«

Delphine antwortete nicht. Er hatte sie nicht angesehen, als er in den Raum platzte. Eigentlich hatte er sie schon lange nicht mehr richtig angesehen, dachte sie.

»Ist irgendwas …?«, fragte Denis. Es klang nicht besorgt. Eher wie eine Warnung, mit der er seiner Frau signalisieren wollte, dass sie ihn bloß nicht wieder mit ihren Depressionen nerven sollte.

»Nein, alles bestens.« Delphine versuchte vergeblich, entspannt zu wirken. »Freut mich, wenn euer Deal klappt.«

Denis war um das Sofa herumgegangen und stand jetzt vor ihr.

»Du hast geheult«, konstatierte er nüchtern. Sie sagte nichts. »Doch hoffentlich nicht wegen ihm. Herrgott, Paul war ein Arschloch. Tut mir echt leid, wenn ich das mal so offen sage. Aber er hat deine Tochter auf dem Gewissen.«

»Wie kannst du so etwas sagen?«

»Er hat sich aufgehängt. Und weißt du, warum?« Es schien Denis eine sadistische Freude zu bereiten, seine Frau, von deren Geld er seit Jahren lebte, zu verletzen. »Ich habe gehört, dass dein ›unschuldiger‹ Paul seinem Mitgefangenen Geld versprochen hat. Das war der einzige Grund, warum der Knacki vor Gericht seine Aussage gegen deinen Ex zurückgenommen hat.«

»Das ist nicht wahr. Die Justiz wollte Paul zerstören«, widersprach Delphine. »Weil sie den wahren Täter nicht erwischt haben.«

»Wer hat dir denn diesen Quatsch erzählt? Die Mädels aus deiner Bridge-Runde? Die *Flics* wollten Paul wieder festnehmen. Deswegen hat er die Reißleine gezogen. Akzeptiere endlich mal die Wirklichkeit.«

»Früher«, sagte Delphine traurig, »hast du noch ganz anders gesprochen.«

»Ich geh jetzt«, sagte Denis kühl. »Dein Ex war ein Mörder, kapier das endlich.«

Denis griff nach seiner Aktentasche, um zu gehen.

»Wo warst du heute Morgen?«, fragte Delphine unvermittelt.

»Was soll denn das schon wieder heißen?«

»Dachtest du, ich hör nicht, wenn du morgens im Dunkeln aus dem Haus schleichst?«

»Was willst du damit andeuten?«

»Es ist nur eine Frage.« Zum ersten Mal an diesem Tag fühlte sich Delphine gut, weil sie spürte, dass ihre Frage Denis verunsicherte.

»Ich bin ins Büro gefahren.« Denis ärgerte sich über sich selbst, weil er sich vor ihr rechtfertigte. »Ich wollte mich auf den Deal mit Bernard vorbereiten. Und falls es dich interessiert: Um fünf Uhr morgens wird es bereits hell.«

Denis wollte gehen, als ihn eine Bemerkung seiner Frau noch einmal aufhielt.

»Ich wollte es nur wissen«, sagte Delphine mit gespielter Gleichgültigkeit. »Falls die Polizei mich fragen sollte ...«

»Ich warne dich, Delphine.« Denis konnte seinen Zorn nur noch schwer unterdrücken. »Spiele keine Spielchen mit mir.«

Denis Legrand lief aus dem Raum, ohne sich noch einmal nach seiner Frau umzusehen.

37. KAPITEL

Es war schon dunkel, die Zeit, wenn die meisten Ärzte und Schwestern bereits nach Hause gegangen, wenn die Operationssäle für den nächsten Tag gereinigt und vorbereitet worden waren und die Nachtschicht ihren Dienst angetreten hatte. Es war die Zeit, wenn der hektische Klinikbetrieb in einen dornröschenhaften Schlaf fiel.

In vielen Gängen und verlassenen Abteilungen brannte nur noch die mattgrüne Notbeleuchtung. Das Gebäude schien wie ausgestorben. Für viele Menschen hatte ein Krankenhaus in der Nacht etwas Unheimliches. Das galt ganz besonders für die Räume der Rechtsmedizin im Keller. Doch für Leon war dies die angenehmste Zeit des Tages, zumindest was seine Arbeit betraf. Keine Besuche, keine klingelnden Telefone, keine überflüssigen Besprechungen unterbrachen seine Konzentration. Es waren diese Nachtstunden, in denen Leon mit seinen ›Patienten‹, wie er sie nannte, ganz allein war und ihre Geheimnisse erfuhr.

Leon war von Simons Haus direkt zur Klinik gefahren. Vor der Obduktion hatten noch Fragen wegen des Vertretungsplans für die Sommerferien geklärt werden müssen. Dann war da noch *Docteur* Bodin, der unbedingt bei der Obduktion dabei sein wollte. Leon war wenig begeistert, aber er konnte den Kollegen schließlich nicht aussperren. Er hatte daher die Obduktion auf 20.30 Uhr angesetzt. Als der Kollege auch um 20.40 Uhr noch nicht aufgetaucht war, begann Leon mit der Autopsie.

Assistent Rybaud hatte bereits den Toten auf dem Autopsie-Tisch vorbereitet. Das Sektionsbesteck lag gereinigt und geordnet auf dem Rollwagen, das große Deckenlicht war ausgeschaltet. Jetzt wurde nur noch der Tisch mit dem Toten von den beiden Deckenstrahlern beleuchtet, was der Szene etwas Surreales verlieh.

Schon auf den ersten Blick fielen Leon die starken Hämatome am Brustkorb und im Gesicht des Opfers auf. Verletzungen, die ganz offensichtlich nichts mit einem Selbstmord zu tun haben konnten. Zerna hatte Leon über den tätlichen Angriff auf Paul Simon unterrichtet. Allerdings hatten die Polizisten das Opfer nicht überreden können, die Verletzungen von einem Arzt untersuchen zu lassen. Das machte es für Leon schwierig zu erkennen, ob es sich um die Abwehrverletzungen eines Opfers handelte, das sich nicht umgebracht, sondern gegen seinen Mörder gewehrt hatte.

Erhängen war eine der am besten dokumentierten Todesarten. Das lag daran, dass sie viele Jahrhunderte weltweit als die am weitesten verbreitete Hinrichtungsart galt. Erst die Erfindung der Guillotine im 18. Jahrhundert setzte dem ein Ende. Es gab im Wesentlichen zwei Methoden der Hinrichtung durch den Strang. Die erste war besonders grausam und wurde schon vor dem Mittelalter angewendet. Dabei wurde dem Delinquenten ein Seil mit einer Schlinge um den Hals gelegt. Dann wurde das Seil über einen Balken oder einen Ast geworfen und das Opfer langsam nach oben gezogen. Diese Methode war eigentlich mehr ein langsames Erdrosseln, da der Strick den Kehlkopf gegen die Luftröhre drückte und so dem Opfer die Sauerstoffzufuhr abschnitt. Deutlich humaner, wenn man es so nennen konnte, war der sogenannte »long drop«. Eine Methode, die von den Engländern entwickelt wurde und noch heute in einigen Staaten der USA als offizielle Hinrichtungsmethode gilt. Dabei wurde dem Todeskandidaten eine Schlinge mit einem dicken Knoten um den Hals gezogen und das Ende des Seils an einem Galgen befestigt. Danach öffnete der Henker eine Bodenluke und das unglückliche Opfer stürzte etwa eineinhalb Meter in die Tiefe. Weil der Sturz durch das Seil ruckartig gebremst wurde, führte diese Methode im günstigsten Fall zum Genickbruch und damit zum sofortigen Tod. Es kam dabei immer auf Geschick und Erfahrung des Henkers an. Denn war das Seil zu kurz, erreichte der Körper nicht die notwendige Fallgeschwindigkeit und der Tod des Delinquenten konnte sich über Minuten hinziehen. War das Seil dagegen zu lang und der Delinquent zu schwer, konnte der Kopf abreißen.

Leon war langsam um den Toten herumgegangen. Gelegentlich war er stehen geblieben, hatte den Kopf schräg gelegt oder war in die Knie gegangen. Wie ein Kunstkritiker, der das unbekannte Werk eines Künstlers in jedem Detail erfassen wollte. Schließlich war Leon wieder am Kopf des Opfers angelangt. Er griff nach der beleuchteten Lupe, die mit einem Gelenkarm an der Decke befestigt war, und betrachtete den Hals des Toten.

»Ich brauche Aufnahmen von der Schlinge und der Strangfurche.« Leon hatte zu einer kurzen Knochenzange gegriffen, damit das Seil gepackt und ein wenig vom Hals weggezogen, sodass er den dunklen Bluterguss besser erkennen konnte, der sich rund um den Hals des Opfers zog.

Rybaud stand bereits mit der Kamera bereit und machte eine Nahaufnahme. Sie wurde durch das ringförmige Blitzlicht aufgehellt, das am Ende der Linse befestigt war.

»Denken Sie, der Strang wurde dem Opfer nachträglich um den Hals gelegt?«, fragte Rybaud.

»Nein, Seilstruktur und die Spuren in der Strangfurche passen definitiv zusammen«, erwiderte Leon. Aber ihm war etwas anderes aufgefallen. Die Strangfurche war breiter als das Seil.

»Ich brauche auch ein Foto von dem Seil«, sagte Leon. »Am besten auch vom Querschnitt.«

»Polyester-Leine.« Rybaud betrachtete das Seil fachmännisch. »Zwölf Millimeter, würde ich sagen. Wird hier auf vielen Booten verwendet. Zum Festmachen an den Pollern oder zum Ankern.«

»Ich wusste gar nicht, dass Sie sich auch mit Booten auskennen, Rybaud.« Leon hatte ein Skalpell genommen und die Leine mit einem Schnitt am Hals durchtrennt.

»Irgendwas stört Sie doch ...?«, meinte Rybaud, der die Leine an der Schnittstelle fotografierte.

Leon lächelte. Er schätzte seinen Assistenten, der immer versuchte, seine Gedankengänge vorauszuahnen. Es gab hier tatsächlich etwas, dass ihn an der Selbstmord-Theorie zweifeln ließ. Die Strangfurche war fast doppelt so breit, wie bei einem Seildurchschnitt von zwölf Millimetern zu erwarten gewesen wäre. Hinzu kamen die feinen Bluteinsprengsel im Weiß der Augäpfel und das Blut, das aus dem rechten Ohr ausgetreten war. Eindeutige Spuren eines Erstickungstodes, dachte Leon. Eines Todes, der sehr langsam eingetreten war. Jemand hatte Paul Simon das Seil mindestens zweimal um den Hals geschlungen und dann zugezogen. Wahrscheinlich hatte der Täter sein Opfer überrascht, dachte Leon. Die Spuren am Fundort der Leiche gaben jedenfalls Hinweise auf einen Kampf.

In diesem Moment öffnete sich die Tür. Dr. Bodin wirkte gestresst, als er den Obduktionssaal betrat und sich dabei das Namensschildchen an die Brusttasche seines hellgrünen OP-Kittels klemmte.

»*Bonsoir.*« Bodin hob die Hände, als wollte er damit unterstreichen, dass er auf keinen Fall stören wollte.

»*Bonsoir, docteur.*« Leon sah von dem Toten auf. »Wir hatten gar nicht mehr mit Ihnen gerechnet.«

»Ich hatte leider noch eine Telefonkonferenz.« Bodin zuckte entschuldigend mit den Schultern und blieb bei der Tür stehen. »Das Labor in Avignon. Diskussionen stundenlang. Und was ändert sich zuletzt? Nichts.« Bodin gab ein kurzes Husten von sich, das ein Lachen sein sollte.

Leon hatte einen leichten Hauch von gebratenem Knoblauch und Majoran wahrgenommen, der mit dem Besucher in den Raum geweht war. Für ihn roch der *Docteur* verdächtig nach einem provenzalischen Abendessen.

»Scheinen ja fleißige Leute bei Ihnen in Avignon zu sein«, meinte Leon. Der Spott war nicht zu überhören. »Kommen Sie ruhig näher. Wir haben noch keine Schnitte gelegt.«

»Ich möchte Sie aber nicht bei Ihrer Arbeit unterbrechen«, die Antwort von Bodin kam zögerlich.

»Tun Sie nicht, Herr Kollege.« Leon wandte sich an seinen Assistenten. »Das Gewicht des Opfers?«

»72 Kilo.« Rybaud musste nicht nachsehen, er hatte die wichtigsten Daten der aktuellen »Patienten« im Kopf.

Leon betrachtete den Toten auf dem Seziertisch. Wenn Simon sich tatsächlich von der kleinen Klappleiter in den Tod gestürzt hatte, musste er die Seillänge verdammt gut kalkuliert haben. Schließlich hatten seine Füße bei dem Sturz nicht den Boden berührt. Bei einem Gewicht von über 70 Kilo und einem Fall von knapp einem Meter müsste der Tod schlagartig eingetreten sein. Es wäre mit hoher Wahrscheinlichkeit zu Rupturen in der Halsmuskulatur gekommen. Und zu einem Bruch der Halswirbel. Die Splitter wären in den Rückenmarkskanal getrieben worden. Was wiederum die Verbindung zwischen Hirn und Organen schlagartig unterbrochen hätte. Leon war sich sicher, dass er solche Spuren nicht finden würde. Gegen einen so plötzlichen Tod sprachen schon allein die Erstickungsmerkmale dieses Opfers.

»Wollen Sie den Toten nicht öffnen?« Bodin riss Leon aus seinen Gedanken.

»Die wichtigsten Hinweise geben uns die Toten oft, bevor wir sie obduzieren«, sagte Leon.

»Und wie machen sie das?« Bodin versuchte einen weiteren Scherz. »Indem sie es uns ins Ohr flüstern?«

Wieder kam ein Husten von Bodin. Jetzt war Leon sicher, dass es ein Lachen sein sollte.

»Ganz genau.« Leon sah seinen Kollegen an. »Die Kunst besteht nur darin, genau hinzuhören, wenn sie uns etwas sagen wollen.«

Bodin sah Leon mit einem irritierten Blick an. Leon genoss den Augenblick und blieb Bodin eine lockere Bemerkung schuldig, die alles in einen netten Scherz unter Kollegen aufgelöst hätte. Stattdessen beobachtete er, wie es in Bodin arbeitete. Er schien sich zu fragen, ob der *Docteur* aus Deutschland ihn auf den Arm nahm oder es tatsächlich ernst meinte.

»Und was hat Ihnen Monsieur Simon zugeflüstert?« Bodin hielt den Kopf schief, um zu unterstreichen, dass er diese Frage ironisch meinte. »Dass er seine Tochter getötet und sich am Treppengeländer aufgehängt hat?«

»Nein. Dass er erdrosselt wurde«, antwortete Leon, als wäre das nur allzu offensichtlich. »Und dass am Treppengeländer ein Toter aufgehängt worden ist.«

38. KAPITEL

Der Mann hatte sich auf eine der Bänke an der Uferpromenade gesetzt. Die Abendbrise kam feucht und schwer übers Meer. Die Luft roch nach Salz und nach dem Tang, den der letzte Sturm abgerissen hatte und der jetzt zwischen den Steinen der Mole verrottete. Von hier hatte der Mann den perfekten Blick auf das Karussell. Die Lichter brannten. Kinder drängten sich begeistert vor dem Feuerwehrauto, der Raumfähre und den bunten Helikoptern, während ihre Eltern sich artig an der Kasse anstellten, um die Tickets zu lösen.

Der Mann hatte das blonde Mädchen genau im Blick. Sie war eigentlich schon ein wenig zu alt, um auf dem Karussell mit den Kleinen mitzufahren. Aber sie hatte ihren Vater so lange gedrängt, bis er schließlich nachgegeben hatte und jetzt brav in der Schlange wartete. Der Mann beobachtete, wie Vater und Tochter kommunizierten. Sie bewegte die Finger beider Hände vor ihrer Brust und deutete dann auf ihr Handgelenk. Der Vater zeigte eine 7 mit den ausgestreckten Fingern der beiden Hände. Das Mädchen antwortete, indem sie die rechte Hand von ihrem Kinn weg nach unten bewegte.

Der Mann kannte die Gesten der Gebärdensprache nur allzu gut. Und er kannte die Einsamkeit, wenn jemand gar nichts oder so gut wie nichts mehr hören konnte. Wenn sich jemand in einer Welt befand, die nur noch aus Gemurmel und Rauschen bestand. Das einem wie eine Wolke aus Watte durch den Kopf zog. Das Mädchen verstand es geschickt, seine Schwerhörigkeit zu verbergen. Aber dem Mann waren trotzdem die beiden Hörgeräte aufgefallen, die das junge Mädchen unter seinen langen Haaren verbarg. Und dem Mann war auch die Ungeduld nicht entgangen, mit der der Vater sein Kind behandelte. Eine Ungeduld, die nach Wut und Verzweiflung aussah, nach einer Familie, die sich kurz vor der Auflösung befand.

Das Mädchen saß in dem Helikopter und drückte auf den Leuchtknopf, um ihn nach oben steigen zu lassen, während das Karussell sich im Kreis drehte. Höher und immer höher ging die Fahrt. Für das Mädchen fühlte es sich für einen Moment so an, als könnte es wirklich davonfliegen und alle Probleme hinter sich lassen. Als das Karussell wieder anhielt, wartete ihre Mutter auf sie. In der Yogastunde habe es länger gedauert, entschuldigte sie sich bei ihrem Ehemann und der Tochter. Ihr Mann machte eine Bemerkung über ihre ewige Unpünktlichkeit.

Der Mann auf der Bank wusste, dass die Frau log. Er brauchte sie nur anzusehen, wie sie dastand, mit diesem besonderen Blick im Gesicht. Ein Blick zwischen Sehnsucht und Lüsternheit. Der Blick, der dem Beobachter verriet, dass es nichts mehr gab, was diese Familie zusammenhielt. Natürlich war sie nicht im Yoga gewesen. Sie hatte ihren Geliebten getroffen. In dem kleinen Hotel am Strand von Cavalaire. Auf eine schnelle leidenschaftliche Nummer, bei der sie seine Gier und ihre Lust spüren konnte, die es zwischen ihr und ihrem Mann schon lange nicht mehr gab, vielleicht nie gegeben hatte. Sie dachte nicht darüber nach, dass dieser Sommerflirt keine Zukunft hatte. Sie genoss einfach diese Augenblicke, die sie ihren Mann vergessen ließen, mit dem sie sich nichts zu sagen hatte.

Der Beobachter verachtete die Frau, weil sie das zerstörte, was er nie haben durfte, eine richtige Familie. Und er wusste auch, dass eine Katastrophe drohte. Weil der Mann ahnte, was seine Frau trieb, und weil er seine Verzweiflung nicht länger ertragen wollte. Es würde ein schlimmes Ende nehmen. Sicher nicht, solange Vater und Mutter der Tochter die glückliche Ferien-Familie vorspielten. Die düsteren Tage würden kommen, wenn sie wieder zu Hause waren. Wenn der Vater beschließen würde, dieser ganzen großen Lebenslüge ein Ende zu bereiten. Und es würde blutig enden. Den Eltern konnte der Beobachter nicht helfen, aber das Mädchen könnte er vor Schaden bewahren. Aber das würde bedeuten, dass er seine Pläne ändern musste. Alle Pläne – und dazu war er nicht bereit, noch nicht.

39. KAPITEL

Morgens um 7.30 Uhr lagen die meisten Einwohner von Lavandou noch im Bett. Um diese Zeit war eigentlich nur die Straßenreinigung unterwegs, um die Spuren der vergangenen Nacht mit ihren Putzfahrzeugen zu beseitigen. Um den Ort wieder hübsch zu machen, damit die nächste Horde Touristen über ihn herfallen konnte, dachte Leon und wich einem städtischen Angestellten aus, der mit einer Art riesigem Staubsauger zerbrochene Gläser, Zigarettenstummel und Hundehaufen vom Bürgersteig verschwinden ließ.

Die Kellner bauten Tische und Stühle vor den Bistros auf, die Verkäuferinnen in den Boutiquen schoben Kleiderständer ins Freie, und das Städtische Gartenamt wässerte die Blumenarrangements, die die Strandpromenade säumten.

In der Nacht hatte es ein wenig geregnet, und Leon genoss den ungewöhnlich kühlen Morgen und die frische Luft, die nach Blättern und feuchter Erde roch. Er hatte beschlossen, zu Fuß zur Gendarmerie Nationale zu gehen. Zerna hatte ihn angerufen und gebeten, heute bei der morgendlichen Besprechung dabei zu sein. »Abschlussbesprechung« hatte er das Treffen genannt, als wäre der Fall Amélie bereits geklärt und könnte mit dem Tod von Paul Simon endgültig zu den Akten gelegt werden. Nichts war geklärt, dachte Leon, überhaupt nichts.

Und noch etwas an Zernas morgendlichem Anruf hatte Leon verärgert. Nicht nur, dass der Polizeichef ihn um seine Zeitungslektüre und den obligatorischen Café Crème im *Miou* brachte, Zerna hatte auch noch ganz nebenbei erklärt, dass *Docteur* Bodin ebenfalls an der Besprechung teilnehmen würde. Auf besonderen Wunsch von Staatsanwalt Orlandy.

Die Rechtsmedizin arbeitete im Auftrag der Staatsanwaltschaft, und darum konnte der Staatsanwalt auch bestimmen, wer die Erkenntnisse der Abteilung vor der Polizei vortragen sollte. Aber bisher war das ausschließlich Dr. Leon Ritter gewesen. Zumal sich *Docteur* Bodin so gut wie gar nicht an den Untersuchungen beteiligt hatte.

Leon hatte nach dem Anruf schweigend und schlecht gelaunt in der Küche gesessen und Isabelles Angebot, zusammen zur Gendarmerie zu fahren, ignoriert. Er wollte lieber zu Fuß gehen, um den Kopf frei zu bekommen. Als Leon das Tor der Gendarmerie-Station in der Avenue André del Monte passierte und das ockerfarbene Polizeirevier betrat, tat es ihm leid, dass er Isabelle gegenüber so ruppig gewesen war.

Als Leon die Tür zum Besprechungsraum öffnete, hatte das Meeting bereits begonnen. Zum ersten Mal ärgerte sich Leon, dass er nicht pünktlich erschienen war, denn sein Kollege Bodin hatte bereits begonnen, die Untersuchungsergebnisse vorzutragen.

»Zusammenfassend können wir also sagen«, verkündete Bodin wichtigtuerisch, »unsere umfassenden pathologischen Untersuchungen haben den anfänglichen Verdacht bestätigt, dass es sich beim Tod von Paul Simon um einen Suizid handelt.«

»Da muss ich allerdings ein paar Einschränkungen machen …« Leon unterbrach den Kollegen, noch bevor er die Tür hinter sich geschlossen und die Anwesenden begrüßt hatte.

»*Bonjour, docteur.*« Kommissarin Lapierre sah von ihren Unterlagen auf. »Wir hatten Sie schon vermisst.«

»*Bonjour, Madame la Commissaire*«, sagte Leon kurz und nickte auch dem Polizeichef zu, der neben der Kripobeamtin saß.

Die Mannschaft im Besprechungsraum spürte, dass sich zwischen dem *Médecin Légiste* und dessen Stellvertreter etwas zusammenbraute, und beobachtete neugierig die Kontrahenten.

»Ich habe gerade die Kommissarin über die Ergebnisse unserer gemeinsamen Untersuchung unterrichtet«, erklärte Bodin, als Leon ihn erneut unterbrach.

»Paul Simon ist erstickt«, wandte sich Leon an die Gruppe, »insofern hat *Docteur* Bodin das ganz richtig dargestellt. Aber Monsieur Simon hat sich nicht erhängt.«

»Als wir ins Haus gekommen sind, baumelte er aber ziemlich tot am Treppengeländer«, platzte Masclau in die Stille, und es war Kichern zu hören.

»*Lieutenant*, bitte …«, tadelte Madame Lapierre und sah dann zu Leon. »Fahren Sie fort, *Docteur.*«

»Die Spuren lassen einen ganz anderen Schluss zu«, erklärte Leon, »nämlich dass das Opfer zwar zunächst mit dem Seil erdrosselt wurde. Der tote Körper wurde aber erst danach aufgehängt.«

»Wie kommen Sie darauf?«, unterbrach ihn Masclau. »Simon hat sich umgebracht, weil er am Ende war. Der Selbstmord ist sein Geständnis.«

»Zumindest sollen wir das denken.« Dieser Einwurf kam von Isabelle, die neben Masclau saß.

»Was könnte ich denn sonst denken?«, empörte sich Masclau. »Der Kerl hat ja aus den Fotos seiner toten Tochter einen regelrechten Altar gebaut. Das Armband des Mordopfers inklusive. Hast du selber identifiziert, wenn ich dich daran erinnern darf.«

»Aber offenbar konnten alle diese Spuren unseren *Médecin Légiste* nicht überzeugen.« Zerna sah Leon mit einem leisen Lächeln an.

»Die Rechtsmedizin interessiert sich nur für die Spuren am Opfer.« Leon redete mit Zerna wie mit einem störrischen Schüler. »Und die legen nun mal einen anderen Schluss nahe.«

»Und das ist Ihrer geschätzten Meinung nach natürlich der einzig mögliche Schluss ...?«, insistierte Zerna und sah Leon lauernd an.

»Also so eindeutig haben wir das bei der Untersuchung auch wieder nicht feststellen können.« Bodin versuchte, sich wieder in die Unterhaltung einzuschalten.

Leon achtete nicht auf den Kollegen. »Hundertprozentige Sicherheit gibt es nur selten«, erklärte er. »Aber im vorliegenden Fall fehlen typische Merkmale, die bei einem Suizid mithilfe eines Strangs für gewöhnlich auftreten.«

»Aber wir können einen Suizid natürlich auch nicht ausschließen, *Commandant*«, fiel Bodin seinem Kollegen in den Rücken. »Definitiv nicht.«

»Ihr Kollege scheint Ihre Meinung nicht zu teilen?« Zerna sah Leon an. Man konnte spüren, wie sehr der Polizeichef die Auseinandersetzung der beiden Rechtsmediziner genoss. Endlich war es einmal nicht er, der eine von Leons Theorien infrage stellte.

»Mein geschätzter Kollege, *Docteur* Bodin, und ich hatten leider noch nicht die Gelegenheit, die Untersuchungsergebnisse gemeinsam abschließend zu bewerten«, versuchte es Leon noch einmal diplomatisch.

»Bei allem Respekt, Herr Kollege.« Jetzt klang Bodin gereizt. »Ich bin durchaus in der Lage, die Ergebnisse unserer gemeinsamen Untersuchungen auch alleine zu bewerten.«

Zerna goss genüsslich Öl ins Feuer. »Ihrer Meinung nach haben wir es also mit einem Suizid zu tun, Dr. Bodin?«

»Aus meiner langjährigen wissenschaftlichen Erfahrung heraus kann ich Ihnen versichern …«, dabei sah er kurz zu Leon, als hätte er ihn bei einem handwerklichen Fehler ertappt, »Monsieur Simon hat seinem Leben selber ein Ende gesetzt.«

Zerna sah Leon an wie ein Richter, der den Verteidiger zum Schlussplädoyer auffordert. Es fiel Leon schwer, höflich zu bleiben. Aber er verspürte keine Lust, sich vor der versammelten Mannschaft einen Streit mit seinem Kollegen zu liefern. Denn für die Polizei war die Entscheidung einfach. Ein Suizid bedeutete, dass man den Fall zügig abschließen konnte. Die versammelte Mannschaft sah jetzt auf Leon, der die kleine Pause noch um einen quälenden Augenblick hinauszögerte.

»Es stehen noch die DNA-Bestimmungen der Spuren aus, die wir an der Leiche sichergestellt haben«, sagte Leon, als hätte es den Disput mit seinem Kollegen nie gegeben. »Ich würde daher vorschlagen, dass wir die Computer-Analysen noch abwarten, bevor wir unseren abschließenden Bericht abgeben.«

»Bitte, Sie sind schließlich unser *Médecin Légiste*. Sind Sie doch, oder?«, fragte Zerna und tat so, als könnte er sich dessen nicht mehr ganz sicher sein. »Dann betrachten wir vorläufig den Tod von Monsieur Simon als Selbstmord.«

»Und was wird jetzt mit dem Fall Amélie?«, wollte Masclau wissen.

»Staatsanwalt Orlandy erwartet, dass Sie weiter ermitteln.« Die Kommissarin sah Masclau und Zerna an. Dabei wurde ihr Mund zu einem schmalen, lippenlosen Schlitz. »Genau so, wie wir es besprochen hatten.«

Unter den Beamten war Protestgemurmel zu vernehmen. In diesem Moment stand Zerna auf, und damit war die Besprechung beendet.

Leon hatte einen Moment im Gang gewartet und war dann Bodin gefolgt, der sich mit einigen wichtigtuerischen Bemerkungen über ein neues Restaurant in Toulon von der Kommissarin verabschiedete. Der Mediziner hatte seinen schwarzen Porsche Cayenne im Schatten einer Platane geparkt. Als er näher kam, entriegelten sich automatisch die Türen des SUV. Genau in diesem Moment stand auch Leon neben dem Auto.

»Oh ... *Docteur* ...« Es war offensichtlich, dass Bodin die Begegnung unangenehm war. »Gut, dass ich Sie noch treffe.«

»Und ich dachte schon, Sie wollten sich aus dem Staub machen.« Leon lächelte, als hätte er einen Scherz gemacht. Aber Bodin wusste genau, dass das nicht der Fall war.

»Ich muss mich ranhalten, ich habe in den nächsten Tagen ein paar Besprechungen in Avignon. Das Labor, Sie verstehen.«

»Ich weiß ja nicht, wie Sie diese Dinge in Avignon handhaben«, sagte Leon. »Aber hier in der Klinik arbeiten wir zusammen, nicht gegeneinander.«

»Wieso? Haben Sie etwa den Eindruck, dass wir gegeneinander arbeiten?« Bodins Ton wurde schärfer. Aber darauf ließ sich Leon nicht ein.

»Wir tragen nur unsere Ergebnisse vor.« Leon fiel auf, dass sich unter den Achselhöhlen des Kollegen dunkle Schweißflecken auf dessen hellblauem Hemd gebildet hatten. »Nicht das, was die Behörden am liebsten hören möchten.«

»Objektiv, ja ...?« Bodins Stimme zitterte jetzt leicht. »Ich habe von Ihrer Leidenschaft für ... für ungewöhnliche Mordtheorien gehört.«

Leon zögerte einen Moment. Er sah Bodin in die Augen, bis der seinem Blick auswich.

»*Docteur*«, sagte Leon betont freundlich. »Wir arbeiten beide in der Rechtsmedizinischen Abteilung von Saint Sulpice. Wäre es da nicht auch das Beste, wirklich zusammenzuarbeiten?«

»Ich dachte ... tun wir doch, oder ... ich meine ...« Bodin wusste nicht, was er sagen sollte. Er hatte mit einem Streit gerechnet. Leons offene Art verwirrte ihn. »Zusammenarbeit natürlich, das ist genau das, was ich auch möchte.«

»Sehr gut, Herr Kollege.« Leon trat zur Seite, sodass Bodin einsteigen konnte. »Dann melden Sie sich doch, wenn Sie aus Avignon zurück sind, und wir besprechen einen Dienstplan.«

»Na gut, *bonne journée*.« Bodin setzte sich hinters Steuer, drückte den Startknopf, und der Wagen setzte sich in Bewegung.

»*Bonne route*«, sagte Leon und sah dem Auto hinterher.

40. KAPITEL

Wenn Leon die Augen schloss, hörte er nur noch das Summen der Zikaden und atmete die warme Luft des Sommerabends. Er war noch kurz im Büro gewesen, hatte seinem Assistenten ein paar Anweisungen erteilt und dann war er in seinen Weinberg gefahren. Jetzt saß er auf der Terrasse von »Le Lézard«, einem verwinkelten provenzalischen Haus, das man hier ein *Mas* nannte, und versuchte, nicht mehr an den unerfreulichen Vormittag zu denken. Das gelang ihm am besten auf der Terrasse des alten Steinhauses mit den hellblauen Fensterläden und den schiefen Wänden, das mitten in einem Weinberg stand. »Le Lézard« lag knapp 20 Kilometer von Le Lavandou entfernt und befand sich trotzdem in einer ganz anderen Welt. Hier gab es keine Touristen und keine Klinikprobleme. Hier konnte sich Leon damit beschäftigen, die Wasserleitung in der Küche zu reparieren, das Dach zu decken oder einfach nur von der Terrasse über das Tal mit den Weinfeldern zu blicken und das glitzernde Band des Réal Collobrier in der warmen Abendsonne zu beobachten.

Leon hatte das Haus zusammen mit dem Weinberg von seiner Tante Odette geerbt. Was sich damals zunächst wie ein Treffer im Lotto anhörte, hatte sich schnell in einen Albtraum verwandelt. Nach nicht enden wollenden Kämpfen mit Behörden, Stadträten und Grundstücksspekulanten war es Leon nicht nur im letzten Moment gelungen, den Abriss von »Le Lézard« zu verhindern, sondern das verwunschene Anwesen auch vor allen folgenden Katastrophen zu retten. Und seit ein benachbarter Winzer seinen Weinberg mit versorgte, konnte Leon seinen Gästen inzwischen sogar den eigenen Rosé anbieten.

»Ich habe uns Artischocken mitgebracht.« Isabelle kam aus der Küche auf die Terrasse und hielt in jeder Hand eine Artischocke, so groß wie eine Melone. »Ich dachte, ich mache uns eine Vinaigrette dazu.«

Leon öffnete die Augen und sah Isabelle an. Er bewunderte sie dafür, wie sie sich in ihrem Job durchsetzte, aber er mochte es auch sehr, wenn sie gelegentlich häuslich wurde, und ganz besonders, wenn sie kochte.

»Die sehen fantastisch aus«, lobte Leon.

»Ich habe dich heute in der Besprechung bewundert«, sagte Isabelle, »wirklich.«

»Danke. Leider konnte ich trotzdem niemanden von meiner Theorie überzeugen.«

»Dieser Bodin ist ein Arschloch«, sagte Isabelle. Leon sah sie überrascht an. »Zwiebeln und Kapern habe ich mitgebracht. Hast du Eier im Haus?«

»Müssten im Kühlschrank sein«, antwortete Leon.

»Als dieser Wichtigtuer auch noch mit seiner ›langjährigen Berufserfahrung‹ angefangen hat. Ich glaube, ich wäre an deiner Stelle ausgeflippt.«

»Du? Die Königin der Selbstbeherrschung?«

»Alles nur Show. Glaub mir.« Isabelle lächelte.

»Soll ich dir sagen, was ich während der Besprechung wirklich gedacht habe?« Leon wartete keine Antwort ab. »Vielleicht hat Bodin recht, und ich liege falsch?«

»Nein, tust du nicht.« Isabelle legte die beiden Artischocken auf einen alten Blechtisch, dessen Lack abgeplatzt war, und nahm sich eine von den Oliven. Sie kaute genüsslich und spuckte dann den Kern über die Brüstung. »Ich habe Legrand überprüft.«

»Lass mich raten, er hat finanzielle Probleme.«

»Probleme? Der ist drei Mal Pleite gegangen. Einmal ist er sogar haarscharf an einer Gefängnisstrafe wegen Insolvenzverschleppung vorbeigeschrammt.«

»Legrand hatte ein starkes Motiv für einen Mord.« Leon hob entschuldigend die Hände. »Ich weiß, ich weiß. Motive finden ist Sache der Polizei.«

»Das ist richtig«, sagte Isabelle. »Diesmal will die stellvertretende Polizeichefin aber deine Meinung hören.«

»Der Tod der kleinen Amélie hat ihre Mutter zu einer reichen Frau gemacht. Und Legrand hat sich kräftig bedient.«

»Und gleich sein erstes Großprojekt in den Sand gesetzt«, sagte Isabelle.

»Refuge des Palmiers. Ich habe davon gehört. Angeblich will er weiterbauen.«

»Bei 500 000 Euro unbezahlten Handwerkerrechnungen? Wie denn? Legrand ist in nächster Zeit erst einmal mit seinen Prozessen beschäftigt.« Isabelle ging in die Küche. Die beiden unterhielten sich durchs offene Fenster weiter, während sie die Artischocken mit den Stielen nach oben in einen großen Topf voll Wasser legte und auf den Herd stellte.

»Das Gericht hat Amélies Vater für unschuldig erklärt.« Leon öffnete einen Rosé und füllte zwei kleine Gläser. »Damit ging das Erbe von Amélie wieder an ihn. Das Geld und die Grundstücke kamen schließlich von seinen Eltern. Das hätte bedeutet, Legrand hätte das Geld zurückgeben müssen.«

»Das hätte er nie gekonnt.«

Leon ging an das Fenster zur Küche und reichte Isabelle ein Glas Rosé. »›Lézard Rosé‹, ein Gruß des Hauses. Direkt vom Weinberg.«

Isabelle nahm einen Schluck.

»Hmmm, köstlich«, sagte sie. »Könntest du mich vielleicht mal mit dem Besitzer des Weinberges bekannt machen?«

»Mal sehen, was ich tun kann. Vielleicht später.« Leon prostete ihr zu. »Salut.«

»Wie sicher bist du, dass der Tod von Simon kein Selbstmord war?«, fragte Isabelle.

»Warum sollte er sich umbringen? Man hatte ihn erst vor zwei Wochen für unschuldig erklärt.«

»Juristisch vielleicht, aber es gibt Bürger in Lavandou, die sehen das anders. Niemand mochte ihn, er war ganz allein. Da kann die Verzweiflung groß werden.« Mit den letzten Worten kam Isabelle zurück auf die Terrasse. »Was, wenn er den Mord doch begangen hat und von seinem schlechten Wissen eingeholt worden ist?«

»Die Mordtheorie finde ich überzeugender«, sagte Leon. »Und vor allem wird sie durch meine Untersuchungen gestützt.«

»Bei dem Toten wurde das Armband des Opfers gefunden.«

»Präsentiert wie eine Reliquie auf dem Altar«, sagte Leon. »Damit auch der letzte *Flic* glauben soll, dass es Selbstmord war.«

»Vielen Dank.« Isabelles Sarkasmus war nur gespielt.

»Dich meine ich doch nicht«, sagte Leon. »Aber du musst zugeben, dass es Zerna am liebsten wäre, wenn Simon Selbstmord begangen hätte und er den Fall endlich abschließen könnte.«

»Soll ich dir was sagen?«, sagte Isabelle. »Da geht es mir ganz ähnlich.«

Eine halbe Stunde später saßen Leon und Isabelle satt und zufrieden vor einem großen Haufen abgenagter Artischockenblätter. Leon beobachtete einen Gecko, der unter das Terrassenlicht huschte, um ein paar leichtsinnige Mücken abzufischen.

»Ich weiß nicht, wie lange ich das Theater in Saint Sulpice noch mitmache«, sagte Leon.

»Ganz einfach: So lange, bis dieser Bodin wieder verschwunden ist.«

»Nein, ganz bestimmt nicht.« Leon sah zu Isabelle, die ihren Kopf ein wenig schief legte und ihn beobachtete wie ein exotisches Reptil. »Intrigen, Mobbing und Eifersüchteleien – ich hasse Machtspielchen im Büro. Da werde ich nicht mitmachen.«

»Musst du gar nicht. Bodin kann dir nicht das Wasser reichen. Der stürzt von ganz alleine. Über seine Inkompetenz. Du kannst dich entspannt zurücklehnen und zusehen.«

»Ich weiß nicht ...«, meinte Leon.

»Ich bin mir ganz sicher.« Isabelle griff über den Tisch und berührte Leons Hand.

Als Leon am nächsten Morgen aufwachte, schlief Isabelle neben ihm noch. Es war kurz nach sieben und die Sonne war bereits über dem Massiv des Maures aufgegangen. Leon stieg vorsichtig aus dem Bett und ging nackt zum offenen Fenster, das einen schier grenzenlosen Blick in die provenzalische Landschaft bot. Der Morgennebel hing wie Watte in den Weinbergen, und die entfernten Gipfel des Mont Faron lagen im geheimnisvollen blauen Dunst des frühen Morgens.

Das Gefühl, in diesem Augenblick mit Isabelle in dem

kleinen Turmzimmer von »Le Lézard« zu sein und von hier oben auf die Hügel der Provence zu schauen, machte Leon für einen Moment so glücklich, dass er sich fühlte, als würde er schweben.

»Hübscher Arsch …«, sagte Isabelle.

Leon drehte sich um. Isabelle lag im Bett und blinzelte verschlafen ins Sonnenlicht, das durchs Fenster ins Zimmer fiel.

»Ihr Frauen wollt doch immer nur das eine«, sagte Leon mit gespielter Empörung.

»Und zwar einen Café au Lait ans Bett.« Isabelle räkelte sich unter dem dünnen Laken.

»Mit zwei Löffeln Zucker«, meinte Leon.

»Frauenversteher«, murmelte Isabelle und schlug die Decke ein Stück zurück. »Komm noch mal zu mir.«

In diesem Moment klingelte das Handy auf dem Nachttisch. Sie warf einen Blick darauf.

»So ein Mist, da muss ich ran. Ist das Büro.« Sie richtete sich auf, nahm das Gerät und hob ab. »Morell.« Isabelles Stimme klang kurz angebunden. »Ja, ich warte …«

Isabelle machte Leon ein Zeichen und formte lautlos das Wort Z-E-R-N-A. Leon stieg in seine Jeans. Dann machte er Isabelle ein Zeichen in Richtung Treppe.

»C-A-F-É«, sagte er leise.

Leon goss gerade Milchschaum auf den Kaffee in den großen blauen Porzellantassen, als Isabelle in der Küche erschien. In Dienstuniform.

»Didier holt mich gleich ab«, sagte sie.

»*Café au lait pour madame.*« Er stellte die dampfende Tasse vor Isabelle auf den weiß lackierten Holztisch.

»Danke«, sagte sie. »Ich glaube, du hattest recht mit deinem Verdacht.«

Leon sah Isabelle an, sagte aber nichts.

»Eine der DNA-Proben, die du an der Leiche von Simon gesichert hast, ist bereits im Polizeicomputer registriert.«

»Jetzt machst du mich aber neugierig.«

»Denis Legrand«, sagte sie. »Vor sechs Jahren wurde gegen ihn ermittelt. Es ging um eine Vergewaltigung nach einem Weinfest bei Bordeaux. Legrand gehörte zu den Verdächtigen, man konnte ihm aber nichts nachweisen.«

»Klingt doch gut.« Leon klang nicht begeistert.

»Ist es doch auch, oder nicht?«, fragte Isabelle.

»Ich werde immer misstrauisch, wenn sich die Dinge zu einfach auflösen«, sagte Leon.

»Alter Pessimist«, sagte Isabelle.

Draußen hörte man ein Auto über den Kies der Auffahrt näher kommen, dann ein kurzes Hupsignal.

»Das ist Didier«, sagte Isabelle. »Du schuldest mir einen Kaffee am Bett.«

»Habe ich nicht vergessen, *Capitaine*.«

41. KAPITEL

»Was ist das für ein Wichser, der morgens um neun Uhr seine Geschäftsgespräche auf dem Golfplatz führen muss?« Masclau saß hinter dem Steuer und lenkte den Einsatzwagen mit beleidigtem Gesichtsausdruck durch die engen Kurven der kleinen Département-Straße nach Valcros.

»Höre ich da vielleicht so etwas wie Neid?« Isabelle sah vom Beifahrersitz zu ihrem Kollegen herüber.

»Scheiße, nein«, sagte Masclau, aber für Isabelle klang das eher wie ein »Ja«. »Kleine Bälle in Löcher auf der Wiese hauen. Da kann ich mir echt was Besseres vorstellen.«

»Was denn? Im Bistro sitzen und Pastis trinken?«, stichelte Isabelle.

»Warum denn nicht? Da reden wir wenigstens über Fußball und nicht über Champagner und Urlaub auf den Malediven.«

»Ach, Urlaub auf den Malediven ...«, sagte Isabelle mit verträumter Stimme.

»Glaub mir, Golf ist was für Wichtigtuer, die in karierten Hosen rumlaufen und mit 'ner Rolex am Handgelenk wedeln.« Masclau hupte, um einen Traktor zur Seite zu scheuchen. »Golf ist was für Typen wie diesen Legrand. Vögeln reiche Witwen, nehmen denen das Geld ab und hauen es im Golfclub für Champagner raus.«

»Scheinst dich ja gut auszukennen.« Isabelle lächelte.

Die Straße zog sich in endlosen Kurven durch die Hügel.

Links und rechts der Fahrbahn standen Korkeichen, Oleander und Ginster so dicht, dass man sich vorkam, als würde man durch einen grünen Tunnel fahren. Nur ab und zu gaben Lücken in diesen Pflanzenwänden den Blick frei auf immer neue Weinberge oder noch größere Artischockenfelder. In Isabelles Kindertagen war Valcros ein winziges Nest mit nur einer Handvoll Einwohnern gewesen. Aber dann wurde der kleine Ort in den Hügeln von einigen cleveren Investoren entdeckt. Erst entstand ein Golfplatz, dann kamen immer mehr Villen und Appartements dazu. Inzwischen war vor lauter Siedlungen und Straßen kaum noch etwas übrig von dem Gefühl, sich mitten in der tiefsten Provence zu befinden.

»Halt mal an«, sagte Isabelle.

»Warum?«, wollte Masclau wissen.

»Weil ich es sage.« Isabelle deutete auf einen kleinen Feldweg, der dreißig Meter voraus abzweigte. »Da vorne am Weg.«

»*À vos ordres, ma capitaine!*« Masclau bog scharf in den Weg ein und bremste, dass es nur so staubte. »Und jetzt?«

Isabelle hob den Finger, um ihm zu zeigen, dass er schweigen sollte. Dann ließ sie ihr Fenster herabgleiten und schlagartig, wie eine gewaltige akustische Welle, erfüllte der Gesang von Hunderten Zikaden den Streifenwagen. Isabelle schloss die Augen. Sie fühlte sich plötzlich zurückversetzt in ihre Kindheit, und für einige Sekunden ließ sie sich in dieses unvergleichliche Konzert sinken.

»Können wir jetzt weiterfahren?«, fragte Masclau nach einer Weile. »Wir sind im Einsatz.«

»Es gibt Menschen, die reisen um die halbe Welt, nur um das zu hören.« Isabelle richtete sich wieder auf. »Schon gut, fahren wir weiter.«

Zehn Minuten später stoppte der Streifenwagen auf dem Parkplatz des Golfclubs Valcros. Der Golflehrer bestätigte, dass Legrand auf dem Platz unterwegs war. Aber der Pro musste *Capitaine* Morell enttäuschen, der Immobilienhändler war nicht zu sprechen, und das würde für die nächsten zwei bis drei Stunden auch so bleiben, da er sich im Augenblick erst am dritten Abschlag befand und der Platz über 18 Löcher verfügte.

Der Pro war Anfang dreißig, braun gebrannt und ohne Frage der Schwarm aller weiblichen Clubmitglieder, dachte Isabelle. Er trug Poloshirt und gebügelte dunkelblaue Shorts. Auf dem Kopf trug er eine Nike-Cap, unter der seine wilden blonden Haare hervorquollen.

»Leider haben wir nicht so lange Zeit«, entgegnete Isabelle. »Wir müssten sofort mit Monsieur Legrand sprechen.«

»Ich sagte Ihnen doch schon, dass das nicht möglich ist.« Der junge Mann wurde ungeduldig. Von der Club-Terrasse sah bereits eine Gruppe neugieriger Golfspieler zu ihnen herunter und fragte sich wahrscheinlich, was der Pro so lange mit den beiden uniformierten Polizisten zu besprechen hatte.

»Wo geht es zu dem verdammten Abschlag?«, fragte Masclau genervt.

»Da können Sie nicht einfach so hingehen«, sagte der Pro. »Das verstößt gegen die Platzregeln.«

»Mir sind Ihre Regeln scheißegal«, erwiderte Masclau patzig. »Sie bringen uns jetzt sofort zu Legrand, oder ich gehe alleine.«

»Mein Kollege macht sich nicht viel aus Golf«, sagte Isabelle. Der Pro sah sie irritiert an, weil er nicht sicher war, ob sie sich über ihn lustig machte.

»Da lang, ja …?« Masclau wies in Richtung des grünen Fairways, der sich den Hügel hinunterzog, und marschierte los.

»Halt, bleiben Sie stehen!«, rief der Pro, aber Masclau hob nur die Hand, ohne sich umzudrehen, und ging weiter.

»Er kann ziemlich stur sein«, meinte Isabelle ungerührt.

»Na gut, kommen Sie.« Der Pro stieg in das elektrische Golfcart, das vor dem Clubhaus parkte.

Einen Moment später fuhr der Golflehrer mit den beiden Polizisten den Fairway hinunter und verschwand zwischen den Korkeichen.

Legrand stand mit einem etwa fünfzigjährigen Mann am dritten Abschlag. Um diese Jahreszeit war es morgens noch ruhig auf dem Platz, und der Immobilienhändler schilderte seinem Gast in glühenden Farben das Wertsteigerungspotenzial der luxuriösen Häuser, die in der Nähe des Golfplatzes entstanden waren. Jede der Villen verfügte über 250 Quadratmeter Wohnfläche, einen Garten und einen Pool. Die Mitgliedschaft im Golfclub für die ersten drei Jahre war im Hauspreis eingeschlossen.

Legrand drückte ein rotes »Tee« in den Boden und platzierte einen Golfball der Marke »Titleist-Pro« darauf. Dann stellte er sich in Position und schwang ein paarmal den Schläger, um sich auf den Abschlag vorzubereiten.

»Hinter der Kante ist ein Bunker«, belehrte er seinen Gast. »Kann man von hier oben nicht richtig erkennen, also drüber weg schlagen.«

In diesem Moment stoppte das Golfcart neben dem Abschlag. Isabelle, Masclau und der Golflehrer stiegen aus und gingen auf die Spieler zu.

»Monsieur Legrand …«, rief Isabelle.

»Was ist denn …?«, ärgerlich drehte sich Legrand um.

Als er Isabelle mit dem Pro erkannte, wurde er eine Spur höflicher.

»Wir müssen mit Ihnen reden«, sagte Masclau.

»Ich habe den Beamten schon gesagt, dass Sie nicht gestört werden wollen …« Der Pro drehte die Handflächen hilflos nach außen. »Tut mir wirklich leid, Monsieur Legrand, aber sie haben darauf bestanden …«

»Ich hab jetzt keine Zeit.« Legrand nahm demonstrativ wieder die Abschlagshaltung ein und tat so, als wäre die Unterhaltung für ihn zu Ende.

»Ich muss Sie bitten, uns nach Le Lavandou zu begleiten, jetzt gleich.« Isabelle sprach höflich, aber entschlossen.

Legrand sah Isabelle an und redete mit ihr wie mit einer Angestellten, die einfach nicht begreifen wollte, dass er im Moment wichtigere Dinge zu tun hatte.

»Wie stellen Sie sich das vor? Wir sind mitten in einer Golfrunde.« Legrand schaute auf seine schwere Breitling-Uhr. »Ich mache Ihnen einen Vorschlag: Wir spielen heute nur eine kleine Runde. Das heißt: Treffen in einer Stunde im Club.«

»Der Capitain hat ›gleich‹ gesagt.« Masclau stellte sich genau vor Legrand und ließ in seiner Stimme eine leichte Drohung mitschwingen.

»Ich werde dieses Spiel nicht unterbrechen«, erwiderte Legrand trotzig, während sein Geschäftspartner peinlich berührt die Szene beobachtete.

»Dann mache ich das für Sie.« Masclau holte mit dem Fuß aus und traf voll den Golfball auf dem Tee, sodass der in einem eleganten Bogen davonsegelte und zwischen den nahen Büschen verschwand.

»Das ist …« Legrand sah Masclau fassungslos an. »Was wollen Sie überhaupt von mir?«

»Wir haben einige Fragen an Sie«, erklärte Isabelle. »Es geht um den Tod von Paul Simon.«

»Aber, was soll denn ich dazu ...«, wollte sich Legrand empören, als er von Masclau unterbrochen wurde.

»Wir können Sie auch festnehmen.« Der *Lieutenant* griff nach den Handschellen, die er am Gürtel trug. »Und ich weiß nicht, ob das bei Ihren Club-Freunden so gut ankommt.«

»Gehen wir«, sagte Legrand mit belegter Stimme, und dann zum Golflehrer: »Könnten Sie uns direkt zum Parkplatz bringen?«

42. KAPITEL

Bodin hatte nichts mehr von sich hören lassen und Leon war froh darüber. Ein guter Zeitpunkt, um im Büro in Ruhe die letzten Obduktionsberichte zu korrigieren und die Materialanforderungen herauszuschicken. Als Leon in sein Büro kam, wartete eine Überraschung auf ihn: Mitten auf seinem Schreibtisch stand ein Karton mit der Aufschrift »Dr. Bodin«.

»Das hat heute Morgen ein Pfleger vorbeigebracht«, sagte Rybaud entschuldigend. »Ich wusste nicht, wohin mit den Sachen.«

»Auf keinen Fall auf meinen Schreibtisch.« Leon versuchte nicht, seinen Ärger zu verbergen. »Stellen Sie es so lange in die Kühlkammer.«

»Das wird dem *Docteur* aber nicht gefallen«, meinte Rybaud.

»Wir wissen ja nicht, was da drin ist«, erwiderte Leon. »Aber ich denke, in der Kühlkammer ist es gut aufgehoben.«

Rybaud grinste, schnappte sich die Kiste und wollte das Büro verlassen, als Leons Blick auf das Marmeladenglas auf seinem Schreibtisch fiel.

»Das ist ja immer noch da«, sagte Leon. »Wollten Sie sich nicht darum kümmern?«

»Ich kam noch nicht dazu. Aber heute Abend schaue ich es mir an.«

»Nein, lassen Sie nur«, sagte Leon, »ich mache das schon.« Er sortierte die Unterlagen, die sich auf seinem Schreibtisch stapelten, überprüfte Anträge, Listen und Berichte. Dann beantwortete er eine Stunde lang E-Mails. Als sein Schreibtisch von allen Briefen und Notizen freigeräumt war, betrat er das Labor. Er setzte sich auf den Drehstuhl, stellte das Marmeladenglas vor sich auf die Arbeitsplatte und schraubte vorsichtig den zerkratzten Deckel ab.

Das Glas war verdreckt, aber am Boden lag ein etwa vier Zentimeter langer Knochen. Der Knochen bestand aus zwei Teilen, die mit vertrockneten Fasern verbunden waren und an denen trockene Erde klebte. Auf dem Waldboden hätte man das Stück leicht für einen gebrochenen Ast halten können. Aber als Leon mit der Pinzette den kleinen Knochen aus dem Glas nahm und unter der Lupe drehte, spürte er sofort, dass mehr hinter diesem Fund steckte.

In der Rechtsmedizin wurden immer wieder Knochenfunde von besorgten Bürgern abgegeben. In über 99 Prozent der Fälle handelte es sich dabei um Reste von Tierkadavern. Meist fanden Pilzsucher oder Wanderer einzelne Knochen toter Waldtiere, die von Füchsen, Dachsen oder Wildschweinen verschleppt worden waren. Seit es immer mehr Krimiserien im Fernsehen gab, suchten auch immer mehr Hobbydetektive nach »verdächtigen Spuren«. Was sie fanden, landete in den Polizeirevieren, und von dort gelangte es auf die Labortische der Rechtsmedizinischen Abteilungen. Dass es sich dabei tatsächlich einmal um menschliche Knochen handelte, war die absolute Ausnahme. Leon erinnerte sich, dass er eines Tages zu einem kompletten Skelett im Wald gerufen worden war, das angeblich eine Studentin entdeckt hatte. Wie sich herausstellte, bestand das Gerippe aus Kunststoff und war echten Knochen täuschend ähnlich nachgebildet. Medizinstudenten hatten das Skelett aus dem Hörsaal entführt und dann im Wald vergraben, um ihrer Kommilitonin einen Streich zu spielen.

In einem anderen Fall war von einem Pilzsucher ein halbverwester Kinderfuß gefunden worden. Wie sich schnell herausstellte, war der Fuß keineswegs mumifiziert, sondern aus uraltem Eichenholz und gehörte zu einer Christusfigur in einer nahegelegenen Klosterkapelle, wo er seit längerer Zeit von den Mönchen schmerzhaft vermisst worden war.

Leon hatte schon Rinderknochen, Ziegenhörner und Schweinefüße auf dem Seziertisch gehabt. Wobei die Fußknochen des »Sus Crofa Domestica«, wie das Hausschwein wissenschaftlich hieß, eine verblüffende Ähnlichkeit mit den Mittelfußknochen des Menschen aufwiesen. Aber der Knochen aus dem Marmeladenglas war anders. Auf den ersten Blick vermutete Leon, dass er zu einem Fuß oder einer Hand gehörte. Aber zunächst würde er ihn gut reinigen und ein paar Untersuchungen machen müssen. Anschließend würde er versuchen, das Alter des möglichen Opfers zu bestimmen, von dem diese Knochen stammten. Wenn diese Tests tatsächlich auf einen menschlichen Fund hinweisen sollten, bliebe noch die Bestimmung der DNA. Und wenn sich an dem Knochen brauchbare Gewebereste fanden, ließe sich anhand der DNA vielleicht das Geschlecht, möglicherweise sogar Haut-, Haar- und Augenfarbe des Opfers bestimmen. Die DNA-Forschung war relativ weit fortgeschritten auf diesem Gebiet, wenn auch die Gesetze des Datenschutzes verboten, solche Informationen zu ermitteln und herauszugeben. Aber das galt nur für die Arbeit der Polizei, in der Forschung galten solche Auflagen nicht.

Leons Jagdinstinkt war geweckt. Er bat Rybaud, ihm einen Kaffee und die Röntgenbildsammlung von Gräulich und Pyle zu besorgen. Diese Untersuchungen konnten ihm helfen, das Alter des Menschen zu bestimmen, zu dessen Körper dieser Knochen einmal gehört hatte. Leon schaltete einen Strahler an und betrachtete fasziniert die beiden kleinen Knochen, die über die Reste eines Gelenks verbunden waren. Er spürte, wie ein leichtes Kribbeln über seinen Rücken lief, und wusste, dass er auf einer vielversprechenden Spur war.

43. KAPITEL

»Ich brauche keinen Anwalt. Wofür? Ich habe nichts zu verbergen.« Legrand strich sich nervös mit der Hand übers Gesicht. »Ich kannte diesen Simon doch überhaupt nicht. Jedenfalls nicht, bevor er in unseren Garten marschiert ist und mein Auto zertrümmert hat. Aber das wissen Sie ja.«

Zerna saß Legrand gegenüber, und neben Zerna hatte Isabelle Platz genommen. Im fensterlosen Befragungsraum war es heiß und stickig. Schweiß stand Legrand im Gesicht. Von der Selbstsicherheit, mit der er noch auf dem Golfplatz aufgetreten war, war nicht mehr viel übrig. Der Polizeichef sah den Zeugen unverwandt an, bis Legrand seinem Blick auswich.

»Wann hatten Sie zum letzten Mal Kontakt zu Paul Simon?«, fragte Isabelle.

»Kontakt? Ich hatte nie Kontakt. Der Typ war ein Loser«, erwiderte Legrand.

Isabelle spürte, dass Legrand ihnen etwas verschwieg. Er steckte sich immer wieder den Zeigefinger in den Kragen, als könnte er sich so mehr Luft verschaffen. Außerdem wippte er auf seinem Stuhl hin und her und wich ihrem Blick aus. Was weißt du?, dachte Isabelle. Sie sah zu Zerna, und der nickte.

»Wir wissen, dass Sie Kontakt mit Paul Simon hatten«, sagte Isabelle ganz ruhig. »Wir haben Ihre DNA an der

Kleidung des Opfers gefunden.« Legrand konnte seinen Schreck über diese Nachricht kaum verbergen.

»Und jetzt fragen wir uns natürlich, wie die dahin gekommen ist.« Zerna drehte den Kopf etwas zur Seite und sah ihn dabei weiter an, was seinem Blick etwas Listiges gab.

»Ich ... ich habe keine Ahnung, wie Sie auf so was kommen.« Legrand schien fieberhaft nachzudenken, wie er sich aus diesem Schlamassel wieder befreien könnte. »Warum ...? Ich meine, ich bin ihm nie begegnet. Und ich war auch nie bei ihm zu Hause.«

»Das sieht jetzt aber ziemlich übel für Sie aus.« Zerna stützte sich mit seinen muskulösen Armen, für die er sich zweimal in der Woche mit Hanteln quälte, auf dem Tisch auf. Dann beute er sich nach vorn und sah Legrand in die Augen. »Da ist ein Mann, den hat jemand erwürgt und dann ans Treppengeländer gehängt. Damit wir glauben sollen, er hätte Selbstmord begangen. Können Sie mir folgen?«

»Ich verstehe nicht, was ich damit ...«, versuchte Legrand, aber Zerna ließ ihn nicht ausreden.

»Warum würde jemand einen Mann wie Simon umbringen?«, fragte Zerna.

»Vielleicht weil jemand Simon eine Menge Geld schuldete?« Isabelle musterte den Immobilienhändler. »Wie viel von dem Erbe der kleinen Amélie haben Sie sich genommen?«

»Ich ... ich habe nichts genommen ... gar nichts. Ich habe nur etwas investiert, zusammen mit meiner Frau, das ja.«

»Oder wollte der Täter vielleicht noch viel mehr vertuschen?«, fragte Zerna. »War Paul Simon dem wahren Mörder seiner kleinen Amélie auf die Spur gekommen? Vielleicht ist der Täter ja für zwei Morde verantwortlich …?«

»Es war Ihre DNA, die wir an der Leiche gefunden haben«, sagte Isabelle, als wäre das die gute Nachricht für Legrand.

Für einen Moment saßen sich alle drei schweigend gegenüber. Legrand kratzte sich nervös den Handrücken. Isabelle wusste, dass sie jetzt nur noch warten mussten. Legrand war am Zug und die Stille setzte ihm mehr zu, als er ertragen konnte.

»Es ist nicht so gewesen, wie Sie denken«, begann Legrand plötzlich.

»Na gut«, sagte Isabelle. »Dann erzählen Sie uns doch mal Ihre Version der Geschichte.«

»Ich habe keine Version!«, sagte Legrand lauter, als er wollte. »Ich kann nur sagen, wie es wirklich war.«

»Na, dann los, wir hören zu.« Zerna wurde ungeduldig.

»Wenn ich Ihnen was erzähle, dann …« Legrand unterbrach sich. »Ich gehe auf keinen Fall ins Gefängnis.«

»Kommt darauf an, was Sie uns erzählen.«

»Ist das ein Deal?«, fragte Legrand hilflos.

»Jetzt reden Sie schon.« Zerna schlug mit der flachen Hand auf den Tisch, dass sogar Isabelle zusammenzuckte. »Wir können Sie auch gleich zu den Kollegen nach Toulon bringen.«

»Nein, bitte … Also gut, ich habe Simon geholfen«, sagte Legrand.

»Geholfen? Dem Kerl, dem Sie ein Vermögen schulden und der Ihren Pick-up zertrümmert hat? Ich lach mich tot.«

»Bitte, *Patron*«, sagte Isabelle ruhig. »Lassen wir ihn doch erst mal reden.«

»Simon lag auf dem Parkplatz … Jemand hatte ihn niedergeschlagen.« Legrand unterbrach sich, als wäre damit alles gesagt.

»Und Sie haben Erste Hilfe geleistet?«, fragte Zerna und Legrand nickte.

»Dem Ex-Mann Ihrer Frau?« Es war mehr eine Feststellung als eine Frage von Isabelle. »Fällt mir echt schwer, das zu glauben.«

»Wer hat ihn denn niedergeschlagen?«, fragte Zerna. »Sie müssen auf dem Parkplatz doch irgendwas gesehen haben. Ein Auto? Ist jemand davongelaufen? Was war? Ist doch Ihre Geschichte.«

»Das weiß ich nicht. Ich habe nichts gesehen. Nur Simon. Er hat aus dem Mund geblutet, wie nach einer Schlägerei. Er hat nicht gesagt, wer es war.«

»Ich informiere die Staatsanwaltschaft in Toulon.« Isabelle stand auf.

»Sagen Sie denen, wir überstellen ihn in zwei Stunden.«

»Moment, das können Sie nicht machen ...«, jetzt klang Legrands Stimme verzweifelt, »wir hatten doch einen Deal.«

»Einen Scheiß haben wir«, fuhr Zerna ihn an. »Wissen Sie, was ich glaube: Sie selber haben auf dem Parkplatz gewartet, bis Monsieur Simon aus seinem Büro kam. Dann haben Sie ihn niedergeschlagen.«

»Aber warum sollte ich denn ...?«

»Keine Ahnung. Sagen Sie es uns. Weil Sie wollten, dass er aus Lavandou verschwindet. Weil er das Geld von Ihnen zurückgefordert hat? Da haben Sie den Selbstmord inszeniert.«

»Sie stehen ab sofort unter Arrest, Monsieur Legrand«, erklärte Isabelle. »Wegen Mordes an Paul Simon.«

Legrand sah die stellvertretende Polizeichefin fassungslos an.

44. KAPITEL

Leon hatte sich Zeit gelassen. Er legte Wert darauf, alles was er begann, mit äußerster Sorgfalt zu tun. Darum hatte er zunächst den Fund aus dem Marmeladenglas akribisch gereinigt. Dabei wurde klar, dass es sich um den Mittelhandknochen einer menschlichen rechten Hand handelte, der noch über Gewebereste mit einem der Handwurzelknochen verbunden war. Auch die Erdspuren hatte Leon sorgfältig durchgesiebt, aber nichts als ein paar Pflanzensamen gefunden. Er vermutete, dass Erde und Samen aus der Gegend stammten. Für eine genauere Analyse hatte er eine Probe an das BIAM-Institut, das »Institut de biosiences et biotechnologies« an der Universität von Aix-en-Provence geschickt, mit dem die Rechtsmedizin schon öfter zusammengearbeitet hatte.

Das biologische Alter eines Menschen anhand eines Knochen zu bestimmen, war unter Umständen kompliziert und die Ergebnisse entsprechend ungenau. Bei einem einzelnen Arm- oder Beinknochen konnte man zwar sagen, ob er von einem Kind oder einem Erwachsenen stammte, aber genauere Altersangaben waren kaum möglich. Bei dem Knochen, den Leon untersuchte, war das anders. Handknochen von Kindern und Jugendlichen ließen sich erstaunlich präzise auf ihr Alter bestimmen. Das hing damit zusammen, dass die acht Handwurzelknochen bei der Geburt knorpelig waren und erst im Laufe der Jahre in immer gleicher Reihenfolge verknöcherten. Dazu hatten die amerikanischen Wissenschaftler Gräulich und Pyle eine Sammlung präziser und hochauflösender Röntgenbilder zusammengestellt. Zwei Stunden lang hatte Leon verschiedene Messungen vorgenommen und immer wieder die Knochen mit den Röntgenaufnahmen verglichen. Am späten Nachmittag hatte er ein Ergebnis. Er beauftragte Rybaud mit der DNA-Analyse der Knochen- und Gewebeproben, die voraussichtlich bis zum nächsten Vormittag dauern würde. Dann rief er bei der Gendarmerie Nationale an und bat Isabelle um ein gemeinsames Gespräch mit *Commandant* Zerna. Es würde nicht lange dauern. Eine gute Stunde später saß er im Büro des Polizeichefs. Zerna und Isabelle betrachteten die Fotos, die Leon von dem Fundstück gemacht hatte.

»In einem Marmeladenglas, verstehe ich Sie da richtig ...?« Die Stimme von Zerna hatte einen süffisanten Unterton.

»Pilar ist ein wenig eigenartig«, erklärte Isabelle. »Eine Roma, ihre Familie stammt aus Rumänien.«

»Ich möchte das nochmals zusammenfassen«, sagte Zerna zu Leon. »Da bringt also eine Zigeunerin irgendeinen Knochen in einem Marmeladenglas vorbei und jetzt erwarten Sie, dass wir eine Suche nach der dazugehörigen Leiche starten.«

»Das erwarte ich nicht«, erwiderte Leon. »Aber es wäre bestimmt eine gute Idee.«

»Das denke ich auch«, mischte sich Isabelle ein. »Wenn ich die Frau richtig verstanden habe, hat sie den Knochen irgendwo auf Porquerolles gefunden.«

»Ich habe keine Zeit für so einen Quatsch. Wir haben hier eine laufende Morduntersuchung. Schon vergessen?«

Zerna klang genervt. Dann sagte er mit einer Handbewegung in Richtung Leon: »Weil unser *Médecin Légiste* darauf bestanden hat, dass der Tod von Simon kein Selbstmord war.«

»Was sich ja auch bewahrheitet hat.« Leon konnte sich die Spitze nicht verkneifen.

»Ich könnte sicher ein paar Beamte freistellen«, schlug Isabelle vor.

»Um nach einem Gerippe zu suchen?« Zerna war genervt. »Vielleicht ist der Knochen ja uralt. Vielleicht stammt er noch von einem Soldaten aus dem Zweiten Weltkrieg oder vom Bein eines Seeräubers.«

»Genau gesagt, handelt es sich um den Mittelhandknochen eines kleinen Fingers einer rechten Hand«, dozierte Leon provozierend gespreizt. »Dieser Knochen stammt von der Hand eines Jugendlichen, der zwischen 14 und 15 Jahren alt war, als er starb.«

»Ach, und das können Sie so genau sagen?« Zerna sah Leon lauernd an.

»In diesem Fall, ja«, erklärte Leon. »Der Handwurzelknochen lässt eine so präzise Bestimmung zu.«

»Das würde also bedeuten, dass hier in der Gegend irgendwann ein vierzehnjähriger Jugendlicher verschwunden sein muss«, überlegte Zerna. »Wie lange lag dieser Knochen in der Erde?«

»Da kann ich nur Vermutungen äußern.« Leon hasste es, wenn er ungenau bleiben musste. Ganz besonders Zerna gegenüber. »Fünf Jahre oder länger würde ich sagen.«

»Ich kann mich nicht erinnern, dass in den letzten Jahren ein Jugendlicher in diesem Alter verschwunden wäre«, sagte Isabelle. »Aber um sicher zu sein, müsste ich ins Archiv schauen.«

»Nein, nein, lassen Sie es gut sein.« Zerna hob die Hände, als könnte er Isabelle so von ihrem Plan abbringen. Dann sah er Leon an. »Aber dass es sich um einen menschlichen Knochen handelt, da sind Sie zu hundert Prozent sicher?«

»Nein, das bin ich erst, wenn die DNA-Ergebnisse vorliegen«, antwortete Leon kühl. »Dann werde ich Ihnen sogar sagen können, ob es sich um ein Mädchen oder einen Jungen handelte.«

»Warum fragen wir nicht einfach diese Pilar, wo sie das Ding herhat?«, dabei hob Zerna mit spitzen Fingern eines der Fotos hoch.

»Pilar hat kein Telefon«, sagte Isabelle. »Sie wohnt auf Porquerolles.«

»Na großartig«, kam es von Zerna. »Warum warten wir dann nicht einfach ab, was Ihre Untersuchungen ergeben? Wenn wirklich irgendwo auf der Insel seit Jahren ein Skelett rumliegt, wird es auch noch nächste Woche da sein.«

»Ich könnte mit dieser Pilar reden«, schlug Leon vor. »Aufgrund der Spuren an den Knochen könnte ich zumindest sagen, wo sich die Suche lohnt und wo nicht.«

»Das würde uns eine Menge Zeit sparen«, sagte Isabelle.

Zerna atmete tief durch, um zu zeigen, wie sehr ihm diese Unterhaltung auf die Nerven ging. »Einverstanden, *Docteur*«, willigte er schließlich ein. »Wie Sie wissen, ist so etwas normalerweise Aufgabe der Gendarmerie Nationale. Aber in diesem Fall ist der Anfangsverdacht so vage, dass ich Sie um Ihr wissenschaftliches Urteil vor Ort bitte.«

»Nichts anderes habe ich vor«, erwiderte Leon. »Ich werde Sie sofort informieren, wenn ich auf relevante Spuren stoße.«

45. KAPITEL

Es war tief in der Nacht, im Flur der Rechtsmedizin brannte nur noch die Notbeleuchtung. Der Gang kam Leon länger vor als sonst. Im Halbdunkel konnte er ein paar Kartons erkennen, die auf dem Boden standen. Als wollte jemand umziehen. Er wunderte sich, während er weiter durch den düsteren Flur tappte, in dem die Bewegungsmelder längst die Beleuchtung hätten anschalten müssen. Dann sah er das schwache Licht. Es sickerte durch die mattierten Scheiben des Autopsiesaals. Seltsam. Er selber hatte doch noch am Abend alle Lichter abgeschaltet, und Rybaud war auch längst gegangen. Leon zögerte, die Situation bereitete ihm Unbehagen. Normalerweise fühlte er sich wohl in den Räumen der Rechtsmedizin, aber jetzt spürte er ganz deutlich, dass etwas nicht stimmte. Die Atmosphäre machte ihm Angst. Zögernd ging er zur Glastür. Sie war unverschlossen. Er drückte die Tür auf, und da sah er sie. Die Frau war nackt und saß mit dem Rücken zu ihm auf dem Obduktionstisch. Sie hatte sich mit den Händen auf dem kalten Edelstahl abgestützt, als wollte sie gleich von dem Tisch hinuntersteigen. Leon hielt den Atem an. Er erkannte die roten Haare der Frau sofort, und darum wusste er auch, dass sie unmöglich hier sein konnte. Er hatte so lange nach dieser Frau gesucht. Es hatte ihn beinahe seinen Verstand gekostet. Bis er sich endlich damit abgefunden hatte, dass sie nie wieder zu ihm zurückkommen würde. Darum wusste er auch, dass es falsch war, was er jetzt tat. Aber er konnte nicht anders, er musste sie ansehen. Leon umrundete langsam den Tisch, und es fühlte sich an, als würde er dabei den Boden nicht berühren. Dann sah er ihr Gesicht. Sarah ... Sie lächelte ihn an, mit diesem Blick, nach dem er sich so lange gesehnt hatte. Sie lächelte und schwieg. Dann wurden ihre Augen traurig, und als er ihrem Blick folgte, sah er die riesige Narbe. Sie war breit, schillerte rot glänzend und zog sich vom Halsansatz bis hinunter zum Schambein. Leon sah, wie sich Sarah an den Hals griff, dort einen Reißverschluss packte und ihn mit einer einzigen Bewegung nach unten zog. Die Haut sprang auf, als hätte sie unter Druck gestanden, und im gleichen Moment quollen ihre Eingeweide und Organe hervor. Rutschten mit dem Blut aus ihrem Körper heraus, klatschten auf den Obduktionstisch und fielen auf den Boden. Die Frau sah ihn mit stummem Vorwurf an. In diesem Moment stieß Leon einen verzweifelten Schrei aus.

Leon wachte auf. Er saß aufrecht im Bett und zitterte. Neben ihm bewegte sich Isabelle.

»Was hast du?«, fragte sie verschlafen.

»Nichts, gar nichts«, antwortete Leon.

»Du hast geschrien.«

»Ich hab geträumt.« Leon stand auf. »Bitte schlaf weiter.«

»Stehst du schon auf?« Sie blinzelte zum offenen Fenster, wo das frühe Morgenlicht den Himmel mit einem zarten Orangeton überzog.

»Ich möchte die erste Fähre nach Porquerolles erwischen«, sagte Leon.

»Hattest du einen schlimmen Traum?«, fragte sie besorgt.

»Es ist schon gut. Manchmal geht mir so viel durch den Kopf.«

»Ich kann uns einen Kaffee machen, während du im Bad bist.«

Leon beugte sich zu ihr herunter und gab ihr einen Kuss auf die Stirn.

»Es ist schön, dass du bei mir bist«, sagte er.

Ein Stunde später saß Leon zum zweiten Mal an Deck der Fähre nach Porquerolles. Um diese Zeit waren nur wenige Passagiere an Bord. Ein junges Paar mit Rucksack und zwei Frauen Ende vierzig, die sich auf Deutsch unterhielten, weil sie dachten, dass sie so niemand verstehen könnte. Eine der beiden beklagte sich, dass es keine interessanten Männer an der Küste gäbe. Diejenigen, die infrage kämen, seien entweder langweilig oder verheiratet.

Leon hielt seine abgegriffene braune Aktentasche auf dem Schoß und tat so, als würde er die Aussicht genießen. In Wirklichkeit spürte er die vertraute Übelkeit in sich aufsteigen, als das Schiff das Kap umrundete und die See rauer wurde. Eine Dreiviertelstunde später war Leon froh, wieder festen Boden unter den Füßen zu haben. Um diese Zeit erwachte allmählich der kleine Ort Porquerolles, der einen jedes Mal glauben ließ, irgendwo in der Karibik gelandet zu sein. Leon spazierte entspannt zu einem kleinen Café mit grünen Sonnenschirmen, unter denen ein Kellner die Tische abwischte. Gleich daneben, auf dem Place d'Armes, warfen die Boule-Spieler bereits ihre ersten Kugeln.

Wo Boule gespielt wurde, konnte man alles erfahren, was man wissen wollte, dachte Leon. Zwei Männer ließen sich am Nebentisch nieder, legten ihren Lederbeutel mit den Kugeln auf den Boden und bestellten zwei Rosé. Was sogar für südfranzösische Verhältnisse ungewöhnlich früh war.

Leon prostete ihnen mit seinem Café au Lait zu, den ihm gerade der Kellner gebracht hatte. Dazu gab es zwei Stück Baguette in einem Körbchen, zusammen mit zwei winzigen Portionen Aprikosenmarmelade, einem Stückchen Butter in Folie und einer Papierserviette. Das klassische *petit dejeuné*.

»Sie sind nicht von hier«, sagte der Mann vom Nebentisch. »Das höre ich an Ihrem Akzent.«

»Stimmt, ich komme aus Deutschland.« Leon beugte sich zu dem Mann hinüber. »Ich arbeite an der Klinik Saint Sulpice.«

»Oh, là, là, ein *Docteur Allemand* auf unserer Insel«, scherzte der Mann. »Was verschafft uns die Ehre?«

Leon verzichtete darauf, seinen Nachbarn über seine wirkliche Arbeit in der Klinik aufzuklären. Er hatte gelernt, dass Menschen gesprächiger waren, wenn sie nicht wussten, dass er ein *Docteur* war, der sich ausschließlich mit den Toten beschäftigte.

»Ich suche die Adresse einer Frau, die hier auf Porquerolles lebt.«

»Kaum auf der Insel und schon verliebt.« Der Mann stieß seinen Nachbarn an, sie prosteten sich zu und tranken einen Schluck Rosé.

»Darf man erfahren, wer Ihnen das Herz gebrochen hat?«, die beiden Männer glucksten vor Vergnügen.

»Es ist etwas Dienstliches«, sagte Leon und sah, wie sich die Männer zuzwinkerten. »Wir kennen nur den Vornamen der Dame. Sie heißt Pilar.«

»Die Hexe!«, rief der Nachbar vergnügt. »Wollen Sie sich aus der Hand lesen lassen?«

»Er will zur Hexe, ausgerechnet«, amüsierte sich der andere Mann, was ihm einen weiteren Schluck Rosé wert war.

»Wir brauchen nur ein paar Informationen von Madame Pilar.« Leon ärgerte sich über sich selber, dass er so distanziert von der Frau sprach, die er so dringend suchte. Aber er wollte seinen Nachbarn keine weiteren Vorlagen für ihren Spott liefern.

»›Madame‹ ist gut«, lachte der Mann. Er stieß seinen Freund an. »Er hat ›Madame‹ gesagt.«

»Hast du gehört, Émile?«, rief der andere Mann dem Kellner zu. »Unser Freund kommt aus Deutschland. Er ist Arzt und will zur bekloppten Pilar.«

»Was will er denn bei der Pilar?«, rief der Kellner zurück.

»Keine Ahnung. Hat er nicht gesagt«, die Männer redeten, als wäre Leon gar nicht da.

»Könnten Sie mir sagen, wo ich Madame Pilar finde?«, versuchte es Leon noch einmal.

»Aber natürlich. Immer die Straße hoch.« Der Mann deutete auf die Gasse, die vom Place d'Armes abbog. »Und dann in die Rue Sémaphore. Das letzte Haus. Ist nicht zu verfehlen.«

»Passen Sie auf, dass sie Ihnen nicht das Herz rausreißt. Sie ist nämlich eine echte Hexe!« Die Männer stießen sich an und schienen sich prächtig zu amüsieren.

Leon wünschte *bonne journée,* stand auf und ging in das Bistro, um zu zahlen. Kurze Zeit später lief er die Gasse entlang, die sich nach ein paar Dutzend Metern in einen staubigen Weg verwandelte, der stetig bergan führte.

Fünf Minuten später stieß Leon auf ein handgemaltes Schild, auf dem ein Stern, ein Mond und eine Hand abgebildet waren. Darunter stand: »Madame Pilar – *diseuse de bonne aventure – médecine douce*«. Eine Wahrsagerin also, die sich mit Naturheilkunde beschäftigte. Im Grunde genommen eine Kollegin, dachte Leon und lächelte.

Der Weg war jetzt nur noch ein schmaler Pfad und wurde von dichten Bougainvilleas und weißem Plumbago begrenzt. Schließlich öffnete sich die Vegetation, und vor Leon lag ein kleines Haus aus ockerfarbenem Naturstein mit verblichenen, ehemals grünen Fensterläden. Es war mit weißer Kalkfarbe gestrichen und erinnerte Leon eher an ein Haus in Griechenland als auf einer südfranzösischen Insel. Über dem Eingang befand sich eine Pergola, die nach Osten eine schmale Terrasse überdachte. Das Haus bestand nur aus dem Erdgeschoss. Die Tür stand offen und im Rahmen wehten bodenlange bunte Stoffstreifen. Rechts und links des Einganges hingen getrocknete Blumen und zu Zöpfen geflochtene Knoblauchzwiebeln. Aus dem Inneren waren die jammernden Klänge einer Sitar zu hören, die offensichtlich aus einem Lautsprecher kamen und sich auf eine eigentümliche Weise mit dem Zirpen der Zikaden vermischten. Die Hälfte des Hauses lag im Schatten einer hohen Pinie. Es roch nach Lavendel und Thymian. Darüber lag der zarte Duft indischer Räucherstäbchen, der aus dem Inneren des Hauses zu kommen schien.

»Madame Pilar ...!«, rief Leon. Im Haus rührte sich nichts.

Er wollte die Bewohnerin nicht erschrecken. Höflich klopfte er an den Türrahmen.

»Madame!«, rief er. »Sind Sie zu Hause?«

Leon wollte gerade einen Schritt ins Innere des Hauses machen, als Pilar um die Ecke der Terrasse kam. Die kleine Frau trug eine rote Bluse, dazu einen weiten Rock mit Blumenmuster, der bis über ihre Waden reichte. Die blauschwarzen Haare hatte sie zu einem Kranz geflochten, der von einer Plastikklammer in Form einer Schleife gehalten wurde. Ihre Füße steckten in rosa Espadrilles. An ihren Händen konnte Leon erkennen, dass Pilar älter war, als ihr Hippie-Look suggerieren sollte. Leon schätzte sie auf Ende fünfzig, vielleicht auch Anfang sechzig. Bei ihrer Körpergröße von nur einem Meter fünfundfünfzig und ihren molligen Formen wirkte sie unbeholfen und etwas schwerfällig, wie ein kleiner Seehund, den es auf den Strand verschlagen hatte. Aber der Eindruck täuschte. Wenn sie ging, bewegte sie sich mit einer seltsamen Anmut. Der Körper drohte immer wieder nach vorn zu kippen, aber auf wundersame Art fand Pilar jedes Mal wieder ihren Schwerpunkt. Sie federte die Treppenstufen von der Terrasse herab und blieb vor Leon stehen.

»Sind Sie von der EDF?«, fragte Pilar und hielt den Kopf schief.

»Nein, sind Sie Pilar?«

»Sie kommen bestimmt nicht wegen der dämlichen Stromrechnung?«

»Nein, ganz bestimmt nicht.« Leon schüttelte den Kopf.

»Dann bin ich zu Hause«, sagte sie mit einem Strahlen ihrer blauen Augen und hielt ihm die Hand hin. »Ich bin Pilar.«

Leon schüttelte die Hand, die weich wie die eines zu dicken Kindes war. »Leon. Wie ich auf dem Schild gelesen habe, sind wir Kollegen.«

»Ah, ein *Docteur* der alten Schule.« Pilar musterte Leon mit leiser Herablassung.

»Das stimmt, vom Wahrsagen habe ich leider keine Ahnung.«

»Wie verdienen Sie dann Ihr Geld?«

»Ich arbeite an der Klinik.«

»Operationen, Schmerzen und hohe Rechnungen.« Pilar winkte mit einer verächtlichen Geste ab. »Menschen suchen keine Sorgen, Menschen suchen Hoffnung.«

»Und die finden sie bei Ihnen …?«

»Ich blicke für sie in die Zukunft.«

»Und die ist natürlich rosig.«

Pilar musterte ihren Besucher, dessen Hand sie noch immer hielt. »Soll ich aus der Hand lesen?«, fragte sie.

Plötzlich spürte Leon ein nervöses Kribbeln in seiner Hand, wie bei seinem Physiotherapeuten, nachdem der ihm die Elektroden angelegt hatte. Was ihm immer etwas unheimlich war. Die Frau drehte seine Hand um, als wäre sie gar nicht mehr mit seinem Körper verbunden.

»Nein, lieber nicht«, sagte Leon, aber seine Hand fühlte sich plötzlich an wie gelähmt.

»Sie haben Angst vor der Zukunft …« Das war keine Frage, sondern eine Feststellung. Pilar strich mit ihren kurzen, speckigen Fingern sanft über seine linke Handfläche.

Mit einem Ruck zog Leon seine Hand zurück.

»Sie können mir helfen.« Leon spürte, wie das Gefühl in seine Hand zurückkroch. Wie im Winter, wenn er als Kind ohne Handschuhe im Schnee gespielt hatte und wieder ins warme Haus kam. »Sie haben kürzlich etwas bei *Capitaine* Morell vorbeigebracht.«

»Sie sind kein *Docteur*.« Pilar schüttelte leicht den Kopf. Leon sah sie fragend an. »Sie sagen nicht die Wahrheit. Ich fühle das.«

»Ich bin *Médecin Légiste*«, erklärte Leon. »Ich arbeite für die Staatsanwaltschaft.«

»Mutter Maria, gebenedeite …!« Pilar bekreuzigte sich.

»Sie erinnern sich doch bestimmt noch an die Stelle, wo Sie das Knochenstück gefunden haben.«

»Ich weiß nicht … bin nicht sicher«, plötzlich klang Pilar ängstlich.

»Ich würde mich gern an der Stelle umschauen. Vielleicht finden wir ja noch weitere Knochen.«

»Geben Sie sie mir, ich möchte nachsehen.« Sie hielt ihre Hand wie eine Schale vor sich, in die Leon seine Hand hineinlegen sollte. »Ich möchte es wissen.«

»Was meinen Sie …?«

»Ob Sie der Richtige sind.« Pilar nahm einen glatten Stein aus einem Gefäß am Boden und drehte ihn in der Hand. »Der Mann, dem man ein Geheimnis erzählen kann.«

»Was für ein Geheimnis?«

»Porquerolles ist voller Geheimnisse.« Sie deutete auf Leons Hand. »Dauert nur zehn Minuten. Und ist umsonst.«

»Lassen Sie uns erst mal die Stelle suchen. Um meine Hand kümmern wir uns später.«

»Na gut«, sagte Pilar. »Kommen Sie, Monsieur.« Die Frau raffte mit einer Hand ihren Rock und verschwand im nächsten Moment zwischen zwei hohen Rosmarinbüschen. Leon versuchte, mit ihr Schritt zu halten. Aber der Pfad war schmal, und viele der Äste, unter denen Pilar geschickt hindurchtauchte, schlugen Leon ins Gesicht. Doch je höher sie kamen, umso spärlicher wurde die Vegetation. Wenige Minuten später erreichten sie den Kamm des Hügels. Von hier reichte der Blick bis zum Festland mit der Halbinsel Giens. Auf der anderen Seite konnte man das schier grenzenlose Mittelmeer in der Sonne glitzern sehen. Pilar schien sich nicht für die Aussicht zu interessieren, sondern marschierte im Eiltempo weiter. Leon musste sich anstrengen, um mitzuhalten. Plötzlich blieb sie stehen und sah sich um.

»War es hier?«, fragte Leon.

Pilar durchsuchte ein paar Meter rechts und links vom Weg das Unterholz. Dann kam sie zurück und schüttelte den Kopf. Es sollte nicht der einzige Irrtum dieses Nachmittags bleiben.

46. KAPITEL

Commandant Zerna war sauer. Er hatte den Telefonhörer so fest auf die Anlage geknallt, dass die Kunststoffschale einen Sprung bekommen hatte. Dabei hatte dieser Tag so vielversprechend begonnen. Sie konnten Legrand zwar kein Geständnis entlocken, aber er hatte seine Aussagen so oft korrigiert, dass er sich zuletzt hilflos in Widersprüchen verheddert hatte. Es war offensichtlich, dass der Verdächtige log, und er hatte kein glaubwürdiges Alibi für die Tatzeit. Irgendwann sagte Legrand gar nichts mehr. Aber sein Schweigen war für Zerna auch eine Art Geständnis. Legrand war sein Verdächtiger Nummer eins, und darum hatte er ihn auch persönlich bei Madame Lapierre abgeliefert. Schließlich musste jemand, dem eine Mordanklage drohte, ohnehin früher oder später in das Gefängnis von Toulon überstellt werden. Das Revier der Gendarmerie Nationale von Le Lavandou verfügte nur über eine kleine Ausnüchterungszelle. Aber die war für trinkfreudige Touristen reserviert und nicht für Killer.

Jetzt hatte dieser Vollidiot von Legrand die schöne Theorie von *Commandant* Zerna mit einem Schlag zunichtegemacht. Er hatte vor Kommissarin Lapierre zugegeben, dass er zusammen mit Charles Dubois den unglücklichen Simon zusammengeschlagen hatte. Eine Anklage wegen Körperverletzung war immer noch besser als eine Mordanklage. Natürlich hätte es auch nur eine Ausrede sein können. Aber dann hatte dieser Penner von Dubois erklärt, dass er von Legrand vierhundert Euro dafür kassiert hatte, dass er dem Vater der kleinen Amélie eine Abreibung verpasste. Damit Simon endlich begriff, dass es für ihn in Le Lavandou keine Zukunft gab.

Darum saß Zerna jetzt in seinem Büro und nicht mit dem Bürgermeister in der Auberge Provençale beim Essen, um die Lösung im Fall Amélie zu feiern – auf Kosten der Stadt selbstverständlich. Nein, zum Teufel, jetzt ging die ganze verdammte Scheiße von vorne los.

Zerna hatte seine leitenden Beamten in den großen Besprechungsraum beordert. Was ihm besonders gegen den Strich ging: Neben der Kommissarin saß auch Staatsanwalt Orlandy. Ausgerechnet Orlandy, den er gestern noch versucht hatte, mit der Festnahme von Legrand zu beeindrucken. »Damit ist der Fall Amélie Geschichte«, hatte Zerna getönt. Und jetzt kam er sich vor wie ein Idiot.

»Wenn wir das richtig sehen«, sagte Madame Lapierre, »verfolgen Sie zurzeit zwei Täter: Legrand und diesen ...?« Sie blätterte in ihren Unterlagen.

»Eric, den können Sie vergessen. Der hat doch einen an der Klatsche«, fiel Masclau der Kommissarin ins Wort.

»Was *Lieutenant* Masclau meint«, sagte Isabelle schnell. »Eric steht im Moment unter ärztlicher Aufsicht in der Nervenklinik von Draguignan. Das einzige Indiz, das ihn belastet, ist ein Schuh, den das Opfer am Tag seines Verschwindens getragen hat.«

»Wann kann man mit diesem Eric sprechen?«, wollte Orlandy wissen.

»Das können wir im Moment leider noch nicht sagen«, meinte Isabelle.

»Darüber entscheidet der behandelnde Psychiater«, erklärte Zerna. »Was ich persönlich für ausgemachten Schwachsinn halte.«

»Wenn Legrand die Wahrheit sagt ...?« Staatsanwalt Orlandy ließ die Frage unausgesprochen im Raum hängen.

»Dann wäre seine DNA-Spur kein Beweis, dass er Simon getötet und den Selbstmord fingiert hat«, ergänzte die Kommissarin.

»Wieso denn nicht? Erst lässt Legrand den Kerl auf dem Parkplatz niederschlagen«, unterbrach Zerna, »aber dann will er doch lieber auf Nummer sicher gehen und bringt ihn noch in der gleichen Nacht um. Dann kann Legrand das Geld aus dem Erbe behalten. Und Paul Simon nimmt das Geheimnis um den Tod seiner Tochter mit ins Grab.«

»Was Sie aber nicht beweisen können«, erinnerte ihn Madame Lapierre in ihrer besserwisserischen Art.

»Ja, das ist uns auch klar«, murmelte Zerna ärgerlich.

»Ich frage noch einmal«, bohrte der Staatsanwalt nach. »Wenn Monsieur Legrand die Wahrheit sagt und Simon wirklich Selbstmord begangen hat ...«

»Dann haben wir hier ein verdammtes Problem«, grummelte Zerna.

»Wenn wir das wirklich glauben«, sagte Isabelle, »dann stehen wir mit diesem Fall wieder ganz am Anfang.«

»Noch schlimmer«, ergänzte Masclau. »Diesmal haben wir auch noch unseren wichtigsten Zeugen verloren.«

47. KAPITEL

Die Sonne schien heiß auf den Höhenrücken, auf dem Leon seiner energischen Begleiterin folgte und wo die wenigen Pinien nur noch spärlichen Schatten spendeten. Leon spürte, wie die Sonne im Nacken und auf den Unterarmen brannte. Der Himmel war zwar leicht bewölkt, aber hier draußen, auf einer Insel mitten im Meer, schien die UV-Strahlung von allen Seiten zu kommen. Er ärgerte sich, dass er seinen Strohhut im Auto gelassen hatte. Sie waren jetzt seit fast zwei Stunden schweigend unterwegs, und Leon hatte das Gefühl, dass Pilar längst nicht mehr wusste, wohin sie liefen. Vielleicht wollte sie die Stelle ja auch gar nicht mehr finden. Vielleicht hatte sie sich von Anfang an nur wichtig machen wollen.

Bei einem Felsen machten sie halt, und zu seiner Genugtuung sah Leon, dass auch von Pilars Schläfen kleine Schweißtropfen herabliefen. In den Ästen über ihnen krächzte ein Eichelhäher.

»Als Sie den Knochen gefunden haben«, versuchte Leon die Konversation wieder aufzunehmen, »wonach haben Sie da eigentlich gesucht?«

»Trüffel«, sagte Pilar kurz angebunden.

Leon hatte von Trüffeln unten an der Küste gehört, aber die konnte man wohl kaum hier oben in der prallen Sonne finden. Vielleicht etwas tiefer in den Senken, wo die Vegetation dichter und der Boden feuchter war.

»Gibt es da unten auch einen Weg?« Leon deutete auf den Fuß des Hügels, der von hier oben dicht und grün bewaldet erschien.

Pilar sah ihn kurz an, als müsste sie nachdenken, bevor sie sich entschied. »Komm«, sagte sie.

Sie liefen einen Pfad hinunter, der dem Betonband einer Telefonleitung folgte, die man vor Jahrzehnten im Boden verlegt hatte. Die Ginsterbüsche wuchsen hier höher, und in den schattigen Mulden flatterten Wolken kleiner Zitronenfalter auf, wenn sie näher kamen.

Leon hatte die Veränderung im Boden nur aus dem Augenwinkel wahrgenommen. Er war noch ein paar Meter weitergegangen, bis er stehen blieb und zurücksah. Zwischen den Büschen hatte jemand ein paar flache Steine aufgeschichtet.

»Ich will mir kurz etwas ansehen«, rief er Pilar hinterher und drängte sich an einem Busch Zistrosen vorbei. Zwei Meter weiter blieb er vor einer Zeder stehen. Am Boden waren flache Steine zu einem kniehohen Haufen aufgestapelt worden. Die Erde davor war von Wildschweinen aufgewühlt, die hier offensichtlich nach Wurzeln und Pilzen suchten.

Keine schlechte Stelle für Trüffel, wenn sie auch den Wildschweinen gefällt, dachte Leon und ging in die Knie. Vor dem Steinhaufen war der Boden mit weiteren flachen Steinen bedeckt. Dort, wo die Wildschweine den Boden aufgerissen hatten, schienen ein paar trockene Wurzeln aus der Erde zu ragen. Leon griff in seine lederne Aktentasche und zog einen Pinsel mit Holzgriff hervor, wie ihn Archäologen verwendeten. Sorgfältig fegte er den Staub zur Seite, der in der warmen Luft aufwirbelte und im Sonnenlicht wie Danziger Goldwasser glitzerte. Jetzt konnte Leon erkennen, was die Wildschweine aus dem Boden gezerrt hatten. Das waren keine Äste, das waren Knochen, menschliche Knochen.

»Was machen Sie da?« Pilar war neben Leon aufgetaucht.

»Haben Sie den Knochen hier gefunden?«, fragte Leon.

Pilar beugte sich so tief nach vorne, dass sie bequem mit den Händen den Boden berühren konnte. Als sie nach einem der Knochen griff, hielt Leon ihren Arm fest.

»Nichts berühren!«, befahl er.

»Das war der Erzengel.« In der Stimme von Pilar schwangen Ehrfurcht und Angst mit.

»Wer?«, fragte Leon.

»Heilige Maria, bitte für uns Sünder, jetzt und in der Stunde unseres Todes. Amen«, betete Pilar, bekreuzigte sich und sah Leon mit aufforderndem Blick an.

Einen Augenblick lang wusste Leon nicht, worauf Pilar wartete.

»Amen«, sagte er schließlich, und Pilar nickte.

»Wir dürfen die Ruhe der Toten nicht stören«, sagte Pilar.

»Ich rufe jetzt die Polizei an.« Leon zog sein Handy aus der Tasche und tippte auf das Display.

Zwei Stunden später war es mit der Ruhe im Nationalpark vorbei. Ein Hubschrauber schwebte über die Hügelkuppe hinweg und verwandelte die Fundstelle, an der sich inzwischen mehr als ein Dutzend Polizeibeamte drängten, in das Zentrum eines Sandsturms.

»Sagen Sie diesem Idioten, er soll verschwinden«, brüllte Zerna gegen den Lärm der Rotoren *Lieutenant* Kadir zu. Er hielt seine Kappe mit dem Wappen der Gendarmerie Nationale fest, drehte den Kopf zur Seite und kniff die Augen zusammen.

Lieutenant Kadir ging ein paar Schritte zur Seite und versuchte, über das Handfunkgerät Kontakt mit dem Piloten des Helikopters aufzunehmen, der Fotos vom Gelände rund um die Fundstelle machte. Einen Augenblick später drehte der Hubschrauber ab.

Leon kniete unter einem offenen Zeltdach am Boden. Er hatte eine Grube von etwa zwei mal einem Meter und vierzig Zentimetern Tiefe ausgehoben. Mithilfe eines Spatels, einer kleinen Schaufel und des Pinsels hatte er nach und nach das ganze Skelett aus dem Boden geschält. An seiner Seite arbeitete Rybaud mit der gleichen Sorgfalt. Jeder freigelegte Knochen wurde mit einer Markierung versehen und fotografiert, bevor er vorsichtig aus dem Boden gehoben und in eine Blechwanne gelegt wurde. Zusammenhängende Skelettteile wurden gemeinsam freigelegt, vermessen, ebenfalls fotografiert und dann in vorbereiteten Tüten verstaut. Leon war wie elektrisiert. Mit Rybaud arbeitete er inzwischen mehr als drei Stunden in der brütenden Hitze. Sie hatten fast das gesamte Skelett freigelegt und bestimmen können. Aber es würde noch eine Weile dauern, bevor die Arbeit hier oben beendet war. Isabelle betrat das Zelt.

»Ihr müsst unbedingt etwas trinken.« Sie reichte den Männern zwei Flaschen Evian.

»Danke«, sagte Leon und nahm ein paar gierige Schlucke. Schweiß und Staub hatten in seinem Gesicht dunkle Spuren hinterlassen.

»Merci, Madame«, sagte Rybaud. »*Très gentille.*«

»Ist es der Tote?«, wollte Isabelle wissen.

»Denke schon.« Leon erhob sich. Isabelle konnte sehen, dass er sich an den Händen und im Nacken einen Sonnenbrand geholt hatte. »Das Skelett ist unvollständig. Die rechte Hand fehlt. Genauso wie der rechte Unterschenkelknochen und ein paar weitere Knochen. Aber sonst ist es in einem guten Zustand.«

»Das liegt am Boden hier.« Rybaud nahm ein paar große Schlucke aus der Wasserflasche. Staub bedeckte auch sein Gesicht.

Als Letztes hatte Leon den Schädel des Opfers, Hals und Schultern freigelegt. Die Leiche war offensichtlich auf dem Rücken liegend begraben worden.

»Was denkst du, wie lange hat sie wohl hier gelegen?« Isabelle betrachtete nachdenklich das Grab unter der Zeder. Die Polizeibeamten standen neugierig, aber respektvoll hinter der Absperrung aus weiß-rotem Flatterband und sahen zu ihnen herüber. Zerna und Masclau tauchten auf.

»Schwer zu sagen«, überlegte Leon. »Das Körpergewebe ist bis auf geringe Reste vollständig verwest. Wir haben auch noch Fetzen von Kleidung gefunden. Ich schätze, der Körper liegt hier ungefähr sieben, maximal zehn Jahre.«

»Ist klein für einen Erwachsenen«, bemerkte Zerna, der auf das Grab hinuntersah.

»Es ist das Skelett eines Jugendlichen«, bestätigte Leon.

»Wie alt?« Isabelle wurde hellhörig.

»Jetzt sagen Sie bloß nicht, Sie denken an Amélie Simon.« Zerna nahm seine Kappe ab und wischte sich mit der Hand über seinen kahl rasierten Schädel.

»Das ist nicht möglich«, meldete sich Leon. »Dieser Tote ist deutlich älter als Amélie Simon. Fünfzehn, vielleicht sechzehn Jahre. Vorausgesetzt, es handelt sich überhaupt um eine junge Frau.«

»Ist ein verschwiegener Platz für ein Grab.« Masclau sah sich um. »Wenn hier einer 'ne Leiche verbuddelt hat, warum markiert er dann das Grab?«

»Keine Ahnung. Vielleicht, um es gelegentlich zu besuchen«, sagte Isabelle.

»Diese Inselleute sind alle verrückt«, konstatierte Masclau.

»Wann können wir erste Ergebnisse haben?« Zerna sah Leon an.

»Geben Sie uns 24 Stunden für die Knochenuntersuchungen und die DNA-Tests«, antwortete Leon.

»Zehn Jahre …?« Isabelle warf einen nachdenklichen Blick auf den Schädel in der Grube.

»Was überlegst du?«, fragte Leon.

»Wenn deine Einschätzung stimmt, müsste es also einen sechzehnjährigen Jugendlichen gegeben haben, der vor rund acht Jahren verschwunden ist?« Isabelle sah Zerna an.

»Nicht während meiner Dienstzeit«, erwiderte Zerna und schaute hinüber zu Masclau, der in Le Lavandou aufgewachsen war.

»Doch, da war mal was während meiner Ausbildung«, versuchte Masclau sich zu erinnern. »Das war ein Mädchen. Die ist hier auf Porquerolles ertrunken. Wir mussten tagelang das Ufer absuchen. Aber die Kleine war noch ein Kind.«

»Wurde sie gefunden?«

»Nicht von uns. Aber das ist viel länger her. Das muss so um 2002 gewesen sein. Wie gesagt, das war ein Kind.«

»Ich werde trotzdem nachsehen, ob wir da irgendetwas haben.« Isabelle hatte sich Notizen auf einem kleinen Block gemacht.

»Gut«, sagte Zerna zu Isabelle. »Und reden Sie zur Sicherheit auch mit den Kollegen in Toulon. Was sagt die Zeugin?«

»Nicht viel«, erwiderte Isabelle. »Sitzt in ihrem Häuschen und spricht mit dem Erzengel.«

»Na großartig.« Zerna klang genervt.

»Ich sag doch: Die haben hier alle einen Schatten.« Masclau wedelte sich demonstrativ mit der Hand vor dem Gesicht herum. »Hab mal gelesen, dass das mit dem Wetter zusammenhängt. Zu viel von dieser UV-Strahlung oder so was.«

»Vielleicht sollten wir die Zeugin auf der Wache vernehmen.« Zerna sah Isabelle an. »Sie soll begreifen, dass wir es ernst meinen.«

»Ich denke, das bringt nichts.« Isabelle wusste, dass Zerna es nicht leiden konnte, wenn man ihm widersprach. Aber sie hatte keine Lust, einen Abend damit zu verbringen, die verrückte Pilar zu vernehmen. »Sie wird uns nichts sagen. Wenn sie was wüsste, hätte sie es mir längst erzählt.«

»Trotzdem. Gehen Sie noch einmal zu ihr«, befahl Zerna. »Vielleicht erinnert sie sich ja auch an die Geschichte mit dem verschwundenen Mädchen, wenn Sie richtig nachfassen.«

»Vielleicht ist sie ja die Täterin.« Zerna sah Masclau an, der entschuldigend die Hände hob. »Na ja, wissen wir es ...?«

»Wann sind Sie hier fertig?«, wollte Zerna von Leon wissen.

»Vielleicht noch eine Stunde.« Leon stand auf und Zerna musste zu ihm aufblicken. »Es wäre wichtig, dass die Absperrung bleibt. Es könnte noch weitere Spuren geben.«

»*Lieutenant* Kadir ...!«, rief Zerna.

»*Oui, Patron*«, Moma lief zu seinem Chef, der es schätzte, wenn er von seinen Beamten »*Patron*« genannt wurde.

»Am besten sperren Sie den Pfad schon da unten«, Zerna deutete in die Senke, »und stellen Sie Schilder auf.«

»Geht klar, *Patron*«, antwortete Moma. Es fehlte nur noch, dass er salutierte.

Zerna machte sein kantiges Polizeichef-Gesicht. Er hatte längst bemerkt, dass unter den Zaungästen inzwischen auch Leute von der Presse waren und fotografierten. Die sollten ruhig sehen, wer hier die Untersuchung leitete.

48. KAPITEL

Der Mann hatte sich auf die kleine Mauer gesetzt, gleich neben den Treppenstufen, die vom Parkplatz zum Strand von La Favière mit seinem puderfeinen Sand führten. Es war erst Viertel nach sieben, und der Mann wusste, dass das Mädchen vor halb acht nicht auftauchen würde. Sie würde zuerst mit den Eltern zu Abend essen, es sei denn, die stritten sich wieder. Das würde allerdings eine Programmänderung bedeuten, denn dann wäre da nur noch das Mädchen mit seinem Vater, und der würde sie nie alleine bis zum Strand gehen lassen.

»Nur zum Strand, nicht mit den Füßen ins Wasser«, sagte die Mutter jeden Abend nach dem Essen, wenn sie und ihr Mann noch in dem Restaurant sitzen blieben, ein weiteres Glas Wein tranken und Emma hinterhersahen, die noch mal schnell den Strand entlanghüpfen durfte.

Die Mutter traute der kleinen Emma mehr zu, dachte der Mann. Was wohl damit zusammenhing, dass sie in Gedanken schon längst wieder bei ihrem Geliebten war. Was würde er gerade tun, während sie mit ihrem Mann und der kleinen Emma im Restaurant saß? Würde er sich vor Sehnsucht nach ihr verzehren? Würde er die Stunden zählen, bis sie ihn wieder in die Arme schloss? Oder würde er vielleicht in irgendeiner Bar am Strand sitzen und mit anderen Frauen flirten? Dann sah die Frau nervös auf die Uhr und dachte fieberhaft darüber nach, wie sie sich noch mal davonmachen konnte, um nach dem Geliebten in seinem kleinen Hotel in Cavalaire zu sehen. Das funktionierte am besten, wenn sie mit ihrem Mann einen Streit anfing und empört davonlief. Er folgte ihr nie. Sie würde später zurückkehren und die kleine Emma in den Arm nehmen, die dann längst im Bett lag. Mit ihrem Ehemann würde sie kein Wort reden, sondern ihn noch ein bisschen mehr hassen – wenn das überhaupt möglich war.

All das ging dem Mann durch den Kopf, denn er musste jede Kleinigkeit einkalkulieren, wenn er an diesem Abend seinen Plan verwirklichen wollte. In seiner Rechnung gab es einige Unbekannte, und er würde improvisieren müssen. Aber das war nicht zu ändern. Sein Auto stand auf dem Parkplatz bereit, die Seitenscheiben hatte er mit Folie verdunkelt. Er hatte eine Decke dabei und natürlich eine große Flasche Wasser. Emma würde Durst haben, nach allem, was jetzt vor ihr lag. Er tat dem Kind etwas Gutes, das machte er sich immer wieder klar. Nein, das war keine Entführung. Was für ein Unsinn! Tätige Nächstenliebe nannte man so etwas. Er war dabei, ein Geschöpf Gottes zu retten. Dafür erwartete er keine Anerkennung, kein Lob. Allein die gute Tat zählte. Das Gefühl, zu helfen und das Richtige zu tun, war ihm Belohnung genug.

In diesem Moment sah er das Mädchen den Bürgersteig entlangkommen. Es drehte sich noch einmal um und winkte seinen Eltern im Restaurant zu, die der Mann von seinem Platz nicht sehen konnte. Er spürte ein Kribbeln, das durch seinen Körper lief. Vor Aufregung über das, was gleich geschehen würde, wurden seine Hände ganz pelzig. Er musste sich konzentrieren, damit er jetzt nicht die Kontrolle verlor. Der Mann griff in den kleinen Sportrucksack, der neben ihm lag, und zog den Teddybären heraus. Es war der Bär, der dem Mädchen gehörte und den sie ›Monsieur Claude‹ nannte. Jetzt kam es nur noch darauf an, dass es ihm gelang, ihr Vertrauen zu gewinnen. Das war der heikelste Moment seines Plans. Das Mädchen kam näher. Um diese Zeit war der Strand so gut wie leer. Emma hüpfte von einem Bein auf das andere. Kurz bevor sie an ihm vorbeilief, hielt er den Bären vor sich hin.

»*Bonsoir, Emma*«, ließ er den Bären sagen. Dabei lächelte der Mann, so gut er konnte.

Das Mädchen war sofort stehen geblieben, als sie ihr Spielzeug in der Hand des Unbekannten sah. Sie schaute den Mann an, und mit einem Griff an ihr Ohr stellte sie das Hörgerät lauter.

»Monsieur Claude möchte zurück zu seiner Freundin«, sagte der Bär. Der Mann hielt das Kuscheltier dem Mädchen hin.

Emma wusste, dass man sich nicht ansprechen lassen durfte. Ihre Mutter und ihr Vater hatten ihr das Dutzende Male erklärt. Aber da war es immer um böse Männer gegangen. So einer war dieser Mann bestimmt nicht. Er brachte ihr sogar ihr liebstes Kuscheltier zurück. Bestimmt hatte er es am Strand gefunden. Oder in dem Appartementhaus, in dem ihre Eltern die Ferienwohnung gemietet hatten.

Der Mann machte eine auffällige Bewegung. Er strich sich mit der offenen Hand vom Hals nach unten. Dann zeigte er dem Mädchen seine Hand und berührte die Spitze des Daumens mit dem Zeigefinger. »Geht es dir gut?«, hieß das in der Gebärdensprache. Das Mädchen lächelte und tippte sich mit den Fingerspitzen ihrer rechten Hand ans Kinn. »Danke.«

Der Mann reichte Emma den Bären. Dankbar nahm sie das Kuscheltier in den Arm und küsste es auf die Nase.

»Monsieur Claude ist glücklich, dass er wieder bei seiner besten Freundin ist«, sagte der Mann und zeigte sein breitestes Lächeln, was ein wenig so aussah, als hätte er Schmerzen.

»Ich habe dir noch etwas mitgebracht«, sagte der Mann und hatte sofort Emmas Aufmerksamkeit. »Willst du es sehen?«

Emma nickte neugierig. Was hatte dieser nette Mann, der ihr gerade ihr Lieblingstier zurückgebracht hatte, wohl noch dabei?

»Komm, ich zeige es dir.« Der Mann stand auf. Er griff nicht nach der Hand des Kindes, aus Sorge, es könnte das Mädchen abschrecken. »Mein Auto ist gleich da vorn.«

In diesem Moment hörte er jemanden Emmas Namen rufen. Das Mädchen hatte es noch nicht wahrgenommen. Aus dem Augenwinkel sah er auf der Promenade Emmas Vater näher kommen. Ausgerechnet jetzt – verflucht. Wenn er die Kleine jetzt schnappte, konnte er es schaffen. Der Wagen stand nur zehn Meter entfernt. Selbst wenn der Vater rannte, wäre es fraglich, ob er sie einholen könnte.

Aber der Vater würde sofort die Polizei alarmieren. Es würde viel Unruhe geben. Zeugen würden sich erinnern. Alles könnte auffliegen, einfach alles.

»Ich glaube, dein Vater ruft nach dir«, sagte er zu dem Kind und deutete die Promenade herunter. »Auf, lauf zu ihm. Ich muss sowieso los.«

»Wann zeigst du mir, was du mir mitgebracht hast?«, fragte das Mädchen.

»Ein andermal«, antwortete der Mann. »Jetzt lauf!«

Das Mädchen rannte seinem Vater entgegen. Dann blieb es noch einmal stehen, drehte sich um und winkte. Aber der Mann war bereits in der Dunkelheit verschwunden.

49. KAPITEL

Leon hatte gekocht. Was er gelegentlich tat, wenn Isabelle länger im Büro bleiben musste. Und wie immer hatte er Spaghetti mit Thunfischsauce gemacht. Leon wusste, dass seine Kochkünste begrenzt waren, aber bei Spaghetti mit Thunfischsauce machte ihm niemand etwas vor. Isabelle behauptete zwar, dass sie immer gleich schmecken würden, aber Lilou liebte seine Nudeln und nahm jedes Mal zwei Portionen. Eigentlich lehnte Lilou ja den Verzehr von Thunfisch ab, weil die weltweiten Bestände durch Überfischung immer kleiner wurden. Aber wenn Leon seine Thunfischsauce mit Zitrone und Kapern gemacht hatte, vergaß sie ihre vegetarischen Prinzipien.

»Du hast uns gar nicht erzählt, wie deine Schulaufgabe in Mathematik ausgegangen ist.« Isabelle versuchte, ihrer Stimme einen Ton heiterer Ahnungslosigkeit zu geben.

»Monsieur Lambert ist ein Arsch«, antwortete Lilou bitter.

»Erst einmal ist Monsieur Lambert dein Mathematiklehrer, und außerdem mag ich es nicht, wenn du so redest.« Isabelle wusste sofort, dass es Ärger in der Schule gegeben hatte.

»Habt ihr den Test denn schon zurück?«, fragte Leon.

»Strahlensätze ...«, bei Lilou klang das wie Luftverschmutzung. »Kannst du mir sagen, wofür ich in meinem Leben je wieder Strahlensätze brauchen werde?«

»Mathematik, Physik, IT-Branche …«, begann Leon.

»Interessiert mich alles nicht«, unterbrach ihn Lilou. Sie hatte auf trotzig umgeschaltet.

»Biologie, Medizin, Umweltschutz«, fuhr Leon fort.

»Das sagst du jetzt nur. Kein Schwein braucht Strahlensätze beim Umweltschutz.«

Leon sah zu Isabelle. Ein leises Signal, dass ihre Tochter recht hatte. Wer brauchte im richtigen Leben schon Strahlensätze? Er hatte ja selber nur noch eine vage Erinnerung an seinen Geometrieunterricht.

»Was für eine Note hast du bekommen?«, fragte Leon.

»Der blöde Lambert kann mich nicht leiden«, wich Lilou einer Antwort aus.

»Welche Note?«, wiederholte Isabelle.

»Ihr nervt, echt«, quengelte Lilou. Isabelle und Leon sahen sie einen quälend langen Moment schweigend an. »Eine Fünf, jetzt zufrieden?«

»Nein«, sagte Isabelle ärgerlich. »Bin ich nicht, überhaupt nicht.«

»So schlimm ist es auch wieder nicht«, versuchte Leon zu vermitteln.

»Ach, nein?«, schnappte Isabelle zurück. »Was wäre denn schlimmer? Eine Sechs oder gleich die Klasse zu wiederholen?«

Leon sah Isabelle kurz an. Es war besser, diese Unterhaltung nicht weiter zu vertiefen.

»Warum gehst du nicht noch mal in die Nachhilfe?«, fragte er Lilou. »Nur bis zur Versetzung. Ich wette, du packst das.«

»Ich kapiere einfach die ganze Geometrie nicht.« Lilou klang frustriert.

»Ging mir früher genauso«, erinnerte sich Leon.

»Na toll!« Isabelle klang bitter, als sie Leon ansah. »Vielen Dank.«

»Ich glaube, ich geh dann mal in mein Zimmer.« Lilou stand auf und verschwand in den ersten Stock.

»Im Moment ist sie frustriert«, beschwichtigte Leon. »Aber ein kleines Erfolgserlebnis, und dann kriegt sie die Kurve.«

»Sie nimmt die Schule zu leicht. Sie engagiert sich nicht richtig«, sagte Isabelle. »Weil sie ständig irgendeinen Quatsch im Kopf hat.«

»Alle Kinder in diesem Alter haben Probleme«, antwortete Leon. »Aber ich bin sicher, dass sie das hinbekommt. Sie hat es doch noch immer geschafft.«

»Immer auf den letzten Drücker«, sagte Isabelle.

»Ich war auch kein guter Schüler«, entgegnete Leon. »Bis ich endlich an die Uni kam und Medizin studieren durfte. Das war mein Erweckungserlebnis.«

»Bei dir klingt das so leicht.«

»Ich glaube an deine Tochter.« Leon schenkte Isabelle ein Glas Wein ein.

»Du findest mich zickig, stimmt's?«, fragte Isabelle.

»Nein, ich halte dich für besorgt und engagiert«, erwiderte Leon. »Du bist eine großartige Mutter, und deine Tochter bewundert dich.«

»Alter Schmeichler«, sagte Isabelle. »Hör auf, sonst falle ich noch auf dich herein.«

»Darauf setze ich fest«, Leon lächelte. Er war aufgestanden und begann, das Geschirr in die Spülmaschine zu räumen. »Hast du etwas über das Kind von der Insel herausfinden können?«

»Didier hatte recht«, sagte Isabelle. »2002 ist tatsächlich ein Mädchen auf der Insel verunglückt, Nicole Rosset.«

»Wie alt?«, fragte Leon.

»Sie war erst acht.«

»Dann ist sie nicht unser Opfer«, sagte Leon. »Die Tote aus den Hügeln muss doppelt so alt gewesen sein.«

»Es gab aber keinen anderen Vermisstenfall in den Polizeiunterlagen.«

»Diese Achtjährige, ist die damals ertrunken?«, fragte Leon.

»So steht es im Polizeibericht.« Isabelle nickte. »Die Eltern hatten mit ihrer Tochter einen Tagesausflug auf die Insel unternommen. Sie hatten Fahrräder gemietet. Irgendwann war die Kleine verschwunden.«

»Einfach so?«

»Sie wollte am Strand nach Muscheln suchen. Es gibt dort starke Strömungen. Sie haben die ganze Insel abgesucht. Polizei, Gendarmerie, sogar die Küstenwache war dabei.«

»Aber sie haben nichts gefunden ...«, sagte Leon, und es schwang eine Ahnung mit. Irgendetwas an der Geschichte machte ihn misstrauisch, er musste herausfinden, was es war.

»Nicht ganz«, unterbrach Isabelle seine Gedanken. »Nach drei Tagen fanden sie Kleidungsstücke des Mädchens. Sie waren ein paar Buchten weiter angetrieben worden. Die offizielle Erklärung lautete: Tod durch Ertrinken.«

»Gibt es Verwandte?«

»Der Vater besitzt eine Apotheke in Draguignan«, sagte Isabelle. Sie zögerte einen Moment. »Ich habe ihn angerufen. Er will unbedingt kommen.«

»In die Rechtsmedizin?«, fragte Leon. Isabelle nickte. »Konntest du ihm das nicht ausreden?«

»Er wollte unbedingt sehen, was wir gefunden haben.

Ich dachte, er kann dir vielleicht irgendwie bei der Identifizierung helfen.«

Leon sah Isabelle mit einem vorwurfsvollen Blick an. Aber sie sollte Recht behalten.

50. KAPITEL

Die entscheidende Spur fand Leon am nächsten Morgen gegen 9.15 Uhr. Es war ein Fremdkörper von zwei Millimetern Durchmesser, der sich auf dem Röntgenfoto als kleiner weißer Punkt abgebildet hatte. Der Gegenstand befand sich im Processus, dem Fortsatz des Brustbeins, am Ansatz der siebten rechten Rippe. Und er bewies Leon, dass er sich auf sein Gefühl verlassen konnte. Sie hatten es tatsächlich mit einem Mord zu tun.

Leon war zeitig aufgestanden. Er hatte nicht schlafen können, Träume hatten ihn verfolgt. Träume von Kindern und von Gräbern im Wald. Leon war seit fast 25 Jahren Rechtsmediziner und er hatte gelernt, Beruf und Privatleben immer klar voneinander zu trennen. In der Regel gelang ihm das auch problemlos. Aber es gab eine Ausnahme. Wenn er es mit toten Kindern zu tun hatte, konnte es geschehen, dass sie ihn auch noch in seinen Träumen verfolgten. Wie in der vergangenen Nacht. Wenn er dann schweißgebadet oder mit klopfendem Herzen aus dem Tiefschlaf erwachte, hatte sich eine heiße Dusche als wirksames Gegenmittel bewährt. Auch wenn es erst vier Uhr morgens war. Danach hatte er ein großes Glas Wasser getrunken und war ins Büro gefahren. Den ersten Kaffee beschaffte er sich in der Klinik am Automaten und Frühstück gab es in der Kantine erst ab 7 Uhr. Aber um diese Zeit hatte Leon sich längst tief in seine Arbeit gestürzt.

Er hatte die Fotos von der Lage der Knochen auf dem Bildschirm seines Computers aufgerufen. Auf dem Seziertisch lag jetzt ein weiches schwarzes Tuch, auf dem die Knochen einen guten Kontrast bildeten. Jeder Wirbel, jede Rippe lag genau so, wie Leon und sein Assistent sie bei der Exhumierung vorgefunden hatten. Diese Leiche war nicht einfach nur in einem Erdloch verscharrt worden, dachte Leon. Jemand hatte sich große Mühe gegeben, den Leichnam ordentlich aufzubahren. Die Beine waren ausgestreckt, die Arme lagen ursprünglich vor dem Brustkorb, die Hände übereinander, wie zum Gebet gefaltet. Bis die rechte Hand eines Tages von den Wildschweinen weggeschleppt worden war. Der Kopf lag mit dem Gesicht in Richtung Himmel. Wer immer sich als Letzter um den Leichnam gekümmert hatte, wollte ein richtiges Grab schaffen. Es musste eine lange und mühsame Arbeit gewesen sein, denn der Boden war an dieser Stelle voller Wurzeln und Steine. Jemand hatte jeden Stein sorgfältig zur Seite gelegt und später das Grab wieder mit flachen Steinen abgedeckt. Die restlichen Steine waren als Schutz zu einem kleinen Haufen aufgeschichtet worden. In den letzten Jahren war das Grab offensichtlich vernachlässigt worden. Schließlich hatten es die Wildschweine doch noch gefunden. Oder war es Pilar selber, die der Polizei ihr Geheimnis hatte offenbaren wollen, das sie seit so vielen Jahren belastete?

Leon betrachtete die Knochen. Sie hatten einmal den Körper eines fünfzehn- oder sechzehnjährigen Mädchens getragen. Da war er sich relativ sicher. Es musste ein sportliches Mädchen gewesen sein, wie Leon vermutete. Beide Schlüsselbeine waren gebrochen, aber wieder gut verheilt. Typische Sportunfälle. Genau wie der Bruch im linken Arm, der ebenfalls gut verheilt war. Vielleicht war das Mädchen geritten. Stürze vom Pferd führten oft zu dieser Art von Verletzungen. Das Mädchen war ungefähr 1,65 Meter groß gewesen und blond, darauf deuteten die wenigen erhaltenen Haare hin, die sie bei dem Schädel gefunden hatten. Leon versuchte, sich das Mädchen vorzustellen, während er die Knochen untersuchte. Eine Sechzehnjährige, sportlich, voller Bewegungsdrang. Sie musste Freunde gehabt haben, Bekannte. Und trotzdem schien niemand sie vermisst zu haben, als sie vor über zehn Jahren in den Hügeln begraben wurde. Die einzige Spur, die Leon zu dem Verbrechen führen konnte, waren diese Knochen.

Um 8.15 Uhr kam Rybaud mit den Ergebnissen der DNA-Analyse der Hand. Leons Gefühl hatte ihn nicht getäuscht. Der Mittelhandknochen gehörte zu dem weiblichen Skelett, das da vor ihnen lag.

Wenn ein Mensch stirbt, bleibt meist zuerst das Herz stehen, und dann versagen die Organe. Im gleichen Moment geschieht etwas Faszinierendes, das Immunsystem bricht zusammen und damit das körperinterne Abwehr- und Kommunikationssystem, das all die Milliarden und Abermilliarden Zellen miteinander verbindet. Die Wände dieser Zellen werden instabil, zerfallen, Flüssigkeiten fließen ab, verbinden sich mit anderen Flüssigkeiten, und das Gewebe beginnt sich von innen aufzulösen. Gleichzeitig fällt eine ganze Armee von Insekten über den Körper her und verzehrt alles, was sie finden kann. Zuletzt bleiben nur die Knochen übrig. In einem guten Boden, nicht zu feucht und nicht zu trocken, zersetzt sich der größte Teil des Gewebes innerhalb von drei bis vier Jahren. Fingernägel, Sehnen und Haare bleiben etwas länger erhalten. Nach ungefähr zehn Jahren ist nichts mehr übrig als das durch Insekten und Fäulnis unzerstörte Kalziumphosphat und Kalziumkarbonat, das man auch in Marmor findet. Die Grundsubstanz, aus der unsere Knochen bestehen.

Nachdem die Knochen auf dem Obduktionstisch ausgelegt worden waren, hatte Leon mit dem fahrbaren Röntgengerät Abschnitt für Abschnitt durchleuchtet. Jede der Aufnahmen war sofort in den Computer übertragen und zu einem Gesamtbild zusammengesetzt worden. In aller Ruhe hatte Leon die Aufnahmen durchgesehen, bis er den kleinen weißen Fleck entdeckt hatte.

Leon nahm die siebte Rippe vom Obduktionstisch und schob sie unter das Vergrößerungsgerät im Labor. Die Beschädigung war gut zu erkennen. Der kleine metallene Fremdkörper hatte die Knochenwand eingedrückt und sich einen halben Zentimeter in das Innere der Rippe gebohrt. Leon schob vorsichtig eine stählerne Präpariernadel unter den Fremdkörper und hebelte ihn aus der Vertiefung. Dann griff er ihn mit einer Pinzette und ließ ihn in eine Glasschale fallen. Es handelte sich um eine silbrig glänzende Metallkugel von zwei Millimetern Durchmesser. Leon fand noch drei weitere Kugeln, die sich in den sechsten und achten Brustwirbel gebohrt hatten. Kein Zweifel, dieses Mädchen war durch eine Schrotladung getötet worden.

Leon hätte am liebsten sofort Isabelle informiert, denn er hatte eine Ahnung. Aber er hatte gelernt abzuwarten. Er musste sicher sein, dass er mit seiner Theorie richtiglag. Er brauchte mehr Fakten, und die könnte ihm vielleicht der Vater eines Kindes liefern, das angeblich vor sechzehn Jahren bei Porquerolles ertrunken war.

51. KAPITEL

Leon hatte sich nach den ersten Untersuchungen ein Frühstück in der Kantine gegönnt. Als er zurück in die Eingangshalle kam, winkte ihm Schwester Monique zu.

»*Bonjour, docteur*«, sagte sie und strahlte ihn an. »Ich hatte ja keine Ahnung, dass Sie schon im Haus sind.«

»*Bonjour*«, sagte Leon. »Ich wollte wenigstens einmal früher in der Klinik sein als die fleißige Schwester Monique. Darum habe ich auch leider kein *Pain au chocolat* dabei – *desolé*.«

»Umso besser.« Monique reckte sich ein wenig hinter dem Empfang, um schlanker zu wirken. »Dann gerate ich auch nicht in Versuchung.« Sie kicherte vieldeutig.

»Ich wünsche Ihnen einen ruhigen Tag«, sagte Leon und wollte gehen, als Monique ihn noch einmal aufhielt.

»Das hätte ich beinahe vergessen«, sie deutete zum Wartebereich neben der Eingangstür, »da ist ein Monsieur, der Sie sprechen möchte.«

»Hat er seinen Namen genannt?«, fragte Leon.

»Rosset oder so ähnlich. Die Gendarmerie hat ihn angeblich hierhergeschickt.«

»Dann weiß ich Bescheid, danke«, sagte Leon und ging zum Wartebereich.

Auf dem Sofa saß ein Mann, der sofort aufstand, als Leon näher kam. Der Mann sah müde aus, dachte Leon. Er schätzte ihn auf Mitte fünfzig, vielleicht auch älter. Das war nicht so eindeutig zu erkennen. Der Besucher hatte nur noch wenige graue Haare, die eine Glatze umwölkten. Sein teigiges Gesicht war blass. Er trug einen verknitterten Anzug und sah darin wie jemand aus, der sogar an einem so sonnigen Junitag wie heute fror.

»Doktor Ritter.« Leon hielt dem Besucher seine Hand hin.

»Philippe Rosset«, sagte der Besucher. Sein Händedruck war kraftlos und feucht. »*Capitaine* Morell hat mir gesagt, dass ich Sie hier finde.«

Einen Moment herrschte Schweigen. Leon überlegte, ob es die richtige Entscheidung war, diesen Mann mit in den Keller zu nehmen. Die meisten Menschen verspürten Erleichterung, wenn sie einen letzten Blick auf einen toten Freund oder Angehörigen werfen konnten. Aber es gab auch Fälle, da überforderte diese Begegnung mit dem Tod die Hinterbliebenen. Monsieur Rosset war schwer einzuschätzen. Er wirkte wie jemand, der eine große seelische Last mit sich herumtrug, unter der er jeden Moment zusammenzubrechen drohte.

»Sie müssen das nicht tun«, sagte Leon. »Zumal wir nicht einmal wissen, ob das, was wir gefunden haben, tatsächlich …«

»Nein, nein, schon gut«, unterbrach Rosset. »Ich werde hier nicht wieder weggehen, ohne sie gesehen zu haben.«

Diese plötzliche Entschlossenheit überraschte Leon. »Kommen Sie, wir nehmen die Treppe.« Dann blieb er noch einmal stehen. »Wir können das jederzeit abbrechen.«

»Dort runter?«, fragte der Mann, ohne auf die Bemerkung einzugehen. Dann folgte er Leon schweigend die Treppe hinunter in die Anatomie.

Inzwischen hatte Rybaud das Skelett noch einmal von

allen Seiten fotografiert. Jetzt lagen alle Knochen wieder ordentlich sortiert auf dem Obduktionstisch. In den Augen von Leon war es ein Anblick, der die Intimsphäre des Opfers zu verletzen schien. Darum hatte er ein grünes Tuch über die Knochen gelegt.

Normalerweise gab es für Besucher ein Fenster zum Autopsiesaal, das mit einer Jalousie verschlossen werden konnte. Die Toten wurden auf der Bahre zu diesem Fenster gerollt, und Angehörige oder Zeugen konnten sie dann identifizieren, ohne von all den Schrecken aus Blut und Gerüchen überrollt zu werden, die der Obduktionsraum für unerfahrene Besucher bereithielt. Aber in diesem Fall gab es diese Schrecken nicht. Ein Skelett auf einem schwarzen Tuch hat etwas von Biologieunterricht in der Schule oder dem Besuch in der Gruft einer Kirche an sich. Darum bat Leon den Besucher, ihm in den Obduktionsraum zu folgen. Leon sah, wie nervös Rosset wurde, als er vor dem Sektionstisch mit dem grünen Tuch stand. Er griff in seine Sakkotasche, zog ein Taschentuch heraus und wischte sich damit über den Kopf.

»Wir haben die Knochen so angeordnet, wie wir sie in dem Grab gefunden haben.« Leon zog vorsichtig das grüne Tuch zur Seite.

Rosset, der sich nach vorn gebeugt hatte, tat unwillkürlich einen Schritt zurück.

»Das, das da ist nicht meine ...« Er unterbrach sich, wusste aber nicht genau, wie er sich ausdrücken sollte.

»Es ist das Skelett eines etwa fünfzehnjährigen Mädchens«, sagte Leon in bewusst sachlichem Ton. »Wir haben bereits eine DNA-Analyse gemacht und wissen, dass das Mädchen blond war und Mitteleuropäerin. Sie hatte blaue Augen.«

»Nicole war erst acht Jahre alt, als ...« Rosset holte Luft. »Als sie damals ertrunken ist.«

»Ich verstehe«, sagte Leon. »Ich hätte trotzdem ein paar Fragen, bei denen Sie uns vielleicht helfen könnten. Nur um sicherzugehen.«

»Ja, natürlich.« Rosset nickte erleichtert.

»Ihre Tochter war sportlich?«

»Ja, sehr«, sagte der Mann. »Sie war kleiner als ihre Mitschülerinnen. Aber sie war sehr ehrgeizig. Wollte immer die Beste sein.«

»Ist sie geritten?«, fragte Leon.

»Woher wissen Sie ...?« Rosset sah ihn erstaunt an.

»Viele Mädchen reiten«, sagte Leon und versuchte, sich seine Spannung nicht anmerken zu lassen. »Hatte Ihre Tochter einen Reitunfall?«

»Nein, hatte sie nicht ...«, sagte Rosset zögernd. »Aber sie ist auf dem Fahrrad angefahren worden, drei Mal.«

»Dabei hat sie sich beide Schlüsselbeine gebrochen und den linken Unterarm ...« Leon hatte es ganz professionell gesagt. Wie ein Arzt, der sich mit der Krankenakte noch einmal vergewissern will, dass er auch vor dem richtigen Patienten steht.

»Sie glauben, dass Nicole ...?« Er warf einen scheuen Blick auf das Skelett.

»Alles, was ich sagen kann, ist, dass dieses Skelett genau diese Bruchverletzungen aufweist.«

»Dann wäre das doch meine ...« Er sah Leon an, der ganz leicht nickte. »Aber wie ...?«

Leon sah, dass dem Mann Tränen über die Wangen liefen. Er war einen Schritt nach vorn gegangen und stand jetzt unmittelbar neben dem Autopsietisch. Er streckte die rechte Hand aus und berührte ganz leicht das Skelett.

Dann ließ er die Hand sinken, wandte sich ab, und Leon sah, dass er still weinte.

Leon führte seinen Besucher aus dem Saal und sie setzten sich nach draußen in den kleinen Aufenthaltsraum. Rybaud hatte Kaffee besorgt. Jetzt saß Rosset in einem der Sessel und hatte die Tasse in beide Hände genommen, als müsste er sich von einem Spaziergang durch die Kälte aufwärmen.

»Ich verstehe das nicht«, sagte Rosset. »Als wir Nicole zuletzt gesehen haben, war sie ein achtjähriges Kind.«

»Ich verstehe es auch nicht«, sagte Leon. »Aber eines ist sicher: Als dieses Mädchen gestorben ist, war es fünfzehn Jahre alt.«

»Aber das würde ja bedeuten ...« Rosset sprach nicht aus, was er dachte. »All die Jahre. All die Fragen, die uns die Polizei nicht beantworten konnte. Alle wurden verdächtigt. Unser ganzes Leben wurde in der Öffentlichkeit ausgebreitet. Wissen Sie, was das bedeutet?«

»Ich versuche, es mir vorzustellen«, sagte Leon.

»Sogar mich haben sie verdächtigt.« Rosset starrte die Wand an und schüttelte den Kopf. »Ich kam in U-Haft. Eine ganze Woche lang. Im Jahr darauf hat sich meine Frau umgebracht. Wussten Sie das?«

»Nein«, sagte Leon. »Das wusste ich nicht.«

»Ich habe nie an die Geschichte mit dem Ertrinken geglaubt«, sagte der Mann. »Nicole war eine gute Schwimmerin. Sie haben uns belogen, die Polizei, die Staatsanwaltschaft, alle.« Rosset schüttelte den Kopf, als müsste er einen ungeheuren Verdacht, der in ihm aufkeimte, niederringen.

»Wir wissen im Augenblick nichts Genaues, Monsieur Rosset«, sagte Leon in seiner sachlichen Art. »Nur, dass dieses Mädchen etwa fünfzehn Jahre alt war, als es starb, und dass seine Verletzungen mit denen Ihrer Tochter übereinstimmen. Das bedeutet aber nicht, dass es sich unbedingt um dieselbe Person handeln muss. Wir würden gerne zum Vergleich eine DNA-Probe von Ihnen nehmen, wenn Sie einverstanden sind. Das wäre der schnellste Weg.«

»Ich habe der Polizei immer gesagt, dass sie nicht ertrunken ist. Ich habe ihnen immer gesagt, dass da dieser Mann war.«

»Welcher Mann?«

»Der vor dem Fahrradverleih. Er war noch jung, Anfang zwanzig. Gut angezogen. Er hat Nicole irgendwas an dem Rad gezeigt. Später auf dem Weg zum Strand, an dem sie verschwunden ist, da habe ich ihn noch einmal gesehen.«

»Was hat die Polizei gesagt?«, fragte Leon.

»Wissen Sie, wie das ist, wenn Ihnen niemand glaubt? Aber wenn Sie ganz sicher sind, dass Sie recht haben?« Rosset schnaufte, und es klang wie ein Stöhnen. »Die Polizei hat den Mann nie gefunden. Sie dachten, ich hätte mir das alles nur eingebildet.«

»Wie ist es zu den Unfällen gekommen?«, fragte Leon. Rosset sah ihn fragend an. »Sie sagten, Ihre Tochter hatte drei Radunfälle. Wie kam es dazu?«

»Sie war schwerhörig. Seit ihrer Geburt. Hörte fast nichts ohne ihre Geräte. Wir haben ihr immer verboten, alleine Rad zu fahren, aber sie war nicht zu bremsen.« Rosset zuckte mit den Schultern. Er schien einen Moment nachzudenken, dann sah er Leon an. »Woran ist unsere Tochter gestorben?«

Leon zögerte. Wie oft musste er miterleben, wie Eltern ihre Kinder nach Unfällen oder Gewaltverbrechen in der Rechtsmedizin identifizierten. Und immer wollten sie von ihm hören, dass ihre Kinder schnell gestorben waren, dass sie nicht hatten leiden müssen. Wie schnell starb ein junges Mädchen, das von einer Ladung Schrotkugeln getroffen wurde?

»Das ist nur noch sehr schwer festzustellen«, log Leon. »Vielleicht werden die Laboruntersuchungen mehr Aufschluss bringen.«

Rosset nickte, als müsste er erst einmal all die schrecklichen Neuigkeiten, die in der letzten Stunde wie ein Tsunami über ihn hinweggerauscht waren, verarbeiten. Als müsste er sein Gehirn neu programmieren. Als müsste er all die Vorstellungen, die er sich in den letzten sechzehn Jahren über den Verbleib seiner Tochter gemacht hatte, löschen. Nicole war nicht heimlich fortgerannt, weil sie die Streitereien der Eltern nicht mehr ertragen hatte. Sie war auch nicht bei Fremden im Ausland gelandet und zu einer jungen Frau herangereift, wie er sich manchmal zum Trost und voller Hoffnung eingeredet hatte. Nein, Nicole war schon viele Jahre tot, vergraben am Fuß eines Hügels auf Porquerolles.

»Wo ist Nicole gewesen, all die Jahre dazwischen?«, fragte Rosset.

»Das weiß ich nicht«, sagte Leon. »Aber ich werde alles tun, damit wir es herausfinden. Das verspreche ich Ihnen.«

Plötzlich spürte Leon eine große Hilflosigkeit. Er hatte Sorge, dass er sein Versprechen nicht würde halten können.

52. KAPITEL

Es war zwei Uhr Nachmittags. Leon saß bereits im *Miou* bei einem Café crème und studierte die lokalen Nachrichten im *Var-Matin*. Er fand, er hatte sich diese kleine Auszeit mitten am Tag mehr als verdient. Schließlich hatte der Tag für ihn noch vor Sonnenaufgang begonnen. Und später würde er noch an einer Besprechung in der Gendarmerie Nationale teilnehmen.

Das Bistro war gut besucht. Draußen servierte ein Kellner Jérémys Eiskreationen, die heute mit einer kleinen Plastikpalme, Affe inklusive, verziert waren. Im Inneren der Bar, bei weit geöffneten Türen, tranken die Stammgäste ihren Mittags-Rosé. Außer Oliven und Erdnüssen gab es keine Snacks im *Miou*. Aber Jérémy hatte nichts dagegen, wenn man sich ein Croissant oder ein *Pain au chocolat* aus der Bäckerei mitbrachte.

»Noch einen *Noisette*?« Yolande trug heute ein extraknappes T-Shirt, auf das ein großes Herz und das Wort LOVE mit rosa Glitzer-Pailletten aufgestickt waren.

»Nein, danke. Später vielleicht«, sagte Leon und schob dabei die schmale Lesebrille ein wenig nach unten. Eine Geste, die den *Docteur* in den Augen von Yolande geradezu unwiderstehlich machte.

»Ich habe gehört, Sie haben die kleine Amélie gefunden«, sagte Yolande, in der Hoffnung, Leon aus der Reserve zu locken.

»Das haben Sie leider falsch gehört«, antwortete Leon und sah wieder in die Zeitung.

»Es ist nicht Amélie«, verkündete Yolande einen Moment später dem neugierigen Stammpublikum, das an der Theke hoffte, Informationen aus erster Hand zu bekommen.

»Eine Frau oder ein Mann …?«, wollte Kioskbesitzer Michel wissen.

»Wie willst du das denn wissen, bei einem Gerippe?«, entgegnete Yolande.

»Weil Männer da unten einen Knochen mehr haben«, sagte Jérémy.

»Davon träumst du aber nur«, kicherte die alte Véronique und schob Jérémy noch einmal ihr Pastis-Glas hin.

»Stimmt das, *Docteur*? Haben Männer wirklich einen Knochen mehr?«, fragte Yolande, die es sehr schätzte, wenn das Gespräch eine Wendung ins Erotische nahm.

»Nein, Yolande. Die Anzahl der Knochen ist bei Männern und Frauen absolut identisch«, sagte Leon.

»Siehst du«, sagte Véronique. »Glaube einer alten Frau. Es wäre mir bestimmt aufgefallen.«

»Es war ein uraltes Gerippe, richtig?« Das war Jean-Claude, der seinen Rollstuhl an der Bar geparkt hatte. »Hab ich doch gleich gesagt. Auf der Insel gibt es mehr Gerippe als Korkeichen. Da liegen noch die alten Sarazenen rum, wenn du tief genug gräbst. Ist doch so?«

»So ähnlich«, sagte Leon und sah wieder in die Zeitung.

Er hatte nicht bemerkt, dass Legrand ins Bistro gekommen war. Wie immer im weißen Hemd mit hochgekrempelten Ärmeln, damit man seine Rolex Submariner sehen konnte. Dazu trug er eine golden schimmernde Ray-Ban-Brille, die er demonstrativ abnahm, als er die Theke erreichte.

»*Bonsoir*, Monsieur Legrand«, sagte Jérémy verblüfft. »Ich hatte gedacht, ich meinte, Sie wären ...« Jérémy war sich nicht sicher, ob er seinen Gast auf die Verhaftung ansprechen sollte. Alle Anwesenden hatten ihre Gespräche unterbrochen, auch Leon sah zu dem neuen Gast hinüber.

»Im Gefängnis«, vollendete Legrand die Frage. »Sagen Sie es nur. Nein, ich bin hier. Der Richter hat eine Untersuchungshaft bei dieser lächerlichen Beweislage abgelehnt, und die Polizei hat sich bei mir entschuldigt.«

»Na dann, einen Willkommensdrink aufs Haus. Was hätten Sie gerne?«, fragte Jérémy.

»Ich weiß nicht, Jérémy ...«, sagte Yolande zu ihrem Mann.

»Ein Glas Crémant wäre schön.« Legrand tat so, als hätte er die Bemerkung von Yolande nicht gehört. »Ich habe bereits mit meinem Anwalt gesprochen. Wir werden alle verklagen, die versucht haben, mir diese Sache anzuhängen.«

Jérémy stellte Legrand den gekühlten Crémant auf den Tresen.

»Ich glaube übrigens nach wie vor, dass Simon seine Tochter umgebracht hat«, sagte Legrand so laut, dass es jeder hören konnte. »Scheißegal, was das Berufungsgericht entschieden hat.«

»Er war es«, bestätigte Jérémy. »Der Kerl im Gefängnis hat doch seine Zeugenaussage wieder zurückgenommen.«

»Simon hat sich umgebracht. Wollen wir wetten? *Santé*«, sagte Legrand und hob sein Glas.

»Da ist unser *Docteur* aber ganz anderer Ansicht.« Mit einer Kopfbewegung deutete Jérémy in Richtung Leon.

Legrand zögerte einen Moment, bis die Bemerkung bei ihm angekommen war. Jérémy genoss die peinliche Situation. Er mochte es zu sticheln. Und er mochte Leon nicht besonders, obwohl er das nie zugegeben hätte. Jérémy beneidete Leon um seine nonchalante Art, und er konnte es nicht leiden, dass seine Frau ihm schöne Augen machte. Auf der anderen Seite war Leon ein bekannter und beliebter Bürger der Stadt, und es wäre unverzeihlich gewesen, ihn gegenüber den anderen Gästen zu vernachlässigen.

»Unser *Médecin Légiste*, Doktor Ritter aus Deutschland«, setzte Jérémy noch einmal nach und machte eine theatralische Geste in Leons Richtung.

»Ich verstehe.« Legrand wendete sich Leon zu. »Der *Docteur*, der meine DNA festgestellt hat.« Legrand nahm sein Glas und ging zu Leons Tisch, während er weitersprach. »Ein Docteur aus Deutschland hat mir also so viele Probleme bereitet.«

Leon schaute von seiner Zeitung auf. Über den Rand der Seite hinweg sah er Legrand, der sich vor ihm aufgebaut hatte.

»Monsieur ...?«, fragte Leon kühl.

»Ich sage: Schwamm drüber. Ein *Médecin Légiste* tut ja auch nur seine Pflicht.« Legrand lachte aufgesetzt über seine Bemerkung. Er griff die Lehne eines freien Stuhls und sah Leon an. »Ich würde Sie gerne auf einen Drink einladen. Sie gestatten?«

»Nein, Monsieur, tue ich nicht«, sagte Leon kühl und sachlich. »Ich möchte gerne in Ruhe meine Zeitung lesen. Aber vielen Dank.«

»Oh, là, là, ein *Docteur* mit Prinzipien.« Mit diesen Worten ging Legrand zurück zum Tresen.

Leon widmete sich gerade dem Artikel über die Petanque-Meisterschaft in Hyères, als Jean-Claude an seinen Tisch rollte.

»*Un conard*, Legrand ist ein Arsch«, sagte Jean-Claude halblaut zu Leon.

»Hat man hier nie seine Ruhe?« Leon sah von seiner Lektüre auf.

»Wenn du Ruhe willst, dann geh auf den Friedhof.«

»Dann ertrage ich doch lieber die Gäste im *Miou*.« Leon lächelte.

»Wenn du Legrand die Hand gibst, musst du immer nachsehen, ob deine Uhr noch dran ist.« Jean-Claude sah zu Legrand, der an der Theke mit seinem zweiten Glas Crémant stand. »Der hat nur Schulden. Der war schon immer so. Hat irgendeinen Job angenommen, *voilà*, zwei Monate später hatte er bei jedem Schulden, dem er *Bonjour* gesagt hatte. Im Schuldenmachen ist der Weltmeister.«

»Dann hat er mit Madame Simon ja die Richtige geheiratet«, meinte Leon.

»Ich habe eine Bekannte auf Porquerolles, die hat sich für ihn mal so verschuldet, dass sie beinahe ihr Restaurant verloren hätte.«

»Auf Porquerolles, wann war das?«

»Ist lange her«, sagte Jean-Claude. »Muss kurz nach dem Terroranschlag in New York gewesen sein. Du weißt schon. Nine eleven … In dem Sommer haben wir die Jungs auf Porquerolles abgezogen, das war der Hammer.«

»Beim Boule?«

»Na klar, wobei denn sonst? Jérémy hat bestimmt noch das Foto von unserer Mannschaft in seinem Album. Soll ich es holen?«

»Bitte nicht«, sagte Leon gequält, »ich wollte nur gemütlich meine Zeitung …«

»Hör mal, Leon …«, unterbrach ihn Jean-Claude.

In diesem Moment läutete Leons Handy. Es war Isabelle. Die Besprechung war vorverlegt worden und sollte in zwanzig Minuten beginnen. Leon seufzte und versprach, einigermaßen pünktlich zu sein. Er legte drei Euro zu dem Kassenbon in das Plastikschälchen, faltete die Zeitung zusammen und stand auf.

»Ich hab da noch eine Frage, *Docteur.*« Jean-Claude räusperte sich, und Leon wusste sofort, dass ihm ein längeres Gespräch bevorstand. »Ist was Medizinisches … also, wie soll ich sagen?«

»Ich muss gleich rüber zur Gendarmerie, die warten schon«, log Leon. Denn wenn Jean-Claude so weit ausholte, würde es ein längeres Gespräch werden. In der Regel wollte Jean-Claude einen medizinischen Rat. Schon um die dreißig Euro Gebühren zu sparen, die bei jedem Arztbesuch in Frankreich fällig werden. Und er war bitter enttäuscht gewesen, als Leon ihm eines Tages erklärt hatte, dass er zwar Arzt war, aber keine Rezepte ausstellen konnte.

»Beim nächsten Mal, wenn wir mehr Zeit haben«, sagte Leon. »Dann erzählst du mir dein Problem.«

Als Leon das Bistro verließ, rief Legrand ihm ein *»Bonne journée«* hinterher. Leon drehte sich nicht mehr um, hob nur kurz die Zeitung und ging weiter.

53. KAPITEL

Der Besprechungsraum der Gendarmerie Nationale war gestopft voll. Schließlich geschah es nicht oft, dass die Polizei von Le Lavandou es mit einem Toten zu tun hatte, von dem nur noch das Skelett übrig war. Zerna saß wie üblich am Kopfende des Besprechungstischs. Neben ihm hatte Kommissarin Lapierre Platz genommen und zu seiner linken *Capitaine* Isabelle Morell. Ihnen gegenüber wurde ein Platz für den *Médecin Légiste* frei gehalten. Auf den warteten sie bereits seit zehn Minuten. Darum hatte der Polizeichef beschlossen anzufangen. Zerna begrüßte die Kommissarin und bedauerte, dass der *Docteur* es wahrscheinlich nicht geschafft hatte, weil er rund um die Uhr in der Rechtsmedizin beschäftigt sei. Was Madame la Commissaire die naheliegende Frage stellen ließ, warum sie dann überhaupt hierhergekommen war. Zerna hätte seiner Besucherin am liebsten gesagt, dass er nichts dagegen hätte, wenn sie in Zukunft nie wieder in seiner Polizeiwache auftauchen würde, was allerdings nicht besonders geschickt gewesen wäre. Doch zum Glück ging in diesem Moment die Tür auf und Leon kam herein.

»*Bonjour, messieurs, dames*«, sagte er fröhlich.

»*Bonjour, docteur.*« Madame Lapierre gab sich kühl. In Wirklichkeit bewunderte sie Leon. Er war unabhängig, äußerst kompetent, und er ließ sich von Zerna nicht vorführen.

»Wir haben schon mal ohne Sie angefangen«, sagte Zerna.

»Das war eine gute Idee«, sagte Leon und sah zu dem leeren Platz. »Ist der für mich?«

Ohne eine Antwort abzuwarten, setzte er sich und legte einen Aktendeckel vor sich auf den Tisch.

»Wir untersuchen zurzeit drei gewaltsame Todesfälle«, begann die Kommissarin, »und ich möchte von Ihnen hören, wie der Stand der einzelnen Ermittlungen ist.«

»Dafür sind wir ja alle hier.« Zerna gab sich keine Mühe zu verbergen, dass er diese Besprechung ziemlich überflüssig fand.

»Ich dachte, es geht um Porquerolles«, wunderte sich Masclau.

Die Kommissarin überhörte die Bemerkung und schlug ihren Ordner an der Stelle mit dem gelben Einkleber auf.

»André Martin«, las Lapierre und sah auf. »Wo stehen wir da?«

»Moment mal«, unterbrach Zerna. »Wir waren uns doch einig, dass es sich bei Martin um einen Unfall handelte.«

»So? Das wüsste ich aber«, sagte die Kommissarin spitz.

»Wir haben erfahren, dass André Martin wegen seiner Probleme bei den Anonymen Alkoholikern war«, mischte sich Isabelle in das Gespräch ein. »Er ist aber immer wieder rückfällig geworden und soll außerdem Drogen genommen haben.«

»Die Rechtsmedizin konnte aktuell keinen Drogenkonsum feststellen«, ergänzte Leon.

»Sage ich doch: Es war ein Unfall.« Zerna lehnte sich trotzig zurück und verschränkte die Hände vor der Brust.

»Na gut«, sagte Lapierre. »Wir werden die Ermittlungen

zurückfahren, aber noch nicht völlig einstellen. Kommen wir zum Tod von Paul Simon.«

»Sie meinen den Selbstmord von Paul Simon«, korrigierte Zerna sofort.

»Wir ermitteln in einem Mordfall«, widersprach Lapierre. »Oder hat sich in der Rechtsmedizin etwas Neues ergeben, wovon Toulon noch nichts weiß?«

»Von Seiten der Rechtsmedizin liegen keine neuen Erkenntnisse im Fall Simon vor«, antwortete Leon sachlich.

»Augenblick mal«, unterbrach Zerna. »Toulon hat unseren Hauptverdächtigen gerade wieder auf freien Fuß gesetzt. Das war nicht unsere Entscheidung, ganz im Gegenteil.«

»Weil das Belastungsmaterial nicht ausgereicht hat.« Jetzt hatte Lapierre wieder den Oberlehrerinnenton an sich, den Zerna an ihr so hasste. »Bringen Sie uns Beweise, mit denen wir Legrand wieder festsetzen können.«

»Wenn Ihnen seine DNA am Opfer nicht reicht.« Zerna hob die Hände, als müsse er sich dem Schicksal ergeben.

»Legrand hat erklären können, wie seine DNA an das Opfer gelangt ist«, erwiderte die Kommissarin. »Und wir haben einen Zeugen, der die Körperverletzung sogar zugegeben hat. Außerdem konnte Legrand glaubwürdig versichern, dass er zur fraglichen Zeit in seinem Büro war.«

»Na toll. Wie das denn? War er im Puff?«, fragte Masclau patzig und sorgte für ein paar Lacher.

»Sein Büro verfügt über ein computergesteuertes Türschloss«, erklärte die Kommissarin. »Das Protokoll zeigt, dass Legrand zur fraglichen Zeit mit seiner Schlüsselkarte im Büro war.«

»Mitten in der Nacht?«, fragte Zerna skeptisch.

»Computerkarte, so was kann doch schon mein zehnjähriger Neffe manipulieren.« Das kam wieder von Masclau.

»Da bin ich ganz Ihrer Meinung«, erwiderte Lapierre. »Bringen Sie uns Zeugen, die die Aussage von Legrand widerlegen, und wir schaffen ihn sofort vor den Haftrichter.«

»Wer soll es denn sonst gewesen sein?« Zerna klang genervt.

»Ich habe gehört, dass in den Nächten zuvor brave Bürger vor seinem Haus aufmarschiert sind und seinen Kopf gefordert haben«, sagte Isabelle.

»Das sind doch nur Wichtigtuer«, meinte Zerna.

»Da sind wir ausnahmsweise mal einer Meinung.« Madame Lapierre blätterte in ihrem Ordner weiter. »Kommen wir zu dem Leichenfund auf Porquerolles. Da liegt uns noch kein Untersuchungsbericht vor.«

»Weil wir ihn noch nicht geschickt haben.« Leon schlug seine Notizen auf. »Sie bekommen ihn morgen. Aber ich möchte Sie heute schon mal auf den vorläufigen Stand unserer Untersuchungen bringen.«

»Gerne.« Lapierre legte ihren Stift vor sich auf die Unterlagen und sah Leon an. »Ich vermisse Ihren Kollegen.«

»*Docteur* Bodin ist noch beschäftigt«, sagte Leon.

»Ihr Kollege scheint ja außerordentlich fleißig zu sein«, sagte Zerna.

»Das Skelett, das wir auf Porquerolles gefunden haben, stammt von einer einzigen Person, und es ist nahezu vollständig. Einige wenige fehlende Teile wurden offenbar durch Wildtiere verschleppt. Es steht außerdem fest, dass das Opfer an dieser Stelle begraben wurde und auch dort verwest ist. Bei dem Opfer handelt es sich um ein Mädchen im Alter von fünfzehn bis sechzehn Jahren. Nach Analyse des Bodens und der Knochen und aufgrund des nahezu vollständigen Abbaus allen Körpergewebes hat sich die Tote mindestens sieben, aber nicht länger als zehn Jahre in dem Erdgrab befunden. Die ersten DNA-Auswertungen deuten darauf hin, dass sie wahrscheinlich Mitteleuropäerin und blond war.«

»Und das lesen Sie alles aus der DNA?«, platzte Masclau dazwischen.

»Ihre Größe lag bei knapp über 160 Zentimetern«, fuhr Leon fort. »Damit war sie etwas unterdurchschnittlich groß. Das Opfer hatte verheilte Brüche an beiden Schlüsselbeinen und am linken Oberarmknochen. Diese spezifischen Verletzungen legen den Verdacht nahe, dass es sich bei dem Opfer um Nicole Rosset handelt.«

»Moment, woher wollen Sie das denn wissen?« Jetzt wurde es Zerna zu viel. Er konnte es kaum ertragen, wie alle Anwesenden an Leons Lippen hingen.

»Ich habe mit dem Vater gesprochen«, erklärte Leon. »Der hat die Verletzungen bestätigt. Das Mädchen ist im Alter von sieben Jahren mit dem Fahrrad verunglückt.«

»Das bedeutet aber noch lange nicht, dass es sich tatsächlich um Nicole Rosset handelt.« Zerna empfand immer eine große Genugtuung, wenn er Leon in die Parade fahren konnte.

»Das ist richtig, *Commandant*, viele Kinder ziehen sich Verletzungen zu.« Leon ließ sich nicht anmerken, dass Zerna ihn zunehmend nervte. »Deshalb haben wir uns vom Vater eine Speichelprobe geben lassen, die wir zurzeit im Computer auswerten. Aber bei all den anderen Übereinstimmungen ist das eigentlich nur eine Formsache.«

»Wir hatten aber keine DNA-Tests angeordnet, soweit ich mich erinnere«, versuchte es Zerna noch einmal.

»Ich hatte *Capitaine* Morell informiert«, sagte Leon.

»Der Vater hatte seine Mitarbeit freiwillig angeboten. Der Test läuft über den Etat der Rechtsmedizin.«

In das allgemeine Gemurmel über die Fakten, die Leon gerade ausgebreitet hatte, erhob sich Isabelle. Sofort wurde es still.

»Ich habe die Vermisstenmeldungen überprüft. Im Jahr 2002 ist auf Porquerolles ein achtjähriges Mädchen beim Baden verschwunden. Ihr Name: Nicole Rosset«, sagte Isabelle. »Sie hatte sich für eine halbe Stunde von den Eltern getrennt und war alleine mit dem Fahrrad unterwegs gewesen. Das Rad wurde zwei Tage später an einem Felsenstrand im Südwesten der Insel gefunden. Dort sind die Strömungen im Meer sehr stark. Darum kam die Polizei in ihrem Abschlussbericht zu der Überzeugung, dass das Mädchen ertrunken war. Diese Theorie schien sich einige Wochen später zu bestätigen, als Kleidung des Mädchens aus dem Meer gefischt wurde.«

»Sie sagen, das Mädchen war acht Jahre alt, als es verschwand?«, fragte Zerna nachdenklich.

»Das ist richtig«, sagte Isabelle.

»Aber als sie gestorben ist, war sie fünfzehn oder sechzehn«, jetzt richtete sich Zerna an Leon.

»Unsere Untersuchungen der Handknochen sind da eindeutig«, antwortete Leon.

»Das verstehe ich nicht«, sagte Zerna. »Wo war das Mädchen in den sieben Jahren dazwischen?«

»Genau das ist die große Frage«, antwortete Leon.

In diesem Moment öffnete sich die Tür, und Doktor Bodin drängte sich in den übervollen Raum. Er versuchte sich unauffällig zu den anderen zu stellen, aber Madame Lapierre war der neue Besucher natürlich nicht entgangen.

»Sie haben das Beste verpasst«, sagte die Kommissarin bissig.

»Danke, ich bin auf dem neuesten Stand«, erwiderte Bodin ein wenig zu schnell.

»Dann würde mich Ihre Theorie über den Verbleib der kleinen Nicole in den fraglichen sieben Jahren interessieren.« Zerna genoss Bodins Verunsicherung.

Bodin sah schnell zu Leon herüber. Leon fragte sich, warum er eigentlich einen Kollegen vor Zerna schützen sollte, der nichts anderes tat, als ihm sein Leben schwerzumachen.

»Wir liefern nur wissenschaftliche Fakten, die Rückschlüsse überlassen wir den Spezialisten von der Polizei«, brachte sich Leon auf die sichere Seite.

»Ich möchte noch ergänzen, dass *Docteur* Ritter und ich die sterblichen Überreste des jungen Mädchens mit allergrößter Sorgfalt untersucht haben«, behauptete Bodin wichtigtuerisch.

Leon sah den Kollegen an, der nicht eine einzige Minute lang an der Untersuchung der sterblichen Überreste von Nicole Rosset teilgenommen hatte.

»Ich habe hier den Namen einer Zeugin, Pilar Stojka«, las die Kommissarin in ihren Notizen. »Hat denn die Befragung gar nichts gebracht?«

»Diese Pilar hat doch eine Schraube locker«, sagte Masclau und erntete einen missbilligenden Blick von Isabelle. »Ist doch wahr. Die redet nur Blödsinn.«

»Pilar Stojka ist tatsächlich eine etwas eigenartige Person«, bestätigte Isabelle. »Aber auf ihre Art sehr hilfsbereit und absolut unaggressiv. Ich habe über zwei Stunden mit ihr geredet. Ich denke, sie sagt die Wahrheit. Sie hat den Knochen tatsächlich rein zufällig gefunden.«

»Vielleicht versuchen Sie trotzdem, da noch einmal nachzuhaken«, sagte Madame Lapierre.

»Vielleicht ist die Frage noch verfrüht«, wandte sich Zerna an Leon. »Aber gibt es schon irgendeinen Hinweis darauf, was zum Tod der jungen Frau geführt hat?«

»Bei einem Skelett ist es in der Regel sehr schwierig, aber …«, begann Leon.

»Wir sind dran«, unterbrach ihn Bodin. »Die toxikologischen Untersuchungen stehen noch aus. Danach wissen wir vielleicht mehr.«

»Vielleicht wissen wir ja jetzt schon mehr …« Leon machte eine kleine Pause. Sie dauerte nicht länger als zwei Sekunden, aber sie genügte, um die Aufmerksamkeit aller Anwesenden zu bekommen. »Das Mädchen wurde offensichtlich erschossen.«

»Wie erschossen?«, fragte Masclau. »Mit 'ner Pistole?«

»Durch einen Schrotschuss. Er traf das Opfer aus kurzer Distanz in die Brust. Der Durchmesser der Schrotkugeln beträgt zwei Millimeter. Eine bei der Jagd häufig verwendete Ladung.«

»Mir hat niemand gesagt, dass …«, sagte Doktor Bodin, doch Leon sprach einfach weiter.

»Zu schade, dass Sie heute Morgen nicht dabei sein konnten. Aber Sie wären bestimmt zum gleichen Ergebnis gekommen.« Leon fühlte sich so zufrieden wie schon lange nicht mehr, als er Bodins Gesichtsausdruck sah.

54. KAPITEL

Eine Viertelstunde später schaute Leon bei Isabelle im Büro vorbei.

»Das war ganz schön hinterlistig, wie du Bodin bloßgestellt hast.«

»Meinst du, die anderen haben etwas gemerkt?«

»Kommissarin Lapierre ganz bestimmt.«

»Das macht gar nichts. Was wolltest du mich fragen?«

»Es geht um Pilar. Ich wollte das vor den anderen nicht ansprechen, aber ich glaube, sie weiß mehr, als sie zugibt.«

»Gut möglich, warum erzählst du mir das?«

»Weil sie gesagt hat, dass sie nur mit dir reden möchte.« Isabelle sah Leon an. »Sie ist eine Sinti. Sie hält nicht viel von der Polizei.«

»Das würde Zerna aber gar nicht gefallen.«

»Es ist kein offizieller Auftrag, Leon.« Isabelle war aufgestanden und legte Leon die Hand auf den Arm. »Es ist nur eine Bitte. Hilf mir. Wir tappen in dieser Sache komplett im Dunkeln.«

»Du glaubst, dass es eine Entführung war?«, fragte Leon.

»Gibt es denn eine andere Erklärung?«

»Mir fällt keine ein«, antwortete Leon. »Was sagt Zerna?«

»Er will Fakten sehen«, sagte Isabelle. »Denkst du, Nicole war all die Jahre auf der Insel?«

»Nicht unbedingt. Wie lange braucht man mit einem kleinen Boot von der Küste bis zur Insel?«

»Keine Stunde.«

»Vielleicht war das Mädchen irgendwo auf dem Festland versteckt. Dann hat der Entführer sie getötet und hierher zurückgebracht.«

»Warum war es ihm so wichtig, sie auf der Insel zu beerdigen?« Isabelle sah Leon an.

»Er muss eine starke Verbindung zu der Insel haben. Sich gut auskennen. Der Platz für das Grab ist geschickt gewählt. Es liegt versteckt, ist aber trotzdem gut zu Fuß zu erreichen.« Leon sah nachdenklich aus dem Fenster. Im Hof der Gendarmerie gab Zerna einem TV-Team ein Interview.

»Wo soll ich da mit dem Suchen anfangen?«, stöhnte Isabelle.

»Wusstest du, dass Legrand 2002 auf Porquerolles als Kellner gearbeitet hat?«, fragte Leon.

»Bist du sicher?« Isabelles Neugier war sofort geweckt.

»Hat mir jemand im *Miou* erzählt«, sagte Leon. »Hat angeblich einen Haufen Schulden hinterlassen.«

»Verstehe, Klatsch vom Boule-Platz …« Isabelle lächelte.

»Unterschätze nie den Klatsch vom Boule-Platz«, erwiderte Leon und sah in den Hof, wo Zerna noch immer vor dem TV-Team sprach.

»Was ist?«

»Nichts«, antwortete Leon etwas zu schnell.

»Irgendwas beschäftigt dich doch …«

»Jemand, der so etwas getan hat«, Leon sah sie an, »der hat das nicht nur einmal gemacht. Das macht mir Sorge.«

55. KAPITEL

Diesmal hatte Leon die Fähre erwischt, die noch einen Zwischenstopp auf Port Cros machte, der Nachbarinsel von Porquerolles. Damit verlängerte sich die Überfahrt um weitere quälende 25 Minuten. Doch das wurde ihm erst klar, als sie schon abgelegt hatten. Zum Glück war das Meer ruhig, und am Himmel waren Wolken aufgezogen, die die Hitze etwas erträglicher machten.

Dafür war an Deck jeder Platz besetzt. Leon saß eingezwängt zwischen einer Familie aus Deutschland und einem Mann, der laut mit seiner Freundin telefonierte, weil die sich offenbar geweigert hatte, mit an Bord zu kommen.

»Sie machen aber keinen Urlaub hier, oder?« Der Deutsche sah Leon herausfordernd an und deutete auf die *FAZ*, die ein paar Zentimeter aus der Aktentasche ragte.

Leon tat so, als hätte er die Frage nicht verstanden, und starrte weiter auf den Horizont. Inzwischen hatte eine leichte Brise eingesetzt, und die Fähre hob und senkte sich in einer langen Dünung. Leon fühlte sich unwohl.

»Auch nach Porquerolles?«, insistierte der Nachbar. Leon nickte stumm.

»Wir sind aus Offenbach«, sagte der blonde Mann. »Kennen Sie Offenbach?«

Leon sah seinen Nachbarn an. Der blonde Mann schwitzte. Sein Gesicht war tiefrot, was offensichtlich nicht von einem Sonnenbrand, sondern von bedenklichen Blutdruckwerten herrührte. Er sollte vorsichtig in der Sonne sein, dachte Leon, aber das hatte ihm sein Arzt bestimmt auch schon gesagt.

»Ich kenne Frankfurt«, sagte Leon höflich, in der Hoffnung, dass die Unterhaltung damit zu Ende wäre.

»Ein Hesse, ja so was!« Der Mann tätschelte seiner Frau den Oberschenkel. »Hab ich es nicht gesagt, Annika? Ein Hesse.«

Die Frau nickte nur kurz und strich dem dreijährigen Mädchen über den Kopf, das sie im Arm hielt.

»Die Kleine verträgt das Geschaukel nicht«, sagte der Mann. »Wahrscheinlich geht gleich die Spuckerei wieder los.«

Leon betete still, dass das Mädchen durchhalten würde.

»Ist das ein Wetterchen? Ich liebe den Süden.« Der Mann blinzelte in die Sonne.

»Die Sonne ist sehr intensiv um diese Zeit. Hohe UV-Strahlung«, sagte Leon und schob sich den Rand seines Strohhutes tiefer ins Gesicht.

»Sie sind Arzt, richtig?« Der Mann sah Leon mit leicht abgewandtem Kopf an, als hätte er ihm gerade die entscheidende Quizfrage gestellt.

»Ich sage meinem Mann immer, er soll seine Kappe aufsetzen«, meldete sich die Frau. »Aber auf mich hört er ja nicht.«

»Meine kleine Annika«, sagte der Mann. »Immer in Sorge um meine Gesundheit.«

Leon schwieg und spürte, wie es ihm von Minute zu Minute schwerer fiel, gegen die Seekrankheit anzukämpfen.

»Sie gehen aber nicht zum Baden«, stellte der Mann mit Blick auf Leons Aktentasche fest.

»Entschuldigung«, sagte Leon, stand auf und ging schnell nach vorn.

»Was hat er denn?«, fragte der Mann.

Leon stand im Bug, wo der Fahrtwind stärker wehte und ihm etwas Abkühlung verschaffte. Hier blieb er, bis die Fähre endlich in Porquerolles anlegte. Er war einer der Ersten, die von Bord drängten. Leon lief den Pier entlang und genoss den festen Boden unter den Füßen wie ein Schiffbrüchiger, der endlich die rettende Insel erreicht hatte. Mit jedem Schritt an Land verlangsamte sich auch sein inneres Tempo, und Leon spürte, wie Porquerolles seine beruhigende Wirkung auf ihn übertrug. Gerade hatte er sich noch dafür verflucht, dass er überhaupt an Bord der Fähre gegangen war. Jetzt spazierte er entspannt den Weg zwischen orangefarbenen Bougainvilleas und weißem Plumbago entlang und atmete die schwere, warme Sommerluft, die nach Pinien und Jasim roch.

Madame Pilars Haus lag wie verlassen in der Mittagssonne. Die Fensterläden waren geschlossen. In der Türöffnung wehten bunte Stoffbahnen im Wind. Aus dem Inneren des Hauses drang die Stimme von Silvie Vartan, die »L'amour, c'est comme une cigarette« sang. Und für einen kurzen, glücklichen Augenblick fühlte sich Leon in seine Schulzeit zurückversetzt, als er mit seiner Mutter Ferien in Südfrankreich gemacht hatte.

»Ich wusste, dass Sie kommen, *Docteur.*« Pilar war völlig geräuschlos in der Tür aufgetaucht. Sie trug eine bunte Tunika, die sie offenbar selber gebatikt hatte. Ihre schwarzen Haare waren offen und fielen ihr bis auf die Schultern, sodass man den Hals nicht erkennen konnte. Pilar sah aus wie ein dicker, freundlicher Gnom aus einem Märchenbuch.

»Sie waren so plötzlich verschwunden, als die Leute von der Gendarmerie Nationale aufgetaucht sind«, sagte Leon.

»Ich mag keine Polizei.«

»Dachte ich mir.« Leon wischte sich mit dem Handrücken über die Stirn.

»Ich habe Eistee im Haus«, sagte Pilar. »Möchten Sie?«

Leon folgte Pilar ins Innere. Sie gingen in einen Raum, den Leon für eine Art Wohnzimmer hielt. Das Erste, was er wahrnahm, war die angenehme Kühle. Offenbar waren die alten Mauern dicker, als er angenommen hatte. Es war düster. Licht kam nur von den wenigen Sonnenstrahlen, die durch die Lamellen der geschlossenen Läden fielen. Auf einem Bord brannten Kerzen, daneben glühte ein Räucherstäbchen. Die Decke war niedrig, es gab keine Möbel, aber der Boden war mit Teppichen und Kissen ausgelegt. Das Erstaunlichste aber war das Regal, das sich über eine ganze Wand des Raums erstreckte. Es stand voller großer und kleiner Glasgefäße, die offenbar mit Spiritus oder Formalin gefüllt waren. In der konservierenden Flüssigkeit trieben Käfer, kleine Nagetiere und Reptilien. In dem größten Glas befand sich ein faustgroßes Organ, das Leon erst beim genaueren Betrachten in der trüben Flüssigkeit identifizieren konnte.

»Sehen Sie nur genau hin, *Docteur*«, sagte die kleine, runde Frau und wippte auf den Zehenspitzen auffordernd auf und ab.

»Es sieht aus wie ein Herz«, sagte Leon.

»Es ist ein Herz.« In Pilars Stimme schwang Besitzerstolz.

»Es stammt von einem Schwein«, bemerkte Leon sachlich. Er war sicher, dass die kleine, runde Frau ihren Kunden dieses Geheimnis nicht verriet.

»Sie sind ein guter Beobachter«, sagte Pilar anerkennend.

»Sie haben das letzte Mal von Geheimnissen gesprochen.« Leon drehte sich zu Pilar um. »Das hat mich neugierig gemacht.«

Pilar legte den Kopf schief. Es vergingen ein paar Sekunden, dann streckte sie Leon ihre geöffneten Hände hin.

»Geben Sie mir Ihre Hand«, forderte Pilar ihn auf.

»Besser nicht.« Leon grinste nervös.

»Vorsicht, Zigeunerinnen stehlen Herzen und braten sie ...« Pilar kicherte, was bei ihr wie das Gackern eines Truthahns klang. »Sie lassen mich aus Ihrer Hand lesen, dafür erzähle ich Ihnen von der Insel.«

Leon streckte Pilar die Hand hin und fügte sich in sein Schicksal. Sie saßen auf dem Boden, Leon angelehnt an ein großes Kissen, Pilar im Schneidersitz ihm gegenüber. Sie hielt seine Hand. Wieder spürte Leon das Kribbeln, das wie ein schwacher Strom seinen Arm hinauflief und bis zum Herzen kroch.

Pilar hatte zunächst die Augen geschlossen. Plötzlich sah sie ihn an, aber ihr Blick schien durch ihn hindurchzugehen.

»Da ist großer Schmerz«, sagte Pilar. »Dunkle Wolke ... sie ist immer über dir ...«

Clever, dachte Leon, mit einem großen Schmerz anzufangen. Wahrscheinlich hatte jeder in seinem Leben irgendeinen Schmerz erfahren, an den er gelegentlich dachte.

»Großes Unglück ...«, sagte Pilar in diesem Moment. »Nicht hier. Weit weg. Aber du spürst es in deinem Herzen ... Eine Frau. Du vermisst sie.«

Leon fühlte eine Kälte, die ihn frösteln ließ. Sprach Pilar da etwa von Sarah, von seiner toten Frau? Wie oft musste er an Sarah denken, an Thailand, an das Flugzeugunglück. Manchmal schnürten ihm die Erinnerungen regelrecht die Luft ab. Woher konnte Pilar das wissen? Mit einem Ruck zog er seine Hand zurück.

»Was sind das für Geheimnisse, von denen Sie gesprochen haben?«, fragte Leon.

»Der *Docteur* hat Angst vor der Wahrheit.« Pilar sah ihn mit einem Lächeln an.

»Ich dachte, wir haben eine Abmachung.« Leon verschränkte die Arme, als müsste er seine Hände vor Pilar in Sicherheit bringen. »Also, wie war das mit dem Erzengel?«

»Die Hügel hüten viele Geheimnisse«, erklärte Pilar. »Es ist nicht gut, alles zu wissen.«

»Was soll das heißen? Gibt es noch ein Grab?«, fragte Leon.

»Mutter Maria, nein«, Pilar bekreuzigte sich.

»Was wollten Sie mir dann erzählen?«, fragte Leon.

»Der Erzengel ...«, begann Pilar vorsichtig, »der Erzengel lebt in den Hügeln. Man kann ihn sehen in der Nacht, bei Vollmond. Wenn das Licht kalt ist.«

Sie schwieg. Leon sah sie auffordernd an.

»Weiter ...«, bat Leon.

»Es gibt Orte, da spricht der Hügel zu dir ...«, wieder machte Pilar eine dramatische Pause.

»Pilar, bitte, ich bin extra hierhergekommen, weil Sie mir etwas erzählen wollten.« Langsam wurde Leon ungeduldig. »Was wissen Sie wirklich über die Knochen, die wir gefunden haben?«

»Du hast die Gabe«, Pilar sah Leon in die Augen, und er erschrak über ihren intensiven Blick, »du kannst es sehen und du kannst es hören.«

»Was, Pilar? Was kann ich hören?«

»Stimmen aus dem Boden. Die Geister, die in den alten Steinen wohnen. Wenn die Feen auf dem Hügel zu uns sprechen …« Pilar hatte, ohne dass Leon es recht bemerkte, wieder dessen Hand ergriffen.

»Es gibt ein warmes Licht bei dir«, sagte Pilar plötzlich, »du bist nicht alleine. Deine Zukunft …«

»Hören Sie auf damit«, unterbrach Leon die Frau.

»Aber dein Glück ist in Gefahr, in großer Gefahr.« Pilar sah ihn an. »Du wirst dem Bösen begegnen. Ich muss dir sagen, was du schon bald …«

»Nein!« Leon riss seine Hand regelrecht aus Pilars Griff. »Schluss damit. Ich will es nicht wissen.«

»Aber du hast doch die Gabe«, wiederholte Pilar.

»Worüber wollten Sie mit mir sprechen? Was genau wissen Sie?« Leon versuchte, Pilar anzusehen, die aber starrte nur vor sich hin.

»Du wirst das Böse erkennen«, sagte Pilar nach einer Weile. »Der Erzengel ist nicht gut.«

Leon spürte, dass er mit Pilar in einer Sackgasse gelandet war. Sie würde ihm nichts erzählen. Entweder hatte sie wirklich keine Ahnung. Oder es gab etwas, das ihr Angst machte.

»Ich muss los.« Leon stand auf. »Wenn ich mich beeile, kann ich noch die 16-Uhr-Fähre erwischen.«

Leon hielt Pilar seine Hand hin, um sich zu verabschieden. Doch dann überlegte er es sich anders und zog sie schnell wieder zurück.

»*Bonne soirée*«, sagte er. »Melden Sie sich am besten bei *Capitaine* Morell, wenn Sie doch noch mit mir reden wollen.«

»Du musst sehr vorsichtig sein«, sagte Pilar.

Leon hob freundlich die Hand und machte sich auf den

Weg zum Hafen. In Wirklichkeit hatte er noch eine Menge Zeit, aber er hatte keine Lust, auch nur ein Minute länger in dem düsteren Wohnzimmer von Pilar zu verbringen. Hier draußen war es warm und hell. Leon genoss das klare Tageslicht, als er den Weg zum Dorf hinunter nahm. Er würde sich einen gemütlichen Café crème im Bistro genehmigen, bevor die Fähre ablegte.

56. KAPITEL

Isabelle hatte schon seit Tagen nach Hyères fahren wollen. Seit dem ersten Gespräch mit Madame Legrand. Sie hatte sich in den letzten 48 Stunden durch die Zeugenprotokolle im Fall Amélie gearbeitet, aber nirgendwo war der Name Denis Legrand aufgetaucht. Der Mann war weder erwähnt, geschweige denn befragt worden. Aber inzwischen gehörte der Bauunternehmer zum Kreis der Verdächtigen. Er war möglicherweise der Mörder von Paul Simon und er war der Nutznießer des Erbes der kleinen Amélie. War es möglich, dass er das Kind getötet und den Verdacht auf den Vater gelenkt hatte, um über das Vermögen verfügen zu können? Dazu hätte er Delphine Simon, wie sie damals noch hieß, schon vor dem Tod ihrer Tochter kennengelernt haben müssen.

Hyères war eine Kleinstadt am Meer, nur zwanzig Kilometer von Le Lavandou entfernt. Die Altstadt stammte aus dem 16. und 17. Jahrhundert und war mit ihren trutzigen Häusern und den Arkaden ein Touristenmagnet. Die Rue Massillon galt als der Bauch der Stadt. Hier drängte sich ein Delikatessengeschäft neben dem anderen. Vor den Läden waren breite Auslagen aufgebaut. Und obgleich Isabelle eigentlich im Dienst war, konnte sie nicht umhin, Käse, Schinken und frisches Gemüse zu kaufen. Eine Viertelstunde später trug die stellvertretende Polizeichefin von Le Lavandou auf ihrem Weg zu einer Zeugenbefragung drei prall gefüllte Lebensmitteltüten durch die engen Gassen von Hyères.

Das Brillengeschäft Moreau lag in der Rue Portalet. Die Familie Moreau führte ihren Laden bereits in der dritten Generation, wie ein Schild über dem Eingang verkündete. Madame Moreau war eine attraktive Person von 48 Jahren. Sie gehörte zu den Sponsoren des jährlichen Festivals für Mode und Fotografie, was sie durch ausgefallene Kleidung dokumentierte. Heute trug sie ein Sommerkleid in schrillem Türkis. Dazu hatte sie goldene Sandaletten an, die mit Federn verziert waren. In dem Geschäft waren nur zwei Kundinnen; sie machten sich gegenseitig die Sonnenbrillen madig, die ihnen eine junge Angestellte präsentierte. Madame Moreau erwartete die stellvertretende Polizeichefin bereits. Sie führte die Besucherin in ihr Büro, während ihre Mitarbeiterin sich weiter um die unentschlossenen Kundinnen bemühte.

»Ich weiß, das liegt alles schon einige Jahre zurück«, begann Isabelle. »Aber vielleicht können Sie uns trotzdem helfen.«

»Gerne, fragen Sie nur.« Madame Moreau setzte sich neben Isabelle, die sich Notizen machte.

»Wie lange hat Madame Simon bei Ihnen gearbeitet?«, fragte Isabelle.

»Ich habe gerade in den Unterlagen nachgesehen.« Die Geschäftsfrau griff zu einem Aktenordner, der aufgeschlagen auf ihrem Schreibtisch lag. »Delphine kam im Sommer 2011 zu uns und blieb bis, na ja, bis 2013.« Sie legte den Ordner zurück.

»Bis Amélie verschwand«, ergänzte Isabelle das, was Madame Moreau nicht ausgesprochen hatte.

»Das hat sie gebrochen. Alle haben das verstanden.«

Madame Moreau schüttelte traurig den Kopf. »Delphine hat danach versucht, hier weiterzuarbeiten, aber sie musste jedes Mal abbrechen. Einmal haben wir sogar den Arzt holen müssen. So schlecht ging es ihr. Irgendwann ist sie dann gar nicht mehr gekommen.«

»Sie hat mir erzählt, dass sie ihren neuen Mann hier bei Ihnen kennengelernt hat.«

»Diesen Immobilienmakler? Haben die beiden tatsächlich geheiratet?«, fragte Madame Moreau, und Isabelle nickte. »Das hätte ich nicht gedacht.«

»Erinnern Sie sich zufällig, wann die beiden sich kennengelernt haben?«, fragte Isabelle. »Nur so ungefähr.«

»Das kann ich Ihnen sogar auf den Tag genau sagen.« Madame Moreau hielt den Finger mit ihrem Ehering hoch. »Das war am 15. März 2011. Es war mein 25. Hochzeitstag. Madame Simon und ich haben noch Späße darüber gemacht. Ob es ein Zeichen ist, dass sie Monsieur Legrand ausgerechnet an meinem Hochzeitstag kennengelernt hat.«

»Das war dann also, bevor Amélie getötet wurde.« Das war keine Frage von Isabelle, sondern eine Feststellung.

»Natürlich, ein Jahr vorher.«

»Kannten Sie Monsieur Legrand gut?«, fragte Isabelle.

»Nein, ich habe nur ein paarmal gesehen, dass er sie hier abgeholt hat.« Madame Moreau schüttelte den Kopf. »Delphine hat ein großes Geheimnis aus der Beziehung gemacht. Niemand sollte davon erfahren, nicht bevor die Scheidung von ihrem Mann durch war.«

Isabelle sah die Ladenbesitzerin nachdenklich an. »Gibt es sonst noch irgendetwas, woran Sie sich erinnern?«

»Was die Beziehung der beiden betraf? Nein, eigentlich nicht. Außer vielleicht ... Ich fand, dieser Legrand hat Delphine nicht besonders liebevoll behandelt. Aber das ging mich natürlich nichts an.« Madame Moreau unterbrach sich kurz. »Haben Sie sonst noch eine Frage, Madame?«

»Vielen Dank, Sie haben mir schon sehr geholfen«, sagte Isabelle und verabschiedete sich.

57. KAPITEL

Leon hatte sich Zeit gelassen auf seiner kleinen Wanderung von Pilars Haus zurück in den Ort. Es waren noch nicht viele Touristen auf der Insel, die würden erst im Juli und August kommen. Darum war Leon auch nur wenigen Wanderern begegnet. Ein leichter Mistral hatte die Luft sauber geblasen. Jetzt war sie durchsichtig wie Glas, und Leon hatte den Eindruck, jedes einzelne Haus an der entfernten Küste erkennen zu können. Der Wind rauschte in den Ästen der Pinien, und die Zikaden gaben ihr Bestes.

Leon wollte bei Doktor Fournier vorbeischauen, aber der war gerade dabei, seine Praxis für heute zu schließen, als Leon läutete. Der Arzt war nur allzu gern bereit, sich mit Leon zu unterhalten. Aber nicht hier. Zehn Minuten später saßen Leon und Fournier im Bistro am Place d'Armes und sprachen über das tote Mädchen.

»Die Kleine hatte Brüche an beiden Schlüsselbeinen und am rechten Arm«, sagte Leon. »Wäre ja möglich, dass sie zufällig Ihre Patientin gewesen ist?«

»Sie sagen, das war vor etwa fünfzehn Jahren?«, erkundigte sich Monsieur Fournier.

»Ungefähr, in diesem Punkt sind wir uns noch nicht ganz sicher«, antwortete Leon.

»Damals war ich noch nicht hier«, sagte Fournier. »Ich bin erst später aus Arles gekommen.«

»Sie hatten eine Praxis in Arles?«

»Nein, ich habe lange an der Uniklinik gearbeitet, Abteilung für Frauenheilkunde.«

»Von der Uniklinik nach Porquerolles?«, meinte Leon erstaunt.

»Ganz genau. Vom hektischen Leben in die ruhige Provinz. Ich glaube, dass wir einiges gemeinsam haben.« Fournier musste husten, und Leon fiel auf, dass das Gesicht seines Kollegen schweißbedeckt war. Er beobachtete, dass Fournier kurzatmig wurde.

»Fühlen Sie sich nicht wohl, Monsieur Fournier?«

»Alles … in Ordnung.« Fournier winkte schnaufend ab. »Kleine Bronchitis, anhängliche Sache.«

In diesem Moment kam der Kellner und brachte zwei Gläser Rosé, die er vor den Männern abstellte.

»*Merci*, Antoine«, sagte der Inselarzt und wandte sich an Leon. Er hob sein Glas. »Domaine Perzinsky, das Beste, was wir auf unserer Insel zu bieten haben. Das Weingut gehört übrigens einem Russen.«

In diesem Moment bekam Monsieur Fournier einen erneuten Hustenanfall. Diesmal war es schlimmer. Leon sah, wie sein Kollege in Atemnot geriet. Sein Gesicht lief rot an und Monsieur Fournier kippte vornüber auf den Tisch. Die Gläser stürzten um, Rosé lief auf den Boden. Leon sprang auf und konnte gerade noch verhindern, dass der Doktor vom Stuhl rutschte und mit dem Kopf auf dem Boden aufschlug. Leon hielt den Mann unter den Armen, als der Kellner herbeistürzte und versuchte, den Doktor zurück auf seinen Stuhl zu ziehen.

»Nicht, wir müssen ihn hinlegen!«, rief Leon.

»Bekomme … keine … Luft«, röchelte der Arzt.

Leon drehte den hilflosen Mann auf die Seite. Unter Fourniers Kopf schob er die Jacke, die der vor wenigen Minuten ausgezogen hatte. Leon konzentrierte sich auf die Symptome des Mannes, der vor seinen Augen um sein Leben kämpfte. Alles wies auf einen Herzinfarkt hin. Er musste sich beeilen, wenn er ihn retten wollte.

»Haben Sie Schmerzen in der Brust?«, fragte Leon.

Monsieur Fournier konnte nur noch nicken.

Leon legte den Zeigefinger an die Halsschlagader. Der Puls ging flach und schnell. Zu schnell. Ein neuer Hustenanfall packte den Patienten. Der Körper verkrampfte sich. Als der Arzt wieder zu Atem kam, sah Leon, dass Fournier Blut aus dem Mundwinkel lief. Leon riss dem Mann das Hemd auf und legte sein Ohr an dessen Brust. Bei jedem Einatmen hörte er ein Rasseln, das aus dem rechten Lungenflügel zu kommen schien.

»Was … ist … los?«, stöhnte Fournier.

»Ich vermute, Sie haben eine Lungenembolie«, sagte Leon.

Der Arzt versuchte aufzustehen, aber Leon drückte ihn zurück auf den Boden.

»Bleiben Sie liegen und versuchen Sie, ruhig und gleichmäßig zu atmen«, sagte Leon. »Ich informiere den Rettungsdienst.«

»Hier gibt es keinen anderen Arzt.« Der Kellner kniete immer noch neben Fournier.

»Wir müssen zusehen, dass wir einen Hubschrauber bekommen.« Leon zog sein Handy aus der Tasche und wählte die 112. Er erklärte der Frau in der Notrufzentrale, dass er Arzt sei, sich auf Porquerolles befinde und sein Patient über sechzig Jahre alt sei und eine Lungenembolie erlitten habe. Es dauerte keine zwei Minuten, da hatte Leon die Einsatzzentrale der Luftrettung von Toulon in der Leitung. Es dauerte zwei weitere Minuten, und Leon hatte dem diensthabenden Notarzt die Symptome seines Patienten beschrieben. Der Helikopter bekam den Einsatzbefehl.

Jetzt konnte Leon nur noch hoffen, dass Monsieur Fournier so lange durchhielt. Der Arzt versuchte, etwas zu sagen, und Leon musste sich zu ihm hinunterbeugen, um ihn zu verstehen.

»Ich ... kann hier ... nicht weg«, keuchte der Arzt.

»Keine Sorge, der Helikopter ist unterwegs«, beruhigte ihn Leon. Er musste alles tun, um zu vermeiden, dass der Patient einen erneuten Hustenanfall bekam. Das stoßweise Atmen könnte weitere Blutgerinnsel lösen, sie in die Adern pressen, die vom Herz zur Lunge führten, und sie verschließen. Was wiederum eine fatale Kettenreaktion auslösen würde, weil die Lungen das Blut dann nicht mehr mit Sauerstoff anreichern könnten, was wiederum den Patienten in Atemnot brachte und zum Husten zwang.

»Morgen ... langer ... Praxistag«, stöhnte Fournier.

»Vergessen Sie die Praxis«, sagte Leon. »Sie kommen jetzt in die Notaufnahme nach Saint Sulpice.«

»Nur wenn Sie versprechen ...«, der Arzt schnappte nach Luft. »Versprechen Sie, dass Sie mich in der Praxis vertreten?« Ein neuerliches, unterdrücktes Husten.

»Ja, ja ich kümmere mich darum.« Leon musste dafür sorgen, dass Fournier ruhig blieb.

In diesem Moment begannen Fourniers Arme und Beine unkontrolliert zu zucken. Plötzlich hörte er ganz auf zu atmen. Leon drehte den Arzt auf den Rücken und begann mit der Herzdruckmassage. Er konzentrierte sich auf den Rhythmus. Hundertmal pro Minute musste man mit dem Handballen auf den Brustkorb drücken, um den Kreislauf künstlich aufrechtzuerhalten. Es war jetzt am Nachmittag noch sehr warm. Leon tropfte der Schweiß vom Gesicht, während er auf dem Boden kniete und um das Leben des Arztes kämpfte. Er fürchtete, dass ihm die Kräfte ausgehen würden, bevor das Herz wieder seine Arbeit aufnahm. Da spürte er, wie Fournier wieder selbstständig zu atmen begann.

»Können Sie mich hören?« Leon stieß dem Arzt leicht gegen die Schulter. Einmal, zweimal. »Monsieur Fournier!«

In diesem Moment reagierte der Mann und blinzelte.

»Schauen Sie mich an«, forderte Leon ihn auf und sah, dass der Arzt versuchte, ihn zu fixieren. »Immer weiter atmen, ganz ruhig ... Gleich kommt der Hubschrauber.«

Der Kellner reichte Leon eine feuchte Serviette. Leon wischte sich damit den Schweiß vom Gesicht und setzte sich so, dass die flache Nachmittagssonne Fournier nicht blendete. Eine Menschentraube hatte sich inzwischen um Leon und seinen Patienten versammelt. Einige der Leute hielten ihre Handys in der Hand und filmten.

Wenig später hörte Leon das Geräusch des Hubschraubers, das schnell näher kam. Der Helikopter schwebte vom Hafen her in ihre Richtung, kam knapp über die Dächer geflogen und bewegte sich unter dem dröhnenden Schlagen der Rotorblätter langsam auf den Place d'Armes zu.

Leon hoffte inständig, dass jetzt keiner der sensationshungrigen Zuschauer auf den Platz laufen würde, doch niemand rührte sich. Die Einwohner und Touristen von Porquerolles beobachteten fasziniert, wie der Hubschrauber noch einen Bogen flog und dann in einer ungeheuren Staubwolke mitten im Ort landete. Der Notarzt und sein Assistent stiegen aus der Maschine und liefen mit der Trage zu Leon und seinem Patienten. Leon war erleichtert, als der Notarzt Dr. Fournier übernahm. Erst jetzt bemerkte er, wie seine Arme von der Anstrengung der letzten

Minuten zitterten. Er beobachtete, wie der Notarzt Fournier eine Infusion legte. Während der Assistent dem Patienten eine Sauerstoffmaske aufsetzte. Der Inselarzt schien im Augenblick stabil zu sein. Der Notarzt und sein Rettungssanitäter schoben die Trage mit Fournier in den Hubschrauber. Der Pilot erhöhte die Drehzahl, und keine fünf Minuten nach der Landung erhob sich der Helikopter wieder vom Place d'Armes. Staub wirbelte auf, und die Maschine verschwand in Richtung Festland.

Leon hatte sich wieder an seinen Tisch gesetzt. Der Kellner brachte ihm wortlos ein Glas Rosé. Leon nahm einen Schluck und sah auf den verlassenen Platz. Er spürte, wie der Stress der letzten halben Stunde von ihm abfiel. Auf einmal war die Ruhe auf die Insel zurückgekehrt. Erst als Leon bemerkte, dass auch die Touristen verschwunden waren, wurde ihm klar, dass er gerade die letzte Fähre nach Le Lavandou verpasst hatte. Einer der Männer, die an der Bar einen Pastis getrunken hatten, kam auf ihn zu. Leon erkannte den Mann. Es war Pascal Sarraut, der Techniker von der Telecom.

»*Bonsoir, docteur*«, sagte Sarraut. »Der Rosé kommt von uns«, er deutete auf die Männer an der Bar.

»Danke, den hätten eigentlich die Kollegen von der Luftrettung verdient.« Leon hob sein Glas in Richtung Bar, von wo ihm die Gäste freundlich zuprosteten.

»Und wenn Sie noch etwas trinken wollen, also das geht heute alles auf uns«, sagte Sarraut und ging zurück zu den anderen.

In diesem Moment tauchte eine junge Frau an Leons Tisch auf, Louise aus der Forschungsstation. Sie trug Latzhose und T-Shirt. Über ihrer Schulter hing ein geflochtener Strohkorb mit frischem Gemüse.

»*Bonsoir, docteur.* Sieht ganz so aus, als hätten Sie Ihre Fähre verpasst«, meinte Louise und lächelte.

»*Bonsoir*, Louise.« Leon stand auf und reichte ihr die Hand. »So schnell kann es gehen.«

»Ich habe schon von Ihren Heldentaten gehört.«

»So heldenhaft waren die auch wieder nicht.«

»Nur keine falsche Bescheidenheit. Sie sind seit heute ein Star.«

»Aber nur auf Porquerolles«, sagte Leon mit einem Lächeln.

»Das ist doch schon was. Es wird auch erzählt, dass Sie sich um die Praxis von *Docteur* Fournier kümmern.«

»Das müssen Sie falsch verstanden haben.«

»Bestimmt nicht. Morgen ist ›Langer Freitag‹.« Bei Louise klang das, als handelte es sich um ein fundamentales Ereignis wie Ostern oder Weihnachten.

»Was ist langer Freitag?«, fragte Leon.

»Erster Freitag im Monat. Da ist die Praxis immer bis 19 Uhr geöffnet. Da kommen sogar Patienten von den Nachbarinseln rüber«, erklärte Louise. »Sich drücken gilt nicht.«

Leon wollte die junge Frau nicht enttäuschen, aber er konnte nicht so einfach die Praxis eines Kollegen übernehmen. Sicher, er hatte für Frankreich eine Zulassung als *Médecin Généraliste*, als Arzt für Allgemeinmedizin, aber um eine Praxis zu führen, mussten viele Hürden überwunden werden. In diesen Dingen war die französische Bürokratie noch komplizierter als die deutsche.

»Ich weiß nicht, ob ich das so einfach machen kann«, sagte Leon ausweichend.

»Alle haben gesehen, was Sie können. Was erwarten Sie denn noch, ein Denkmal?« Sie grinste ihn provozierend an.

»Ich fürchte, ich muss zurück in die Klinik nach Hyères.«

»Ausreden werden nicht akzeptiert. Hey, ist doch nur für einen Tag.« Louise sah Leon mit ihren strahlenden Augen an. »Nach dem Wochenende bekommen wir eine Vertretung … Sie haben es dem *Docteur* versprochen.«

»Hier bleibt aber auch nichts privat«, sagte Leon.

»Natürlich nicht«, grinste Louise. »Das ist ja das Schöne an einer Insel. Wissen Sie schon, wo Sie übernachten?«

»Nein, können Sie etwas empfehlen?«, fragte Leon.

»Könnte schwierig werden. Einige der Pensionen öffnen erst nächste Woche.« Louise musterte Leon. »Das Institut hat ein kleines Gästehaus für Wissenschaftler. Da ist ein Zimmer frei. Einfach, aber gemütlich.«

»Ich kann doch nicht einfach in dem Zimmer …«, wollte Leon sagen, als Louise ihn unterbrach.

»Na klar können Sie. Und es wird eine Menge Gerede geben. Kommen Sie, das sind nette Kollegen. Heute Abend gibt es Ravioli aus der Dose.«

»Klingt verlockend. Darf ich den Wein beisteuern?«

»Das müssen Sie sogar. Den kaufen wir unterwegs. Sind nur zehn Minuten bis zum Institut.«

So endete Leons Tag schließlich auf der Terrasse des Gästehauses des Institutes für Meeresbotanik im Kreis von drei trinkfesten Wissenschaftlern aus Skandinavien und Louise, die eine perfekte Gastgeberin war. Die Ravioli kamen nicht aus der Dose, sondern vom Traiteur in Lavandou und waren ein Gedicht.

Das Gästehaus lag über den Klippen und bot von der Terrasse aus einen atemberaubenden Blick aufs Meer. Später an diesem Abend saß Leon nur noch mit einem Norweger auf der Holzbank und sie teilten sich den Rest der letzten Flasche Rosé. Plötzlich hatte Leon das Gefühl, dass sie vom Rand des nahen Waldes beobachtet wurden. Er konnte es aber nicht mit Gewissheit sagen, doch dann sah er ein Licht, das sich hügelaufwärts zwischen den Zedern bewegte.

Als Leon ins Bett ging, war es bereits kurz vor Mitternacht. Irgendwo in diesem Haus schlief eine charmante Meeresbiologin, dachte Leon. Und für einen Moment fragte er sich, was wohl passieren würde, wenn er jetzt an ihre Tür klopfte. Was für ein aufregender Gedanke, dachte er. Dann ging er in sein Zimmer und schlief tief und fest nach diesem anstrengenden Tag.

58. KAPITEL

Leon wachte gegen halb sechs auf. Er duschte kurz unter einem Wasserstrahl, der nur lauwarm wurde. Dann ging er leise auf die Terrasse, von der man im Osten das erste Licht des Morgens übers Meer dämmern sah. Leon nahm die wenigen Stufen zum Strand hinunter und lief barfuß durch den kühlen Sand. Er blieb stehen und beobachtete, wie sich der Himmel langsam rosa färbte. In diesem Moment spürte er, dass er nicht allein war.

»Der Morgen ist die schönste Zeit des Tages«, sagte Louise, die neben ihm aus der Dämmerung aufgetaucht war. »Manche Leute behaupten, die Sonnenuntergänge wären schöner. Aber das stimmt nicht.«

»Sonnenuntergänge sind immer ein bisschen traurig. Weil sie einen an das Ende denken lassen«, erwiderte Leon. »In den Sonnenaufgängen steckt viel mehr Hoffnung.«

»Sind Sie ein Romantiker?«

»Ich bin ein Frühaufsteher«, sagte Leon. Louise lachte.

Leon sah aufs Meer, das ganz still und silbrig im ersten Licht lag, und blinzelte in den beginnenden Tag. Etwas zeichnete eine Wellenspur in die spiegelglatte Wasseroberfläche und Leon erkannte die Rückenflosse eines großen Fischs, der kurz aus dem Wasser blitzte.

»Sind das Delfine?«

»Streifendelfine«, sagte Louise. »Wussten Sie, dass Delfine nie schlafen?«

»Wirklich?«, fragte Leon. »Was für eine faszinierende Vorstellung. Wir verschlafen die Hälfte unseres Lebens.«

»Das gilt aber nicht für uns beide«, widersprach Louise. »Kommen Sie, ich habe uns einen Kaffee gemacht. Von der Terrasse ist der Blick genauso schön.« Sie hakte sich bei Leon unter, während sie barfuß zurück zum Haus gingen.

Zwei Stunden später war Leon bereits in der Praxis von Doktor Fournier. Auf der Terrasse unter der Pergola warteten schon die ersten Patienten. Leon stand mit Schwester Marguerite im Behandlungszimmer und überflog die Krankenakten, bevor er sich den einzelnen Patienten widmete. Die Schwester beobachtete den neuen *Docteur* mit Skepsis. Aber bei den Patienten kam Leon gut an. Das heißt, bei den meisten. Es gab auch einige, die gleich wieder verschwanden, als sie hörten, dass für Dr. Fournier ein Vertreter eingesprungen war. Und der kam auch noch aus Deutschland.

Die meisten Patienten waren schon viele Jahre bei Dr. Fournier in Behandlung. Sie wollten eigentlich nur ihre Rezepte gegen Bluthochdruck, Schilddrüsenüberfunktion oder zu hohes Cholesterin erneuern und natürlich mit dem *Docteur* ausführlich über den neuesten Klatsch der Insel reden. Da dieser kommunikative Teil bei Leon ausfiel, kam er ausgesprochen zügig voran.

Am frühen Nachmittag saßen nur noch ein paar Touristen im Wartezimmer. Eine Frau aus Stuttgart litt unter Verstopfung. Leon hörte sie zur Sicherheit kurz ab, und dann übernahm Schwester Marguerite mit Tipps für Abführtee und Naturheilmitteln. Nur einmal gelang es Leon, seine Assistentin zu beeindrucken. Ein Tourist aus Paris war in einen Seeigel getreten. Eine nicht ungefährliche

Verletzung, da die Stacheln zerbrechlich wie Glas waren, leicht unter der Haut abbrachen und schmerzhafte Entzündungen verursachen konnten. Leon gelang es, alle fünf Stacheln aus der Ferse zu entfernen, ohne auch nur einen dabei abzubrechen. Das Ergebnis war, dass Leon einen dankbaren Patienten zurück zum Hotel schicken konnte und Marguerite ihm ungefragt einen Cappuccino auf den Schreibtisch stellte. Dazu gab es ein *Pain au chocolat*. Das war zwar nicht gerade ein üppiges Mittagessen, aber besser als nichts.

Am frühen Nachmittag erschien ein unerwarteter Patient im Behandlungszimmer. Jean-Claude kam im Rollstuhl durch die Tür, gefolgt von Marguerite, die vergeblich versuchte, ihn aufzuhalten.

»*Bonjour*, Leon«, sagte Jean-Claude. »Habe schon gehört, dass du die Seiten gewechselt hast.«

»Er ist noch nicht dran, *Docteur*.« Marguerite versuchte empört, Jean-Claude den Weg zu blockieren. »Er hat sich einfach vorgedrängt.«

»*Je m'excuse mille fois, Madame le General*.« Jean-Claude riss vor der Schwester in einer Geste der Unterwerfung die beiden Hände hoch.

»Schon gut, Madame. Ich kenne den Patienten, er war lange in der Legion ...«, sagte Leon, als ob das alles erklären würde.

Marguerite nickte nur kurz. Dann schloss sie die Tür geräuschvoller, als es nötig gewesen wäre.

»Also, was kann ich für dich tun?«, fragte Leon und lehnte sich in seinem Stuhl zurück.

»Es ist ein bisschen speziell ...«, druckste Jean-Claude herum. Leon sah ihn an und schwieg. »Ich habe einen Furunkel. Am Hintern.«

»Verstehe«, sagte Leon. »Und warum gehst du damit nicht in Le Lavandou zum Arzt?«

»Weil ... Was soll das? Muss ich dich erst an deinen Eid erinnern, damit du mir hilfst?«

»Was für einen Eid?«, fragte Leon amüsiert.

»Na, der von diesem Italiener.«

»Hippokrates war Grieche, falls du den meinst«, korrigierte Leon. »Ich glaube, du gehst nicht zum Arzt in Lavandou, weil es eine Ärztin ist.«

»Und wenn schon«, murrte Jean-Claude. »Soll ich vielleicht einer Frau, die meine Tochter sein könnte, meinen Arsch hinstrecken?«

»Schon gut«, sagte Leon. »Dann wollen wir uns die Sache mal anschauen.«

So kam es, dass Leon seinen ersten Furunkel mit dem Skalpell öffnete, reinigte und einen dankbaren Ex-Fremdenlegionär mit einem dicken Pflaster am Hintern und einem Rezept für Antibiotika in der Hand nach Hause schickte. Die Arbeit in der kleinen Inselpraxis begann Leon zu gefallen. Er fühlte eine warme Zufriedenheit in sich aufsteigen, als er den nächsten Patienten hereinrief.

59. KAPITEL

Isabelle saß seit dem frühen Morgen an ihrem Schreibtisch. Ihr ging nicht aus dem Kopf, was Leon über Legrand erzählt hatte. War der Ehemann von Madame Simon tatsächlich 2002 auf Porquerolles gewesen, als dort die kleine Nicole verschwand? Oder war das nur Gerede von einigen Boule-Spielern, die sich wichtig machen wollten?

Isabelle hatte sich umgehört. Sie kannte eine Menge Leute in Lavandou, und es gab viele, die Legrand so ziemlich alles zutrauten. Aber Gerüchte allein halfen ihr nicht weiter. In Frankreich gab es keine Meldepflicht, daher waren die Register der Polizei äußerst lückenhaft. Aber wenn Legrand wirklich auf Porquerolles als Kellner gearbeitet hatte, musste er ja irgendwo gewohnt haben, und so etwas hinterließ immer Spuren. Stellte sich nur die Frage, ob man die nach so vielen Jahren noch verfolgen konnte.

In Frankreich gab es aber noch einen anderen Weg, eine Adresse aufzutreiben, und der führte über die Verzeichnisse der Électricité de France, kurz EDF, dem staatlichen französischen Stromversorger. Wer eine Wohnung mietete, musste schließlich auch seinen Strom bezahlen, und dafür musste er sich mit Name und Adresse bei der EDF anmelden. Mit einer bezahlten Stromrechnung war man in Frankreich so gut wie polizeilich gemeldet und galt als Anwohner. Die Stromrechnung konnte auch helfen, ein Konto zu eröffnen oder sein Auto zuzulassen. Solange man sich keinen Pass oder eine Carte d'Identité ausstellen lassen wollte, kam man mit seiner Stromrechnung in Frankreich gut zurecht. Allerdings war die entsprechende Datenbank der EDF inzwischen schon über fünfzehn Jahre alt und daher unvollständig. Aber im Fall Legrand hatte Isabelle Glück, denn auf einer Insel wie Porquerolles war die Anzahl der Stromanschlüsse ziemlich übersichtlich. Sie rief einen Bekannten bei der EDF in Toulon an. Der versprach ihr, sich um den Fall zu kümmern. Er würde sich wieder melden.

Nachdem sie inzwischen sechs Stunden hinter ihrem Schreibtisch gesessen und ununterbrochen telefoniert hatte, gönnte sich Isabelle am Nachmittag die erste Pause. Sie verließ die klimatisierte Polizeistation in der Avenue André Del Monte und ließ sich von Moma bis zur Uferpromenade fahren. Dort setzte sie sich im Schatten einer Palme auf eine Bank. Ausgerüstet mit einer Quiche Lorraine und einer Flasche Perrier beobachtete sie die Segelboote.

Es war ein Platz inmitten des Touristentrubels, aber er lag weit genug von Isabelles Schreibtisch entfernt, und damit auch von lästigen Telefonanrufen und Störungen durch übereifrige Kollegen. Hier konnte sie in aller Ruhe nachdenken.

Es war das erste Mal, dass Isabelle es mit drei Todesfällen gleichzeitig zu tun hatte. Und für keinen dieser Fälle gab es eine schlüssige Erklärung. Erst erlitt ein Alkoholiker Schiffbruch im Sturm. Dann fand die Polizei einen Mann tot in seinem Haus, der wegen Mordes an seiner Tochter verurteilt und wieder freigesprochen worden war. Und schließlich wurde das Skelett eines Mädchens entdeckt, das vor über fünfzehn Jahren auf Porquerolles verschwunden war. Drei Fälle, die zunächst wie Unfälle oder Selbstmorde aussahen, bei denen es sich aber aller Wahrscheinlichkeit nach um Mord handelte. Drei Fälle, die scheinbar nichts miteinander zu tun hatten, die aber alle zur gleichen Zeit auftauchten. Als hätte irgendeine geheime Kraft sie aus der Tiefe an die Oberfläche gespült.

Es gab natürlich niemanden bei der Gendarmerie Nationale, mit dem sie über solche kühnen Überlegungen reden konnte. Der Einzige, der sie verstanden hätte, war Leon. Aber der hatte es sich in den Kopf gesetzt, einen Tag lang auf Porquerolles den Inselmediziner zu spielen. Wenn er heute Abend zurückkam, musste sie dringend mit ihm reden.

60. KAPITEL

Gegen vier Uhr hatte Leon fast alle Patienten behandelt. Unter den letzten Besuchern war ein Ehepaar aus Schottland mit heftigem Sonnenbrand. Leon wunderte sich, wie viel Leid Touristen zu ertragen bereit waren, nur für ein wenig Sonnenbräune. Leon legte sich nie in die Sonne. Er verschrieb den beiden Touristen eine Salbe gegen Verbrennungen und riet ihnen dringend, die Sonne an den nächsten Tagen zu meiden. Dann gab es noch die pensionierte Lehrerin, die plötzlich im Behandlungszimmer hyperventilierte und über Schmerzen von der linken Schulter bis zum Ellenbogen klagte. Sie hatte einen stark beschleunigten Puls und alle Anzeichen eines bevorstehenden Herzinfarktes. Leon sah sich schon nach dem Defibrillator um, als Marguerite völlig unaufgeregt sagte: »Sie braucht die blaue Tablette.«

Leon sah die Schwester verständnislos an.

»Die blaue Tablette«, widerholte Marguerite. »Die Notfall-Tablette.« Dabei nickte sie ihm aufmunternd zu.

»Gute Idee«, improvisierte Leon. »Wo hat *Docteur* Fournier die blauen Tabletten?«

»Oberste Schublade rechts«, sagte die Assistentin.

Leon reichte der Patientin ihre Tablette, die sie sofort mit einem Schluck Wasser nahm. Es schien ihr schlagartig besser zu gehen. Sie bedankte sich und ging.

Marguerite klärte Leon auf, dass die Lehrerin regelmäßig Kreislaufzusammenbrüche vortäuschte, wenn sie untersucht wurde. Sie bekam dann eine von den Placebos, und sofort fühlte sie sich wieder gesund.

»Körperlich ist sie völlig fit. Nur hier oben …« Marguerite machte eine kleine Bewegung mit der flachen Hand vor ihrem Kopf, »hier oben ist sie ein wenig durcheinander.«

Als der letzte Patient die Praxis verließ, war Marguerite überrascht. So schnell hatte sich das Wartezimmer noch nie geleert, und das an einem langen Freitag. Jetzt fehlte eigentlich nur noch der alte Maurice, um sich seine wöchentliche Vitaminspritze abzuholen. Leon warf einen Blick in die Akte des Patienten. Maurice Bénot war 82 Jahre alt und hatte sein halbes Leben lang als Matrose auf den Fähren zwischen Lavandou und den Inseln gearbeitet. Mit 63 wurde er frühpensioniert, zwei Jahre später starb seine Frau. Seitdem lebte Maurice in seinem Haus an der östlichen Spitze von Porquerolles. Hier betrieb Maurice eine kleine Feigenplantage.

Laut Marguerite war der pensionierte Seemann ein eigentümlicher Kauz. Er verließ seine *ferme*, wie ein kleiner landwirtschaftlicher Betrieb hier hieß, so gut wie nie und wohnte allein in einem heruntergekommenen Bauernhaus. Die Feigen verkaufte er auf dem Wochenmarkt in Le Lavandou oder im Hafen an die Segelyachten, die hier zu Dutzenden am Pier lagen.

Vor zwei Jahren erkrankte Maurice ganz plötzlich. Er nahm ab und seine Leberwerte gingen genauso unaufhaltsam nach oben wie sein PSA-Wert. Für *Docteur* Fournier sah alles nach einer Krebserkrankung im Unterbauch aus. Er überredete Maurice schließlich, nach Saint Sulpice zu fahren und sich dort im Computertomografen untersuchen zu lassen. Aber am Tag der Untersuchung entschied sich Maurice gegen die Untersuchung und blieb in seinem Haus. Seitdem lehnte er jegliche Behandlung ab. Immerhin konnte Dr. Fournier seinen Patienten davon überzeugen, einmal in der Woche in der Praxis vorbeizukommen und sich eine Vitaminspritze geben zu lassen. Auf diese Weise konnte der Inselarzt sich ein Bild vom Fortschreiten der Erkrankung machen. Allerdings musste Dr. Fournier feststellen, dass sich seit seiner ersten Diagnose die Symptome nicht weiter verschlechtert hatten. Maurice war überzeugt, dass seine Fortschritte einzig dem regelmäßigen Verzehr von Feigen und der wöchentlichen Spritze beim Inselarzt zu verdanken waren.

Dr. Fournier hatte keine Erklärung für den gesundheitlichen Zustand seines Patienten. In der Krankenakte hatte er seit einem Jahr regelmäßig eingetragen: »Patient stabil und angeblich ohne Beschwerden«. Allerdings hatten sich in den letzten beiden Wochen die Leberwerte wieder verschlechtert.

Leon ließ sich von Marguerite den Weg zu Maurice Bénot beschreiben. Die Assistentin gab Leon die Autoschlüssel für den grauen 2 CV des Arztes, der in der Einfahrt parkte. An sich waren Automobile auf der Insel verboten. Es gab nur zwei Dutzend Personen und Institutionen, die ein Fahrzeug betreiben durften. Der Arzt gehörte natürlich dazu.

Schließlich saß Leon im 2 CV und fuhr langsam einen unbefestigten Feldweg hinauf in die Hügel. Obgleich er nur mit Fahrradgeschwindigkeit unterwegs war, zog das kleine schaukelnde Auto eine große Staubwolke hinter sich her. Der 2 CV besaß statt Türen nur dünne Ketten, und gegen die Sonne gab es ein flatterndes Stoffdach. Leon hatte als Student einen 2 CV besessen, und er schätzte die ungemein bequemen Sitze, die ausschließlich aus Spanngummis mit einer dünnen Polsterauflage bestanden. Das Auto federte klaglos über tiefe Spurrillen und spitze Felsen. Leon genoss den kleinen Ausflug. Nach einigen Minuten wurde der Weg schmaler und schlängelte sich den Hügel hinauf. Nach der Wegbeschreibung von Marguerite hätte Leon schon abbiegen müssen, offenbar war er an der Abzweigung zum Bauernhof vorbeigefahren. Leon hielt an und stellte den Motor ab. Sofort setzte das Konzert der Zikaden ein. Der Abendwind trug den Geruch der Kiefern zu ihm herüber, die in der Sommerhitze ihr Harz ausschwitzten. Leon stieg aus und griff nach der Arzttasche, die ihm die Schwester mitgegeben hatte. Er war völlig allein. Es gab niemanden, den er nach dem Weg hätte fragen können. Ein Dutzend Meter weiter zurück befand sich eine niedrige Geländestufe, und dort führte tatsächlich ein knapp zwei Meter breiter Weg zwischen einem regelrechten Wald von über mannshohen Oleanderbüschen hindurch.

Am Boden lag ein handgemaltes Schild, das offenbar der Wind umgeweht hatte. »Figues 1,50 EURO le kilo«, hatte jemand ungelenk draufgeschrieben.

Leon folgte dem Weg durch den Oleander. Im dichten Schatten der hohen Büsche fühlte sich die Luft feucht und kühl an. Als hätten die Pflanzen etwas von dem Dunst eingefangen, den die Abendbrise vom Meer herübertrieb. Nach etwa dreißig Metern öffnete sich das Gelände zu einem unbewaldeten Hang, der von Terrassen durchzogen war. Auf den Stufen waren die Feigenbäume so dicht gepflanzt, dass sie mit ihren Blättern ein Dach bildeten. Auf halber Höhe stand ein einfaches Bauernhaus aus Naturstein. Leon genoss diesen Blick in eine andere Zeit. Er blieb einen Augenblick fasziniert stehen, als könnte er diese Welt zerstören, wenn er sie betrat. Das Haus, die Luft, alles schien wie eingefroren, und darüber lag das ohrenbetäubende Zirpen der Zikaden. Schließlich trat Leon aus dem schattigen Pfad in die Abendsonne und im gleichen Moment verstummten die Zikaden, als hätte jemand einen unsichtbaren Schalter umgelegt. In diesem Moment hörte Leon ein anderes Geräusch, es war ein fernes Summen, das in Wellen heller und dunkler wurde. Leon kannte dieses Geräusch, es war das Schwirren von Abertausenden von Insektenflügeln, die den Tod begleiteten. Leon ging auf das Haus zu, während das Summen lauter wurde. Er rief keinen Namen. Er wusste, dass er in diesem Haus keinen Lebenden antreffen würde.

An der Eingangstür des Bauernhauses hatte jemand die Scheibe eingeschlagen. Leon stieß die unverschlossene Tür auf. Sofort kam ihm eine schwarze Wolke von Fliegen entgegen, die ihn kurz umschwirrte und dann durch die Tür ins Freie schwärmte. Vor ihm, aus der geöffneten Tür des Wohnzimmers, wurde das Summen lauter. In diesem Moment roch er den süßlichen Verwesungsgeruch, der einem den Atem verschlagen konnte. Leon betrat den Raum. Dort saß ein Mann in einem Sessel. Zu seinen Füßen lag ein Schrotgewehr. Die Hälfte des Kopfes war ihm offenbar durch einen Schuss weggerissen worden. Ein dichter Schwarm Schmeißfliegen schwirrte auf, als sich Leon vorsichtig dem Toten näherte. Hunderte von Maden waren über den zerstörten Kopf des Toten hergefallen. Sie waren aus den von den Fliegen abgelegten Eiern geschlüpft, die den Leichnam schon vor Tagen entdeckt haben mussten.

Leon bewunderte die Insekten, die bei den meisten

Menschen nur Abscheu und Ekel auslösten. Er betrachtete diese Tiere als seine Verbündeten. Die Verwesung eines menschlichen Körpers verlief seit Jahrmillionen nach dem immer gleichen Fahrplan. Zuerst kamen die Fliegen, die ihre Eier ablegten. Daraus schlüpften in kürzester Zeit die Maden. Später kamen die Käfer und andere Fliegenarten dazu, um sich an dem Festessen zu beteiligen. Jedes dieser Lebewesen leistete seinen ganz speziellen Beitrag bei der Verwesung des Toten. Die Insekten verrieten Leon auf die Stunde genau, wann und wo ein Mensch gestorben war. Zuverlässiger als jede Laboruntersuchung.

Leon sah sich um. Hinter dem Sessel hatte offenbar die Schrotladung ein Stück der Tapete von der Wand gerissen und blutige Fetzen menschlichen Gewebes zurückgelassen. Maurice, der Bauer, war mindestens seit einer Woche tot, dachte Leon. Auf dem Tisch standen noch Geschirr und Reste eines Abendessens. Die Weinflasche war zu Boden gefallen, daneben lag ein zerbrochenes Glas. Hatte der alte Mann zu Abend gegessen und noch ein Glas Wein getrunken, um sich dann zu erschießen? Aber warum lagen dann Glas und Flasche am Boden? Leon zog das Handy aus der Tasche und rief die Gendarmerie Nationale an.

Eine gute Stunde später saß Leon vor dem Haus auf einer Bank und trank gierig einen großen Schluck Wasser aus einer Flasche Evian, die Isabelle ihm gegeben hatte. Zerna und *Lieutenant* Masclau kamen aus dem Haus. Beide hatten fahle Gesichter, aus denen jegliche Côte-d'Azur-Bräune gewichen war. Masclau lief zu einem Busch, beugte sich vornüber und kämpfte gegen das Erbrechen an.

»Atmen Sie ruhig ein und aus«, riet Leon ganz entspannt dem Polizisten. »Dann wird Ihnen gleich besser.«

»Ich verstehe nicht, wie Sie diese Scheiße auf Dauer aushalten können, *Docteur*«, keuchte Masclau und versuchte, flach zu atmen, um dem Verwesungsgestank zu entgehen, der noch hier draußen zu riechen war.

»Jetzt stellen Sie sich nicht so an.« Zerna gab sich lässig, obwohl Leon ihm ansah, dass der Anblick des Toten auch ihm zugesetzt hatte.

»Wir müssen noch die anderen Zimmer kontrollieren«, sagte Zerna, und es war klar, dass das als Befehl an Masclau gemeint war.

»Verdammt, ich geh da nicht mehr rein«, fluchte Masclau. »Schicken Sie doch einen von den jungen Kollegen.«

Leon sah, wie sich in diesem Moment zwei jüngere Beamte zügig in Richtung der Absperrung zurückzogen. Auch die anderen Beamten hielten respektvoll Abstand zum Eingang des Bauernhauses. Leon konnte das nur recht sein. Auf diese Weise würden ausnahmsweise mal keine Tatort-Spuren von neugierigen Polizisten zertrampelt werden.

»Ich habe schon alle Zimmer kontrolliert«, sagte Leon. »Es gibt keine weiteren Opfer.«

»Na also«, sagte Masclau und sah zu Zerna hinüber, der jetzt auch einen Schluck Wasser trank. »Haben Sie gedacht, der hätte noch jemanden umgebracht, bevor er sich die Birne weggepustet hat?«

»Ich denke nicht, dass er Selbstmord begangen hat«, sagte Leon ganz ruhig.

»*Docteur*, ich bitte Sie.« Zernas Stimme klang genervt. »Fangen Sie gar nicht erst so an.«

»Es ist nur so ein Gefühl«, sagte Leon.

»Nur so ein Gefühl …« Zerna verdrehte theatralisch die Augen in Richtung Abendhimmel, an dem hell die Venus aufgegangen war. »Wir haben es hier mit einem alten Mann zu tun, der sehr krank war. Das haben Sie doch gesagt, *Docteur*?«

»Der behandelnde Arzt vermutet das«, sagte Leon. »Mehr wissen wir nicht.«

»Jetzt kommen Sie mir bloß nicht so. Sie haben doch auch gesagt, dass er krank war.«

»*Docteur* Ritter hat recht«, schlug sich Isabelle auf Leons Seite. »Es gibt einige Spuren, die gegen einen Selbstmord sprechen.«

»Ja, natürlich. Bei jedem Selbstmord gibt es ein paar unklare Spuren. Aber das ändert nichts an der Tatsache, dass der Mann sich erschossen hat.«

»Der Winkel stimmt nicht«, sagte Leon, und die anderen sahen ihn misstrauisch an. »So kann er sich aller Wahrscheinlichkeit nach nicht erschossen haben.«

»Kann er nicht? Sehen Sie ihn sich an. Der Mann ist tot.« Zerna versuchte, geduldig zu klingen, aber Leon sah, dass der Polizeichef seinen Ärger nur schwer verbergen konnte. »Er hat sich seinen Kopf weggeschossen, und vor ihm am Boden liegt die Waffe.«

»So kann er sich kaum erschossen haben«, sagte Leon. »Die Spuren an der Wand passen nicht zu der Position im Sessel.«

Zerna schüttelte den Kopf wie über ein trotziges Kind.

»Ist der Fotograf noch drinnen?«, fragte der Polizeichef seine Stellvertreterin.

»Er hat gesagt, er braucht eine halbe Stunde.« Isabelle sah auf ihre Uhr. »Er müsste langsam fertig sein. Kann ich jetzt die Bestatter holen? Sie warten unten an der Straße.«

»Einverstanden.« Leon nickte. »Sag ihnen, dass ich auch die Insekten brauche.«

Isabelle ging ein paar Schritte zur Seite und griff nach ihrem Funkgerät.

»Ihre Zweifel in allen Ehren, *Docteur*«, sagte Zerna versöhnlich. »Aber wer zum Teufel sollte Interesse daran haben, einen alten Feigenbauer auf Porquerolles umzubringen?«

»Genau das frage ich mich auch die ganze Zeit«, erwiderte Leon.

Moma war den Weg zum Haus hinaufgekommen.

»Wie sieht es aus, *Lieutenant*?«, fragte Zerna.

»Die Küstenwache wartet auf uns. Sonst haben wir noch ein Polizeiboot im Hafen.«

»Dann sehen wir mal zu, dass wir hier fertig werden«, sagte Zerna zu Masclau. »Ich brauche Fingerabdrücke von allen Türen und von den Gegenständen im Wohnzimmer.«

»Ich dachte, wir hätten einen Selbstmord …«, stöhnte Masclau.

»Beschweren Sie sich beim *Docteur*«, sagte Zerna, und zu Leon: »Wann bekomme ich Ihren Bericht?«

»Sobald das Opfer in der Rechtsmedizin ist, sehe ich mir den Toten an«, antwortete Leon.

61. KAPITEL

Der Mann hatte an diesem Tag fast zwei Stunden vor dem Appartementgebäude gewartet. Vergeblich, das kleine Mädchen und seine Eltern waren nicht erschienen. Aber es gab einen redseligen Hausmeister, der dem Mann nur allzu gerne die Ferienwohnung vermietet hätte. Doch die Familie blieb noch vierzehn Tage in dem Appartement, *désolée*. Der Mann war nicht so enttäuscht, wie er vorgab. Denn mit dieser Information hatte er Zeit gewonnen. Jetzt konnte er die Entscheidung über die Zukunft des kleinen Mädchens und damit auch über die eigene Zukunft noch eine Weile hinausschieben. Das war gut so. Denn er brauchte dringend Zeit und er brauchte Ruhe. Der Tod von Paul Simon hatte viel Staub aufgewirbelt. Viel zu viel Staub. Warum musste auch der kleine Kläffer aus dem Knast sich beim Staatsanwalt wichtigmachen? Bis zu diesem Augenblick hatte der Mann alles im Griff gehabt, wirklich alles. Die *Flics* waren nie sein Problem gewesen. Polzisten besaßen keine Fantasie, die sahen nur das, was sie sehen wollten. Aber da waren noch dieser Gerichtsmediziner und die Kommissarin aus Toulon. Er musste sehr vorsichtig sein, dass die ganze wundervolle Konstruktion, die schon so viele Jahre gehalten hatte, nicht auf einen Schlag zusammenbrach.

Der Mann wusste genau, dass es eigentlich nur eine Lösung gab. Er versuchte sie sich nicht vorzustellen, und trotzdem quoll sie immer wieder in seiner Fantasie empor, wie fauliges Gas in einem Tümpel. Er musste sich von seiner Schwester trennen. Sie entsorgen, aus seinem Leben streichen. Das klang brutal, und das war es auch. Und ja, er hatte versprochen, sich um sie zu kümmern, für immer und ewig. Er hatte es sogar geschworen, beim Grab seiner Mutter, na und? Die Dinge hatten sich eben geändert, grundsätzlich geändert. Auf einmal war seine Schwester nett zu ihm, viel zu nett. Erfüllte ihm Wünsche, die er früher nicht einmal zu denken gewagt hätte. Aber sie tat das nicht aus Zuneigung, das wusste er genau, sondern weil sie ein schlechtes Gewissen hatte. Sie hatte ihn verraten. Auf die schändlichste und niederträchtigste Weise, die man sich vorstellen konnte. Und das nach allem, was er für sie getan hatte. Hatte sie wirklich geglaubt, er würde nichts merken? Dass er immer noch der dumme kleine Bruder war, den man ungestraft betrügen konnte, mit einem anderen? Dass sie ihn dazu bringen könnte, dass er ihr verzieh? Indem sie Dinge mit ihm tat. Schmutzige Dinge. Dinge, nach denen er sich so lange gesehnt hatte. Ihm blieben vierzehn Tage.

Der Mann lief auf das Haus zu, ihr Zuhause. Sie hatte es gut, lebte wie eine kleine Prinzessin. Es gab Zeiten, da war sie ihm dankbar, aber jetzt genügte das alles nicht mehr. Natürlich sind Zahnschmerzen nicht lustig. Aber so schlimm sind sie auch wieder nicht. Was sollte er denn machen? Etwa mit ihr zum Arzt gehen? Unsinn. Die Zeit, die er mit ihr verbringen konnte, war abgelaufen. Er musste sie aus seiner Welt entfernen. Das war bedauerlich, aber nicht zu ändern. Aber noch gehörte sie ihm. Niemand könnte sie ihm abnehmen, solange er die Kontrolle behielt.

Der Mann drückte auf die Fernbedienung. Jetzt würde bei ihr das Licht blinken, und sie wüsste, dass er kam. Aber wahrscheinlich bemerkte sie ihn gar nicht. Bestimmt saß sie wieder vorm Fernseher, hatte die Kopfhörer auf volle Lautstärke gedreht und schaute eine dieser dämlichen Fantasy-Serien im Fernsehen an.

Der Mann war stehen geblieben und horchte aufmerksam in die Dämmerung. Es war ganz still. Fledermäuse huschten zwischen den Zypressen hin und her, auf der Jagd nach Motten und Nachtfaltern. Der Mann hatte penibel darauf geachtet, dass der kleine Palast, den er gebaut hatte, unbemerkt blieb. Er lächelte zufrieden. Dann griff er zu dem Hebel und öffnete die Tür.

62. KAPITEL

Es war schon nach 22 Uhr, als der Leichnam von Maurice Bénot in der Rechtsmedizin von Saint Sulpice eintraf. Leon war allein in der Pathologie. Eigentlich verlangten die Vorschriften, dass zwei Mitarbeiter anwesend sein mussten, wenn ein Toter obduziert wurde. Aber wenn kein offensichtliches Verbrechen vorlag, genügte es auch, wenn nur ein Mediziner seine Unterschrift unter den Bericht setzte.

Es war still in dem großen Klinikgebäude, als Leon im Sektionsraum vor das Pinnbord trat. Er hatte Fotos des Tatorts mit Nadeln auf die Korkwand gesteckt. Jetzt trat Leon einige Schritte zurück und betrachtete die Bilder. Er versenkte sich regelrecht in die Aufnahmen und betrat in Gedanken immer wieder das Zimmer, in dem ein Mensch ums Leben gekommen war. Natürlich gab es heute sehr viel modernere Methoden, um sich einen räumlichen Überblick über einen Tatort zu verschaffen. 3-D-Scanner konnten Räume millimetergenau erfassen und ihre Daten in Computer übertragen. Mit denen ließen sich dann ganze virtuelle Räume abbilden, die man um jede beliebige Achse drehen und wenden konnte. Aber Leon bediente sich der einzigen Methode, auf die er wirklich vertraute, er setzte seine Fantasie ein.

Es gab unzählige Möglichkeiten, sich das Leben zu nehmen. Sich zu erschießen, war immer ein blutiger Weg, um endgültig Schluss zu machen. Die meisten, die diesen Weg wählten, wussten wahrscheinlich nicht, welchen Anblick sie den Menschen boten, die sie finden würden. Erschießen galt als klassische Methode, mit der sich Männer ums Leben brachten. Frauen nahmen in der Regel Tabletten oder öffneten sich die Pulsadern in der warmen Badewanne. Diese Methoden hatten den unvergleichlichen Vorteil, das viele der potenziellen Opfer noch rechtzeitig gefunden und gerettet wurden. Bei der Selbsttötung mit einer Schusswaffe gab es keinen Notausgang. Sich eine Pistole an den Kopf zu halten, war ein finaler Akt.

Wenn man erst mal den Abzug gedrückt hatte, folgte der sichere Tod innerhalb einer tausendstel Sekunde. Natürlich konnte immer etwas schiefgehen. Es gab Patronen, die nicht zündeten, oder der Selbstmörder zuckte im letzten Augenblick vor der Tat zurück, sodass die Kugel seinen Kopf verfehlte. Aber in der Regel war der Selbstmord mit einer Pistole ein sicherer Tod.

Sich mit einem Jagdgewehr das Leben zu nehmen, war etwas anderes. Jäger wussten, welche Verletzungen ein Schrotschuss aus kurzer Entfernung anrichtete. Ein Gewehr konnte man sich nicht mal schnell an den Kopf halten. Um sich mit einer Flinte zu töten, musste man sich hinsetzen und den Schaft des Gewehrs vor sich auf den Boden stellen. Dann musste man mit einer Hand die Mündung des Laufs unter dem Kinn fixieren und gleichzeitig mit der anderen Hand nach unten greifen und mit dem Daumen den Abzug betätigen. Eine andere Möglichkeit gab es eigentlich nicht. Der Tod durch eine Schrotflinte bedeutete Entschlossenheit und Planung, dachte Leon. So etwas setzte ein hohes Maß an Verzweiflung voraus.

Leon betrachtete die Fotos an der Pinnwand. Er hatte

den Fotografen gebeten, am Tatort ein paar Aufnahmen in Augenhöhe des Opfers und auch von der Zimmerdecke zu machen. Leon ging in die Knie, um sich die Perspektive des sitzenden Opfers vorzustellen. Der Schuss hatte den alten Mann in der linken Hälfte des Kopfes erwischt und sich dann etwa einen Meter höher in die dahinterliegende Wand gebohrt.

Leon ging zum Seziertisch und öffnete den Reißverschluss des Leichensacks. Sofort kamen ihm Schmeißfliegen entgegen, die den Transport überlebt hatten. Das Gesicht und ein Teil des Halses des Toten waren dicht mit Maden und kleinen Käfern besetzt. Es war schwer, unter diesen Umständen den genauen Verlauf eines Schrotschusses zu bestimmen, aber es gab einige erste Anhaltspunkte. Egal, wie der alte Mann das Gewehr gehalten hätte, die Schrotkugeln hätten den Kopf von unten getroffen haben müssen. Also wäre es wahrscheinlich, Kugeln im Oberkiefer, im Bereich der Augenhöhle und des Nasenbeins zu finden. Da der Schuss einen erheblichen Teil des Schädels und des Gesichts weggerissen hatte und der zerstörte Kopf noch von Insekten überquoll, war es ausgeschlossen, sich mit Pinzette und Lupe einen Überblick zu verschaffen. Aber es gab noch einen anderen Weg. Leon schob das mobile Röntgengerät an den Tisch und machte vier Aufnahmen des Schädels aus verschiedenen Winkeln. Die Aufnahmen wurden innerhalb von Sekunden auf Leons Computer übertragen. Das Ergebnis war eindeutig. Im Kopf des Opfers steckten mindestens sieben Schrotkugeln von zwei Millimetern Durchmesser. Damit die Schrotkugeln in diesem Winkel in den Schädelknochen eindringen konnten, musste der Schuss auf den alten Mann abgefeuert worden sein, als er stand. Da sich keinerlei Schmauchspuren am

Kopf fanden, schloss Leon auf eine Schussdistanz zwischen einem und zwei Metern.

Der alte Mann war von vorne in den Kopf geschossen worden. Der Schuss hatte Teile des Gesichts mitsamt dem Knochen weggerissen und war dann in die Wand eingeschlagen. Das Opfer musste auf der Stelle tot gewesen und rückwärts in den Sessel gestürzt sein. Anschließend hatte der Täter offenbar das Gewehr vor dem Opfer auf den Boden gelegt, um einen Selbstmord vorzutäuschen.

Es dauerte noch zwei weitere Stunden, dann hatte Leon auch die restlichen Untersuchungen an dem Opfer abgeschlossen. Monsieur Bénot war so gesund, wie ein 82-Jähriger es sein konnte. Die Kniegelenke waren von Arthrose gezeichnet, und ein Bandscheibenvorfall hatte dafür gesorgt, dass der alte Mann einen krummen Rücken hatte. Die Prostata war altersgemäß vergrößert. Außerdem war die Leber etwas verhärtet und verfärbt, aber das war ohne Zweifel eine Folge des jahrzehntelangen Genusses von Rosé. Darüber hinaus gab es keine Krankheit, die einen Selbstmord erklärt hätte. Jemand war ganz offensichtlich vor etwa einer Woche in das Bauernhaus eingedrungen und hatte Monsieur Bénot erschossen. Aber warum? Leon hatte sich das Haus angesehen. Da gab es keine geöffneten Schränke oder herausgerissenen Schubladen. Keine Spuren, die auf einen Raub hingewiesen hätten. Welche Schätze sollte ein ehemaliger Matrose der Inselfähre auch schon in seinem Haus verstecken?

Leon war erschöpft. Es war inzwischen zwei Uhr morgens. Der Tag war anstrengend gewesen, aber auch frustrierend. Leon hatte vielleicht die äußeren Umstände aufklären können, die zum Tod dieses Mannes geführt hatten. Aber er spürte, dass es da noch ein Geheimnis gab, das sich hinter dem vorgetäuschten Selbstmord verbarg. Und er würde keine Ruhe finden, bevor er dieses Geheimnis nicht gelüftet hatte.

Leon legte die Instrumente, die er bei der Leichenschau benutzt hatte, in die dafür vorgesehenen Nirosta-Behälter und räumte den Obduktionsraum auf. Dabei achtete er penibel darauf, dass alles an seinen vorbestimmten Platz kam. Als könnte er auf diese Weise etwas Ordnung in die mörderische Welt bringen, mit der er sich Tag für Tag auseinanderzusetzen hatte.

Leon wollte gerade den Bericht abzeichnen, als er ein Geräusch wahrnahm. Es hörte sich an wie das Kichern eines Kindes. Leon versuchte, nicht darauf zu achten, aber er wusste, dass er nicht verhindern konnte, was folgen würde. Seine Vernunft sagte ihm natürlich, dass da nichts sein konnte. Es war mitten in der Nacht, die Klinik hatte längst geschlossen, und er war völlig allein in der Abteilung. Das Vernünftigste wäre, jetzt die Schreibtischlampe zu löschen und das Büro zu verlassen. Aber da war noch diese andere Stimme in seinem Kopf, und die ließ sich nicht unterdrücken.

Wieder hörte Leon das Kichern. Langsam wandte er sich um und sah in den Obduktionsraum. Neben dem Autopsie-Tisch stand ein kleines blondes Mädchen von etwa zehn Jahren. Sie trug ein helles Sommerkleid und sah Leon mit traurigen Augen an. Sie hielt die Hand des Toten. Leon spürte die Kälte, die ihm plötzlich den Rücken hinunterlief. Er drückte den Schalter neben der Tür, und im gleichen Augenblick durchflutete das grelle Licht der Strahler den Obduktionsraum. Der Raum war leer bis auf den toten alten Mann, der im geschlossenen Leichensack auf dem Autopsietisch lag.

63. KAPITEL

Leon hatte schlecht geschlafen. Er war immer wieder aufgewacht und zum offenen Fenster gegangen, um über die Dächer auf das nächtliche Meer zu blicken. Er versuchte sich einzureden, dass seine Schlaflosigkeit mit dem Vollmond zusammenhing. Aber das stimmte nicht. Es waren die Toten, die ihn nicht schlafen ließen, weil er nicht wusste, wofür sie gestorben waren. Gegen Morgen war er doch noch eingeschlafen. Als er schließlich um 8.30 Uhr aufwachte, hörte er Isabelle schon im Haus hantieren. Er nahm eine kurze heiße Dusche und ging in die Küche. Isabelle machte Rührei, Lilou lümmelte zurückgelehnt auf ihrem Stuhl und hatte ihre nackten Füße lässig auf die Bank gestemmt.

»*Bonjour, mesdames*«, sagte Leon.

»Wie geht's dir?«, fragte Isabelle. »Du hast heute Nacht so unruhig geschlafen.«

»Eigentlich habe ich so gut wie gar nicht geschlafen.« Leon gab Isabelle einen schnellen Kuss auf den Mund. »Kann ich auch was von dem Ei haben?«

»Macho«, sagte Lilou und Leon sah sie erstaunt an. »Das ist typisch: Erst die Frau küssen und dann Frühstück bei ihr bestellen.«

»Fändest du es umgekehrt besser?« Leon lächelte Lilou an.

»Bei mir zieht so was nicht«, erwiderte Lilou cool.

»Du bist eben eine Frau, der man nichts vormachen kann«, sagte Leon.

»Nimm bitte die Füße da runter«, sagte Isabelle zu ihrer Tochter.

»Bin ich wirklich so ein alter Macho?« Leon legte Isabelle seinen Arm um die Schulter.

»Das ist eine Geste, mit der er demonstriert, dass du sein Besitz bist. Fall bloß nicht darauf rein«, analysierte Lilou.

»Vielleicht mag ich ja besitzergreifende, alte Machos.« Isabelle schmiegte sich an Leons Brust.

»Das ist jetzt nicht dein Ernst, Mama.«

»So ein bisschen Macho ist manchmal ganz schön«, meinte Isabelle und sah, wie ihre Tochter die Augen verdrehte.

»Das haben die Frauen in der Steinzeit auch gedacht«, meinte Lilou. »Und wozu hat es geführt …?«

»Ehe für alle, Elektroautos, Smartphones, Krankenversicherung, Ruhestandsregelung …«, zählte Leon auf.

»Hat das eure neue Ethiklehrerin erzählt«, wollte Isabelle wissen.

»Eines steht doch fest, überall, wo Frauen das Sagen haben, geht es in der Welt gerechter und friedlicher zu.«

»Du meinst Frauen wie Katharina die Große oder Margaret Thatcher?«, provozierte Leon.

»Ja, verschließe nur fest die Augen vor der neuen Wirklichkeit.« Lilou stand auf und schlüpfte in ihre pinkfarbenen Nikes, die unter dem Küchentisch standen. Sie nahm ihren Lederbeutel mit den Schulsachen und lief zur Haustür.

»Wann fängt heute der Unterricht an?«, rief Isabelle ihrer Tochter hinterher, hörte aber nur noch, wie die Haustür ins Schloss fiel.

»Manchmal erreiche ich sie nicht mehr …«, klagte Isabelle.

»Nein, Lilou ist nur ziemlich selbstbewusst«, erwiderte Leon. »Die Jungs werden es nicht einfach bei ihr haben.«

In diesem Moment klingelte Isabelles Handy auf dem Küchentisch. Sie sah aufs Display und nahm das Gespräch an.

»*Capitaine* Morell«, meldete sie sich. »*Bonjour.* Nett, dass Sie zurückrufen.« Für einen langen Moment konzentrierte sich Isabelle auf das, was der Anrufer sagte. »Wirklich? Und da gibt es noch die entsprechenden Unterlagen? … Nein, das ist nicht nötig. Ich schicke jemanden bei Ihnen vorbei. Und vielen Dank, Monsieur. Sie haben uns sehr geholfen.«

Isabelle schaltete nachdenklich ihr Smartphone aus.

»Was gibt's?«, fragte Leon.

»Legrand war 2002 definitiv auf Porquerolles«, sagte Isabelle.

»Wer war das eben?«

»Das Elektrizitätswerk. Legrand hatte von 2001 bis 2005 ein Bootshaus auf der Insel gemietet und dafür auch Strom an die EDF bezahlt.«

Eine Stunde später saßen Leon und Isabelle im Besprechungsraum der Gendarmerie Nationale. Kommissarin Lapierre war nach Lavandou gekommen, um sich von Zerna und seiner Mannschaft auf den neuesten Stand bringen zu lassen. Außerdem nahm noch *Lieutenant* Masclau an der Besprechung teil. Zunächst hatte Leon über die Untersuchungsergebnisse der Rechtsmedizin gesprochen. Danach herrschte einige Sekunden Schweigen.

»Ich verstehe Sie da richtig, dass es sich definitiv nicht um Selbstmord handelt?«, fragte Madame Lapierre spitz.

»Unsere Untersuchungen ergeben ein eindeutiges Bild«, fasste Leon zusammen. »Der Mann wurde aus einer Entfernung von etwa 1,50 Metern mit einer Schrotladung in den Kopf geschossen. Er war sofort tot. Der Zeitpunkt des Todes liegt sechs, höchstens sieben Tage zurück. Wir haben auch die Identität des Opfers überprüft. Es handelt sich zweifelsfrei um Maurice Bénot, 82 Jahre alt, Patient von Dr. Fournier.«

»Gab es irgendwelche schweren Erkrankungen?«, wollte die Kommissarin wissen.

»Nein. Nichts außer einigen altersbedingten Einschränkungen.«

»Zum Beispiel hatte er nur noch einen halben Kopf.« Masclau konnte sich die Bemerkung nicht verkneifen, aber niemand lachte.

»Also, erste Ermittlungsergebnisse …?«, fragte die Kommissarin und sah Zerna an.

»Wir haben mit den Nachbarn gesprochen. Der alte Mann lebte sehr zurückgezogen in seinem Haus«, erklärte Zerna. »Einer von den stillen Typen. Ein Einsiedler.«

»Wie werden Sie in der Sache weiter vorgehen?«, wollte Madame Lapierre wissen.

»Wir werden uns weiter umhören«, meldete sich Masclau. »Das ist nur 'ne verdammte Insel. Entschuldigung. Gibt's doch nicht, dass da keiner was mitbekommen hat.«

»Die Fingerabdrücke vom Tatort haben wir bereits ausgewertet«, ergänzte Isabelle. »Keine Übereinstimmung mit bekannten Tätern.«

»Das gilt auch für die DNA-Proben«, ergänzte Leon. »Da laufen allerdings im Augenblick noch die Auswertungen.«

»Ich höre, dass Sie auf eine neue Spur im Fall Amélie

Simon gestoßen sind?« Madame Lapierre sah zu Isabelle, die ihr gegenübersaß.

»Wir wissen inzwischen, dass sich Madame Simon und Denis Legrand bereits im März 2011 kennengelernt haben.«

»Das wäre dann ja ein Jahr vor dem Verschwinden von Amélie Simon gewesen …«, überlegte die Kommissarin. Isabelle nickte. »Ich habe den Name Legrand nie in den Zeugenlisten gelesen …?«

»Nein, er wurde nie befragt«, erwiderte Isabelle. »Wir wissen aber inzwischen, dass Legrand von 2002 bis 2007 ein Bootshaus auf Porquerolles gemietet hatte.«

»Ein Bootshaus? Was schließen Sie daraus?« Madame Lapierre machte sich eine Notiz.

»Die Altersbestimmung der Knochen zeigt, dass das genau der Zeitraum war, in dem Nicole Rosset verschwunden war«, mischte sich Leon ein.

»Augenblick«, unterbrach die Kommissarin. »Wollen Sie damit andeuten, dass der Fall Amélie Simon und der Fall …«

»Nicole Rosset«, half Isabelle.

»Richtig, dass die beiden Fälle miteinander zu tun haben?«

»Beide Mädchen hatten etwa das gleiche Alter«, sagte Leon. »Beide verschwanden in der gleichen Gegend und jedes Mal befand sich Legrand in der Nähe.«

»Und das ist alles?«, fragte Madame Lapierre mit unüberhörbarer Skepsis.

»Da wäre noch etwas«, sagte Leon. »Beide Mädchen waren fast taub. Ein bisschen viele Zufälle, wenn Sie mich fragen.«

»Sie fragt aber keiner«, unterbrach Zerna sichtlich genervt. »Es wäre gut, wenn Sie sich wieder ganz auf die rechtsmedizinischen Aspekte der Fälle konzentrieren würden.«

»Da bin ich mit *Commandant* Zerna absolut einer Meinung«, sagte Madame Lapierre schnippisch. »Bitte halten Sie mich auch weiterhin über all Ihre Ermittlungen auf dem Laufenden.« Sie sah zu Leon. »Das gilt ganz besonders für die Ermittlungen der Rechtsmedizin.«

64. KAPITEL

Leon hatte das Dach seines Peugeot-Cabriolets geöffnet. Er fuhr gemütlich auf der alten Route Nationale Nummer 7 in Richtung Osten. Leon hatte bewusst die Landstraße und nicht die Autobahn gewählt. Er musste dringend nachdenken. Nachdenken darüber, warum er sich immer wieder zu dem gleichen Fehler hinreißen ließ. Er sollte niemals bei der Beurteilung eines Mordfalles über seine Gefühle reden, sondern immer nur über den objektiven Stand der Ermittlungen.

Und was hatte er heute Morgen getan? Er hatte von einer Verbindung zwischen den Fällen Amélie und Nicole gesprochen. Dabei konnte er die aus seiner gerichtsmedizinischen Sicht nicht einmal im Ansatz belegen. Es war wie so oft nur dieses Gefühl, auf der richtigen Spur zu sein. Das war alles. Auch wenn ihm die Erfahrung gezeigt hatte, dass er mit seinem Bauchgefühl meist richtiglag, hatte sie ihn doch auch gelehrt, dass er den Mund halten musste. Aber nein, er musste der Runde ja unbedingt vorführen, wie schlau er war. Er konnte regelrecht spüren, wie sie sich jetzt bei der Gendarmerie Nationale über ihn und seine Theorien amüsierten.

Aber Leon würde Zerna und dieser Kommissarin beweisen, dass er recht hatte. Natürlich war es nicht seine Aufgabe, eigene Ermittlungen anzustellen. Aber was er jetzt vorhatte, war schließlich nicht strafbar. Er wollte den Vater eines toten Mädchens besuchen und ihm einige Fragen stellen. Der Mordfall, um den es da ging, lag lange zurück und würde vielleicht nie mehr von der Polizei untersucht werden. Leon hatte schließlich selber festgestellt, dass das Mädchen vor über zehn Jahren gestorben war. Und in Frankreich galt ein Mord nach dieser Zeit als verjährt. Wenn er also jetzt den Vater des toten Kindes besuchte, kam er nicht als Rechtsmediziner, sondern als mitfühlender Bürger, der nur helfen wollte. Doch wenn Leon ehrlich zu sich war, fuhr er nur aus einem einzigen Grund nach Draguignan: weil ihm die Neugier keine Ruhe ließ und er die spöttischen Blicke von Zerna und der Kommissarin nicht vergessen konnte.

Deshalb war Leon nach dem Treffen bei Zerna ins *Chez Miou* gegangen und hatte Jérémy um das dunkelblaue Album gebeten, das hinter der Bar stand und in dem der Wirt seit dreißig Jahren akribisch alle Erfolge und Misserfolge der Boule-Mannschaft vom Quai Gabriel Péri dokumentiert hatte. Dazu gehörte selbstverständlich auch der Wettkampf zwischen dem Team des *Chez Miou* gegen die Spieler vom *Café du Progès* auf Porquerolles. Eine Partie, die übrigens in einem rauschenden Sieg für die Mannschaft aus Le Lavandou endete. Leon würde dem Vater des toten Mädchens ein Foto zeigen, und dann würde sich entscheiden, ob er richtiglag mit seinem Verdacht.

Die Straße führte an den Weinfeldern von Vidauban und Les Arcs vorbei. Der Nachmittagshimmel war zartblau wie alter Samt, und es war nicht eine Wolke zu sehen. Leon stellte das Radio lauter. Im Sender Nostalgie sang Françoise Hardy »Tous les garcons et les filles«.

Eine Dreiviertelstunde später hatte Leon seinen Wagen in Draguignan im Schatten einer großen Platane geparkt und begab sich zu Fuß zur Apotheke von Phillippe Rosset. Das Geschäft lag in der Altstadt, gleich um die Ecke der Eglise Saint Michel am Place du Marché. Die Apotheke war groß und gut besucht. Drei Mitarbeiterinnen kümmerten sich um die Kunden, als Leon den Laden betrat. Monsieur Rosset erkannte seinen Besucher sofort wieder. Als Leon ihm erklärte, er hätte etwas Persönliches zu besprechen, bat er den Rechtsmediziner in sein Büro. Der Raum war mit alten Möbeln vollgestellt, die dem Anschein nach aus den 1950er-Jahren stammten. Hinter dem Schreibtisch hingen zwei gerahmte Fotos. Eines zeigte eine Frau von Anfang vierzig, die auf einer Picknickdecke in einer Wiese saß. Das zweite Foto zeigte ein etwa achtjähriges blondes Mädchen, das stolz auf einem brandneuen Fahrrad saß. Es trug einen Fahrradhelm und hatte einen Fuß auf den Boden gestemmt. Sein Gesicht war trotzig, als würde es sich weigern, für den Fotografen zu lächeln. Beide Fotos trugen in der linken unteren Ecke Trauerflor.

»Ja, das ist unsere kleine Nicole«, sagte Monsieur Rosset, als er bemerkte, dass Leon das Foto betrachtete. »Das war an ihrem achten Geburtstag. Wir hatten ihr damals das Fahrrad geschenkt.«

»Ein hübsches Mädchen«, sagte Leon und fragte sich im gleichen Moment, ob es passend war, einem Vater so etwas über sein totes Kind zu sagen.

Monsieur Rosset sah Leon an. »Sie sagten, dass Sie mit mir über etwas sprechen wollten. Worum geht es?«

»Genauer gesagt, wollte ich Ihnen etwas zeigen.«

Leon zog das alte, blaue Album aus der Plastiktüte und legte es auf Monsieur Rossets Schreibtisch. Er blätterte zu einem Einmerker und klappte dann das Buch vorsichtig auf. Auf die rechte Seite hatte Jérémy einen Zeitungsausschnitt aus dem *Var-Matin* geklebt mit der Überschrift: »Le Lavandou besiegt die Inseln«. Auf der linken Seite klebten zwei Fotos übereinander. Auf dem oberen Bild hatte sich die Mannschaft aus Lavandou für den Fotografen aufgestellt. Auf dem unteren Foto war die Mannschaft aus Porquerolles zu sehen. Die Männer sahen etwas bedrückt aus. Damit alle auf das Bild passten, waren drei Mannschaftsmitglieder vor den anderen in die Hocke gegangen. Leon kannte die Boule-Spieler nicht, außer einem. Denis Legrand, damals 22 Jahre alt, stand als Zweiter von links in der Reihe der Spieler. Er trug eine helle Hose und hatte sich seine Sonnenbrille auf die Stirn geschoben. Er sah lächelnd in die Kamera, als wäre ihm als Einzigem die Niederlage gleichgültig. Über die Fotos hatte Jérémy mit großen Buchstaben geschrieben: 2002 – Sieg auf Porquerolles.

»Als wir uns das letzte Mal begegnet sind, haben Sie mir von diesem Mann erzählt.« Leon schob Monsieur Rosset das aufgeschlagene Buch hin. »Der mit Ihrer Tochter gesprochen hat. Sie erinnern sich?«

»Natürlich erinnere ich mich, und ...?« Der Apotheker drehte das Album so, dass er die Fotos genau sehen konnte. Er klang bitter. »Glauben Sie, ich könnte ihn je vergessen?«

»Erkennen Sie ihn auf einem der Fotos?«, fragte Leon.

Monsieur Rosset sah Leon einen Moment skeptisch an. Dann setzte er die Lesebrille auf, betrachtete die Fotos und reckte dabei das Kinn nach vorn. Ohne einen Kommentar musterte er die Personen auf den beiden Fotos. Die Aufnahmen waren im weichen Nachmittagslicht entstanden und die Gesichter gut zu erkennen. Nach einer Weile schüttelte Monsieur Rosset energisch den Kopf.

»Er ist nicht dabei«, sagte der Apotheker.

»Sind Sie ganz sicher?« Leon klang enttäuscht.

»Natürlich bin ich sicher. Ich würde ihn unter Tausenden wiedererkennen«, sagte der Apotheker mit einer Wischbewegung über das Foto. »Es ist keiner von denen.«

»Was ist mit dem zweiten Mann von links, auf dem unteren Bild?«, versuchte es Leon noch einmal.

»Der Typ mit der Sonnenbrille? Auf gar keinen Fall. Der Mann, den ich gesehen habe, war schüchtern, unauffällig. Jemand, dem man vertrauen würde. Tut mir leid, wenn Sie sich umsonst herbemüht haben.«

65. KAPITEL

Es war eng in dem Vernehmungsraum der Gendarmerie Nationale. Denis Legrand versuchte entspannt zu wirken, aber Isabelle spürte seine Nervosität. Legrand sah immer wieder zu der schmalen Mappe, die sie demonstrativ vor sich und Masclau auf den Tisch gelegt hatte.

»Was haben Sie im Sommer 2002 auf Porquerolles gemacht, Monsieur Legrand?«, fragte Isabelle.

»Das wissen Sie doch«, antwortete Legrand und lehnte sich in seinem Stuhl zurück, um zu zeigen, dass ihn das alles nichts anging.

»Was Sie gemacht haben, hat meine Kollegin gefragt.« Masclau hatte keine Lust, sich von diesem Angeber vorführen zu lassen. »Antworten Sie gefälligst.«

»Ich habe in dem Bistro gejobbt«, sagte Legrand. »Es hieß ... Bistro du Port, glaube ich.«

»Hieß es nicht Vieux Port?«, hakte Isabelle nach.

»Richtig. Vieux Port, so hieß es.«

»Und das war alles? Ein Sommerjob auf Porquerolles?«, fragte Isabelle und sah, dass Legrand zu schwitzen begonnen hatte. Sie waren auf der richtigen Spur, dachte Isabelle.

»Ja, die ganze Saison 2002«, sagte Legrand.

»Und im Sommer darauf?«

»Ja, da auch. Okay, ich hab ein paarmal auf der Insel gearbeitet und es nicht der Steuer gemeldet.« Legrand sah abwechselnd zu Masclau und dann wieder zu Isabelle, als müsste er fürchten, dass einer von ihnen eine Frage stellte, die ihn in die Enge treiben könnte. »Ist ja kein Verbrechen, oder?«

»Nein, ein Verbrechen ist es nicht«, antwortete Isabelle. Sie konnte dem Zeugen sein schlechtes Gewissen regelrecht ansehen. Sie hatten Legrand um die Mittagszeit in seinem Büro abgeholt. Ein Besuch ohne vorherige Ankündigung. Legrand war nicht allein gewesen. Sie hatten ihn ganz offensichtlich bei einem kleinen intimen Rendezvous mit einer jungen dunkelhaarigen Frau gestört. Angeblich nur eine Kundin, wie Legrand mehrfach beteuerte. Aber Isabelle konnte durch den Spalt der Badezimmertür sehen, wie die Besucherin versuchte, ihre Bluse eilig zurück in den Bund ihres superknappen Rocks zu stecken. Legrand war ohne ein Wort des Protests mit zur Gendarmerie gekommen. Aber inzwischen hatte sich die Situation geändert. Legrand spürte, dass es um mehr ging als den illegalen Sommerjob vor fünfzehn Jahren, und darum schwitzte er jetzt.

»Wo haben Sie damals gewohnt?«, wollte Isabelle wissen.

»Das kann ich Ihnen wirklich nicht mehr sagen.« Legrand rutschte auf seinem Stuhl hin und her. »Ich hatte irgendein Gästezimmer gemietet.«

»Wir glauben, Sie hatten mehr gemietet als nur ein Gästezimmer«, sagte Masclau. »Besaßen Sie je ein Boot, Monsieur Legrand?«

»Ein Boot?« Legrand schüttelte energisch den Kopf. »Nein, wirklich nicht. Kann ich mir nicht leisten.«

»Aber Sie haben fünf Jahre lang Ihre Stromrechnung bei der EDF für ein Bootshaus bezahlt. Das müssen Sie uns erklären.« Isabelle sah, wie Legrand fieberhaft nach einer

Antwort suchte. Er bewegte den Kopf hin und her, wie ein Sportler bei seinen Lockerungsübungen, und ballte seine Hände zu Fäusten.

»Ich habe Platz gebraucht. Für meine Sachen. Ich hatte keine Wohnung mehr, als ich hierhergezogen bin«, erklärte Legrand, aber die beiden Polizisten merkten sofort, dass er log.

»In so einem Bootshaus hat man seine Ruhe.« Masclau sah den Zeugen aufmerksam an. »Besonders, wenn es so abgelegen ist.«

»Und dann auch noch in einer privaten Bucht liegt«, ergänzte Isabelle. »Keine überraschenden Besucher.«

»Ich verstehe nicht, was Sie von mir wollen.« Legrand fuhr sich mit der Hand durchs Haar.

»Mögen Sie junge Mädchen, Monsieur Legrand?«, fragte Masclau.

»Was soll die Frage?«

Isabelle zog einen Computerausdruck aus dem Aktenhefter.

»Wir denken da an die Sache mit der fünfzehnjährigen Schülerin in Brest ...« Sie sah Legrand an.

»Woher haben Sie das?«, fragte Legrand erschrocken. »Das ist alles längst verjährt.«

»Sie waren damals dreiundzwanzig«, las Isabelle von dem Blatt vor.

»Sie hat mir nicht gesagt, dass sie so jung war«, erwiderte Legrand. »Bin ich etwa wegen dieser alten Sache hier?«

»Ich sage Ihnen, worum es geht.« Isabelle sah von ihren Unterlagen auf. »Wir suchen den Mann, der 2002 auf Porquerolles ein achtjähriges Mädchen entführt hat.«

Isabelle sah, wie Legrand sich wegdrehte. Es schien so,

als wollte er unbedingt etwas sagen, aber er konnte es nicht.

»Und warum erzählen Sie mir das?«, brachte er schließlich heraus.

»Sie waren zur fraglichen Zeit auf der Insel, und Sie hatten ein abgelegenes Bootshaus gemietet, fünf Jahre lang.«

»Ja und ...?«

»Genauso lange hatte der Täter das Mädchen versteckt, bis er es 2007 getötet und in den Hügeln vergraben hat.«

»Und jetzt soll ich ...?! Sie glauben doch nicht, dass ich ...?« Legrand schlug sich mit der flachen Hand auf die Brust und schüttelte den Kopf.

»Was sollen wir nicht glauben?« Masclau lehnte sich nach vorn und fixierte den Zeugen mit seinem Blick.

»Nein, nein. Das können Sie mir nicht anhängen.« Legrand wedelte mit dem Zeigefinger vor Masclau hin und her. »Das können Sie nicht machen.«

»Aber dann ist noch etwas Merkwürdiges geschehen.« Isabelle sprach einfach weiter. »Vor fünf Jahren ist wieder ein Kind verschwunden. Wieder ein blondes Mädchen, diesmal zehn Jahre alt. Und das ausgerechnet zu der Zeit, als Sie ein heimliches Verhältnis mit der Mutter dieses Mädchens hatten.«

»Moment, Moment«, Legrand wollte aufstehen, aber Masclau drückte ihn mit einem energischen Griff zurück auf seinen Stuhl.

»Hinsetzen«, befahl Masclau.

»Damit habe ich doch nichts zu tun.« Jetzt merkte Legrand, dass er in der Zwickmühle saß. »Was soll ich denn tun, damit Sie mir glauben?«

»Erklären Sie uns, warum Sie das Bootshaus gemietet haben«, sagte Isabelle.

»Wo Sie doch nie ein Boot besessen haben«, ergänzte Masclau.

Nach einer weiteren Stunde hatten sie ihn weichgekocht. Schließlich gab es da noch andere Verbindungen zu der kleinen Amélie. Zum Beispiel Legrands DNA-Spuren an der Leiche von Amélies Vater, Paul Simon.

»Ich sage Ihnen, wie es im Augenblick für Sie aussieht, Legrand.« Isabelle klappte demonstrativ die Mappe auf. »Wir haben nämlich bereits dem Haftrichter die Ermittlungsergebnisse gegen Sie vorgelegt und U-Haft beantragt. Und *voilá* ...«, damit zog sie ein offiziell aussehendes Schriftstück aus der Mappe und legte es sorgfältig vor sich auf den Tisch.

Legrand starrte auf das Formular, als wollte er es in Flammen aufgehen lassen. Schweißtropfen rannen ihm über die Schläfe.

»Es geht um mehrfachen Mord. Und was das bedeutet, muss ich Ihnen nicht erklären.« Isabelle zückte einen Stift, um das Formular zu unterzeichnen. Masclau sah sie verblüfft an, sagte aber nichts.

»Ich sage nur: Les Baumettes«, meinte Isabelle.

Das war der Augenblick, in dem Legrand anfing zu reden. Er gestand, zwischen 2002 und 2005 von dem Bootshaus aus mit Haschisch und Kokain gedealt zu haben. Seine Abnehmer fand er als Kellner unter den zahllosen Mannschaften der Segel- und Motoryachten, die vor Porquerolles ankerten und jeden Abend das Bistro bevölkerten.

Das Geständnis war umso erstaunlicher, weil Isabelle den Haftrichter in dieser Sache natürlich gar nicht kontaktiert hatte. Kein Richter hätte bei dieser dürftigen Beweislage eine Untersuchungshaft verhängt. Das Papier war der

Dienstplan für den Juli, aber das hatte Legrand natürlich nicht gewusst. Da Isabelle ziemlich sicher war, dass der verängstigte Legrand die Wahrheit gesagt hatte, mussten sie ihn notgedrungen am späten Nachmittag wieder auf freien Fuß setzen. Die Drogensache würde vielleicht noch ein Nachspiel haben, aber das war's dann auch schon.

Legrand verließ um 17.25 Uhr, kurz vor Dienstschluss, die Gendarmerie mit der Auflage, sich zweimal pro Woche zu melden.

Isabelle zog sich frustriert in ihr Büro zurück. Sie war mit ihren Ermittlungen nicht einen Schritt weitergekommen.

66. KAPITEL

Es war schon nach 19 Uhr, als Leon schließlich auf den Parkplatz von Saint Sulpice einbog. Er fuhr auf den für ihn reservierten Standplatz, schaltete den Motor ab und blieb noch einen Augenblick im Auto sitzen.

Was hatte er sich eigentlich von der Fahrt nach Draguignan versprochen? Dass er den Fall im Alleingang lösen könnte? Dass er dem Vater von Nicole das Album auf den Tisch legen und Monsieur Rosset den Entführer erkennen würde, sodass Leon dann mit der Lösung unterm Arm ins Büro von Zerna marschieren könnte?

Dabei war Leon sich seiner Sache so sicher gewesen. Die Ähnlichkeit der beiden Fälle war frappierend, und Legrand der ideale Täter. Es gab eine Verbindung zur kleinen Amélie. Er war zum Zeitpunkt beider Taten vor Ort gewesen. Und er hatte ein überzeugendes Motiv, Amélies Vater umzubringen. Leon wusste, dass er auf der richtigen Spur war. All diese Dinge hingen irgendwie zusammen, mussten zusammenhängen. Was ihm fehlte, war der Schlüssel zu diesem Labyrinth.

Um 19.15 Uhr klingelte Leons Handy. Es war Isabelle. Sie hatte eine gute und eine schlechte Nachricht: Die schlechte war, dass sie Legrand laufen lassen mussten. Die gute, dass einer der Fingerabdrücke aus dem Haus von Maurice Bénot von André Martin stammte. Dem Mann, dessen Leiche letzte Woche tot am Strand angespült worden war.

»Was sagt Kommissarin Lapierre dazu?«, fragte Leon am Telefon.

»Keiner hier kann sich einen Reim auf die Sache machen«, erwiderte Isabelle. »Was meinst du?«

»Ich weiß nicht. Aber ich denke nicht, dass André Martin Feigen kaufen wollte«, sagte Leon, und Isabelle lachte.

»Weil du nicht an Zufälle glaubst, stimmt's?«, fragte sie.

»Ganz genau, weil ich nicht an Zufälle glaube. Ich melde mich später bei dir«, sagte Leon und schaltete das Handy ab. Er spürte plötzlich dieses Prickeln im Nacken, das ihm signalisierte, dass er kurz davor war, in diesem Fall einen entscheidenden Schritt nach vorn zu tun.

Leon ging in sein Büro und tat etwas, das eigentlich eine Aufgabe für das Labor gewesen wäre. In der Kühlkammer lagerten vier Tote und Leon spürte, dass es ein geheimnisvolles Geflecht gab, das diese Toten miteinander verband. Aber er hatte in jedem dieser Fälle die Obduktionen persönlich durchgeführt. Leon konnte sich nicht vorstellen, dass er dabei irgendetwas übersehen hatte. Auch eine weitere Untersuchung würde ihm höchstwahrscheinlich keine neuen Erkenntnisse bringen. Leon ließ die toten Körper in der Kühlkammer und widmete sich dem, was die Opfer am Körper getragen hatten, als man sie gefunden hatte.

Auch diese Dinge waren natürlich untersucht worden. Aber diese Untersuchungen hatte nicht er, sondern *Docteur* Bodin gemacht. Die Kleidungsstücke waren mit Folie abgeklebt worden, die dann in der DNA-Analyse ausgewertet wurde. Dieser Vorgang wurde jedes Mal von seinem Assistenten Rybaud überwacht. Es gab keinen Grund, an dessen Sorgfalt zu zweifeln. Leon konzentrierte sich also auf den Besitz von André Martin, oder besser auf das, was nach dem tagelangen Treiben der Leiche im Meer übrig geblieben war. Die persönlichen Sachen steckten in einer durchsichtigen Plastiktüte, die einen Aufkleber mit Barcode trug. Der Code beinhaltete die Fallnummer und den Namen des Opfers. Leon öffnete die Tüte und betrachtete den Rest der Hose. Sie war hellblau, hatte drei weiße Streifen an der Seite und ein aufgesticktes M und O, das Logo der Fußballmannschaft *Olympique Marseille*. Leon holte das Stück Stoff aus seinem Büro, das er bei den Klippen in Porquerolles gefunden hatte, und legte es neben die Hose. Es war derselbe Stoff, dasselbe Hellblau, sogar Reste des Logos von *Olympique Marseille* waren zu erkennen. Der einzige Unterschied war, dass dieser Fetzen offenbar von einer Jacke stammte, wie man an dem ausgerissenen Knopfloch erkennen konnte. Konnte das tatsächlich die Jacke von André Martin sein, die er an den Klippen von Porquerolles verloren hatte?

Leon griff nach einer weiteren, kleineren Plastiktüte und kippte deren Inhalt auf ein blank poliertes Tablett aus Nirosta-Stahl, das er auf den Autopsietisch stellte. In der Tüte waren die Wertgegenstände des Opfers, die sich auf einen goldenen Ring und eine Uhr beschränkten. Die Polizei hatte diese Dinge bereits freigegeben, aber Monsieur Martin besaß offenbar keine Verwandten, und so waren die Sachen in der Rechtsmedizin geblieben. Leon senkte die Lupe mit dem Schwenkarm herunter und schaltete die LED-Lampe ein. Der goldene Ring besaß einen Stempel mit der Zahl 585, was einen Feingoldgehalt von 14 Karat bedeutete. Eine weitere Gravur gab es nicht. Der Ring war verkratzt und von seinem Besitzer offensichtlich viele Jahre lang getragen worden.

Leon legte den Ring zurück in die Tüte und nahm sich die Uhr vor. Es dauerte keine halbe Minute, bis Leon stutzte. In der Faltschließe des Gliederarmbandes hatte sich etwas verklemmt. Leon wechselte die Vergrößerung der Lupe und griff nach einer feinen Pinzette. Vorsichtig zupfte er ein etwa 5 Zentimeter langes blondes Haar hervor. Schon unter der Lupe konnte Leon erkennen, dass das Haar einmal länger gewesen war. An dem eingeklemmten Ende war die Haarwurzel noch deutlich zu erkennen.

Wie konnte man ein so wichtiges Indiz übersehen? Ein unverzeihlicher Fehler. Entweder hatte Doktor Bodin nicht genau hingeschaut. Oder, und das war viel wahrscheinlicher, der Kollege hatte schlampig gearbeitet. Leon sah sich die Kopie des Obduktionsberichts an. Darauf hatte jemand bei der Zeile für »persönliche Schmuckgegenstände« Ring und Uhr gekritzelt und dahinter das Kürzel O. B. gesetzt. Ohne Befund. Bodin hatte sich offenbar Arbeit sparen wollen.

Leon steckte das Haar in ein Reagenzglas und rief Rybaud an. Der Assistent würde eine Nachtschicht einlegen müssen. Leon brauchte eine DNA-Analyse des Haars, und er brauchte sie so schnell wie möglich, auch wenn Rybaud die Nacht durcharbeiten musste.

67. KAPITEL

Der Mann war stehen geblieben. War das ein Knacken bei den Oleanderbüschen? Er wartete, ließ Sekunde um Sekunde verstreichen. Nichts. Irgendwo quakten Frösche. In der Hand hielt der Mann zwei Tüten mit Lebensmitteln. Nichts Billiges. Er achtete immer darauf, dass seine Schwester nur gute, gesunde Kost bekam. Der Transport war immer der heikelste Moment seines Plans. Da musste er aufpassen, dass ihn niemand sah, niemand durfte misstrauisch werden, keiner sollte auch nur ahnen, wie man in das Haus seiner Schwester gelangen konnte. Niemand kannte den geheimen Platz. Niemand außer ihm. Jedenfalls hatte er das gedacht, bis ... Sie hatte ihn hintergangen. Das kleine Miststück hatte ihn betrogen, bei der erstbesten Gelegenheit. Wenn er etwas nicht akzeptierte, dann war es Illoyalität. Sie hatte die Familie verraten, dafür gab es keine Entschuldigung. Der Mann spürte wieder diese unbändige Wut in sich aufsteigen. Er musste warten, bis er sich beruhigt hatte. Er durfte nicht in dieser Stimmung auf seine Schwester treffen. Wer weiß, wozu er in einem solchen Augenblick fähig wäre?

Der Mann wartete eine Weile, dann drückte er einen versteckten Hebel herunter. Die Tür glitt geräuschlos auf einer gut geölten Schiene zur Seite. Er betrat den Gang und schloss die Tür wieder sorgfältig hinter sich.

Der Gang war kühl. An den Wänden hatte das Kondenswasser schwarze Streifen hinterlassen. Das war hier vielleicht nicht das Hotel *Negresco,* aber dafür war es sicher und absolut schallgedämpft. Jetzt konnte der Mann schon leise Musik hören und dazwischen die Sprache von Schauspielern. Wie oft hatte er seiner Schwester gesagt, den Fernsehapparat nicht auf volle Lautstärke zu drehen. Eines Tages würde es einer von denen da draußen hören. Irgendein dämlicher Pilzsammler. Man ahnte ja gar nicht, wo diese Naturfreunde überall herumkrochen.

Der Mann ging den Gang entlang, und die Geräusche aus dem Raum wurden lauter. Noch ein paar Stufen hinunter, dann stand er vor der letzten Tür. Der Mann spürte, wie ihn die Erregung packte. Für einen Moment hielt er inne, um sich auszumalen, was er heute mit seiner Schwester anstellen würde. Er musste sich beherrschen. Erst musste er dafür sorgen, dass die Vorräte aufgestockt wurden. Für das andere war immer noch Zeit genug. Der Mann wartete noch einen Augenblick, dann steckte er den Schlüssel in das obere Schloss und drehte ihn herum. Anschließend öffnete er das untere Schloss. In diesem Moment konnte er hören, wie der Fernseher leise gedreht wurde. Sie hatte gemerkt, dass er vor der Tür stand.

68. KAPITEL

Der Sand begann sich bereits in der Morgensonne aufzuheizen. Das Meer war ruhig und plätscherte in kleinen Wellen an den Strand. Leon lauschte dem Rauschen der Sandkörner, wenn das Wasser nach jeder Welle wieder ins Meer zurückströmte. Er hatte unruhig geschlafen. Isabelle war schon im Bett gewesen, als er nach Hause kam, und bereits im Büro, als er morgens erwachte.

Leon lief barfuß die Bucht entlang und grübelte über Probleme nach, die ihn als Rechtsmediziner eigentlich nichts angingen, ihm aber trotzdem keine Ruhe ließen. André Martin hatte ein blondes Haar an seiner Uhr gehabt. Was wäre, wenn es von dieser ominösen Freundin stammte, die ihm die Liebesbotschaft auf das Rezept geschrieben hatte? Und wenn Monsieur Martin vor der Sturmnacht wirklich auf Porquerolles gewesen war? Wenn er in der Bucht mit den seltenen Wasserschnecken gestorben war? So viele Möglichkeiten, und über jeder stand die eine Frage: Warum?

Natürlich gab es keinen wissenschaftlichen Grund anzunehmen, dass es sich bei dem Haar an der Uhr um ein Frauenhaar handelte. Das konnte nur die DNA-Analyse klären. Aber wenigstens in diesem Punkt hatte Leon Glück gehabt. Es war ihm gelungen, die Wurzel des Haares so zu präparieren, dass sie genetisch bestimmt werden konnte. Auf diese Weise würden sie zumindest einige Basis-Informationen bekommen, zum Beispiel, ob es sich um eine Frau oder einen Mann handelte. Die Augenfarbe dieser Person und mit etwas Glück sogar deren ethnische Herkunft. Aber bis dahin hieß es abwarten. Und Warten war etwas, das Leon schwerfiel.

Eigentlich hatte er vorgehabt, bis um halb neun am Strand spazierenzugehen. Um diese Zeit nämlich würde Jérémy das *Miou* aufsperren, und er konnte gemütlich einen Café crème trinken. Yolande würde ihm ein *petit déjeuner* bringen, mit frischem Baguette, Honig und Aprikosenmarmelade. Aber inzwischen wusste er nicht mehr, ob er es tatsächlich bis dahin aushalten würde.

Um 8.15 Uhr bekam Leon einen Anruf von Rybaud aus dem Labor, der ihn alle seine Frühstückspläne vergessen ließ. Leon lief zu seinem Auto und fuhr zur Rechtsmedizin, wo ihn sein Assistent schon erwartete. Leon überprüfte die DNA-Untersuchung des Haares, las das Test-Protokoll und verglich die genetischen Werte mit den verschiedenen Scans, die ihm sein Assistent auf den Bildschirm übertragen hatte. Dann rief Leon den Polizeichef in dessen Büro an. Das Gespräch dauerte nur wenige Sekunden.

»Ich muss Sie dringend sprechen, *Commandant*«, sagte Leon.

»So? Worum geht es denn?« Der Polizeichef war schlecht gelaunt. Er war gerade von seiner Sekretärin daran erinnert worden, dass heute sein Hochzeitstag war. Jetzt musste er dringend seiner Frau ein paar Blumen vorbeibringen und das Ganze als geplante Überraschung verkaufen.

»Das möchte ich am Telefon nicht sagen«, antwortete Leon. »Es könnte außerordentlich brisant sein.«

»Jetzt reden Sie schon«, forderte ihn Zerna auf. »Ich

muss noch Blumen für meine Frau besorgen. Hochzeitstag. Was denken Sie, wie brisant das ist?«

»Ich denke, das mit den Blumen sollten Sie besser verschieben. Ich bin in zwanzig Minuten bei Ihnen«, erwiderte Leon und schaltete sein Handy ab.

Zu seinem Erstaunen hatte Zerna tatsächlich auf ihn gewartet. Mehr noch, er hatte seine engsten Mitarbeiter, Isabelle und Masclau zu dem Gespräch hinzugebeten. Der *Lieutenant* betrat kurz hinter Leon das Büro des Polizeichefs.

»Also, *Monsieur le Médecin Légiste*«, sagte Zerna und ersparte sich jede weitere Begrüßung. »Was ist so wichtig, dass wir hier auf Sie warten durften?«

Leon wandte sich zu Masclau um. »Wären Sie bitte so nett und würden die Türe schließen«, bat Leon.

»Sie machen es aber wirklich spannend, *Docteur*.« Masclau drückte hinter sich die Tür ins Schloss.

»Danke«, sagte Leon. »Wir haben an der Uhr, die André Martin zum Zeitpunkt seines Todes getragen hat, ein blondes Haar gefunden.« Leon machte eine dramatische Pause.

»Jetzt sagen Sie mir aber bitte nicht, dass ich meine Frau wegen eines Haars warten lassen muss.« Zerna klang anklagend.

»Wir haben eine Übereinstimmung in der DNA-Datenbank gefunden. Das Haar stammt von Amélie Simon.« Leon sagte den letzten Satz so ruhig, als würde er über das Wetter sprechen.

Einen kurzen Moment schwiegen die Anwesenden, als brauchte es ein wenig Zeit, bis die Information in ihr Gehirn eingesickert war.

»Sie meinen die kleine Amélie Simon?«, fragte Zerna noch einmal nach. »Sind Sie da sicher?«

»Der Computer zeigt eine Übereinstimmung von über 98 Prozent«, antwortete Leon.

»*Bon*, und jetzt?« Masclau sah zu seinem Chef und zeigte seine leeren Hände. »Vielleicht hat Monsieur Martin die Kleine ja gekannt. Hat ihr mal einen Lutscher geschenkt. Was weiß ich denn? Wir werden es nie erfahren. Er ist nämlich tot und die Kleine auch.«

»Das glauben wir zumindest.« Isabelle klang höflich, aber bestimmt. »Ich meine, wir glauben, dass sie tot ist. Wissen tun wir das nicht.«

»Ich bitte euch ...« Masclau klang, als wäre er sechs Jahre alt und Leon hätte ihm gerade erklärt, dass es den Weihnachtsmann nicht gab. »Wir haben das Blut gefunden, die Leichenhunde haben angeschlagen, als wir den Kofferraum von Simons Wagen untersucht haben. Simon hatte sogar den Tod seiner Tochter angekündigt. Und das soll alles plötzlich nicht mehr wahr sein?«

»Moment, Augenblick, *Docteur*.« Zerna hob die Hände.

»Das denke ich nicht«, sagte Leon. »Die Wurzel ist sehr gut erhalten, als wäre es ausgerissen worden. Allerdings trieb die Leiche von Martin eine Weile im Meer, das Wasser verfälscht natürlich die Ergebnisse.«

»Wie alt ist dieses Haar, *Docteur*?« Zernas freundliche Stimme hatte einen lauernden Unterton.

»Das kann man nicht mit Bestimmtheit sagen.« Leon wusste, dass seine Theorie in diesem Punkt angreifbar war, auch wenn er darauf geschworen hätte, dass er richtiglag. »Es macht natürlich ein Unterschied, ob ein Haar in der Sonne gelegen hat oder zum Beispiel in einer Gletscherspalte.«

Isabelle schien als Erste die Konsequenzen von Leons Information zu begreifen.

»Du glaubst …«, sie sah Leon ungläubig an und sprach dann leise weiter, »das Mädchen könnte noch leben?«

»Schwachsinn«, unterbrach Masclau. »Jetzt lass mal die Kirche im Dorf. Bisher wissen wir nur, dass das ihr Haar ist. Und auch das nur zu 98 Prozent. Sonst wissen wir gar nichts.«

»Wenn ich vom Zustand der Haarwurzel ausgehe«, sagte Leon, »dann würde ich sagen, dass der Mensch, von dem das Haar stammt, vor zwei Wochen noch gelebt hat.«

»So, würden Sie das …« Zerna hatte den lauernden Ton, den seine Stimme annahm, wenn er kurz vor einem seiner cholerischen Anfälle stand. »Und was sollen wir Ihrer Meinung nach jetzt tun? Soll ich zum Staatsanwalt laufen und sagen: Es gab gar keinen Mord. Das Mädchen lebt, wir haben ein Haar von ihm gefunden. Haben Sie sich das so vorgestellt, *Docteur*?«

»Ich dachte, dass Sie so schnell wie möglich mit der Suche nach Amélie Simon beginnen.« Leon ließ sich nicht provozieren. »Wenn André Martin sie wirklich entführt hat, dann ist sie seit über einer Woche nicht mehr versorgt.«

»Aber nur, wenn Ihre Theorie stimmt, *Docteur*, mit all den vielen Unbekannten.«

»Ich ziehe nur die logischen Schlüsse aus unseren Untersuchungsergebnissen«, dozierte Leon.

»Ich sage Ihnen, was wir tun.« Zerna sah auf seine Uhr. »Wir sehen uns später im Besprechungsraum. Sagen wir ein Uhr. Dann möchte ich Vorschläge hören, wo wir bei der Suche ansetzen könnten.«

»*Patron*, die Kleine wurde ermordet. Wir können sie doch jetzt nicht wegen einem verdammten Haar zur Fahndung ausschreiben.« Masclau sah seinen Chef an, als hätte der ihm gerade den Jahresurlaub gestrichen.

»Beschweren Sie sich bei unserem *Médecin Légiste.*« Zerna machte eine Geste in Richtung Leon. »Selbstverständlich gehen wir mit Freude jedem Hinweis nach. Ganz besonders, wenn er von unserem geschätzten Pathologen kommt.«

»Selbst wenn die gesuchte Person seit sechs Jahren tot ist …« Masclau schüttelte den Kopf.

»Noch etwas, Masclau.«

»Ja, *Patron*?«

»Holen Sie mir diesen Arbeitskollegen von Martin her«, sagte Zerna. »Wie hieß dieser Kerl doch gleich?«

»Pascal Sarraut«, sagte Leon. »Sie finden ihn auf Porquerolles …«

»*Docteur*«, unterbrach ihn Zerna. »Lassen Sie uns unsere Arbeit machen und tun Sie Ihre. Am besten, Sie fahren zurück in Ihr Institut und überprüfen noch einmal Ihre Ergebnisse.«

»Das wird nicht nötig sein, *Commandant*«, sagte Leon. »Unsere Untersuchungsergebnisse sind eindeutig.«

»Dann sehe ich Sie auch in der Besprechung.« Zerna atmete tief ein, als hätte er Schmerzen. »Nur falls es doch noch Fragen an den *Médecin Légiste* gibt. Wäre ja nicht das erste Mal.«

»Gerne. Bis um ein Uhr«, sagte Leon, ohne auf die Bemerkung einzugehen.

69. KAPITEL

Das Mädchen saß auf einem Hocker und pendelte mit dem Oberkörper vor und zurück. Die Sechzehnjährige bewegte sich im Rhythmus der brüllend lauten Musik, die aus dem Lautsprecher eines Ghettoblasters schallte. Sie hatte das Gerät auf volle Leistung gedreht. Der Lärm war ohrenbetäubend und wurde von den alten Zementwänden des fensterlosen Raums zurückgeschleudert. Und trotzdem hörte das Mädchen nur ein leises Singen. So als würde der Wind die Töne eines weit entfernten Rockkonzerts zu ihr herübertragen.

»*Nos coeurs battent trop vite, on va se crasher*«, unsere Herzen schlagen zu schnell, sie werden zerspringen, sang Rapper Booba und das Mädchen summte halblaut mit. Am Anfang, da hatte der Kerl sie angeschrien, wenn sie die Musik laut aufgedreht hatte. Aber das war ihre Rache dafür, dass der Kerl sie seine kleine Schwester nannte. Sie war nicht die kleine Schwester von diesem Schwein. Sie hatte überhaupt keine Geschwister. Am Anfang war es ein ständiger Kampf gewesen, den sie nur verlieren konnte. Da war sie noch klein gewesen. Aber sie hatte durchgehalten, weil sie wusste, wie man kämpft. Sie hatte von klein auf kämpfen müssen. Um die Anerkennung ihrer Mitschüler zum Beispiel, die sich über ihre Hörgeräte lustig gemacht und sie Yoda genannt hatten, wie den Gnom aus den Star-Wars-Filmen. Oder gegen die mitleidigen Blicke der Erwachsenen, wenn die ihr aufschreiben mussten, was sie von ihr wollten. Weil kein Mensch die Gebärdensprache beherrschte.

Das Mädchen wollte sich nicht unterkriegen lassen. Da hatte der Kerl sie geschlagen. Einfach so, mit der Faust ins Gesicht, sodass sie dachte, der Kopf würde ihr explodieren. Damals hatte sie gelernt, was Schmerzen sind. Aber sie hatte auch gelernt, dass sie wieder vergingen. Seitdem war ihre Nase etwas schief, und gelegentlich, wenn sie erkältet war, bekam sie schlechter Luft. Aber das Schwein hatte sie damals in Ruhe gelassen, wenigstens solange ihr Gesicht zerstört war.

Sie nannte ihn immer ›das Schwein‹, wenn sie über ihn nachdachte, oder auch ›den Kerl‹. Oder auch ›den Idioten‹, das gab ihr das Gefühl, dass sie keine Angst vor ihm haben musste. Obwohl sie genau wusste, dass das natürlich reines Wunschdenken war.

In ihrem Kopf pochte es. Genauer gesagt auf der rechten Seite im Oberkiefer. Es war der fünfte Zahn, sie hatte nachgezählt. Der tat weh, gemein weh. Am Anfang hatte sie ihn nur gespürt, wenn sie damit zubiss, aber dann war der Schmerz in kleinen Wellen gekommen und schließlich war er ständig da gewesen. Ein Pulsieren wie eine ferne Trommel. Er hatte ihr nicht geglaubt, obwohl die Backe anzuschwellen begann und ihr Tränen aus den Augen liefen. Die Antibiotika hatten geholfen. Obwohl das nicht sein Verdienst war. Wirklich nicht. Der Kerl hätte ihr nichts gegeben, bis sie ohnmächtig umgefallen wäre. Ob man von Zahnschmerzen sterben konnte, überlegte das Mädchen. Die Antibiotika hatten nicht lange gereicht. Nur ein paar Tage. Obwohl sie sich die letzten zerteilt hatte, in kleine Portionen. Doch der Schmerz war zurückgekommen. Aber nach dem, was geschehen war, würde das Schwein ihr keine neuen Tabletten besorgen. Vielleicht würde er überhaupt nicht wiederkommen. Sie ganz allein hierlassen. Sie durfte solchen Gedanken nicht nachgeben. Sie stand auf und stellte sich an den Schacht, durch den frische Luft in ihr Verlies wehte. Und diese Luft roch nach Sommer. Nach warmer Erde und nach Rosmarin. Eines Tages würde sie wieder draußen sein und nicht zurückkommen. Seit dem letzten Mal, als alles so schiefgelaufen war, hatte sie Pläne gemacht. Beim nächsten Mal wäre sie vorbereitet, richtig vorbereitet.

Das Mädchen hatte eine beste Freundin, der sie alles erzählte. Chloé war verschwiegen, schlau und konnte zuhören. Zuhören war überhaupt ihre herausragende Eigenschaft. Sie war ein zartes Geschöpf, zart und sanftmütig wie eine Elfe. Ihr konnte das Mädchen auch die allergeheimsten Geheimnisse anvertrauen und bei ihr konnte es weinen, so wie damals, als das Schwein begonnen hatte, über sie herzufallen. Das Schwein hatte natürlich keine Ahnung von Chloé, nur das Mädchen konnte die Freundin sehen. Als der Kerl sie einmal gefragt hatte, mit wem sie da flüsterte, hatte sie gesagt: »Mit meiner Freundin.«

»Ich warne dich. Hör auf rumzuspinnen, oder du verschwindest, und zwar für immer«, hatte er geantwortet.

Sie wusste, dass der Kerl es genauso meinte, wie er es sagte. Deshalb hatte sie von diesem Moment an nur noch in Gedanken mit Chloé gesprochen. Ja, sie war klüger geworden in den Jahren, die sie in diesem Loch verbrachte. Das Loch, das er den ›Palast‹ nannte. Das war der größte Witz. Es bestand gerade mal aus zwei Räumen und einem winzigen Badezimmer mit Dusche und Klo. Es war ein beschissenes Gefängnis und nichts anderes. Da konnte das Schwein noch so viele bunte Fotos und Plakate an die Wände hängen. Tierfotos von kleinen Bären oder Pinguinen auf Eisschollen. Echt zum Kotzen. Einmal hatte er sie gefragt, ob er ihr ein bestimmtes Foto mitbringen sollte. Sie hatte sich ein Poster von Rapper Booba gewünscht. Da hatte er ihr eine geknallt, einfach so.

An der Wand hing ein Fernseher mit Flachbildschirm. Aber alles, was sie damit empfangen konnte, waren die Standardprogramme. Den ganzen Tag liefen alberne Quizsendungen, in denen voll dämliche Frauen hysterisch schrien, wenn sie tausend Euro gewannen. Am Anfang hatte sie sich noch gefreut und stundenlang Kindersendungen gesehen, das hatte sie zu Hause nie gedurft. Aber irgendwann hatte sie keine Lust mehr auf Kinderprogramm gehabt, und es machte sie traurig, immer nur durch dieses TV-Fenster in die richtige Welt schauen zu können, die irgendwo da draußen an ihr vorbeizog.

Das Mädchen liebte Bücher. Der Kerl hatte keine Ahnung von Büchern und brachte ihr mit, was er so fand, aber sie verschlang jede Zeile. Sie hatte Dumas gelesen, Balzac, Zola, Houellebecq. Sie hatte Simone de Beauvoir gelesen und Saint-Exupéry. Den kleinen Prinzen hatte sie sogar auswendig gelernt. Das war in der Zeit gewesen, als der Kerl immer aufdringlicher wurde. Am Anfang hatte sie keine Ahnung gehabt, was er wollte. Aber als es dann passiert war, dachte sie, sie müsste sterben. Sie hatte sich jedes Mal in einen unsichtbaren Kokon zurückgezogen, wenn er zu ihr kam und sie zu sich auf das Bett zog. Die Zeit blieb stehen, wenn er da war. Und die Zeit lief weiter, wenn er wieder verschwand. Dazwischen war nichts als Leere. Die Zeit verging im immer gleichen Rhythmus. Mit den immer gleichen Ritualen. Aufstehen, duschen, in den beiden Zimmern hin- und herlaufen. Frühstück machen, Abendessen, Fernsehen. Und hoffen, dass er sie einmal mehr in Ruhe ließ.

Irgendwann wurde ihr klar, dass er sie brauchte. Dass er von ihr bewundert, geliebt werden wollte. Und dass er eine ganz bestimmte Vorstellung davon hatte, wie sie sein sollte. Er wollte gar keine Frau, er wollte ein kleines Mädchen. Er wollte, dass sie seine kleine Schwester war. Manchmal brachte er ihr Puppen mit in den Palast oder baute für sie ein Himmelbett mit rosa Tüllvorhängen. Das war alles nur noch peinlich. Sie war doch kein kleines Kind mehr, schon lange nicht mehr. Sie versuchte, mit ihm zu reden, über ihre Gefühle, ihre Träume. Doch davon wollte er nichts wissen. Es gab keine Gespräche, nur Streit.

»Wenn du so bist, dann will ich dich nicht mehr«, hatte er einmal gesagt, war aus dem Zimmer gestürmt und hatte sie fünf quälend lange Tage allein gelassen. Tage, in denen sie sich fragte, ob ihm etwas passiert sein könnte. Und was dann aus ihr würde ...

In dieser Zeit lernte sie, ihn zu manipulieren. Sie spielte ihm das kleine, verschüchterte Kind vor, und er war zufrieden. Er war sogar bereit, sie für ihr Entgegenkommen zu belohnen. Erst waren es nur ganz kleine Dinge, wie zum Beispiel dass er abends das Licht länger anließ, der Fernseher länger lief oder dass es Schokolade gab. In dem Sommer, der so schrecklich heiß gewesen war, hatte sie ihn sogar überreden können, eine Klimaanlage einzubauen. Wichtig für ihn war nur, das Gefühl der absoluten Kontrolle über sie zu haben. Er wollte Macht über sie. Und er drohte ihr, wenn sie sich nicht benehmen würde, dann würde er sich nicht mehr um sie kümmern. Sie ahnte, was das hieß.

Das Mädchen träumte in seinem Verlies von der Welt da draußen. Von der Sonne im Gesicht. Der echten Sonne, nicht der Wärmelampe. Und vom Wind in ihren Haaren, so wie früher, wenn sie mit dem Fahrrad in die Schule gefahren war. Sie träumte davon, mit den Händen die Blätter zu fangen, wenn der Herbstwind sie von den Bäumen riss, und mit den nackten Füßen übers Gras zu gehen. Sie tat alles, was er von ihr wollte, aber ihre Wünsche an ihn wurden auch größer. Eines Nachts hatte er nachgegeben und sie mit hinausgenommen. Es war eine warme Sommernacht im September gewesen. Es war Vollmond, und sie gingen zusammen einen schmalen Pfad entlang. Als sie plötzlich den Geruch von Thymian und Jasmin einatmete, liefen ihr Tränen die Wangen hinunter. Die Erinnerungen an das alte Leben waren so erdrückend, dass sie für einige Augenblicke glaubte, sie müsse ersticken. Der Mond schien hell und ließ die Korkeichen aussehen, als wären sie aus Stein. Eine warme Brise kam über das Meer. Am liebsten wäre das Mädchen gerannt. Gerannt durch die Welt, auf die sie so lange hatte verzichten müssen. Aber das Schwein sorgte dafür, dass sie in seiner Nähe blieb. Er hatte ihr eine Handschelle um das rechte Handgelenk gelegt und daran eine Leine befestigt. Ab und zu riss er sie zurück, wie man einen jungen Hund diszipliniert. Sie wusste, dass er einen Elektroschocker dabeihatte.

»Den habe ich immer bei mir, falls du schreist oder irgendwelchen Mist baust«, hatte er sie gewarnt und ihr das schwarze Gerät mit den silbernen Kontakten gezeigt, »dann bekommst du einen von denen.«

Er drückte den Auslöser und das kleine Geräte knurrte wie ein böses Tier, als der elektrische Funke zwischen den Kontakten hin- und hersprang. Eine Stunde später saß sie wieder in ihrem Verlies, und er war gegangen. Einige Wochen später gab es noch einen Ausflug. Damals dämmerte schon der Tag über das Meer hinauf. Da hat sie die Frau gesehen. Sie lief durch den Wald, keine dreißig Meter entfernt. Die Frau stand vor einer Brombeerhecke mit einem Korb in der Hand. Das Mädchen wollte zu ihr, aber der Kerl riss sie so brutal zurück, dass sie rücklings ins Unterholz stürzte.

»Ein lautes Wort«, hatte er ihr in Gestensprache gezeigt, »und ich bringe sie um. Dann bist du schuld. Willst du das?«

Da hatte sie geschwiegen. Sie warteten zwischen den Bäumen, bis die Frau fort war. Danach hatte es keine Ausflüge mehr gegeben.

Das Mädchen klammerte sich immer an den Gedanken, dass sie irgendwann wieder draußen sein würde. In Freiheit, selbstbestimmt. Dass das Schwein sie niemals kleinkriegen würde. Egal, was geschah. Eines Tages hatte sie begonnen, sich kleine Freiräume zu schaffen, kleine Fluchten aus ihrem Gefängnis. Sie verfasste Hilferufe nach draußen. Anfangs versteckte sie diese Zettel in den Mauerritzen ihres Verlieses oder hinter den Nähten ihrer aufgeschlitzten Matratze. Kleine Botschaften, damit, falls irgendwann, wenn sie nicht mehr hier war, jemand erfahren würde, welches Drama sich in diesen Katakomben abgespielt hatte. Später schrieb sie Botschaften, die sie nach draußen schmuggelte. Zettel, die sie in leeren Cornflakes-Schachteln platzierte, auf die Rückseite einer Senftube klebte oder in leere Marmeladengläschen steckte. Die Zettel trugen immer dieselbe Botschaft: »Ich heiße Amélie, und ich lebe!« Aber es war nie jemand gekommen. Bis sie die Zahnschmerzen bekam und das Schwein sich tagelang nicht mehr gemeldet hatte. Bis zu dem Tag vor zwei Wochen, den sie nie mehr vergessen würde, als plötzlich, nach all den Jahren, ein fremder Mann in der Tür stand.

70. KAPITEL

Leon war von der Besprechung bei der Polizei zurück in sein Büro gefahren. Er wollte ein Gutachten schreiben, das er schon seit Tagen vor sich herschob. Leon hatte immer noch nichts von Dr. Bodin gehört, und wenn er ehrlich war, war es ihm ganz recht so. Je länger Bodin wegblieb, umso besser. Daher war Leon überrascht, als er an der Tür zu seinem Büro an diesem Tag ein zweites Namensschild unter seinem entdeckte. Auf dem stand in dicken Lettern: »Dr. Bodin – Médecin Légiste«.

Natürlich hatte ihn der Klinikleiter darüber informiert, dass der Kollege in Zukunft in der Rechtsmedizin mit ihm zusammenarbeiten würde, aber Leon hatte die Sache verdrängt. Zu sehr war er mit dem laufenden Fall beschäftigt. Aber jetzt, wo das Schild an der Tür hing, holte ihn plötzlich der Klinikalltag wieder ein.

Leon war ein Einzelkämpfer. Sich mit einem gleichberechtigten Partner das Büro teilen zu müssen war ein Gedanke, an den er sich nur schwer gewöhnen konnte. Hinzu kam, dass dieser Bodin alles andere als ein umgänglicher Kollege war. Und er hatte noch nichts zu irgendeiner Untersuchung beigetragen. Bisher war der Kollege aus Avignon vor allem durch Abwesenheit aufgefallen. Dass Dr. Bodin vor der versammelten Polizei und Staatsanwaltschaft den Eindruck erweckt hatte, er leite die Untersuchungen, hatte ihn in Leons Augen nicht gerade sympathischer gemacht. Aber er hatte es ihm auch nicht übel genommen. Der Kollege war jünger, neu in der Abteilung, und er wollte unbedingt Eindruck machen. Einen Moment lang dachte Leon daran, den Kollegen anzurufen, um ihn über den laufenden Fall und die angesetzte Besprechung bei Zerna zu unterrichten. Aber dann steckte er sein Handy wieder in die Tasche. Sollte Bodin sich doch selber darum kümmern. Schließlich war er nicht Bodins Sekretär.

Als Olivier Rybaud vom Mittagessen kam, informierte er Leon, dass Dr. Bodin kurz im Büro gewesen sei. Er hatte es eilig gehabt und kurz nach dem Obduktionsprotokoll im Fall André Martin gesucht, es aber nicht gefunden.

»Wie bedauerlich«, sagte Leon mit gespieltem Mitleid, was Rybaud natürlich nicht entging.

Leon hatte das belastende Papier eingesteckt. Er wollte verhindern, dass es irgendwo im Klinikbetrieb verschwinden könnte. Denn er bekam allmählich das Gefühl, dass er es vielleicht noch einmal brauchen könnte.

»Ich habe das Schild draußen gesehen«, sagte Leon. »Hat Ihnen der *Docteur* mitgeteilt, ab wann er uns mit seiner Anwesenheit beehren wird?«

»Nein, hat er nicht.« Rybaud grinste breit. »Er wollte zur Gendarmerie nach Lavandou. Schien es ziemlich eilig zu haben.«

In diesem Augenblick spürte Leon, dass hier irgendeine Intrige gesponnen wurde und dass sie sich gegen ihn richtete. Dieser Bodin war zwar nur ein unterdurchschnittlicher Rechtsmediziner, aber er schien zu wissen, wie man sich in Szene setzte und seine Kollegen ins Messer laufen ließ. Was für eine hinterlistige Hyäne, dachte Leon, und er war gerade dabei, ihr Opfer zu werden.

Leon hasste Intrigen und Gemauschel im Büro. Er war

ein Mensch, der Probleme offensiv anging und keiner wissenschaftlichen Auseinandersetzung auswich. Also beschloss er, sofort in die Gendarmerie nach Lavandou zurückzufahren. Obwohl die Besprechung erst in einer Stunde begann, war es vielleicht an der Zeit, bis dahin ein paar Dinge zu klären. Um 13.30 Uhr betrat Leon die Polizeiwache in der Rue André Del Monte. Es war erstaunlich ruhig. Leon hätte mehr Unruhe erwartet. Schließlich gab es starke Hinweise darauf, dass ein Kind, das angeblich von seinem Vater ermordet worden war, noch lebte.

In diesem Moment öffnete sich vor Leon eine Tür und Dr. Bodin stand vor ihm. Der Kollege schien nicht darauf vorbereitet zu sein, Leon hier und jetzt zu treffen.

»Dr. Bodin«, sagte Leon gespielt höflich, »gut, dass ich Sie treffe. Ich habe vergeblich versucht, Sie zu erreichen.«

»Hallo, *Docteur*«, Bodin drängte sich an Leon vorbei, als könnte er gar nicht schnell genug Abstand zu ihm gewinnen, »ich habe jetzt leider gar keine Zeit. Ich muss dringend einige Telefonate führen.«

»Macht nichts«, meinte Leon ungerührt. »Wir sehen uns ja gleich in der Besprechung.«

»Besprechung …?« Bodin sah Leon an, wobei er eine Augenbraue hob, als wüsste er nicht ganz genau, wovon Leon sprach. »Die wurde doch abgesetzt.«

»Das hat mir niemand gesagt.« Leon klang ein wenig verwundert.

»Wie ärgerlich. Ich werde dafür sorgen, dass wir in solchen Fällen beide informiert werden«, antwortete Bodin wichtigtuerisch.

»Und was ist mit Amélie Simon?« In diesem Moment wusste Leon, dass Bodin ihn reingelegt hatte.

»Nichts, was soll sein?« Dr. Bodin zog sein klingelndes

Handy aus der Tasche. Er sah nur kurz auf das Display. »Tut mir leid, da muss ich ran.«

Bodin lief telefonierend den Gang hinunter und verschwand eilig nach draußen. Leon drehte sich um und sah, dass Isabelles Tür offen stand. Er klopfte und betrat gleichzeitig den Raum. *Capitaine* Morell saß hinter ihrem Schreibtisch.

»Leon?«, fragte sie verwundert.

»Kannst du mir bitte mal sagen, was hier los ist?« Leon sah sie an.

»Bodin wollte dich doch informieren«, wunderte sie sich.

»Der? Bestimmt nicht«, sagte Leon. »Was ist denn jetzt mit der Besprechung?«

»Zerna hat sie abgesagt«, antwortete Isabelle, und Leon sah sie fragend an. »Bedanke dich bei deinem Kollegen.«

»Dr. Bodin?«, fragte Leon misstrauisch.

»Er hat Zerna klargemacht, dass das Haar, das du gefunden hast, schon Jahre alt sein kann.«

»Und Zerna hat ihm geglaubt?«, fragte Leon empört.

»Du hast Zerna geraten, eine Großfahndung zu starten. Dr. Bodin hat ihm gesagt, dass an der Spur nichts dran ist. Was denkst du, welcher Meinung Zerna sich angeschlossen hat?«

»Gibt es doch nicht. Er hat alles abgeblasen?« Leon sah sie ungläubig an.

»Ich hab ihm dringend geraten, mit der Fahndung loszulegen«, Isabelle schüttelte den Kopf. »Er hat Nein gesagt.«

»Und jetzt passiert gar nichts?«, fragte Leon.

»Wir sehen uns das Haus von André Martin noch mal an. Und ermitteln in seinem Umfeld«, sagte Isabelle. »Das war's dann fürs Erste.«

»Entschuldige bitte, Zerna kann doch nicht einfach …«, wollte Leon protestieren. Aber Isabelle unterbrach ihn.

»Lass uns woanders hingehen.« Isabelle stand auf und griff nach ihrer Jacke. »Hast du Zeit?«

»Offensichtlich hat hier ja plötzlich jeder Zeit«, sagte Leon bitter.

Eine Viertelstunde später saßen Leon und Isabelle im Schatten einer Palme am Strand. Sie hatten ihre Hosen hochgekrempelt und die Schuhe ausgezogen. Kinder bauten vor ihnen Sandburgen, und Touristen liefen lachend ins Meer.

»Aber diese Spur ist real«, sagte Leon ärgerlich, »das muss Zerna doch zumindest einsehen.«

»Dr. Bodin hat behauptet, die Wahrscheinlichkeit, dass das Haar von Amélie stammt, läge bei höchstens 80 Prozent.«

»Das ist wirklich dreist«, sagte Leon.

»Was für einen Grund sollte er haben zu lügen?«

»Er hat einen groben Fehler gemacht. Aber darüber möchte ich mit ihm selber reden.« Leon griff nach einem kleinen, runden Stein im Sand und rubbelte ihn an seiner Hose sauber. Er drehte ihn in der Hand. Das tat er oft, wenn er nachdachte. Isabelle fand ständig kleine Steine in der Waschmaschine, die ihm aus den Taschen gefallen waren.

»Du hast Zerna mit den Untersuchungsergebnissen unter Druck gesetzt. Du weißt, wie er das hasst. Wenn er jetzt eine Fahndung startet und sich irrt, wird er zum Gespött der Kripo in Toulon.«

»Tut mir leid«, sagte Leon. »Aber das ist schließlich sein Job.«

»Du kannst keine Ruhe geben …« Isabelle legte ihre Hand auf Leons Arm.

»Wie alt wäre Amélie heute?« Leon sah Isabelle an.

»Sechzehn Jahre.«

»Stell dir vor, sie lebt«, sagte Leon. »Und sie hätte die letzten sechs Jahre ihres Lebens irgendwo in einem Keller verbringen müssen.«

»Das will ich mir nicht vorstellen.«

»Ich bitte dich ja nur, mir zu helfen. Ich werde die Kleidung von Maurice Bénot noch einmal auf Spuren untersuchen. Genauso wie die von Paul Simon.«

»Was erhoffst du dir davon?«

»Keine Ahnung«, antwortete Leon. »Vielleicht will ich ja nur mein Gewissen beruhigen.«

»Du hast doch eine Theorie?« Isabelle nahm eine Handvoll warmen Sand und ließ ihn auf ihren Fuß rieseln.

»Kannst du mir einen Gefallen tun?«, fragte Leon. Isabelle sah ihn an, als wüsste sie schon, dass alles, was Leon von ihr verlangen würde, Ärger bedeutete. »Könntest du die Fingerabdrücke aus dem Haus von Monsieur Bénot mit denen von Amélie Simon abgleichen?«

»Du glaubst, sie war in dem Haus?«, fragte Isabelle.

»Wenn du Glück hast, werden die Leute eine Straße nach dir benennen«, Leon sah sie an.

»Und wenn nicht, werden sie uns teeren und federn.« Isabelle lächelte. »Wir müssen wirklich vorsichtig sein.«

»Ist nur so eine verrückte Theorie«, sagte Leon. »Ich hoffe, dass ich mich irre.«

»Zerna dreht durch, wenn er erfährt, dass wir unter der Hand eigene Ermittlungen anstellen.«

»Das ist mir völlig klar.« Leon lächelte, wandte sich ihr zu und gab ihr einen Kuss auf den Mund. Plötzlich hatte er seine Selbstsicherheit wiedergefunden.

71. KAPITEL

Leon hatte sich in sein Büro zurückgezogen. Er betrachtete die Fotos, die er an der Pinnwand befestigt hatte. Der Polizeifotograf hatte sich Mühe gegeben, möglichst viele Details zu erfassen. Die Aufnahmen zeigten die Leiche von Maurice Bénot aus allen Blickwinkeln. Der Mann saß im Sessel, auf den ihn offenbar der Schrotschuss geschleudert hatte. Man konnte das Blut erkennen, sogar die Fliegen, die den verwesenden Körper umschwärmten. Leon versuchte, die Bilder zu begreifen und dem zuzuordnen, was er wusste.

Die Sektion hatte ergeben, dass Bénot weitgehend gesund war. Von einer vergrößerten Prostata und einer verhärteten Leber einmal abgesehen. Aber er hatte wahrscheinlich keine Schmerzen gehabt. Die Öffnung des Magens hatte unverdaute Reste eines Ratatouille zutage gefördert. Der Feigenbauer hatte offensichtlich seine Mahlzeit gerade beendet, als ihn der tödliche Schuss traf.

Der Mord musste nach Sonnenuntergang, also gegen 20 Uhr geschehen sein, überlegte Leon. Bénot besaß schließlich eine Obstplantage, da hatte er für seine Arbeit das Tageslicht nutzen müssen. Gab es vielleicht noch einen späten Kunden, der Feigen kaufen wollte? Eher unwahrscheinlich um diese Uhrzeit. Aber die Polizei hatte in Bénots Spüle drei benutzte Teller und zwei Wassergläser gefunden. Hatte er also Freunde oder Bekannte zu Gast gehabt? Auch das war schwer vorstellbar. Bénot galt als verschrobener Eremit. Aber eines war offensichtlich: Der alte Mann war an diesem Abend nicht alleine gewesen.

Einer dieser Besucher könnte André Martin gewesen sein, dessen Fingerabdrücke die Spurensicherung auf der Türklinke gefunden hatte. Aber wer war dann der zweite Besucher gewesen? Vielleicht die unbekannte Frau, die Verfasserin der Liebesbotschaft, die in Monsieur Martins Hosentasche gesteckt hatte?

Maurice Bénot saß also mit zwei Bekannten im Wohnzimmer. Es wurde Wein getrunken. Nicht allzu viel. In der umgestürzten Flasche befand sich noch ein Rest. Was war in dieser Nacht geschehen, die mit dem Tod des Bauern endete?, fragte sich Leon. Waren die Gäste mit Maurice Bénot in Streit geraten, bis jemand zu dem Gewehr griff? In diesem Fall müsste sich die Waffe geladen und griffbereit im Wohnzimmer befunden haben. Was nicht besonders wahrscheinlich war.

Oder es gab noch eine dritte Person, die nach Sonnenuntergang in dem Haus aufgetaucht war. Eine Person, die nicht mitgegessen und die tödliche Waffe mitgebracht hatte. Diese Person könnte das kleine Fenster der Tür eingeschlagen haben und gewaltsam eingedrungen sein. Leon hatte zwar keine Ahnung, was ein solcher Eindringling von Bénot gewollt haben könnte. Aber es wäre immerhin möglich, dass dieser Eindringling den tödlichen Schuss abgegeben hatte.

Doch Leons Theorie warf sofort weitere Fragen auf. Hatten die beiden anderen Gäste entkommen können? Und wenn ja, warum hatten sie sich nicht bei der Polizei gemeldet? Sie wären schließlich Zeugen eines Mordes gewesen. Es sei denn – sie konnten nicht mehr zur Polizei gehen.

Ein oder zwei Tage nach dem Mord im Bauernhaus war André Martin mit eingeschlagenem Schädel am Strand von Lavandou angeschwemmt worden. War er vom gleichen Mann getötet worden, der auch Bénot erschossen hatte? Und was war aus der dritten Person geworden? Das Ganze war ein verdrehtes Puzzle, das nur aus »wenn« und »aber« bestand. Je mehr Überlegungen Leon anstellte, um so komplizierter wurde es.

Gegen halb vier am Nachmittag beschloss Leon, etwas zu unternehmen, das ihn auf andere Gedanken bringen würde. Er setzte sich in seinen Peugeot, klappte das Verdeck zurück, stellte das Radio an und fuhr auf eine Runde Boule ins *Chez Miou*.

Etwa zur gleichen Zeit betraten Isabelle und *Lieutenant* Masclau das Haus von André Martin in der Neubausiedlung »Les Cyprès«. An der Tür klebte noch das blau-weiße Siegel der Gendarmerie Nationale. Aber irgendjemand schien wenig Respekt vor der Polizei zu haben und hatte das Klebeband heruntergerissen und die Tür geöffnet. Masclau zog seine Waffe und ging voraus. Isabelle folgte ihm. Die Luft in dem Haus roch jetzt abgestanden. Nach Schweiß und vergorenen Abfällen. Auf dem Sofa lagen fleckige Decken, am Boden leere Pizza-Kartons.

»Sieht so aus, als würde hier jemand wohnen.« Isabelle sah sich vorsichtig um.

»Wohnen nennst du das? Das sind die Bimbos.« Masclau traf Isabelles vorwurfsvoller Blick. »Ist doch wahr. Die wollen alle weiter in den Norden. Für die ist das hier ein Gratishotel, das sie nach Lust und Laune zumüllen können.«

»Das kannst du doch gar nicht wissen.« In Isabelles Stimme war der Vorwurf nicht zu überhören.

»Ich weiß schon: Das waren nur ein paar müde Reisende

aus dem Maghreb, die dankbar für eine so schöne Unterkunft waren.« Masclau deutete auf den kleinen Beistelltisch vor der Wand, auf dem ein Antennenkabel lag, das in der Wand endete. »Die brechen ein und nehmen mit, was sie tragen können. Glaub mir.«

Das Haus war seit dem letzten Besuch der Polizei völlig heruntergekommen. Die Schubladen waren herausgerissen, der Inhalt herausgezerrt und wahllos auf den Boden geschmissen worden. Schränke und Kommoden standen offen. Hosen, Hemden und Wäsche waren auf dem Boden verstreut. Wahrscheinlich hatten die Eindringlinge alle brauchbaren Stücke mitgenommen. Wobei Isabelle bezweifelte, dass jemand wie André Martin irgendetwas Wertvolles besessen haben könnte.

Isabelle und Masclau durchsuchten noch einmal jedes Zimmer vom Keller bis unters Dach. Überall der gleiche trostlose Anblick. Eine gigantische Ansammlung von Müll.

»Was habe ich dir gesagt?« Masclau trat gegen einen Stuhl, der polternd umstürzte. »Hier finden wir nichts mehr. Kannst du vergessen.«

»Ich will mir noch einmal das Schlafzimmer im ersten Stock ansehen«, sagte Isabelle und ging zur Treppe.

»Was soll das, da waren wir doch schon?«, protestierte Masclau.

Isabelle achtete nicht auf ihren Kollegen, ging die Treppe hinauf und betrat das Schlafzimmer. Sie sah zum Fenster. Dann ging sie durch den Raum und schob die Gardinen zur Seite. Der Blick fiel auf andere Einfamilienhäuser. Alle in der unangenehmen braungelben Farbe gestrichen, die sich an Hauskanten und Fensterrahmen in großen Placken gelöst hatte und nie wieder erneuert worden war.

»Ist das da hinten nicht das Haus, in dem Madame

Simon mit der kleinen Amélie gewohnt hat?« Isabelle deutete auf ein Gebäude, das vielleicht hundert Meter entfernt lag. Man konnte in den rückwärtigen Garten sehen, wo auf dem Rasen ein aufblasbares Planschbecken und eine Schaukel standen. Ein Mädchen saß bewegungslos auf der Schaukel und sah zu Isabelle im Schlafzimmer herüber.

»Ja, das ist das Haus von den Simons«, sagte Masclau. »Wusste gar nicht, dass man das von hier aus sehen kann.«

»Sehr gut sogar.« Isabelle ging noch näher an die Scheibe und wischte mit der Hand über das Glas. »Von hier kann man alles beobachten, was da hinten im Garten passiert.«

Das Mädchen stieg von der Schaukel und lief zum Haus, wo offenbar ihre Mutter in der Tür erschienen war. Die Kleine deutete auf Isabelle und Masclau, die zusammen hinter der Scheibe standen. Die Mutter schob ihr Kind ins Haus und schloss die Tür.

»Fahren wir zurück«, sagte Isabelle.

»Und was sollte das jetzt? Hat doch überhaupt nichts gebracht«, sagte Masclau. »Das hätten wir uns echt sparen können.«

»Ich frage mich: Wie gut kannte André Martin die kleine Amélie wirklich?«, überlegte Isabelle und ging die Treppe hinunter.

72. KAPITEL

Leon sammelte seine Boule-Kugeln auf und nickte Véronique anerkennend zu. Sie hatte gerade die Partie gegen Michel und einen sonnenverbrannten englischen Touristen gerettet. Damit stand es nach zehn Spielen sechs zu vier, und die Runde Rosé ging eindeutig auf Kosten des Engländers.

»Hast schon besser gespielt«, sagte Jean-Claude zu Leon, als sie sich ins Bistro an die Bar stellten.

»Ja, ich bekenne mich schuldig.« Leon hob beide Hände.

»Leon ist immer noch besser, als du es jemals warst«, verteidigte Véronique ihren Partner.

»Du hast ja keine Ahnung. Ich war Regimentsmeister im vierten ›Régiment étranger‹. Zwei Jahre lang ungeschlagen. Das war 1978 in Zaire.«

»Jérémy, bitte gib ihm ganz schnell einen doppelten Pastis, sonst erzählt er uns noch bis Mitternacht von seinen Heldentaten«, rief Véronique.

»Du glaubst mir zwar nicht«, sagte Jean-Claude. »Aber ich trinke deinen Pastis trotzdem, *merci.*«

Yolande versorgte die Spieler mit Rosé, und der ersten Runde folgte schnell eine zweite, die Leon übernahm. Das Spiel und die Besucher hatten ihn seine Arbeit wenigstens für eine Weile vergessen lassen.

Er setzte sich mit seinem Glas an einen der kleinen Tische und beobachtete das Treiben auf der Uferpromenade.

Um diese Zeit drängten sich die Touristen, um möglichst noch einen Platz in der ersten Reihe in einem der begehrten Restaurants zu bekommen. Diese Bistros besuchte Leon nie. Sie waren teuer und kochten miserabel. Aber den Gästen war das egal. Die meisten bestellten sowieso nur Pommes und Hamburger. Die wirklich guten Restaurants fand man in den engen Straßen hinter der Promenade oder am besten gleich auf dem Hügel, in den romantischen Gassen von Bormes-les-Mimosas.

»Hast viel zu tun, was man so hört.« Jean-Claude war an Leons Tisch herangerollt. In der Hand hielt er seinen Pastis, auf seinem Schoß lag Henry und schlief.

»Geht so. Was macht dein Hintern?«, fragte Leon.

»Ich kann nicht klagen. Saubere Arbeit.« Jean-Claude hob sein Glas. »*Merci, mille fois.*«

»Du hast mir doch kürzlich von André Martin erzählt.« Leon sah sich um, aber niemand schien sich für ihr Gespräch zu interessieren. »André Martin und Pascal Sarraut waren doch gut befreundet.«

»Wieso, haben die *Flics* jetzt etwa Pascal im Visier?«, Jean-Claude sah Leon an. »Hab mich schon gefragt, wann sie draufkommen.«

»Nein, sie interessieren sich für Martin«, erwiderte Leon.

»Martin war schon immer eine Lusche.« Jean-Claude winkte ab. »Ein Schwächling, verstehst du? *Un nullard.* Sarraut hat ihm damals im Knast das Leben gerettet. Danach hat er diesen Sarraut regelrecht verehrt. Hat gemacht, was Pascal von ihm wollte. Herr und Hund, haben wir immer gesagt.«

»Weißt du, ob er eine Freundin hatte?«

»Wer? André? Bestimmt nicht.« Jean-Claude nahm einen Schluck Pastis. »Er war mal verheiratet. Nur fünf Jahre, dann ist seine Frau gestorben. Krebs. Immerhin hat sie ihm das Haus in ›Les Cyprès‹ hinterlassen.«

»Also keine neue Madame Martin?«

»Er ist über den Tod seiner Frau nie hinweggekommen.« Der Ex-Legionär klopfte mit dem Ring gegen sein Pastisglas. »Was denkst du, warum er im Sturm ertrunken ist?«

»Möglicherweise ist er gar nicht ertrunken«, sagte Leon und versuchte, es möglichst undramatisch klingen zu lassen. Aber sein Gesprächspartner war sofort hellwach.

»Du meinst, er wurde ...?« Jean-Claude sah sich um.

»Wäre möglich«, sagte Leon und ließ es wie eine Frage klingen.

»Sarraut?«, fragte der Legionär. »Du weißt, was man über Sarraut sagt?«

»Nein, was sagt man denn über Sarraut?«

»Er ist ein bisschen ...« Jean-Claude tippte sich vielsagend an die Stirn. »Ist ein gefährlicher Hund. Choleriker. Kann total ausflippen.«

»Weißt du, warum er im Knast war?«

»Schwere Körperverletzung«, sagte Jean-Claude, ohne zu zögern. »Soll einen Jungen ins Koma geprügelt haben. Ist angeblich nicht mehr aufgewacht.«

»Sagt man das?«, fragte Leon skeptisch.

»Das ist die Wahrheit, *jeune homme.*« Jean-Claude nahm noch einen Schluck von seinem Pastis. »Hat sich rumgetrieben und nur für Ärger gesorgt. Keine Eltern, verstehst du. Ist immer Scheiße.«

»Also doch nur Gerede.« Leon griff nach seiner Zeitung. »Sarraut wohnt auf Porquerolles bei seiner Mutter im Haus. Ich hab sie selber kennengelernt.«

»Das ist nicht seine Mutter, mein Freund.« Jean-Claude

grinste Leon stolz an, weil er den *Docteur* mit einer Neuigkeit überraschen konnte. »Das ist seine Stiefmutter, Pascal wurde als kleiner Junge adoptiert.«

»Warum?«

»Keine Ahnung. Irgendein Ding mit seiner Familie.«

73. KAPITEL

Der Schmerz in ihrem Zahn hatte sich in ein dumpfes Pochen verwandelt. Sie konnte ihren Herzschlag in diesem Schmerz spüren. Es waren dumpfe Wellen, die irgendwo im Inneren ihres Oberkiefers gegen eine entzündete Zahnwurzel schlugen. Das Mädchen stellte sich vor, wie die Entzündung sich weiterfraß. Mitten durch ihren Kopf. Wie in dem Buch über die Pest, das sie gelesen hatte. Kann man daran sterben, an einem entzündeten Zahn? Wenn der Kerl ihr wenigstens noch mal die Tabletten besorgen würde. Wenigstens das.

»Vielleicht bist du ja nicht mehr lange hier«, hatte er zu ihr gesagt.

Für sie klang das wie eine Drohung. Sie hatte Angst vor ihm. Todesangst. Er hatte ihr gezeigt, wozu er fähig war. Nachdem das alles passiert war, hatte sie aufgehört, Botschaften zu schreiben. Sie war sicher, dass er jetzt auch ihren Müll durchsuchte. Nicht auszudenken, was geschehen würde, wenn er etwas entdeckte. Sie hatte sich schon überlegt, ob sie über den Lüftungsschacht eine Botschaft nach draußen schaffen könnte. Sie könnte den Besen dazu benutzen, einen Zettel ganz hoch hinaufzustoßen und darauf zu hoffen, dass der Luftzug ihn nach draußen trug. Aber wusste sie, ob der Wind nicht den Zettel dem Schwein genau vor die Füße wehte?

Das Mädchen hatte nur eine vage Vorstellung von der

Lage ihres Verlieses. Sie vermutete, dass es sich in einer Art ehemaligen Festungsanlage befand. Auf jeden Fall unter der Erde, denn nicht das geringste Geräusch drang zu ihr herein. Selbst wenn sie ihre Hörgeräte so laut stellte, dass sie zu rauschen anfingen. Nur einmal hatte es ein Geräusch gegeben. Das war, als sich vor einem Jahr die Zikade in ihre Zelle verirrt hatte. Der Gesang dieser Zikade war das Schönste, was sie in all den Jahren gehört hatte. Schöner noch als Rapper Booba und all die andere Musik aus ihrem Radio.

Sie wusste nicht, wo sich das Versteck befand, nur dass es in einem Wald zwischen Hügeln lag. Das hatte sie sich bei den beiden Ausflügen genau gemerkt. Aber der Kerl war gerissen. Er hatte ihr die Augen verbunden, als sie den Kerker verließen. Sie hatte nur eine Treppe und die schwere Tür gespürt, die er aufdrücken musste, damit sie nach draußen gelangten.

Manchmal, wenn die Einsamkeit sie überfiel, stellte sie sich vor, dass sie in einem Raumschiff durch das Weltall flog. Sie hatte gelesen, dass das All so groß und tief war, dass es kein Ende besaß. Und dass es so viele Sterne und Planeten darin gab, wie Sandkörner an einem Strand. Das war eine so fantastische Vorstellung, dass ihr bei dem Gedanken schwindlig wurde. Dagegen war ihre Welt in ihrer Zelle richtig gemütlich. Also steuerte sie ihr Rauschiff durch die Tiefen des Alls in Richtung Erde. Die war noch weit, weit entfernt. Aber eines Tages würde sich die Luke öffnen und die Sonne würde hineinstrahlen. Dann wäre sie angekommen und alles wäre wieder genau wie früher.

Das Mädchen begann zu weinen. Hoffentlich kam der Kerl heute nicht zu ihr. Dafür wäre sie sogar bereit, die Zahnschmerzen zu ertragen.

74. KAPITEL

Leon saß auf der alten Couch auf der Terrasse. Er hielt ein Rotweinglas in der Hand und sah über die Dächer. Der Mond war wie eine überreife Orange hinter den Inseln aufgegangen und die Nacht war warm und windstill. Isabelle setzte sich neben ihn und stellte ein Schälchen mit Oliven auf die zerschlissenen Kissen. Sie stemmte ihre Füße auf die Couch, legte ihre Arme um die Knie und rückte eng an Leon heran.

»Bist du weitergekommen?«, fragte sie.

»Ich hab mir noch mal die Sektionsberichte angesehen«, antwortete Leon.

»Und?«

»Den Todeszeitpunkt von Bénot konnten wir ziemlich genau bestimmen. Er muss am 26. Juni abends erschossen worden sein. Plus/minus 24 Stunden.«

»Und das bedeutet?«

»Der Todeszeitpunkt von André Martin ist nicht so präzise zu bestimmen, weil die Leiche im Wasser lag«, sagte Leon. »Sicher ist nur, dass er irgendwann zwischen dem 25. und dem 27. Juni gestorben ist.«

»Du denkst also, die beiden Fälle hängen zusammen?«, Isabelle wirkte erstaunt.

»Du etwa nicht?«, fragte Leon. »Wenn man von Mord ausgeht, und das tue ich, haben die Fälle definitiv miteinander zu tun.«

»Aber was sollte ein Telekom-Mitarbeiter von einem Feigenbauer gewollt haben?«, fragte Isabelle.

»Das ist die Frage«, sagte Leon. »Habt ihr den Freund von André Martin inzwischen erreicht, diesen Sarraut?«

»Nein, ich glaube auch nicht, dass er uns weiterbringen könnte.«

»Kannst du nie wissen. Jedenfalls hat er eine einschlägige Vorgeschichte«, meinte Leon. Isabelle sah ihn an.

»Sag nichts«, sie hob mahnend die Hand. »Deine Freunde vom Boule-Platz haben mal wieder Geheimnisse ausgeplaudert. Richtig?«

»Auf dem Boule-Platz erfährst du immer nur die Wahrheit.« Leon lächelte.

»Ihr seid schlimmer als die Marktweiber.« Isabelle nahm einen Schluck von ihrem Rotwein. »Mit dem Tod der beiden Männer hat Sarraut jedenfalls nichts zu tun. In dieser Zeit lag er nach einer Blinddarm-OP bei dir in der Klinik.«

»Ich weiß, ich weiß ...« Leons Stimme klang genervt.

»Soll ich bei Sarraut mal nachhaken?«, fragte Isabelle.

»Kannst es ja mal versuchen.« Leon nahm eine Olive und biss genüsslich darauf. »Die sind gut. Bist du denn irgendwie weitergekommen?«

»Ich bin sicher, dass Monsieur Martin Amélie besser kannte, als wir dachten«, sagte Isabelle und Leon sah sie fragend an. »Martin konnte von seinem Schlafzimmer in den Garten der Simons sehen.«

»Wo das Mädchen gespielt hat?«, fragte Leon. Isabelle nickte. »Du weißt ja, was man sagt: Du begehrst das, was du siehst, aber nicht haben kannst.«

»So? Und was begehrst du?« Lilou tauchte in der Balkontür auf.

»Ich begehre eine Tochter, die plötzlich in der Schule die große Erleuchtung hat«, sagte Isabelle.

»Du nervst, Mama«, sagte Lilou.

»Eine ganz kleine Erleuchtung würde schon reichen«, meinte Leon.

»Ihr nervt beide. Algebra ist einfach nicht mein Ding«, sie sah die beiden an. »Da bin ich allergisch. Ist so was wie mit der Laktose.«

»Verstehe«, sagte Leon und sah hilflos zu Isabelle.

»Warum gehst du nicht wieder zur Nachhilfe? Nur ein paar Stunden?«, fragte Isabelle. »Du willst doch nicht wegen Mathe hängen bleiben.«

»Mama, bitte.« Lilou verdrehte die Augen. »Wusstet ihr, dass Einstein die Schule vor dem Abitur geschmissen hat?«

»Du bist aber nicht Einstein, mein Schatz.«

»Er hat sein Abitur in der Schweiz nachgeholt, mit Auszeichnung«, meinte Leon. »Weil er unbedingt studieren wollte.«

»Spielverderber«, sagte Lilou vorwurfsvoll. »Ich gehe ins Bett.«

»*Bonne nuit.*« Isabelle bekam von ihrer Tochter einen schnellen Kuss.

»*Bonne nuit*, Einstein«, sagte Leon. Lilou verschwand im Haus.

Für einen Augenblick saßen Leon und Isabelle stumm nebeneinander und schauten aufs Meer.

»Ist dir aufgefallen: Heute singen die Zikaden nicht«, Leon sah sich um, »und es ist absolut windstill.«

Isabelle beugte sich ein Stück nach vorn und sah zum nächtlichen Himmel hinauf, wo sich schmale Wolkenstreifen vor den Mond geschoben hatten.

»Es wird ein Sturm kommen«, sagte sie.

75. KAPITEL

Der Mann war wütend und frustriert. Hatte er nicht alles gegeben? War er nicht bereit gewesen, alles zu riskieren, nur um das Mädchen zu retten? Was er tat, war ein Dienst an der Gesellschaft. Aber leider durfte er das niemandem verraten. Er schützte Leben. Ja, er behütete einen Menschen. Wenigstens für eine gewisse Zeit. Er wusste, was es bedeutete, wenn eine Familie zerbrach. Oh ja, er hatte die Realität auf die harte Tour kennengelernt. Die nüchterne Erkenntnis war, dass man vielen Paaren das Kinder-in-die-Welt-Setzen eigentlich verbieten müsste. Ganz einfach weil diese Menschen Versager waren. Weil sie inkompetent waren, nur an sich dachten und weil in ihren Herzen die Finsternis wohnte.

Es gab Menschen, die verurteilten, was er tat, der Mann wusste das. Diese Menschen verstanden seine Berufung nicht. Sie sahen nur das Ende von dem, was er leistete. Dabei war gerade das Ende ein Akt der Gnade und der Fürsorge. Er war hart, jawohl. Nur wer stark war, konnte über Leben und Tod entscheiden. Und manchmal war der Tod die bessere, die menschlichere Entscheidung. Jeder wusste das, aber die wenigsten wollte es zugeben. Da war er ganz anders.

Der Mann hatte eine Antenne für Konflikte. Er konnte sehen, wenn eine Familie geradewegs auf den Abgrund zusteuerte. Andere hatten diese Antenne nicht. Sie glaubten, man könnte den Verlorenen helfen. Mit Therapien und stundenlangem Gelaber. Aber das war nur eine Illusion. Er selber war in genügend Therapien gewesen. In Gesprächskreisen, geleitet von jungen, engagierten Psychologinnen. Da musste man in der dritten Sitzung nur einen Heulkrampf bekommen und sagen, dass einem leidtut, was man Böses angerichtet hatte. Aber durch die wunderbaren Gespräche mit der Psychologin habe man erfahren, was das Leben in der Gemeinschaft für ein Gewinn sei. Nie wieder könne man einem anderen Menschen Leid zufügen. Schon galt man als therapiert. Das gab ordentlich Punkte in der Bewertungsakte, was wiederum zu einer guten Sozialprognose führte, und die war die Voraussetzung für eine vorzeitige Entlassung.

Der Mann wusste am besten, wie übel einem das Leben mitspielen konnte. Es gab eigentlich nur eine Möglichkeit, um zu überleben: Man musste die Dinge selber in die Hand nehmen. Und genau das hatte der Mann getan. Er hatte die kleinen Schwestern bei sich aufgenommen und ihnen ein Leben geboten, wie sie es in ihren verkommenen Familien niemals erlebt hätten. Er hatte sie beschützt vor all dem Wahnsinn des Lebens. Hatte ihre Jugend und Unschuld behütet. Na ja, nicht die Unschuld, aber das war immer ein Austausch von Zuneigungen und Gefälligkeiten gewesen. Er hatte sowieso nie verstanden, warum sie sich in diesem Punkt so zierten. Begriffen sie denn nicht, was er für sie tat?

In einem bestimmten Alter begannen die Mädchen, Probleme zu machen. Bekamen Launen, wurden krank. Aber was bedeuten schon Zahnschmerzen, Kopfweh und Infektionen? Der Mann hatte sein ganzes Leben unter Infekten gelitten. Seit er ein Kind gewesen war, hatte ihm sein

Körper Probleme bereitet. Zahnschmerzen waren ein Dreck dagegen. Außerdem hatte seine Schwester ja ihre Tabletten bekommen. Er hatte alles organisiert, trotz der damit verbundenen Probleme. Wer konnte auch schon mit diesem Abgrund von Verrat rechnen, nach allem, was er für das Mädchen getan hatte.

Der Mann war fest entschlossen gewesen, die Dinge wieder in den Griff zu bekommen. Mit all den bitteren Entscheidungen, die so ein Neuanfang mit sich gebracht hätte. Aber im letzten Moment war alles schiefgelaufen.

Er hätte diesem dämlichen Hausmeister am liebsten sein Messer in den fetten Wanst gerammt, als der ihm sagte, dass die Familie abgereist war. Einfach so. Weil sie sich gestritten hatten. So laut, dass sich schon die Nachbarn beschwerten. Na und, glaubte der Arsch von Hausmeister, das würde ihn überraschen? Natürlich stritten sie, das war ja der Grund, warum er sie ausgesucht hatte. Aber dass sie jetzt schon abgefahren waren, damit hatte niemand rechnen können. Die Reservierung lief doch noch die ganze Woche.

Er könne gerne die Wohnung übernehmen, hatte der Hausmeister angeboten. Dreißig Quadratmeter und Blick aufs Meer. Das war der Moment, in dem er zum Springmesser in seiner Sakkotasche gegriffen hatte. Er wollte nicht das Scheißappartement, er wollte das Mädchen.

So viele Jahre hatte er in Sicherheit gelebt. Das Schicksal hatte es so gut mit ihm gemeint, dass der Mann überzeugt war, einen göttlichen Auftrag zu erfüllen. Es waren wunderbare Jahre gewesen, erfüllende Jahre. Er hatte seiner kleinen Schwester geboten, wovon sie nur träumen konnte, und genau dann sprach das Gericht diesen Versager von Vater frei. Damit nahm alles seinen verhängnisvollen Lauf.

Wie die langen Reihen von Dominosteinen, die alle nacheinander umfielen, wenn man nur den ersten Stein anstieß. Alles schien sich plötzlich gegen ihn verschworen zu haben. Er musste eingreifen, versuchen, den Sturz der Dominosteine aufzuhalten. Aber je mehr er unternahm, umso komplizierter entwickelten sich die Dinge. Alles begann aus dem Ruder zu laufen. Da musste er harte Entscheidungen treffen, schlimme, blutige Entscheidungen. Er war bereit dazu, und eines Tages würde die Welt ihm recht geben.

76. KAPITEL

Der Regen hatte am frühen Morgen eingesetzt, dazu wehte der *Levant*, ein kräftiger Wind, der aus dem Osten über das Meer kam. Leon zog den Reißverschluss seiner wasserdichten Jacke nach oben und setzte die Kapuze auf. Er hatte versprochen, Baguette und frische Croissants bei Papou zu holen. Davon konnte ihn das schlechte Wetter nicht abhalten. Im Gegenteil, Leon beobachtete fasziniert die Kräfte der Natur. Das Heranrollen der Wellen, die heute hoch hinauf auf den Strand schlugen und die Sandburgen einebneten, die die Kinder am Vortag gebaut hatten. Der Wind, der an den Marquisen der Cafés rüttelte und die Wanten der Segelbote zum Singen brachte.

Jetzt standen die Touristen fröstelnd und nass unter den Vordächern der Bistros und sahen enttäuscht aufs Meer, das an diesem Morgen die Farbe von flüssigem Blei hatte. Kinder quengelten und wollten trotz Regens an den Strand und ins Wasser. Doch auf der Beobachtungsplattform der Rettungsschwimmer flatterte die rote Fahne für »Baden verboten«. Leon genoss den Wind, der feine Sandkörner vor sich hertrieb. Sie brannten auf der Haut wie winzige Nadelstiche. Die Boote lagen fest vertäut im Hafen, nur der Fährverkehr wurde aufrechterhalten.

Leon und Isabelle frühstückten, dann wurde die stellvertretende Polizeichefin in ihr Büro zitiert. Die Gendarmerie war in keinem der vier Todesfälle wirklich weitergekommen. Zerna stand von allen Seiten unter Druck. Madame Lapierre von der Mordkommission nervte ihn, indem sie täglich zweimal anrief und nach neuen Berichten fragte. Das Innenministerium hatte sich ebenfalls gemeldet, und zu allem Überfluss hatte auch noch jemand der Presse einen Tipp gegeben. Jetzt hatte sich Brigitte Dupin von *Canal 6* bei Zerna gemeldet, um ein paar »informative Fragen« zu stellen, wie sie sagte. Der Polizeichef wusste genau, dass man sich bei einem solchen Interview nur die Finger verbrennen konnte. Er wusste auch, dass er bei dieser Art von Gesprächen dazu neigte, die Beherrschung zu verlieren. Also ließ er sich entschuldigen und verwies die Journalistin an seine Stellvertreterin, nicht zum ersten Mal.

Isabelle war keine drei Minuten in ihrem Büro, als es klopfte und gleichzeitig Brigitte Dupin hereinstürmte, ihren Kameramann im Kielwasser.

»*Bonjour*, Madame Dupin«, versuchte Isabelle es höflich.

Die Journalistin sah die stellvertretende Polizeichefin mit einem falschen Lächeln an und gab ihrem Begleiter ein Zeichen, indem sie kurz den Zeigefinger wie einen Propeller in der Luft kreisen ließ. Der Mann schaltete die Kamera ein.

»Kommen wir gleich zur Sache«, sagte Madame Dupin wichtigtuerisch. »Es ist alles mit Ihrem Chef abgesprochen.«

»Worüber möchten Sie denn mit mir sprechen?«, fragte Isabelle und versuchte, höflich zu bleiben.

»Wir haben erfahren, dass die Gendarmerie von Le Lavandou die Suche nach der verschwundenen Amélie Simon wiederaufgenommen hat. Was sagen Sie dazu, *Capitaine* Morell?«

»Da wissen die Medien mal wieder mehr als die Gendarmerie«, sagte Isabelle knapp und lächelte genauso falsch wie die Journalistin.

»Aber dass es in der letzten Zeit mehrere Mordfälle gegeben hat, die alle ungelöst sind, das wollen Sie doch nicht bestreiten?«

»Jeder Todesfall wird von der Gendarmerie Nationale genau untersucht«, sagte Isabelle sachlich. »Ob es sich dabei um einen Mordfall handelt, entscheiden nicht wir, sondern der zuständige Staatsanwalt. Das ist in diesem Fall Monsieur Orlandy. Ich denke, Sie haben seine Telefonnummer, sonst könnte die Sekretärin …«

»Was hat der Fund des toten Mädchens auf Porquerolles mit Amélie Simon zu tun, *Capitaine*?«, unterbrach Madame Dupin die Polizistin.

»Das kann ich Ihnen nicht sagen.« Isabelle sah die Journalistin mit gespieltem Erstaunen an. »Wissen Sie denn etwas über einen Zusammenhang, das Sie der Polizei melden wollen?«

Isabelle sah zu ihrer Befriedigung, dass es Madame Dupin schwerfiel, höflich zu bleiben.

»Wir haben gehört, dass die Gendarmerie das Skelett eines sechzehnjährigen Mädchens ausgegraben hat.«

»Das ist allerdings richtig«, sagte Isabelle.

»Dieses Mädchen ist doch ebenfalls vor Jahren verschwunden?«, fragte Madame Dupin. »Es hieß damals, sie sei ertrunken. Soweit wir wissen.«

Isabelle sah ihre Besucherin an und versuchte dabei ihre Überraschung zu verbergen. Offenbar war diese Dupin doch besser informiert, als sie gedacht hatte. Trotzdem musste Isabelle die Lage entspannen. Wenn die Polizei wirklich dabei war, die Entführung von Amélie Simon aufzuklären, war es unerlässlich, dass darüber absolutes Stillschweigen bewahrt wurde. Der Täter durfte auf keinen Fall merken, dass man ihm auf den Fersen war. Sonst wäre das Leben einer möglichen Geisel in akuter Gefahr.

»Sie haben recht, Madame Dupin«, sagte Isabelle und sah ihre Besucherin an. »Es gibt tatsächlich ein Mädchen, das vor Jahren ertrunken ist. Wir haben das Skelett eines Mädchens in etwa dem gleichen Alter gefunden. Aber wir warten noch auf die DNA-Analyse, die entscheiden wird, ob es sich um dieselbe Person handelt.«

»Wir haben einen Namen zu dem Mädchen: Nicole Rosset. Können Sie den bestätigen?«

Isabelle war verblüfft. Dieses Mal hatte *Canal 6* wirklich gut recherchiert. Wenn diese Meldung so über den Sender ging, würde das ein kleines Erdbeben auslösen, und sie könnten bei den Ermittlungen wieder von vorne anfangen.

»Könnten wir die Aufzeichnung einen Augenblick unterbrechen, Madame Dupin? Bitte …«, sagte Isabelle betont freundlich.

»Na gut. Schalt ab, Tony«, befahl die Journalistin und sah Isabelle herausfordernd an. Ihr Begleiter drückte einen Knopf und ließ die Kamera sinken.

»Ich möchte ganz offen zu Ihnen sein, Madame.« Isabelle war aufgestanden und kam um den Tisch herum. »Wir stehen zurzeit mit unseren Ermittlungen an einem kritischen Punkt. Vielleicht haben Sie recht, und es gibt tatsächlich eine gewisse Verbindung zwischen dem Tod von Amélie und dem Mädchen auf der Insel. Aus Gründen, die ich Ihnen im Moment noch nicht erläutern kann, ist es im Augenblick ungeheuer wichtig, dass die Polizei ungestört ihre Arbeit machen kann.«

»Ich soll die Wahrheit verschweigen. Ist es das, was Sie von mir verlangen?« Madame Dupin legte sich demonstrativ die Hand auf die Brust. »Die Zuschauer haben ein Recht auf Information. Das gehört zu den Grundfesten unserer Demokratie, wenn ich ...«

»Ich habe ein Angebot für Sie«, unterbrach Isabelle die Journalistin. »Sie verbreiten keine Spekulationen über diese beiden Fälle in Ihrem Sender ...«

»Ich bitte Sie«, unterbrach Madame Dupin und versuchte, empört zu klingen.

»Dafür gebe ich Ihnen in 24 Stunden ein Exklusivinterview mit dem genauen Stand unserer Arbeit«, sie sah die Besucherin an, »vielleicht gibt es ja dann bereits eine Antwort auf Ihre Fragen.«

»Warum sollte ich dem zustimmen?«

»Vielleicht wollen Sie ja helfen, ein weiteres Verbrechen zu verhindern?«

»24 Stunden.« Die Journalistin reichte Isabelle die Hand. Die stellvertretende Polizeichefin nahm sie und sah ihrer Besucherin in die Augen.

»24 Stunden«, bekräftigte Isabelle.

»Aber Sie informieren mich auch dann, wenn schon vorher etwas Wichtiges passiert.« Die Journalistin legte ihre Visitenkarte auf Isabelles Schreibtisch.

»*Bonne journée*«, wünschte Isabelle, als Madame Dupin mit ihrem Kameramann ihr Büro verließ.

Isabelle setzte sich in ihren Stuhl und lehnte sich zurück. 24 Stunden Ruhe vor der Presse hatte sie ausgehandelt. Das war nicht viel, aber besser als gar nichts. Isabelle sah zum Fenster, gegen das jetzt Regenböen trommelten. Sie griff zum Telefon und drückte auf einen Knopf. Die Sekretärin meldete sich.

»Hätten Sie bitte die Nummer vom Hafenkapitän für mich?«, fragte sie. »Danke.«

77. KAPITEL

Leon hatte dafür gesorgt, dass Dr. Fournier ein Einzelzimmer auf der Inneren Abteilung von Saint Sulpice bekam. Endlich hatte er Zeit, dem Inselarzt einen Krankenbesuch abzustatten. Fournier sah blass aus, wie er da in seinem Bett lag. Eine Infusion versorgte den Patienten immer noch mit Blutverdünner. Elektroden an der Brust überwachten die Vitalfunktionen des Patienten. Ein Monitor, der mit einem Alarm im Zimmer der Stationsschwester verbunden war, zeigte Blutdruck, Sauerstoffsättigung und Puls an. Neben dem Bett standen zwei dicke Blumensträuße auf einem Tisch.

»*Bonjour, docteur*«, sagte Leon. »Wie geht es Ihnen?«

»Fragen Sie einen Arzt nie, wie es ihm geht.« Fournier versuchte sich aufzurichten und lächelte. »Habe ich Ihnen das nicht schon einmal gesagt?«

»Ich bin erfreut, Sie bei guter Laune zu sehen.«

»Kein Wunder, wenn mein Lebensretter zu Besuch ist.« Fournier musste husten und ließ sich zurück in die Kissen fallen.

»Nein, gerettet hat Sie die Besatzung des Hubschraubers.« Leon grinste. »Ich hab nur aufgepasst, dass Sie nicht davonlaufen.«

»Ich möchte mich trotzdem bei Ihnen bedanken«, sagte der Arzt. Leon winkte ab. »Ihre Diagnose war genau richtig. Aber das wissen Sie natürlich längst.«

»Wie ich sehe, kümmert man sich gut um Sie«, sagte Leon mit einem Blick zu den Blumensträußen.

»Für den großen haben meine Patienten zusammengelegt, ist das nicht nett?«

»Und der kleine Strauß?«, wollte Leon wissen.

»Marguerite! Wer hätte gedacht, dass diese sture Person mir eines Tages Blumen schicken würde.«

»Sie haben eben Erfolg bei den Frauen«, meinte Leon.

»Von wegen. Zu mir kommen die Frauen nur noch, wenn sie Bronchitis haben oder Verstopfung«, sagte Fournier. »Aber um das zu erfahren, sind Sie nicht hier, oder?«

»Sie sind ein guter Beobachter.« Leon lächelte. »Ja, es gibt da etwas, wobei Sie mir vielleicht helfen könnten.«

Fournier sah seinen Besucher abwartend an.

»Es geht um Monsieur Sarraut«, sagte Leon.

»Pascal Sarraut?«, fragte Fournier. Leon nickte.

»Ist er Patient von Ihnen?«, fragte Leon.

»Die ärztliche Schweigepflicht gilt auch auf Porquerolles.« Der Inselarzt sah Leon mit einem prüfenden Lächeln an.

»Natürlich, aber mich würde Ihre ganz persönliche Einschätzung interessieren«, sagte Leon. »Was für ein Mensch er ist.«

»Verschlossen«, sagte Fournier. »Höflich, aber abweisend. Als wäre da eine Mauer zwischen ihm und dem Rest der Welt. Er war nur ein paarmal bei mir. Ich hatte ihm schon vor Jahren geraten, den Blinddarm entfernen zu lassen. Aber er war an meinem Rat nicht interessiert.«

»Hat er je über seine Vergangenheit gesprochen?«

»Warum interessiert Sie seine Vergangenheit?« Die Art, wie Fournier Leon ansah, hatte etwas Lauerndes.

»Es geht um einen grade laufenden Fall«, erklärte Leon.

»Ich versuche zu verstehen, welche Rolle Sarraut darin spielt.«

Dr. Fournier nickte, als hätte er so etwas geahnt. Er griff zu dem Glas, das auf dem Rollschränkchen neben dem Bett stand, und trank einen Schluck Wasser. Dann schwieg er.

»Genau gesagt, stecke ich fest«, sagte Leon, »aber ich habe das Gefühl, dass ich eine Antwort in der Vergangenheit von Monsieur Sarraut finden könnte.«

»Er hatte eine Splenektomie«, sagte Fournier schließlich.

»Man hat ihm die Milz entfernt?«, fragte Leon überrascht.

»Da muss er vier oder fünf gewesen sein. Zumindest hat er das behauptet.«

»Hatte er einen Unfall?«

Fournier zögerte einen Moment. »Angeblich war es eine Schussverletzung.«

»Wer schießt denn auf ein Kind?«

»Er hat einmal zu mir gesagt: Mein Vater hat auf mich geschossen.«

»Sein Vater?«

»Ich weiß natürlich nicht, ob das stimmt«, sagte Doktor Fournier. »Monsieur Sarraut hat nie wieder darüber gesprochen. Aber er hat eine alte OP-Narbe unterhalb des linken Rippenbogens. Von daher ...«

»Leidet er häufig unter Infektionen?«, fragte Leon.

»Ständig. Er zeigt alle typischen Symptome eines Patienten, dem die Milz entfernt wurde.«

»War das auch der Auslöser für die Probleme bei der Blinddarm-OP?«

»Ich denke schon. Aber gemessen an seiner Vorgeschichte, hat er die Infektionen immer überraschend schnell überwunden.«

»Ich würde gerne noch einmal auf diese Schussverletzung zurückkommen. Kann das ein Unfall gewesen sein?«

»Ich habe Ihnen alles gesagt, was ich darüber weiß.« Fournier drückte auf einen Knopf und das Kopfteil seines Betts sank zurück in die Schlaflage. Das Gespräch hatte ihn angestrengt.

»Danke, es hat mir schon weitergeholfen«, sagte Leon. »Wenn Sie irgendetwas brauchen, rufen Sie mich an oder bitten Sie Schwester Marguerite. Sagen Sie ihr einen herzlichen Gruß von mir.«

Leon sah, dass der Arzt die Augen geschlossen hatte. Der Herzschlag auf dem Monitor war regelmäßig und kräftig. Der Patient schlief.

Isabelle war zum Hafen gefahren. Sie stellte den Dienstwagen auf dem Parkplatz ab, der an normalen Tagen bis auf die letzte Bucht besetzt gewesen wäre. Aber heute war es hier ausgestorben wie im Dezember. Der Wind hatte noch zugelegt und trieb Regenböen über den leeren Platz. Die Pommes-Stände an der Uferpromenade hatten erst gar nicht aufgemacht, das Karussell war mit einer Persenning geschützt, und das Riesenrad blieb wegen des Sturms geschlossen. Touristen in kurzen Hosen und Sandalen liefen eilig vorbei. Isabelle schlug die Autotür zu und rannte durch den Regen, bis sie Schutz unter dem Vordach des Fährbüros fand. Auch hier, wo sonst die Touristen Schlange standen, sah es aus, als wäre die Saison über Nacht zu Ende gegangen.

Isabelle hatte vom Büro aus den Hafenkapitän angerufen und sich nach Überwachungskameras auf dem Gelände erkundigt. Der Hafenmeister musste sie enttäuschen. Die ein- und ausfahrenden Schiffe wurden nicht von

Videokameras erfasst. Die einzige derartige Überwachungsanlage befand sich am Fährbüro. Jetzt stand Isabelle vor der Tür, aber die war verschlossen. Nichts rührte sich in dem Büro. Isabelle klopfte an die Scheibe. In diesem Moment kam ein Mann von Ende zwanzig um die Ecke. Er trug einen Regenschutz, von dem das Wasser heruntertropfte. Er schloss die Tür auf und bat die Polizeibeamtin herein. Er bot Isabelle einen Tee an, aber sie wollte dringend die Aufzeichnungen der Überwachungskameras sehen.

Seit den Terroranschlägen von Paris und Nizza waren die Vorschriften verschärft worden. Alle Verkehrsknotenpunkte wie Flughäfen, Bahnhöfe oder Häfen wurden nach und nach mit Überwachungskameras ausgerüstet. Dazu gehörten auch die Anlegestellen der Fähren. Die Sicherheitsbehörden wollten verhindern, dass sich mögliche Attentäter unerkannt über den Seeweg absetzen konnten.

»Wir brauchen die Aufzeichnungen vom 24. bis zum 28. Juni«, forderte Isabelle. Sie sah, dass der junge Mann unruhig auf seinem Drehstuhl hin- und herrutschte.

»Da gibt es ein Problem«, druckste der Mann herum. »Die Aufzeichnungen, also, die stehen leider nicht zur Verfügung.«

»Was heißt das? Sie sind verpflichtet, die Überwachungskameras laufen zu lassen«, sagte Isabelle.

»Ja, ich weiß. Aber wir haben ein Problem mit dem Router«, stotterte der junge Mann. »Also die beiden Kameras loggen sich manchmal nicht in unser WLAN ein.«

»Und das bedeutet?«

»Es gibt keine Aufzeichnungen«, sagte der Mann.

»Seit wann haben Sie das Problem?«, fragte Isabelle.

»Schon den ganzen Mai ging das so«, entschuldigte sich

der Angestellte. »Der Mann von der Kabelfirma war schon vier Mal hier. Dann läuft das System immer ein oder zwei Tage, und dann ist es wieder weg.«

»Scheiße«, fluchte Isabelle. Sie hatte sich das so schön vorgestellt. Wenn Leon recht hatte und André Martin tatsächlich zur fraglichen Zeit auf Porquerolles und im Haus von Maurice Bénot gewesen war, dann hatte er höchstwahrscheinlich die Fähre genommen. Also brauchte sie nur die Aufzeichnungen der Fährgesellschaft zu kontrollieren, um zu sehen, ob Martin zur fraglichen Zeit unter den Passagieren war. Die Idee war gut, aber dummerweise gab es keine Aufzeichnungen.

»Gibt es an der Anlegestelle Kameras, die über einen anderen Router laufen?«

»Nicht dass ich wüsste«, sagte der Mann nervös. »Werden Sie das jetzt melden?«

»Das bringt mich bei den Ermittlungen auch nicht weiter.« Isabelle klang verärgert. Sie würde bestimmt keine Zeit damit verplempern, einen Bericht über die nicht funktionierende Überwachungsanlage der Fährstation zu verfassen.

»*Bonne journée*«, sagte Isabelle und öffnete die Eingangstür. Sofort wehte eine Böe einen Stapel Fahrpläne vom Tresen.

»Vielleicht gibt es doch noch eine Möglichkeit«, sagte der junge Mann. Isabelle drückte die Tür wieder zu und drehte sich um. »Auf Porquerolles am Landungssteg, da gibt es auch Überwachungskameras. Beim Hafenkapitän. Vielleicht probieren Sie es ja dort mal.«

»Das ist eine gute Idee«, sagte Isabelle. »Wann geht die nächste Fähre nach Porquerolles?«

»In fünfzehn Minuten«, der Mann sah auf die große Uhr

an der Wand, »aber ich schätze, das wird heute 'ne ziemlich ruppige Überfahrt. Besser, Sie versuchen es morgen.«

»Geben Sie mir ein Ticket«, sagte Isabelle.

Ein paar Minuten später kam Isabelle aus dem Fährbüro. Draußen hatte der Regen nachgelassen, aber dafür war der Wind noch heftiger geworden. Sie sah besorgt zur Sonne, die wie ein müder Scheinwerfer hinter einem dichten Wolkenschleier leuchtete.

78. KAPITEL

Das Haus von Véronique lag in den Hügeln, direkt über Saint-Clair. Es war ein schmales, ockerfarbenes Gebäude, das eingezwängt zwischen einem Hotel und der Durchgangsstraße lag. Windböen wirbelten ein paar Plastiktüten auf, als Leon die Steinstufen zum Eingang hinaufstieg. Von hier aus konnte er die Bucht und das aufgewühlte Meer sehen, das keine hundert Meter entfernt war. Leon drückte auf den Klingelknopf, im Inneren des Hauses war der Gong des Big Ben zu hören, und fast gleichzeitig öffnete Véronique die Tür.

»*Bonjour*, Véronique«, sagte Leon. »Tut mir leid, wenn ich Sie so kurzfristig überfalle. Ich komme hoffentlich nicht ungelegen.«

»In meinem Alter sind Herrenbesuche selten. Da nimmt man, was man kriegen kann.« Veronique lächelte, und Leon fiel auf, dass er sie noch nie ohne eine Gitanes zwischen den Lippen gesehen hatte. »Kommen Sie rein und machen Sie die Tür zu.«

Das Wohnzimmer war eine Art Fischereimuseum. Auf Sideboards standen handgefertigte Modelle von Fischkuttern, und über dem Kamin, in den eine elektrische Heizspirale eingebaut war, hingen ein Dutzend Fotografien, die alle das immer gleiche Motiv zeigten. Ein blauweißes Fischerboot mit einem großen, lächelnden Mann am Ruder.

»Das ist Gérard. Er ist fast vierzig Jahre zur See gefahren.« Véronique nahm ein Bild von der Wand und wischte mit einem Tuch den Rahmen ab. »Als wir uns das Boot gekauft haben, war er schon 62 Jahre alt.«

»Sympathischer Mann«, sagte Leon und beugte sich vor, um die Fotos genauer betrachten zu können. »Sieht zufrieden aus.«

»Er hat das Meer geliebt.« Véronique betrachtete das Foto und strich mit dem Finger in einer zärtlichen Geste über die Figur auf dem Bild. »Sechs Jahre später war er tot. Das Herz hat nicht mehr mitgemacht.«

»Ist er auf seinem Boot gestorben?«

»Nein, im *Miou*. Nach drei Pastis ist er einfach tot umgefallen«, sagte Véronique. »Aber Sie sind sicher nicht gekommen, damit ich Ihnen von meinem Mann erzähle.«

»Haben Sie mal von einem Jungen gehört, der von seinem Vater angeschossen wurde?«, fragte Leon.

»Hm …«, schnaufte Véronique, »ein Jagdunfall?«

»Ich glaube nicht. Der Junge muss damals ein Kind gewesen sein, höchstens vier oder fünf Jahre alt.«

»Sie meinen den Zolezzi-Jungen?«

»Wer sind die Zolezzis?«

»Möchten Sie auch einen Pastis?« Véronique atmete tief durch. Dann ging sie zu dem Tablett, auf dem ein Krug Wasser und eine Flasche Pastis standen. »Ich brauche nämlich einen.«

»So früh …?«, fragte Leon.

»Für einen Pastis ist es nie zu früh.«

Véronique goss sich zwei Finger hoch Pastis in ein Glas und schüttete aus der Karaffe Wasser nach, das den Anisschnaps in eine milchige Flüssigkeit verwandelte. Sie nahm einen Schluck, dann nickte sie.

»Das war eine schlimme Geschichte … ganz schlimm.« Véronique zögerte und nahm noch einen Schluck. »Muss Mitte der Siebziger Jahre gewesen sein. Alberto Zolezzi war Italiener. Er hat eine junge Frau aus Pierrefeu geheiratet. Ordentliche Leute. Aber dann ging seine Installationsfirma den Bach runter. Hatte sich einfach übernommen. Dann kam die Bank, die Kredite wurden gestrichen. Sie wissen ja, wie so was läuft. Er war fertig und er war depressiv. Zumindest haben das hinterher die Leute behauptet.«

»Hatte er Kinder?« Leon wollte, dass sie zum Punkt kam.

»Natürlich hatte er Kinder. Der Mann war schließlich Italiener«, sagte Véronique. »Einen kleinen Jungen, habe seinen Namen vergessen, und ein Mädchen. Ich glaube, die Kleine war damals acht oder neun Jahre alt.«

»Was ist aus den Kindern geworden?«

»Zalozzi wollte sie alle erschießen. Erst seine Frau, dann die Tochter, den Jungen und schließlich sich selbst.«

»Aber der Junge hat überlebt …« Leon klang jetzt gespannt wie beim Lotto, wenn nur noch eine Zahl zum Hauptgewinn fehlte.

»Er lag wochenlang im Koma«, sagte Véronique. »Aber er hat überlebt, ja. Ein kleiner vierjähriger Junge hat zusehen müssen, wie seine ganze Familie ausgelöscht wurde. Kann man sich so etwas vorstellen?«

»Wissen Sie, was aus dem Jungen geworden ist?«

»Nein, keine Ahnung. Ich weiß nur, dass er damals in ein Heim gekommen ist. Vermutlich wurde er adoptiert.«

79. KAPITEL

Isabelle saß im Büro des Hafenmeisters von Porquerolles und versuchte, sich auf die Videoaufzeichnungen der Überwachungskameras zu konzentrieren. Der Hafenkapitän hatte ihr eine Assistentin zur Seite gestellt, die half, das Material zu sortieren und auf dem Computer abzuspielen. Das war nicht so einfach, denn in dem Raum ging es hektisch zu. Der Sturm hielt alle Mitarbeiter der Hafenmeisterei in Atem. Immer wieder mussten Freizeit-Skipper davon abgehalten werden, hinauszusegeln und sich in akute Lebensgefahr zu begeben.

Die Situation im Yachthafen von Porquerolles war trügerisch. Die Bucht lag an der windabgewandten Seite der Insel. Hier waren nur leichte Böen zu spüren. Das Meer wirkte glatt und ruhig. Doch wehe den Booten, die sich über das Ende der Mole hinauswagten und nur ein paar Hundert Meter von der Insel entfernten. Dann traf sie die volle Wucht des *Levant*, der da draußen in Sturmstärke über das Meer fegte und die Wellen bis zu zwei Meter hoch auftürmte. Ständig meldeten sich Skipper, die in Schwierigkeiten steckten, auf dem Notrufkanal 16.

Der Notrufkanal wurde von zwei Mitarbeitern permanent abgehört. Die Frauen und Männer der Hafenmeisterei wiederum hielten über Funk Kontakt zu den beiden Schnellbooten der Küstenwache, die in der Bucht vor Toulon und Hyères kreuzten. Es kamen ständig neue Meldungen von leichtsinnigen Seglern herein, die ihre Fähigkeiten und die Sturmfestigkeit ihrer Boote überschätzt hatten. Um 14 Uhr war die Stimme eines verzweifelten sechzigjährigen Skippers zu hören, bei dessen Yacht auf offener See beide Motoren ausgefallen waren. Der Pensionär und seine Frau trieben mit ihrem manövrierunfähigen Boot auf die Felsen zu. Schließlich musste die Küstenwache das Ehepaar mit einem Schlauchboot retten. An Bord des Seenotkreuzers konnten die beiden beobachten, wie der Sturm ihre 400 000 Euro teure Yacht gegen die Klippen schleuderte.

Kurz darauf tauchte eine Gruppe Stand-up-Paddler beim Hafenkapitän auf, die ihren Freund vermissten. Der zwanzigjährige Freizeitsportler hatte erklärt, sich von Wind und Wellen bis nach Toulon treiben lassen zu wollen. Erst hatten sie gelacht, aber jetzt machten die Freunde sich doch Sorgen. Eine Stunde später fand die Küstenwache den jungen Mann, der zwischen den Wellen um sein Leben kämpfte. Das Rettungsteam konnte ihn nur entdecken, weil er sich an sein neonfarbenes Brett geklammert hatte. Ein anderer Windsurfer hingegen blieb verschollen.

Isabelle hatte inzwischen seit über zwei Stunden auf den Monitor gestarrt und Hunderte von Gesichtern betrachtet. Zum Glück stammten die Kameras am Landungssteg aus der neuesten Gerätegeneration und waren erst vor einem halben Jahr angeschafft worden. Die Bilder waren hochauflösend und die Gesichter gut zu erkennen. André Martin war blond und hatte eine helle Hautfarbe. Also richtete Isabelle ihre Aufmerksamkeit vor allem auf Männer mittleren Alters mit hellen Gesichtern. Außerdem ignorierte sie Familienväter, Männer mit Kleinkindern im Arm oder mit Kinderwagen. Es war Viertel vor zwei, als sie zum hundertsten Mal auf die Pause-Taste tippte, weil sie glaubte, auf dem Bildschirm ein Gesicht erkannt zu haben. Doch diesmal hatte sie wirklich einen Treffer gelandet. Der Mann auf der Aufzeichnung war blond, um die vierzig und trug einen hellblauen Trainingsanzug. Auf der Jacke war das Logo der Fußballmannschaft *Olympique Marseille* zu erkennen. Genau so, wie Leon aufgrund der Stoffreste an der Leiche vermutet hatte. Die Bilder der Überwachungskamera waren eindeutig: André Martin hatte am 24. Juni um 14.10 Uhr mit der Fähre von der Halbinsel Giens nach Porquerolles übergesetzt. Also rund vier Tage, bevor seine Leiche am Strand von Lavandou angespült worden war.

Später hätte Isabelle nicht mehr sagen können, warum sie sich die Aufzeichnung noch weiter angesehen hatte, obwohl sie bereits alles erfahren hatte, was sie wissen wollte. Sie betrachtete noch das An- und Ablegen der nächsten beiden Fähren an diesem 24. Juni. Dutzende von Touristen schoben sich an der Überwachungskamera vorbei. Isabelle wollte gerade abschalten, als sie noch ein Gesicht entdeckte, das sie schon einmal gesehen hatte. Das Gesicht von Pascal Sarraut, dem Mann, der sich zur fraglichen Zeit eigentlich in der Klinik Saint Sulpice von einer komplizierten Blinddarmoperation erholen sollte. Er verließ die Fähre als Letzter und hinkte leicht, als er über den Pier kam.

Isabelle packte das Jagdfieber. Was genau war am 24. Juni geschehen? Jetzt sichtete sie auch das restliche Material der Überwachungskameras. Schließlich entdeckte sie Pascal Sarraut noch einmal. Da ging er an Bord der Spät-Fähre, die nur zweimal in der Woche um 19 Uhr ablegte. Diesmal hinkte er stärker und presste sich die Hand gegen den Bauch. Von André Martin jedoch fehlte jede Spur.

Isabelle hatte Zerna über ihre jüngsten Ermittlungen nicht informiert, noch nicht. Aber sie hatte mit Leon ausgemacht, dass sie sich untereinander auf dem Laufenden halten würden. Als sie jetzt versuchte, Leon zu erreichen, meldete sich nur dessen Anrufbeantworter. Sie sprach kurz auf den AB, dass sie auf Porquerolles sei, äußerst interessante Neuigkeiten über Martin hätte und jetzt noch versuchen würde, mit Sarraut zu sprechen.

Schließlich entschied sich Isabelle, auch dem Polizeichef eine Mitteilung zukommen zu lassen, erwischte ihn aber ebenfalls nicht auf dem Handy. Der Hafenmeister erklärte ihr, dass der Sturm einige der Mobilfunkantennen an der Küste beschädigt hatte. Der technische Dienst sei bereits dabei, den Schaden zu beheben.

Isabelle wusste, dass es Stunden dauern konnte, bis die Handys wieder funktionierten. Zurückzufahren und Zerna mündlich Bericht zu erstatten, kam für sie nicht infrage. Was hätte sie dem Polizeichef auch schon sagen sollen? Dass der *Médecin Légiste* mal wieder eine neue Theorie über das Verschwinden der kleinen Amélie entwickelt hatte? Zerna hätte ihr nicht einmal zugehört. Aber Isabelle war sicher, dass sie auf der richtigen Spur war. Es galt nur noch ein paar Dinge zu überprüfen, dann könnte sie ihrem Chef mit Fakten gegenübertreten, die alle bisherigen Ermittlungen im Fall Amélie auf den Kopf stellen würden.

Es war nicht schwierig, herauszufinden, wo auf Porquerolles Sarraut wohnte. Dazu hatte sie nur ein Mineralwasser im Bistro am Place d'Armes bestellen und ein paar Sätze mit dem Kellner plaudern müssen. Knapp zwanzig Minuten später stand sie vor der alten Villa der Sarrauts.

Isabelle ging durch das offen stehende Tor und lief am alten Haus vorbei den Hügel hinauf, bis sie vor der Werkstatt stand. Das Tor war zur Seite geschoben. Es war still in der Werkstatt. Im ersten Moment dachte sie, es wäre niemand da, dann entdeckte sie Sarraut, der am Ende des Raumes Milchtüten in einen alten großen Kühlschank packte. Der Kühlschrank war randvoll mit Lebensmitteln und wirkte wie ein Fremdkörper in diesem Raum, der mit reperaturbedürftigen Haushaltsgeräten, Werkzeug und Messinstrumenten vollgestellt war.

»Hallo«, machte sich Isabelle bemerkbar. Sie war in der Tür stehen geblieben.

»Was soll denn ...?«, Sarraut fuhr herum und erkannte Isabelle in ihrer blauen Polizeiuniform. »Sie haben mich ganz schön erschreckt«, versuchte er, die Situation zu überspielen.

Sarraut schlug die Tür des Kühlschranks zu und versperrte sie mit einem Vorhängeschloss.

»Sie sind doch Monsieur Sarraut?« Isabelle hatte den Mann nur einmal am Strand gesehen, als er André Martin identifiziert hatte.

»Ganz richtig. Was kann ich für die Polizei tun?« Sarraut ging auf seine Besucherin zu und schaute dabei über Isabelles Schulter hinweg, als wollte er sich vergewissern, dass sie allein zu ihm gekommen war.

»Wir ermitteln immer noch im Todesfall André Martin«, sagte Isabelle.

»Ich dachte, Sie hätten ihn zur Beerdigung freigegeben.«

»Das eine hat mit dem anderen nichts zu tun«, sagte Isabelle. »Wir versuchen, die letzten Stunden im Leben von Monsieur Martin zu rekonstruieren.«

»Aha, wenn Sie meinen.« Sarraut ließ seine Bemerkung desinteressiert klingen und räumte Werkzeuge in einen Kasten.

»Wir glauben, dass er am 24. Juni hier auf der Insel war«, sagte Isabelle. »Haben Sie ihn da zufällig getroffen?«

»24. Juni? Nein, da war ich noch in der Klinik. Blinddarmoperation.« Sarraut schüttelte den Kopf. »Da kann ich Ihnen leider nicht helfen.«

Der Wind war wieder stärker geworden und wehte Regen in die Werkstatt. Isabelle klappte ihren Kragen hoch.

»Wie gut kannten Sie Monsieur Bénot?«, fragte Isabelle.

»Sie meinen Maurice, den Feigenbauern?« Sarraut trug eine Werkzeugkiste nach hinten und schob sie in ein Regal. »Ein schwieriger Mensch.«

»Wie meinen Sie das?«

Inzwischen rüttelte der Wind an der Tür, dass sie klapperte.

»Warum gehen wir nicht rüber ins Haus? Da können wir reden, ohne nass zu werden. Meine Mutter macht Ihnen bestimmt gerne einen Café.« Sarraut lächelte sie an und deutete auf einen Korb mit Gemüse. »Ich muss ihr sowieso die Sachen bringen.«

Sarraut nahm sich einen Lappen, an dem er sich die Finger sauber wischte.

»Meine Mutter mag nicht, wenn ich bei ihr mit öligen Fingern aufkreuze«, sagte er. »Da ist sie ziemlich eigen.«

»Dann kann ich den ja nehmen.« Isabelle griff nach dem Korb. Sie konnte nicht sehen, dass Sarraut Farbverdünner auf den Lappen goss.

»Danke, aber ich trage das schon«, sagte der Mann und kam auf sie zu.

Isabelle sah ihn irritiert an. In diesem Moment trat Sarraut einen Schritt zur Seite und Isabelle dachte für einen Augenblick, er wollte nach dem Korb greifen. Doch blitzschnell schlang er ihr von hinten den linken Arm um den

Hals und riss sie dicht an sich heran. Mit der rechten Hand drückte er ihr den vom Farbverdünner feuchten Lappen auf das Gesicht.

Isabelle war völlig überrumpelt. Sie versuchte, sich aus dem Griff des Mannes zu winden, doch der verstärkte nur den Druck seines Arms. Isabelles Schreie gingen in ein Husten über, als sie die Azeton-Dämpfe einatmete. In ihrem Kopf begann es zu rauschen. Sie wehrte sich verzweifelt, trat und schlug nach ihrem Peiniger. Doch sie merkte, wie ihr Körper sich verkrampfte und sie die Kontrolle über Arme und Beine verlor. Vor ihren Augen verschwamm der Raum: Das Dröhnen in ihrem Kopf wurde lauter, dann glitt Isabelle in eine dunkle Ohnmacht.

80. KAPITEL

Leon war der einzige Passagier auf der Fähre nach Porquerolles. Er saß in der überdachten Kabine und klammerte sich mit beiden Händen so fest an seinen Sitz, dass seine Fingerknöchel weiß hervortraten. Die beiden Dieselmotoren des Schiffes stampften laut, wenn die Fähre den nächsten Wellenkamm erklomm, um Sekunden später wieder nach unten zu rauschen. Das war jedes Mal der Moment, in dem Leon die Augen schloss und inständig hoffte, dass die nächste Welle kleiner sein würde als die letzte.

Leon verfluchte sich dafür, dass er sich in diese Situation gebracht hatte. Das war eine absolut dämliche Idee gewesen. Zumal er gewusst hatte, wie stürmisch die See war. Aber irgendetwas in Isabelles Stimme, die er auf seinem Anrufbeantworter gehört hatte, hatte ihn in Unruhe versetzt. Vielleicht war es auch die Tatsache, dass er sie nicht auf ihrem Handy erreichen konnte. Jedenfalls hatte er plötzlich das ungute Gefühl, es könnte ihr etwas passiert sein. Etwas Schlimmes. Dabei hatte er sie überhaupt erst auf die Idee gebracht, sich auf Porquerolles umzusehen.

»Wir haben heute Windstärke vier«, hatte der Mann im Fährbüro gesagt.

»Und was heißt das?« Leon, der allem Maritimen skeptisch gegenüberstand, ahnte Schlimmes. Aber es gab nun mal keinen anderen Weg zu den Inseln.

»Bei Windstärke fünf stellen wir den Fährverkehr ein«,

hatte der Mann gesagt. »Ist heute verdammt rau da draußen.«

Leon hatte durch die große Scheibe des Fährbüros aufs Meer geschaut, das silbergrau im diffusen Licht der wolkenverhangenen Sonne geglitzert hatte. Kleine Wellen rollten bis ins Hafenbecken. Und weiter draußen, hinter der Mole, konnte man ahnen … Leon sah lieber weg. Er fürchtete, wenn er auch nur Sekunden darüber nachdachte, was ihn da draußen erwartete, würde er einen Rückzieher machen.

»Ist mir egal, geben Sie mir ein Ticket.« Leon war erschrocken über seinen entschlossenen Ton. »Du bist ein verdammter Lügner und ein Angeber«, sagte eine Stimme in seinem Kopf, aber er versuchte, sie zu überhören.

»Halten Sie sich genau an die Anweisungen des Käptns. Dann kann nichts passieren«, hatte der Mann an der Kasse gesagt. Die Bemerkung hatte Leon beruhigen sollen, löste aber nur neue Ängste in ihm aus.

Nachdem er die Fähre betreten hatte, war kein weiterer Passagier mehr aufgetaucht. Während der Hafenausfahrt hatte er sich ins Heck gestellt und an der Reling festgehalten. Für ein paar Minuten genoss er tatsächlich den Sturmwind, der sich anfühlte, als würde er durch einen hindurchblasen. Die feuchte Luft roch intensiv nach Meer, und die Gischt hatte auf dem Deck eine feine Salzschicht hinterlassen, die wie Raureif in der Sonne glitzerte.

Als die Fähre das Ende der Mole umrundete, änderten sich die Bedingungen an Bord schlagartig. Das Boot wurde von der Dünung angehoben und sackte dann ins nächste Wellental. Leons Magen machte einen Sprung und in diesem Moment wurde ihm klar, dass die nächsten 45 Minuten eine Tortur werden würden. Das Deck schaukelte in der Dünung hin und her und weiter voraus sah Leon, dass die Wellen Schaumkronen trugen. Wenn er sich auf den Horizont konzentrierte und hier draußen an der frischen Luft stehen blieb, könnte es eigentlich nicht so schlimm werden, dachte er. In diesem Moment tauchte ein Matrose auf und befahl ihm unwirsch, sich sofort ins Innere des Schiffs zu begeben und das Deck nicht mehr zu betreten, bevor sie den Hafen von Porquerolles erreichten. In diesem Moment wusste Leon, dass es bitter werden würde.

Anfangs starrte er noch aus dem Fenster, gegen das immer wieder die Gischt flog. Er versuchte, sich auf die Insel am Horizont zu konzentrieren, auf die das Boot zuhielt, und dachte über den Fall nach, der ihn in diese Situation gebracht hatte. Um sich abzulenken, stellte er sich vor, er säße in einem Auto und sie würden jeden Moment anhalten und aussteigen. Er versuchte, mit allen Tricks zu vergessen, wo er sich befand, doch die Wirklichkeit holte ihn unbarmherzig ein. Die Fähre lief jetzt quer zu den Wellen und das Rollen war stärker geworden. Ungefähr zwanzig Minuten lang schaffte Leon es, gegen die aufsteigende Übelkeit anzukämpfen, aber irgendwann konnte er nicht mehr. Schweiß brach ihm aus, und er hatte nur noch den einen Gedanken: Wann hört das endlich auf? Er öffnete die Tür und schleppte sich auf das sturmgepeitschte Deck. Sollte der Matrose doch kommen. Es war ihm alles egal. Sollte ihn doch die nächste Welle über Bord reißen. Leon klammerte sich an die Reling und erbrach sich in die tosende See. Gischt und Regen wuschen sein Gesicht sauber. Die nächste halbe Stunde verbrachte er zwischen Deck und der Kajüte des Bootes. Zuletzt lag er bewegungslos auf einer Bankreihe und schwor sich, ein besserer Mensch zu werden, wenn er nur heil die Insel erreichte.

Kaum steuerte der Kapitän das Fährschiff um das Ende der Mole in den Hafen von Porquerolles, war das Wasser ruhig wie ein See und vom Wind kaum noch etwas zu spüren. Als Leon endlich den Schritt von der Fähre auf den festen Pier machen durfte, war er so glücklich, dass er sich umdrehte und dem Kapitän auf der Brücke dankbar zuwinkte. Ein paar Touristen, die am Landungssteg auf die Fähre warteten, beobachteten Leon, der den Pier entlangschwankte, mit Unruhe.

Leon musste noch ein paar Mal stehen bleiben, bis sich sein Gleichgewichtssinn wieder an den festen Boden gewöhnt hatte und das Land endlich aufhörte, unter ihm zu schwanken. Die Insel war wie ausgestorben. Die Cafés hatten wegen des Sturms geschlossen. Nur ein kleines Lebensmittelgeschäft am Place d'Armes war noch offen. Darin deckte sich eine Gruppe Segler in gelben Regenjacken mit Dosenravioli ein. Der Regen hatte zwar nachgelassen, aber dafür fuhren Sturmböen in die Platanen und rissen Blätter von den Ästen.

Leon versuchte noch einmal, Isabelle auf dem Handy anzurufen, aber er erreichte wieder nur den Anrufbeantworter. Er schlug den Kragen seiner Jacke hoch und zog die Kapuze über den Kopf. Dann machte er sich auf in Richtung der Hügel. Wenn Isabelle auf dieser Insel war, dann würde er sie finden.

81. KAPITEL

Der Teppich roch nach Schimmel und Fäulnis. Er war alt und ausgetreten und drückte Isabelle gegen die Wange. Irgendetwas war falsch an dem, was sie sah. Außerdem war ihr schlecht. Wo war sie und warum lag sie am Boden? Sie versuchte sich zu bewegen, und schon raste eine Welle von Schmerz durch ihren Kopf. Isabelle schloss die Augen, bemühte sich regelmäßig zu atmen und sich zu konzentrieren. Sofort ließ der Schmerz ein wenig nach. Nur nicht bewegen, dachte sie. War das ein Traum? Würde sie gleich in ihrem Bett aufwachen und Leon läge neben ihr? Irgendetwas stimmte nicht. Es roch immer noch nach Schimmel und abgestandener Luft, und da war diese Stimme zu hören. Jemand sprach zu ihr.

»Bitte, bitte hilf mir«, sagte die Stimme.

Isabelle merkte, dass jemand nach ihrer Schulter griff und sie leicht schüttelte. Sofort spürte sie wieder die Kopfschmerzen.

»Aufhören, hören Sie auf!« Isabelle merkte, dass sie die Worte nur genuschelt hatte, als wäre sie betrunken.

»Wach auf«, sagte die weibliche Stimme zu laut. »Bitte. Er kommt bestimmt gleich wieder zurück.«

Sie war nicht zu Hause, dachte Isabelle. Sie lag in einem fremden Raum auf dem Boden. Vorsichtig öffnete sie erneut die Augen. Alles war unscharf. Vor ihr kniete ein junges Mädchen und sah sie an. Isabelle konzentrierte sich darauf, scharf zu sehen, was erneut eine Welle von Übelkeit durch ihren Kopf jagte. Doch diesmal zwang sie sich, die Augen offen zu halten. Langsam wurde das Bild klarer.

Das Mädchen war vielleicht sechzehn Jahre alt. Seine Haare waren kurz und zottelig, als hätte es sich die Frisur selbst geschnitten. Das Mädchen hielt einen feuchten Waschlappen in der Hand, mit dem sie ihr über die Stirn wischte. Das Wasser hinterließ eine angenehme, kühle Spur auf der Haut. Das fühlt sich so gut an, dachte Isabelle.

»Du musst aufwachen«, sagte das Mädchen laut. »Bitte, du musst mir helfen.«

Isabelle konnte jetzt den Kopf ein Stück bewegen. Sie lag auf dem Boden eines Raumes, der mit weißen Fliesen gekachelt war. An der Decke und in den Fugen hatte sich an vielen Stellen Schimmel gebildet. An der Wand hing ein Flachbildschirm, der stumm lief und eine Spiele-Show mit Erwachsenen zeigte. In einer Ecke stand ein Herd, daneben ein kleiner Kühlschrank und ein Waschbecken. Hinter einer schmalen Trennwand konnte sie eine Toilette und eine Dusche erkennen. Es gab keine Fenster. Aber über dem TV-Gerät verschwand ein Schacht in der Decke, aus dem frische Luft strömte. An der Wand standen ein Kinderschreibtisch und ein kleiner Stuhl wie aus dem Klassenzimmer einer Grundschule. Das deckenhohe Regal an der Wand gegenüber war voller Bücher, es mussten ein paar Hundert sein. Und dann gab es noch das Bett. Es hatte einen Baldachin aus rosafarbenem Tüll und sah aus wie aus einem Märchenbuch über eine Prinzessin. Auf der Bettdecke lagen ein paar Kuscheltiere, die so gar nicht zu einem Teenager passten.

Isabelle versuchte sich aufzurichten, aber sie konnte die Arme nicht bewegen.

»Warte, ich helfe dir«, sagte das Mädchen.

Isabelle merkte, wie das Mädchen ihr unter die Schultern griff und sie aufrichtete. Das Mädchen war blass und hatte Pickel auf der Stirn. Es war schmal und seine rechte Wange schien etwas geschwollen zu sein.

»Er hat dir die Hände gefesselt«, sagte sie unnatürlich laut und deutete auf ihr Handgelenk.

»Mach sie ab«, sagte Isabelle, doch das Mädchen sah sie nur fragend an.

»Ich kann dich nicht hören«, sagte das Mädchen laut und tippte mit dem Finger auf das rechte Ohr. Jetzt sah Isabelle, dass das Mädchen ein Hörgerät trug.

»Mach den Knoten auf. Das kannst du doch.« Isabelle versuchte diesmal, laut und überdeutlich zu sprechen.

»Hast du den Schlüssel?«, fragte das Mädchen.

»Welchen Schlüssel?« Isabelle fiel auf, dass das Mädchen keinerlei Emotionen zeigte. Als würde es sich einen Film ansehen, als würde das alles gar nicht wirklich geschehen.

»Den Schlüssel für den Wald«, antwortete das Mädchen. »Er hat den Schlüssel. Da ist der Wind und die Sonne.«

»Ich habe den Schlüssel nicht«, sagte Isabelle. »Aber wenn wir uns beeilen, sorge ich dafür, dass wir hier rauskommen.«

Isabelle drehte sich mit dem Rücken zu dem Mädchen, sodass es ihre Hände erreichen konnte. Doch das Mädchen rührte sich nicht.

»Er kommt wieder«, sagte das Mädchen. »Du darfst ihn nicht wütend machen.«

»Ich bin von der Polizei, jetzt mach schon.«

»Das geht nicht«, sagte das Mädchen. »Du hast den Schlüssel nicht.«

»Jetzt mach mich schon los, komm«, sagte Isabelle. »Du willst doch hier raus.«

Das Mädchen bewegte sich nicht.

»Ich heiße Claudine.«

»Nennt er dich so, Claudine?«, fragte Isabelle.

»Er sagt, ich bin seine Schwester.« Das Mädchen starrte an Isabelle vorbei auf die Wand.

»Wie heißt du wirklich?«, fragte Isabelle.

Das Mädchen hatte angefangen auf den Knien hin und her zu schaukeln. Sie schien gar nicht im Raum zu sein. Hatte sie so die Jahre überstanden? Indem sie die Realität einfach ausblendete? Vielleicht nahm das Mädchen sie gar nicht als reale Person wahr, eher wie in einem Traum. Aber allein würde Isabelle es nicht schaffen, hier herauszukommen. Sie brauchte die Hilfe dieses Mädchens. Sarraut konnte jeden Augenblick auftauchen.

»Ich heiße Isabelle«, sagte sie, »und wie heißt du?«

Das Mädchen antwortete nicht und starrte weiter an die Wand.

»Ich glaube, ich weiß, wie du heißt.« Isabelle sah, dass das Mädchen plötzlich aufhörte hin und herzuschaukeln. Sie brachte ihren Mund näher an das Hörgerät. »Ich glaube, dein Name ist Amélie.«

In diesem Moment wandte sich das Mädchen ab und Isabelle sah, dass ihm Tränen die Wangen hinunterliefen. Das Mädchen saß nur da und schluchzte, ohne ein Wort zu sagen. Isabelle wollte sie in den Arm nehmen und trösten. Stattdessen saß sie gefesselt und hilflos vor ihr und musste zusehen, wie das Mädchen hemmungslos weinte.

»Es ist vorbei, Amélie«, sagte Isabelle. »Hab keine Angst. Wir holen dich hier raus.«

In diesem Moment begann eine rote Lampe über der Tür zu blinken, und ein heller Summton ertönte.

»Jetzt kommt er«, sagte das Mädchen in einem Ton, als würde sie von einer unabwendbaren Katastrophe sprechen. Und zum ersten Mal hatte Isabelle Angst, dass sie aus diesem Raum nicht mehr lebend herauskommen könnte.

82. KAPITEL

Leon hatte an der Tür der alten Villa geläutet, aber nichts rührte sich. Auch auf sein Rufen und Klopfen reagierte niemand. Oder verhinderte das Tosen des Sturms, dass ihn jemand hörte? Leon versuchte es noch ein paarmal, dann gab er auf. Er erinnerte sich, dass die Werkstatt von Sarraut keine fünfzig Meter den Hügel hinauf lag. Er würde es dort versuchen.

Der Sturm zerrte an den Ginsterbüschen, als Leon den Weg zur Werkstatt nahm. Inzwischen war der Himmel grau verhangen, und man konnte nur noch ahnen, dass die Sonne allmählich unterging. Die Sturmböen hatten das Tor zur Werkstatt losgerissen und schlugen es wieder und wieder gegen die Mauer. Leon rief Sarrauts Namen. Aber der Mann hätte ihn bei diesem Lärm nicht einmal gehört, wenn er vor ihm gestanden hätte. Leon betrat die Werkstatt, und sofort sprang die Beleuchtung an, die offenbar mit einem Bewegungsmelder verbunden war. Ein Windstoß fuhr in den Raum und wirbelte Staub auf. Aber hier war niemand. Vielleicht sollte er zurück zum Hafenkapitän gehen, um sich dort nach Isabelle zu erkundigen. Leon ärgerte sich, dass er daran nicht gleich gedacht hatte. Aber er war sich so sicher gewesen, dass Isabelle zuerst Sarraut befragen würde. Der Weg zurück zum Hafen würde bei diesem Sturm und in der beginnenden Dunkelheit ungemütlich werden. Leon verschloss sorgfältig seine regendichte Jacke und überlegte gerade, wie er die Werkstatttür blockieren könnte, damit sie nicht vollends zu Bruch ging, als er den Lappen entdeckte.

Das graue Stück Stoff war voller Flecken, und es lag am Boden, gleich neben dem alten, verschrammten Kühlschrank. Aber das Tuch lag nicht so, als hätte es eine Böe vom Tisch geweht, sondern es verschwand mit einem Ende in dem Spalt zwischen Wand und Fußboden, was eigentlich unmöglich war. Es sei denn, es gab in der Wand eine versteckte Tür, in der es sich verklemmt hatte. Leon begann die Wand abzutasten.

Der Griff für den Öffnungsmechanismus befand sich genau in Höhe eines Regals voller Schraubenkästen, und man hätte ihn für ein beliebiges Ersatzteil halten können. Als Leon daran zog, verschob sich ein türgroßes Wandstück und ließ sich nach innen drücken. Eine Tür schwang auf. Leon stieg über die Schwelle und tat einen Schritt in die Dunkelheit. Wieder leuchtete eine Kette kleiner Lichter auf, die sich dicht über dem Boden eines Ganges befanden. Sie waren so schwach, dass man sie schon vom Eingang der Werkstatt aus nicht mehr hätte sehen können. Leon zögerte einen Moment, dann lief er in den düsteren Gang.

Die Wände waren betoniert und schienen tief in den Hügel zu ragen. Der Gang endete an einem Schacht, in dem eine Wendeltreppe nach unten führte. Leon nahm vorsichtig eine Stufe nach der anderen. Hier war vom Sturm, der draußen wütete, nichts mehr zu spüren. Leons Schritte hallten laut auf den eisernen Stufen. Die Treppe führte in einen weiteren Gang. Doch diesmal waren die Wände alt und aus großen, behauenen Steinen gemauert. Es roch nach Erde und feuchtem Laub. Diese Mauern mussten meterdick sein. Tiefe Schießscharten unterbrachen die Wand und endeten im dunklen Nirgendwo.

Leon war sicher, dass diese Mauern zu einer der Verteidigungsanlagen gehörten, die unter Kardinal Richelieu im 17. Jahrhundert entstanden waren und sich über die gesamte Insel erstreckten. Es war bekannt, dass es immer noch unerforschte Teile dieses Befestigungslabyrinths gab. Bisher hatte sich aber die Naturschutzbehörde erfolgreich gegen die Archäologen durchgesetzt und weitere Ausgrabungen auf der Insel verhindert. Nur die neuen Elektroleitungen, die akkurat an der Decke entlangführten, wollten nicht ins Bild einer Festungsruine passen und bewiesen Leon, dass dieser Gang noch benutzt wurde.

Der Gang beschrieb einen leichten Bogen, sodass man nicht weiter als zwei oder drei Meter nach vorne sehen konnte. Plötzlich wurde die Mauer nach rechts durch eine offen stehende Tür unterbrochen, die in einen beleuchteten Raum führte. Leon sah sich nur kurz um. Er wusste sofort: Das war das Gefängnis der kleinen Amélie, nach der alle so lange gesucht hatten. Wer immer sich hier aufgehalten hatte, konnte die Anlage nur auf dem Weg verlassen haben, auf dem Leon sie betreten hatte. Leon lief zurück in den Gang. Oder gab es vielleicht noch einen zweiten Ausgang? In diesem Moment gingen die Lichter aus und ließen sich auch nicht wieder einschalten. Offenbar gab es hier unten keinen Bewegungsmelder mehr. Leon ging ein paar Meter weiter. Dann blieb er stehen, schloss die Augen und konzentrierte sich. Nach ein paar Sekunden hatte er das Gefühl, ein fernes Rauschen zu hören. Leon zog sein Handy aus der Jackentasche und schaltete es ein. Die fahle Beleuchtung des Displays tauchte den Gang in ein unheimliches Licht. Er tastete sich vorsichtig vorwärts. Vielleicht hätte Leon die Tür gar nicht bemerkt, aber auf einmal spürte er einen Luftzug. Er ging ein paar vorsichtige Schritte weiter, dann konnte er schon den Wind rauschen hören. Es gab eine schmale Tür in der Mauer, die einen Öffnungsmechanismus wie ein Garagentor besaß und auch nach oben schwenkbar war. Nur war diese Tür ungefähr zwanzig Zentimeter dick und ließ sich nur einen knappen Meter weit öffnen, sodass Leon geduckt nach draußen kriechen musste.

Draußen traf Leon die volle Wucht des Sturms. Inzwischen war die dichte Wolkendecke aufgerissen und der Mond aufgegangen. Im silbernen Licht konnte Leon den Hügel und die Pinien erkennen, die im Sturm hin- und herschwankten. Vor ihm fiel das Gelände steil ab. Tief unter ihm brandete das aufgewühlte Meer gegen die Felsen.

Die Windböen waren hier oben so stark, dass Leon aufpassen musste, nicht umgeweht zu werden. Vorsichtig machte er ein paar Schritte nach vorn, wo die Kante der Klippe begann. Tief unter ihm war das schwankende Licht einer Taschenlampe zu erkennen. Und dann sah Leon die kleine Gruppe. Isabelle ging voraus, hinter ihr ein blondes Mädchen und dann folgte ein Mann mit einer Lampe, bei dem es sich offensichtlich um Sarraut handelte. Die drei stolperten einen schmalen Pfad entlang, der in die Felsen geschlagen war. In diesem Moment wurde Leo klar, wo sie sich befanden: Er war am oberen Ende der Gros Mur, der steilen Felswand, die fünf Stockwerke hoch ins Meer abstürzte. Dorthin war er bei seinem ersten Inselbesuch mit der Meeresbiologin gefahren. Jetzt erkannte Leon auch, wohin Sarraut die beiden Frauen bringen wollte. Hinter einer der Klippen, geschützt vor Sturm und brechenden Wellen, lag ein Schlauchboot mit Außenbordmotor, das an einem der Felsen vertäut war. Offenbar hatte Sarraut vor, mit dem Boot zu fliehen. Ein selbstmörderisches Unterfangen. Keine dreißig Meter von den Klippen entfernt begann das offene Meer. Dort tobte der Sturm. Die Wellen würden das kleine Boot zermalmen. Leon konnte nicht zulassen, dass dieser Verrückte Isabelle und das Mädchen in Lebensgefahr brachte. Er musste etwas unternehmen, jetzt sofort.

Leon betrat den Felsensteig und folgte der Gruppe, so schnell er konnte. Vor mehr als hundert Jahren war dieser Pfad in die Klippen geschlagen worden, der in schier endlos vielen Stufen nach unten zum Meer führte. Leon war bei seinem ersten Besuch schon einmal diesen Pfad entlanggewandert. Aber das war bei strahlendem Sonnenschein gewesen. Jetzt waren die Steine nass und glitschig vom Regen. Immer wieder zwangen ihn Sturmböen, an der Felswand nach Halt zu suchen. Trotzdem kämpfte er sich Schritt für Schritt weiter. Was würde er tun, wenn er Sarraut gegenüberstand? Leon wusste es nicht.

Sarraut tauchte so plötzlich auf wie ein Geisterfahrer nachts auf der Autobahn. Als Leon eine Felskante umrundete stand Sarraut vor ihm und blendete ihn mit dem Lichtstrahl seiner Lampe. In der anderen Hand hielt Sarraut eine Pistole. Es dauerte einen Moment, bis Leon erkannte, dass Sarraut die Waffe auf Isabelles Kopf gerichtet hatte. Hinter den beiden stand zitternd das Mädchen.

»Verschwinden Sie!«, brüllte Sarraut gegen den Lärm des Sturms. »Oder sie ist tot.«

»Was wollen Sie?« Leon war stehen geblieben. »Hier kommen Sie nicht weg. Nicht bei diesem Sturm.«

»Ich sage: Verschwinden Sie, oder die Frau stirbt!«

»Lassen Sie Amélie laufen.« Isabelle drehte den Kopf in Richtung Sarraut. »Behalten Sie mich als Geisel.«

»Maul halten!« Sarraut stieß Isabelle mit dem Lauf der Waffe kurz und hart gegen den Kopf, dass sie vor Schmerz zusammenzuckte.

»Isabelle«, rief Leon und tat einen Schritt nach vorn.

»Stehen bleiben!«, brüllte Sarraut.

Sarraut hatte nicht bemerkt, dass Amélie den Moment genutzt hatte, um eine waghalsige Flucht zu riskieren. Sie kletterte an den Klippen hinauf, die hier rau, aber auch voller kleiner Nischen und Vorsprünge waren, in denen Wacholderbüsche wuchsen. Wie eine Katze krallte sie sich an den Ästen fest und zog sich nach oben. Sie war schon drei oder vier Meter hochgeklettert, als Sarraut ihre Flucht bemerkte.

»Ruf sie zurück«, schrie er Isabelle an. »Los, ruf sie sofort zurück!«

»Lauf, Amélie!«, rief Isabelle dem Mädchen zu.

»Komm runter oder ich knall dich ab!«, schrie Sarraut und zielte auf das Mädchen.

»Weiter, kletter weiter ...!«, schrie Isabelle und sah, wie das Mädchen von einer Windböe gegen den Felsen gepresst wurde und an der steilen Wand beinahe den Halt verlor.

»Putain!«, schrie Sarraut voller Verachtung und Wut. Er zielte jetzt auf Isabelle.

Das war der Moment, in dem Leon die Kontrolle verlor. Er tat etwas, das er noch nie getan hatte. Er griff einen anderen Menschen körperlich an. Er hatte keinen Plan. Er hatte nicht die Risiken abgewogen. Sein Körper reagierte wie ferngesteuert. Leon folgte einfach seinem Instinkt, der in diesem Augenblick nur noch von Zorn und Verzweiflung gesteuert wurde.

Er sprang nach vorn und wollte Sarraut seine ausgestreckten Hände gegen die Schultern stoßen. Der große, schwere Mann sah Leon auf sich zukommen. Er schien zu ahnen, was passieren würde, und riss den Revolver in Richtung des Angreifers hoch und feuerte. Im tosenden Wind erschien Leon der Schuss wie ein heller Blitzschlag und im gleichen Augenblick fühlte er einen scharfen Schmerz im linken Oberarm. Aber das konnte Leons Bewegung nicht mehr aufhalten. Sein Schwung schleuderte Sarraut nach hinten. Leon schlug so hart auf die Steinstufen, dass ihm für einen Augenblick die Luft wegblieb. Er wusste sofort, dass er einen zweiten Angriff auf Sarraut nicht durchstehen würde.

Sarraut war rückwärts gegen die Felswand geschleudert worden. Der Aufprall hatte ihn benommen gemacht. Jetzt stand er schwankend auf dem schmalen Pfad am Abgrund und versuchte, sein Gleichgewicht wiederzuerlangen. In diesem Moment traf die nächste Sturmbö die Felswand. Sarraut taumelte nach hinten und trat mit dem linken Fuß ins Leere. Im nächsten Augenblick sah er Leon mit einem Blick an, als könnte er nicht begreifen, was da gerade geschah. Dann stürzte er wortlos rückwärts in die Tiefe und versank im Schaum der sich brechenden Wellen.

»Leon!« Isabelle hatte sich zu Leon hinuntergebeugt und betrachtete den blutenden Arm.

»Wo ist das Mädchen?«, rief Leon.

Beide schauten nach oben. Amélie war es gelungen, beinahe bis zum Ende der Steilwand hinaufzuklettern. Aber dort war der Fels glatt und ohne Halt. Weder Leon noch Isabelle würden ihr folgen können.

»Wir müssen versuchen, sie von oben zu erwischen«, rief Leon gegen das Rauschen des Sturms. Isabelle nickte.

»Bleib, wo du bist«, rief sie dem Mädchen zu, obwohl sie

wusste, dass Amélie sie unmöglich hören konnte. Sie sah Leon an. »Schaffst du es nach oben?«

»Ich denke schon.«

»Bleib dicht hinter mir«, sagte Isabelle.

Leon und Isabelle rannten die Stufen hinauf. Inzwischen war der Himmel noch weiter aufgerissen, und der Mond beleuchtete den steilen Pfad. Als sie das Ende erreichten, bewegten sie sich vorsichtig auf allen vieren zur Felskante. Isabelle beugte sich nach vorn und sah in die Tiefe. Nur einen knappen Meter unter ihr kauerte das verängstigte Mädchen. Leon konnte Isabelle mit seinem verletzten Arm nicht helfen, aber er konnte mit dem Gewicht seines Körpers ihre Beine auf den Boden drücken, sodass sie nach unten greifen und eine Hand des Mädchens packen konnte. Einen Augenblich später war Amélie oben über der Felskante in Sicherheit.

Isabelle legte Leon einen provisorischen Verband an. Er hatte Glück gehabt, die Kugel hatte nur die Muskulatur seines linken Oberarms erwischt und den Knochen heil gelassen. Eine Dreiviertelstunde später erreichten sie das Büro des Hafenmeisters und Isabelle löste Alarm aus.

Zerna war zunächst stocksauer gewesen, als er von Isabelles Alleingang auf Porquerolles erfahren hatte. Doch als ihn der Staatssekretär des Innenministeriums anrief, um zu gratulieren, tat er das, was jeder gute *Flic* getan hätte, der auf der Karriereleiter nach oben wollte. Er verkaufte seine Ahnungslosigkeit als geniale Strategie. Schließlich war es die Gendarmerie Nationale von Le Lavandou, die Amélie gefunden hatte. Und hatte nicht seine Stellvertreterin das Mädchen unter Einsatz ihres Lebens befreit? Selbstverständlich war Polizeichef Zerna die ganze Zeit über jeden Ermittlungsschritt von *Capitaine* Isabelle Morell informiert gewesen. Die Befreiung von Amélie Simon war ein Erfolg auf ganzer Linie, wie Zerna dem Staatssekretär versicherte.

Zerna mobilisierte in dieser Nacht alles, was er an Polizeikräften erreichen konnte. Dann ließ er die Werkstatt von Sarraut stürmen. Obwohl klar war, dass sich dort niemand mehr befand. Anschließend ließ er auf Sarrauts Grundstück jeden Quadratmeter von einer Polizeikette durchkämmen, ohne dass auch nur einer der Beamten wusste, wonach sie eigentlich suchen sollten. Schließlich überredete Zerna die Kollegen in Toulon, dass sie ihm zwei Helikopter schickten, die er eine Weile mit eingeschalteten Scheinwerfern über Le Lavandou und den Inseln kreisen ließ. Und Zerna forderte Kampftaucher der Marine an, die vor der Gros Mur nach der Leiche von Sarraut suchten. Kurz gesagt, Zerna zog eine Riesenshow ab, damit sein Name möglichst oft in den Nachrichtensendungen erwähnt wurde. Allein von Pascal Sarraut fehlte jede Spur.

83. KAPITEL

Diesen Termin hätte sich Leon um keinen Preis entgehen lassen. Obwohl ihn Dr. Menez beschworen hatte, sich auszuruhen und mindestens zwei Tage in der Klinik zu bleiben. Schließlich war Leon angeschossen worden. Die Kugel sei zwar glatt durch das obere Muskelgewebe seines Trizeps hindurchgegangen, aber solche Verletzungen konnten üble Infektionen nach sich ziehen, hatte ihn der Kollege gewarnt. Ärzte, dachte Leon und lächelte, als er die Station der Gendarmerie Nationale betrat. Seinen linken Arm trug er dick bandagiert in einer Schlinge. Der ziehende Schmerz erinnerte ihn daran, dass ihn sein gestriges Abenteuer beinahe das Leben gekostet hatte. Aber die tiefe Befriedigung über die Rettung von Amélie Simon und die Bestätigung, dass er mit seiner Theorie richtiggelegen hatte, ließen ihn alle Schmerzen vergessen.

Der Besprechungsraum war voller Menschen. Zerna saß am Kopfende und grinste breit. Leon konnte sich nicht erinnern, ihn jemals so zufrieden gesehen zu haben. Sogar Kommissarin Lapierre hatte es sich nicht nehmen lassen, an der Abschlussbesprechung teilzunehmen. Zu Leons Verwunderung war auch Dr. Bodin erschienen, den er schon seit Tagen nicht mehr in der Rechtsmedizin gesehen hatte. Als Isabelle den Raum betrat, verstummten schlagartig die Gespräche, und ein Crescendo von Bleistiften, Kugelschreibern und Schlüsseln, mit denen auf die Tischplatte geklopft wurde, setzte ein. Zerna hob die Hände, und der Applaus verstummte.

»Ich bin stolz, dass es der Gendarmerie Nationale nicht nur gelungen ist, eine grausame Mordserie aufzuklären, sondern auch eine junge Frau aus ihrer Geiselhaft zu befreien. Diesen Erfolg verdanken wir vor allem dem mutigen Einsatz meiner Stellvertreterin *Capitaine* Morell«, erklärte Zerna.

Mit einer huldvollen Geste seiner Hand wies der Polizeichef in Richtung Tür, wo Isabelle bei ihren Kollegen stehen geblieben war. Erneut brandete Beifall auf.

Isabelle sah blass aus, dachte Leon. Was kein Wunder war, denn sie hatte in der Nacht so gut wie gar nicht geschlafen. Sie hatte Amélie in Begleitung einer Psychologin zu einem Sanatorium bei Pierrefeu gebracht. Amélie hatte sich geweigert, ihre Mutter oder den Stiefvater zu treffen. Eine völlig normale Reaktion nach so vielen Jahren der Trennung, hatte die Psychologin erklärt. Amélie würde Zeit brauchen, sich ihrer Vergangenheit zu stellen, Erinnerungen zu verarbeiten und wieder Kontakt zu ihrer Mutter aufzunehmen. In diesem Augenblick gab es nur eine Person, der das Mädchen vertraute, und das war Isabelle. Sie hatte dafür gesorgt, dass niemand außer der Mutter und der Leitung der Polizei erfuhr, wohin sie Amélie gebracht hatten.

»Solide, sorgfältige Polizeiarbeit hat einmal mehr dazu geführt, einen gefährlichen Täter zu überführen und zu eliminieren«, verkündete Zerna selbstherrlich.

Das war eine sehr beschönigende Interpretation der Vorgänge, die zur Entdeckung des Täters geführt hatten, dachte Leon, als sich plötzlich Dr. Bodin meldete.

»Nicht zu vergessen die Arbeit der Rechtsmedizin«, sagte Dr. Bodin mit seinem etwas arroganten Unterton.

»Richtig, die Rechtsmedizin hat wie immer hervorragend gearbeitet«, Zerna sah kurz zu Leon hinüber, »wobei wir Sie bei unseren letzten Besprechungen vermisst haben, *Docteur* Bodin.«

»Wir haben einen Dienstplan im Institut, an den wir uns strikt halten …«, begann Bodin, sich zu rechtfertigen.

»Aber keine Sorge, wir werden Sie jetzt nicht mit unseren Dienstplänen langweilen«, unterbrach ihn Leon mit einem Lächeln.

Die Runde lachte. Nachdem Zerna noch ausführlich seinen und den Beitrag der Abteilung vor Madame Lapierre hervorgehoben hatte, wurden die Nachermittlungen für die nächsten Tage besprochen. Zwar hatte die Polizei das Verschwinden von Amélie aufgeklärt, aber es waren noch jede Menge Fragen offen. Bisher gab es nur Vermutungen darüber, warum Paul Simon, der Feigenbauer Maurice und Nicole Rosset hatten sterben müssen. Die Einzige, die Licht in diese Fälle bringen konnte, war Amélie Simon. Aber sie sei, so die medizinische Anordnung ihrer Psychologin, frühestens in ein oder zwei Wochen vernehmungsfähig. Bis dahin musste sich die Gendarmerie mit den Zeugen vor Ort zufriedengeben.

»Wir haben zwar noch keine konkreten Beweise für den Tod von Monsieur Sarraut«, sagte Zerna vollmundig, »aber aufgrund der gesamten Umstände müssen wir davon ausgehen, dass der Entführer vergangene Nacht in den Gewässern vor den östlichen Klippen von Porquerolles ertrunken ist. Dabei wurde sein Körper von Sturm und Strömung abgetrieben. Möglicherweise werden wir seine Leiche also erst nach Wochen oder vielleicht auch nie finden.«

Die Besprechung endete zehn Minuten später. Leon folgte Isabelle in ihr Büro.

»Werden hier die Verwundeten gepflegt?«, fragte Leon.

»Nur wenn sie mir das Leben gerettet haben«, sagte Isabelle mit einem Lächeln. »Solltest du nicht in der Klinik liegen und deinen Arm ruhig halten?«

»Erwischt«, sagte Leon. »Ich bin nur gekommen, um zu sehen, wie meine Lieblingspolizistin gefeiert wird.«

»Eigentlich hätten sie für dich applaudieren müssen«, meinte Isabelle.

»Weil ich so dumm war und mich habe anschießen lassen?«

Isabelle ging zu Leon, legte ihren Arm um seine Schulter und zog ihn an sich.

»Du bist mein Held«, sagte sie.

»Schwindlerin. Ich sehe genau, dass du lächelst«, erwiderte Leon.

In diesem Moment betraten Brigitte Dupin und ihr Kameramann das Büro.

»Ich hoffe, wir stören nicht«, sagte die Journalistin mit neugierigem Blick auf Leon.

»Wir sehen uns später«, verabschiedete sich Leon.

»*Docteur* Ritter, alle reden von Ihrem mutigen Einsatz«, die Reporterin stellte sich Leon in den Weg, »bitte, nur ein paar Fragen.«

»Sie dürfen nicht alles glauben, was so geredet wird«, sagte Leon mit einem Lächeln.

»Es geht auch ganz schnell«, versuchte ihn Madame Dupin zu überrumpeln und nickte ihrem Begleiter zu, der sofort die Kamera einschaltete. »Wir können direkt loslegen.«

»Auf gar keinen Fall. *Bonne journée, Madame*«, sagte Leon und verließ das Büro.

Leon hatte trotz der Schmerzen im Arm beschlossen,

sich einen Café crème im *Chez Miou* zu gönnen, als er vor der Polizeistation auf Dr. Bodin stieß. Der wollte gerade in seinen Range Rover einsteigen.

»Schon wieder auf dem Weg nach Avignon?«, fragte Leon mit einem spöttischen Lächeln. »Ich hoffe, Sie haben das auch mit dem Dienstplan abgeglichen.«

»Ich wollte vorhin nur die Gelegenheit für etwas PR nutzen. Schließlich haben wir mit unserer Arbeit wesentlich zum Fahndungserfolg beigetragen.«

»Wollten Sie PR für das Institut machen oder für sich selber?«, fragte Leon.

Bodin hatte die Tür seines Wagens geöffnet und drehte sich noch einmal zu Leon um. Als müsste er einen Augenblick über seinen nächsten Satz, den er Leon sagen wollte, nachdenken.

»Wenn Sie ein Problem mit der Aufteilung unserer Kompetenzen haben, *Docteur* Ritter, dann sollten Sie das besser mit Dr. Bayet diskutieren.«

Leon sah den Kollegen mit einem bedauernden Blick an. Wie einen Schüler, bei dem der Lehrer alle Hoffnung auf Besserung aufgegeben hat.

»Ich will ganz offen zu Ihnen sein: Mir gefällt Ihre Art nicht.« Leons Stimme klang jetzt gefährlich freundlich. »Sie informieren mich nicht über Ihre Pläne, blockieren Informationen, lassen sich tagelang nicht in der Rechtsmedizin blicken und zwingen die Mitarbeiter, Ihretwegen Überstunden zu machen.«

»Wie Sie wissen, habe ich Verpflichtungen in Avignon«, unterbrach ihn Bodin.

»Für uns gibt es nur eine Verpflichtung, nämlich unseren Job in der Rechtsmedizin von Saint Sulpice maximal gut zu erledigen.« Leon sah, dass Bodin ihn schon wieder unterbrechen wollte. Er hob die Hand. »Ich habe mir den Obduktionsbericht zu André Martin angesehen, *Docteur.* Sie haben die Uhr des Opfers als ›ohne Befund‹ abgezeichnet.«

»An dem Abend war viel zu tun«, sagte Bodin schnell. »Das kann jedem passieren.«

»Aber Sie haben dabei das Haar eines entführten Mädchens übersehen. Eines Mädchens, das seit sechs Jahren in einem Kellerloch qualvoll dahinvegetieren musste.« Leon war laut geworden. »Und anschließend besaßen Sie auch noch die Dreistigkeit, von ›Ihren‹ Ermittlungserfolgen zu sprechen.«

»Und, was haben Sie jetzt vor?« Bodin klang inzwischen deutlich weniger selbstsicher.

»Ich erwarte, dass Sie Dr. Bayet darüber informieren, dass Sie sich entschlossen haben, doch nicht nach Saint Sulpice zu kommen«, sagte Leon. »Sagen Sie ihm, dass Ihr Job in Avignon sehr viel zeitaufwendiger sei, als Sie dachten.«

Als Antwort gab Bodin nur ein hilfloses Schnauben von sich.

»Bisher habe ich Ihren Obduktionsbericht vor Dr. Bayet nicht erwähnt«, drohte Leon. Warum sollte er diesen Mann eigentlich schonen?

»Das würden Sie nicht tun ...«, sagte Bodin und versuchte, gefährlich zu wirken.

»Ach ja, und was Ihre Überstunden an dem fraglichen Abend in der Rechtsmedizin betrifft: Sie waren genau zwölf Minuten in der Pathologie.« Leon sah mit Befriedigung, wie Bodin erschrak. »Wenn Sie Zweifel haben, können Sie sich ja die Aufzeichnung der Parkplatzüberwachung ansehen.«

Leon hatte natürlich geblufft. Er wusste nicht einmal, ob es überhaupt eine Parkplatzüberwachung in der Klinik gab. Und die Sache mit den zwölf Minuten hatte ihm Rybaud erzählt. Aber er dachte, Bodin könnte ruhig noch etwas mehr Druck vertragen.

Bodin stieg wortlos in seinen Wagen und fuhr davon, ohne sich noch einmal umzusehen. Leon hatte das sichere Gefühl, dass sie so bald nichts mehr von dem Kollegen aus Avignon hören würden. Er fühlte sich regelrecht beschwingt, als er Richtung *Chez Miou* lief. Der Arm tat auf einmal gar nicht mehr so weh.

84. KAPITEL

Lieutenant Didier Masclau hatte die undankbare Aufgabe, Zeugen auf Porquerolles zu ihren Beobachtungen in der Sturmnacht zu befragen. Niemand konnte etwas Konkretes beisteuern, aber alle wussten natürlich schon immer, dass mit Sarraut irgendetwas nicht gestimmt hatte. Es waren ebenso sinnlose wie ermüdende Befragungen. Masclau gönnte sich eine kleine Auszeit. Er unternahm einen Spaziergang durch den Hafen und betrachtete die teuren Segelyachten, als er von einem Mann in Bermudas und Flip-Flops angesprochen wurde.

»Monsieur, Augenblick«, der Mann wedelte mit seiner Hand, um die Aufmerksamkeit des *Lieutenant* zu erregen, »es geht um mein Boot.«

»Für Boote sind wir nicht zuständig«, sagte Masclau.

»Aber mein Boot ist eine Olympic 560. Wissen Sie, was so ein Teil kostet?«

»Wenn Sie Probleme mit Ihrem Boot haben, Monsieur, wenden Sie sich bitte an den Hafenmeister.«

»Aber Sie sind doch von der Polizei!« Jetzt klang der Mann mit den Bermudas regelrecht empört. »Was soll ich denn machen, wenn es weg ist?«

»Was meinen Sie mit weg?«, fragte Masclau.

»Na geklaut, entführt, was weiß ich?« Der Mann deutete auf einen Steg. »Es lag ganz vorne am Steg. Platz 57, und jetzt ist es weg, verdammt noch mal.«

»Wann genau ist Ihr Boot verschwunden?« Masclau klang plötzlich alarmiert. Er zog seinen Notizblock aus der Tasche.

»Na, während des Sturms natürlich«, sagte der Mann empört. »Einer, der im Sturm ein Boot klaut, der muss doch total bescheuert sein.«

85. KAPITEL

In den ersten Tagen waren die Medien Amok gelaufen. Das verschwundene Mädchen, das Jahre später als junge Frau im Sex-Keller eines Irren wieder auftauchte, das war genau der Stoff, aus dem Journalistenträume sind. Kein Sender in Frankreich und Europa, der nicht darüber berichtete. Die Reporter fielen wie ein Schwarm Heuschrecken über Le Lavandou her. Jeder, der auch nur von Amélie Simon gehört hatte, wurde interviewt. Besonders interessiert waren die Reporter natürlich an Leon und Isabelle. Aber die stellvertretende Polizeichefin war in den Räumen der Gendarmerie für niemanden zu sprechen, und der *Médecin Légiste* hatte sich in sein Haus im Weinberg zurückgezogen.

Gleich am zweiten Tag nach der Befreiung von Amélie hatte Zerna eine Pressekonferenz gegeben und den Journalisten erzählt, er habe nie Zweifel daran gehabt, dass die kleine Amélie noch lebte. Es sei nur seiner Ausdauer und seinem unerschütterlichen Glauben zu verdanken, dass er mit seiner Truppe das Mädchen aus den Händen des perversen Mörders befreien konnte.

Niemand glaubte Zerna, aber seine Erklärung war besser als nichts und wurde immer wieder gesendet. Genau wie die Bilder von Isabelle, als sie nachts mit Amélie auf dem Boot der Küstenwache im Hafen von Lavandou anlegte und in einen Polizeiwagen stieg. Aufnahmen, die ein angetrunkener Tourist mit seinem Handy gemacht hatte.

Aber selbst die heißeste Story muss ständig mit neuen Details gefüttert werden, oder sie fällt in sich zusammen wie ein Kaminfeuer, wenn kein Holz mehr nachgelegt wird. Nach zwei Wochen wurde es erst einmal still um die Sache. Bis zu dem Tag, an dem Amélie Simon der Reporterin von *Canal 6* ein Exklusivinterview gab. Genau so, wie es Isabelle der Journalistin seinerzeit versprochen hatte.

Amélie hatte seit ihrer Befreiung im Sanatorium gelebt. Streng abgeschirmt vor rücksichtslosen Reportern, die sogar versuchten, mithilfe von Drohnen oder in falschen Ärztekitteln in ihre Nähe zu gelangen. Inzwischen hatte Amélie den Besuchen ihrer Mutter zugestimmt und in Anwesenheit der Psychologin viele lange Gespräche mit ihr geführt. Den Kontakt mit ihrem Stiefvater lehnte sie nach wie vor ab.

Das TV-Interview fand im Büro des Sanatoriumsleiters statt. Brigitte Dupin hatte eigentlich davon geträumt, die Sechzehnjährige auf Porquerolles zu befragen, am liebsten mit dem Horrorhaus im Hintergrund. Aber das wurde von Amélie und ihrer Psychologin abgelehnt. Die junge Frau war nur bereit, auf Fragen zu antworten, die mit ihr abgesprochen waren.

Das Interview lief abends zur Hauptsendezeit direkt nach den Nachrichten. Es wurde ein Knüller. Die Sendung sollte nicht nur die Einschaltquoten von *Canal 6* durch die Decke jagen, sondern auch Brigitte Dupin einen Job in der Pariser Zentrale des Senders verschaffen.

Amélie wirkte sehr ruhig während des Interviews. Sie sprach in wohlformulierten Sätzen, und nur gelegentlich sah sie zu ihrer Psychologin hinüber, als wollte sie sich Kraft holen, um bei den heiklen Punkten der Erinnerung nicht in Tränen ausbrechen zu müssen.

Amélie begann mit dem schicksalhaften letzten Tag in Freiheit. Es war ein Sonntag, kurz nach ihrem zehnten Geburtstag, als sie, wie mit ihrer Mutter abgesprochen, das Wochenende bei ihrem Vater verbrachte. Beim Spielen hatte sie sich an einer zerbrochenen Flasche geschnitten. Ihr Vater hatte die Wunde gesäubert und verbunden. Wie immer sollte er die Tochter gegen 19.30 Uhr bei ihrer Mutter absetzen. Aber Paul Simon wollte an diesem Tag eine Begegnung mit seiner Ex-Frau vermeiden. In letzter Zeit hatte es eine Menge Streitigkeiten zwischen den beiden gegeben. Es ging jedes Mal um Geld. Also setzte Paul Simon seine Tochter am Rand der Siedlung ab, keine dreihundert Meter vom Haus ihrer Mutter entfernt. Simon fuhr genau in dem Moment davon, als das schwere Gewitter losging. Keine Minute später schüttete es in Strömen. Amélie würde klatschnass auf dem Weg nach Hause werden. Sie zog ihre neuen roten Sneakers aus, um sie zu schonen, und lief barfuß los. In diesem Moment erschien Pascal Sarraut im Eingang des Hauses von Monsieur Martin. Amélie hatte den merkwürdigen, großen, aber immer freundlichen Mann schon ein paarmal bei Monsieur Martin gesehen. Sarraut winkte ihr zu und bot ihr an, sich bei ihnen im Haus für ein paar Minuten unterzustellen. Dankbar lief Amélie zum Eingang des Nachbarn. Sie erinnerte sich noch, dass Sarraut hinter ihr die Tür schloss, danach hatte sie keine Erinnerung mehr. Das Nächste, woran sie sich erinnerte, war, wie sie in ihrem Gefängnis wieder zu sich kam. Und damit begann ihr Martyrium.

Amélie erzählte von den falschen Versprechen, die Sarraut ihr machte. Über ihre Verzweiflung und ihre enttäuschten Hoffnungen. Nur wenn die Reporterin sie nach einer möglichen Vergewaltigung durch Sarraut fragte, wich sie aus. Über diese Dinge würde sie niemals sprechen. Sarraut hatte die absolute Macht über seine Gefangene. Das hatte er aufs Niederträchtigste ausgenutzt. Sie hatte oft an Flucht gedacht, aber Sarraut überwachte jeden ihrer Schritte. Vor zwei Jahren hatte Sarraut angefangen, mit ihr nächtliche Spaziergänge zu unternehmen. Er hatte sie gewarnt, wenn sie irgendjemanden auf sich aufmerksam machen würde, dann würde er denjenigen töten. Und Sarraut meinte, was er sagte. Das hatte Amélie erfahren, als Sarraut mit Blinddarmentzündung ins Krankenhaus musste.

Eine ganze Woche hatte er sie allein gelassen. In dieser Zeit hatte sie Todesangst gehabt. Was, wenn er nicht mehr zurückkäme? Da tauchte eines Tages André Martin auf. Sarraut hatte ihr seinen ergebensten Freund geschickt, um nach ihr zu sehen. Es gelang ihr, André Martin bei seinem zweiten Besuch zu überreden, mit ihr zu fliehen. Aber Sarraut war misstrauisch geworden und trotz der frischen Operationsnarben dem Freund gefolgt. In ihrer Not versteckten sich Amélie und André Martin beim Feigenbauern Bénot. Doch Sarraut spürte sie dort auf. Er erschoss Bénot vor ihren Augen und stieß seinen Freund von der Klippe. Seit diesem Augenblick fürchtete Amélie, dass er sie auch töten würde. Bis zu dem Tag, als die Polizistin bei ihr aufgetaucht war.

Das TV-Interview gab nicht auf alle Fragen eine Antwort, aber den Rest konnte sich die Polizei auch so zusammenreimen. Ein Mann im Hafen von Lavandou hatte beobachtet, wie in der fraglichen Nacht ein Boot zum Ende der Mole gefahren war und in Richtung offener See verschwand. Es war das Boot von André Martin, offenbar hatte Sarraut das Ruder blockiert und es in den aufkommenden Sturm hinausgeschickt. Nach dem TV-Interview meldete sich Barnaud, der alte Pförtner der Klinik, bei Leon. Er hatte gesehen, wie Sarraut in der fraglichen Nacht gegen 22 Uhr mit einem Taxi zur Klinik gebracht wurde. Der Patient hinkte und wirkte angeschlagen.

Blieb nur noch der Vater von Amélie, der offenbar ebenfalls von Sarraut getötet worden war, als er nach seiner überraschenden Haftentlassung dem Entführer in die Quere kam. Eine endgültige Antwort auf die letzten Fragen hätte nur Pascal Sarraut selber geben können, aber dessen Leiche war noch immer nicht gefunden worden.

86. KAPITEL

Seit Amélies Befreiung war inzwischen mehr als ein Monat vergangen. Die Journalisten hatten ihren Hunger nach neuen Schauergeschichten rund um die Entführung gestillt. Le Lavandou war zum normalen Ferienbetrieb zurückgekehrt. Die Hauptsaison hatte begonnen und nicht nur den Alteingesessenen kam es so vor, als ob sich dieses Jahr mehr Touristen als sonst in den engen Gassen der Altstadt drängelten. Als würden all die Verbrechen, die in den letzten Monaten geschehen waren, eine ganz besondere Anziehungskraft auf die Besucher ausüben. Die Mutter von Amélie hatte sich von ihrem Mann Denis Legrand getrennt und nannte sich wieder Simon. Dafür war ihre Tochter Amélie zu ihr gezogen.

Leon hatte die Schussverletzung gut überstanden. Durch regelmäßige Übungen in der Physiotherapie und auf dem Boule-Platz hatte er seinen linken Arm so weit trainiert, dass er schon wieder in der Rechtsmedizin arbeiten konnte. Trotzdem hatte Klinikdirektor Dr. Bayet darauf bestanden, dass Leon diesmal seine Sommerferien auch wirklich antrat. Also hatte sich Leon für drei Wochen nach »Le Lézard« zurückgezogen. In seinem Haus im Weinberg wartete jede Menge Arbeit auf ihn. Aber das Beste war, dass er Isabelle und Lilou überreden konnte, mit ihm zusammen die Zeit in »Le Lézard« zu verbringen.

An einem Samstag im Juli hatte sich Madame Simon

mit ihrer Tochter in »Le Lézard« zum Kaffee angesagt. Das Treffen fand auf besonderen Wunsch von Amélie statt, die endlich den Mann kennenlernen wollte, dem sie letztlich ihre Freiheit verdankte.

Es war ein klarer Tag und die Nachmittagssonne brannte noch immer heiß vom Himmel. Isabelle und Lilou hatten aus Lavandou Eclairs und frische Brombeertörtchen mitgebracht. Der Holztisch auf der Terrasse war gedeckt. Der wilde Wein bildete ein natürliches Dach und verwandelte die Veranda in ein kühles, schattiges Refugium.

»Sieht aus wie auf einem Kindergeburtstag«, sagte Leon, als er den Tisch sah.

»Meinst du, Amélie ist noch so wie früher?«, fragte Lilou. »Ich meine, als wir noch zusammen in der Schule waren …?«

»Sprich mit ihr und finde es heraus. Sie ist inzwischen sechs Jahre älter«, sagte Leon. »Genau wie du.«

»Vielleicht will sie gar nicht mit mir reden«, sagte Lilou. »Ich durfte schließlich hier draußen leben, aber sie … sechs Jahre lang in diesem Keller …«

Isabelle lächelte und strich ihrer Tochter liebevoll über den Kopf. »Ich denke, am besten, du redest mit ihr genauso, wie du mit deinen Klassenkameraden redest.«

In diesem Moment hörte man ein Auto vor dem Haus halten. Leon, Isabelle und Lilou gingen nach draußen, um die Gäste zu begrüßen. Amélie stand dicht neben ihrer Mutter, wie ein kleines Kind, das zum ersten Mal zu Besuch bei Fremden ist. In der Hand hielt sie einen Blumenstrauß. Das Mädchen wirkte blass und ihr »*Bonjour*« kam leise. Ihre Haare waren gewachsen, seit Leon sie in jener verhängnisvollen Nacht zum letzten Mal gesehen hatte. Sie trug jetzt eine abgeschnittene Jeans, genau wie Lilou. Madame Simon tippte ihrer Tochter auf die Schulter und Amélie überreichte Isabelle die Blumen.

Die Begrüßung war etwas reserviert, aber freundlich. Als müssten sich die Gäste erst davon überzeugen, dass sie bei Menschen waren, denen man vertrauen konnte, dachte Leon. Beim Kaffee auf der Terrasse, mit dem Blick über die Weinberge und den Réal Collobrières, der sich glitzernd durch die Ebene schlängelte, taute die Atmosphäre langsam auf. Die Brombeertörtchen waren köstlich und die Gespräche unverfänglich. Man redete über den Sommer, der zum Glück nicht so heiß war wie im vergangenen Jahr. Dann veranstaltete Leon eine kleine Führung durch das Haus. Er erzählte von alten Wasserleitungen, die nachts rumpelten, undichten Dachziegeln, die gelegentlich den Regen ins Schlafzimmer tropfen ließen, und vom Strom, der meist genau dann ausfiel, wenn Leon sich gerade mit der Espressomaschine einen Café crème machen wollte.

Amélie war schüchtern und bemüht, Gefühle und Emotionen zu verbergen. Aber Leon spürte, dass sich das Mädchen bei ihnen wohlfühlte. Als die Sonne sich schließlich anschickte, hinter den Höhen des Mont Faron zu versinken, redeten sich bereits alle mit Vornamen an.

Leon und Isabelle luden die Besucher ein, doch noch zum Abendessen zu bleiben. Er hatte jede Menge Käse im Haus, dazu Oliven vom Markt, und frisches Brot gab es auch. Am Vortag hatte Isabelle ein großes Couscous gemacht, von dem noch eine Menge übrig war. Dazu wurde Rosé serviert, natürlich vom eigenen Weinberg.

Leon saß mit den Frauen auf der Terrasse, während Lilou mit Amélie in ihrem Zimmer im ersten Stock verschwand. Bald waren aus dem oberen Stockwerk die Stimmen der Mädchen zu hören, zwischendurch Gelächter, und darüber sang Rapper Booba: »Je prends la route même si la malchance me heurte. Toujours avec le crime je flirte.«

Einmal glaubte Leon, ein Auto zu hören, und dachte schon, es hätten sich mal wieder neugierige Touristen in seinem Weinberg verlaufen. Aber offenbar hatte er sich geirrt. Madame Simon verstand sich mit Isabelle und war glücklich, dass ihre Tochter einen so unbeschwerten Abend mit einem gleichaltrigen Mädchen verbringen konnte. Sie hatte Amélie nur selten so lachen gehört, seit sie wieder bei ihr im Haus wohnte.

Leon ging in die Küche, um noch Oliven zu holen, als er bemerkte, dass die Haustür offen stand. Nicht dass man sich in dieser Gegend Sorgen um Einbrecher machen musste, aber er war sicher, dass er kurz zuvor die Tür geschlossen hatte. Leon stellte die Oliven auf den Küchentisch und lief die Treppe zum ersten Sock hinauf.

»Lilou?!«, rief Leon, doch niemand antwortete.

Lilous Zimmertür stand offen. Aus der Musikanlage klang immer noch Rap, aber die Mädchen waren verschwunden. Leon kam wieder die Treppe hinunter. Wahrscheinlich hatte Lilou ihren Gast mit zur kleinen Bank genommen. Die Holzbank stand hinter dem Haus, direkt auf einer der *Murets*, den gemauerten Steinstufen, die den Weinberg terrassierten. Von dort hatte man den perfekten Blick in Richtung Sonnenuntergang. Leon hastete die Stufen hinauf, aber die Bank war leer. Ein leichter Wind war aufgekommen. Leon hatte plötzlich das Gefühl, dass es kühler geworden war.

Vielleicht waren die Mädchen ja nur ein paar Schritte spazieren gegangen, dachte Leon. Aber warum klang für ihn diese Stille plötzlich so bedrohlich? Leon zwang sich, nicht nach den Mädchen zu rufen. Er wollte Madame Simon nicht beunruhigen. Bestimmt waren seine Sorgen völlig unbegründet, sagte er sich, als er das Quietschen eines rostigen Scharniers hörte. Das war das Tor der alten Scheune, die ein Dutzend Meter unterhalb des Hauses lag und in der Leon sein Werkzeug aufbewahrte.

Normalerweise mied Lilou diesen staubigen und düsteren Holzbau. Warum sollte sie mit Amélie ausgerechnet dorthin gegangen sein? Doch als er näher kam, sah Leon, dass jemand die Beleuchtung in der Scheune eingeschaltet hatte. Er drückte die Tür auf und für einen kurzen Augenblick hatte er das Gefühl, als sei er in eine surreale Theateraufführung geraten. Im Lichtkegel der einzigen Lampe, die unter dem Dach des Schuppens befestigt war, sah er Amélie. Ihre Arme waren in Höhe der Handgelenke mit einem Klebeband an den Hüften fixiert. Um den Hals war ihr eine Schlinge gelegt worden, die mit ihrem Ende um einen Dachbalken geschlungen war. Das Seil war gespannt. Das Mädchen suchte verzweifelt mit den Fußspitzen Halt auf den Sprossen einer Leiter, die mit einem Ende auf dem Boden stand. Sie wurde von dem Mann gehalten, nach dem die gesamte Polizei Frankreichs wochenlang vergeblich gesucht hatte: Pascal Sarraut.

Neben den beiden stand Lilou, an einen Pfeiler gefesselt, den Mund mit Klebeband verschlossen.

»Bleiben Sie stehen«, sagte Sarraut mit der Ruhe eines Mannes, dem jede Empathie fremd war. »Oder ich muss die Leiter loslassen.«

»Schon klar, schon klar.« Leon hob beschwichtigend die Hände. Er versuchte, sich zu konzentrieren. Versuchte, einen Weg aus diesem Albtraum zu finden. Aber es wollte ihm nichts einfallen. »Ich mache Ihnen einen Vorschlag:

Ich komme jetzt nach vorne und halte das Mädchen fest. Und Sie verlassen mein Grundstück.«

»Sie rühren sich nicht, oder das Mädchen ist tot!« Sarrauts Stimme klang jetzt schneidend und gefährlich. »Glauben Sie, ich bin extra bis hierher gekommen, um mich bei Nacht und Nebel zu verdrücken? Nein, ich bin hier, um zu helfen.«

Leon sah Amélies Blick. Tränen standen in ihren Augen. Aber da war noch mehr als Verzweiflung. Es war der Blick eines Menschen, der dabei war, aufzugeben. Sie verdrehte die Augen, als könnte sie jeden Moment ohnmächtig werden. Bitte halte noch einen Moment durch, dachte Leon, nur noch einen kleinen Moment. Vorsichtig setzte er einen Fuß nach vorn und bewegte sich einen weiteren Schritt auf die Gruppe zu.

»Ich habe sie befreit. Ja, ich habe viel für dieses Mädchen getan, und nicht nur für sie allein.« Sarraut sprach wieder ganz ruhig. »Und wie hat sie es mir gedankt? Mit Verrat. Aber ich will sie nicht strafen. Ich will, dass sie lernt, was Demut bedeutet. Erst dann ist sie bereit für ihre Reise in eine bessere Welt.«

»Ich helfe Ihnen jetzt, das Mädchen da runterzuholen«, sagte Leon so sachlich er konnte. »Dann erzählen Sie uns in aller Ruhe, was Sie genau meinen. Danach verschwinden Sie. Bis die Polizei hier ist, dauert es mindestens eine Stunde.«

Während er sprach, kalkulierte Leon seine Chancen. Der Entführer hatte ein Bootstau um den Hals von Amélie geschlungen. Das Mädchen war schmal und wog vielleicht 40, höchstens 43 Kilo. Wenn der Mann die Leiter losließ, würde erst das Mädchen fallen, dann das Tau sich dehnen und dann die Schlinge zuziehen. Der Knoten war nicht so dick, dass er ihr das Genick brechen konnte. Trotzdem würde er die Gefäße abdrücken und Nerven quetschen. Das musste er verhindern. Alles war eine Frage des richtigen Timings. In diesem Moment nahm Leon eine Bewegung in der Dunkelheit wahr. Isabelle war geräuschlos neben ihm aufgetaucht. Sie wurde von der Tür abgedeckt, sodass der Entführer sie nicht sehen konnte.

»Sie halten die Leiter«, Leon versuchte Zeit zu gewinnen, »und ich nehme das Mädchen. Dann können Sie das Seil lösen.« Vorsichtig machte Leon einen weiteren Schritt nach vorn. Jetzt waren es keine drei Meter mehr bis zu Amélie.

»Stehen bleiben, verdammt!«, fluchte Sarraut. »Sie wollen sich mit mir anlegen? Wagen Sie das nicht. Ich warne Sie. Ich entscheide hier, was getan wird. Ich ganz allein.« Dabei bewegte er die Leiter hin und her, sodass Amélie auf der Sprosse um ihr Gleichgewicht kämpfen musste. Leon hörte sie röchelnd nach Atem ringen.

Er sah mit leicht abgewandtem Kopf zu Isabelle, die jetzt ihre Sig-Sauer-Pistole mit beiden Händen im Anschlag vor sich hielt. Sie nickte ihm zu. Er quittierte die stumme Absprache mit einer winzigen Kopfbewegung.

Im nächsten Augenblick geschahen mehrere Dinge gleichzeitig. Leon sprang in drei großen Schritten nach vorn. Sarraut schaute ihn fassungslos an und bewegte die Augen nach links, wo er Isabelle aus ihrer Deckung stürzen sah. Im gleichen Moment knallte ein Schuss hell und scharf durch die Scheune. Sarraut wurde von dem Neun-Millimeter-Geschoss nach hinten gerissen und ließ die Leiter los. Leon sah das Entsetzen in Amélies Augen, als ihre Füße den Halt verloren und sie zu fallen begann. In diesem Moment war er bei ihr, packte den stürzenden Körper und hielt ihn fest. Sofort war Isabelle bei ihm. Sie ergriff die Leiter, lehnte sie an den Balken und löste das Seil, sodass das Mädchen schlaff in Leons Arme fiel. Leon lockerte die Schlinge, Amélie atmete. Isabelle löste das Klebeband von Lilous Mund und befreite ihre Tochter von den Fesseln.

Als Leon und Isabelle mit den beiden Mädchen aus der Scheune gingen, blieb Amélie bei Sarraut stehen. Sie sah auf den Mann hinunter, der sie jahrelang gequält, missbraucht und erniedrigt hatte. Mitten auf der Brust, dort wo das Geschoss in den Körper eingeschlagen und den Herzbeutel zerrissen hatte, färbte ein dunkler Blutfleck das Hemd, der schnell größer wurde. Sarrauts Augen waren weit geöffnet und sahen starr zur Decke. Leon kniete sich zu ihm nieder und legte ihm die Fingerspitzen auf die Halsschlagader. Er konnte keinen Puls mehr fühlen.

»Er ist tot.« Leon stand wieder auf. Amélie sagte nichts. Sie weinte. »Lass uns nach draußen zu den anderen gehen«, sagte Leon, nahm das Mädchen bei der Hand und sie verließen die Scheune.